CONTE verlag

Tod *am* Litermont

Elke Schwab

CONTE *krimi*

Bibliografische Information der Deutschen Nationalbibliothek
Die Deutsche Nationalbibliothek verzeichnet diese Publikation in der Deutschen Nationalbibliografie; detaillierte bibliografische Daten sind im Internet über http://dnb.d-nb.de abrufbar.

ISBN 978-3-936950-74-8

Am Ludwigsberg 80-84
66113 Saarbrücken
Tel: (0681) 41624-28
Fax: (0681) 41624-44
E-Mail: info@conte-verlag.de
Verlagsinformationen im Internet unter www.conte-verlag.de

Lektorat: Christina Klinkner
Umschlag und Satz: Markus Dawo
Druck und Bindung: PRISMA Verlagsdruckerei GmbH, Saarbrücken

TEIL I

2004

Kapitel 1

Es fiel Arthur Jennewein mit jedem Mal schwerer, der traurigen Wahrheit ins Auge zu sehen, wenn er vor den Überresten stand, die einmal ein Reitstall gewesen waren. Lediglich an Teilen der Fassade konnte er erkennen, dass in diesem hölzernen Trümmerhaufen früher Pferde gestanden hatten. Die umliegenden Bäume und Sträucher waren in die Höhe geschossen, die kläglichen Überreste von außen nicht mehr sichtbar. Nur wer von dem Pferdestall wusste, fand den Weg dorthin. Mit schwermütigen Erinnerungen an die früheren Jahre seiner Familie ließ er den Blick über den Ort schweifen, in den er große Erwartungen gesetzt hatte – die Hoffnung, seine Tochter Samantha und die Tochter seiner Frau könnten dort glücklich werden. Bilder der beiden Mädchen tauchten vor seinem inneren Auge auf. Samantha ritt auf ihrem großen Braunen über den Reitweg am Stall vorbei, sprang über die Jagdhindernisse mit einer Leichtigkeit, als besäße sie Flügel. Ihr Lachen klang noch in seinen Ohren, ihr blondes Haar leuchtete in der Sonne. Von heute auf morgen hatte sie plötzlich das Interesse daran verloren, ihre Pferde abgeschafft.

Nadine liebte Falada immer noch. Sie hatte das Schimmelpony behalten, obwohl es zu klein für sie geworden war. Aber nach dem Verkauf von Samanthas Pferden konnte das Pony an diesem Ort nicht bleiben; es wäre dort allein geblieben.

Mit Falada war das Leben endgültig aus dem Stall gezogen.

Der Fehlschlag seines Planes war an den Ruinen zu erkennen. Altes, vergammeltes Heu und Stroh lagen immer noch im Heuschober, der an die Pferdeboxen angebaut war. Die Holztüren hingen schräg in den verrosteten Angeln. Zu seinem Kummer sah er, dass die alten Wassereimer noch in den Pferdeboxen standen. Niemand hatte sich die Mühe gemacht, solche Kleinigkeiten wegzuräumen. Die angrenzende Reiterstube war erstaunlich gut erhalten. Dort hatte er sich gern niedergelassen und Samantha zugeschaut.

Schweren Schrittes verließ er die Stätte der Vergangenheit, ging über die Wiese auf sein Haus zu, ein ehemaliges Bauernhaus, das er zu einem komfortablen Wohnhaus umgebaut hatte.

Als er näherkam, sah er seine Frau Isolde und Samantha auf den Stufen zur Veranda stehen. Bedrückt stellte Arthur fest, dass sie sich wieder einmal heftig stritten. Es genügte nicht, dass die beiden Töchter einander ablehnten; seine Frau und Samantha verstanden sich ebenfalls nicht. So ungern er es auch zugab, aber Samantha war schon immer ein schwieriges Kind. Sie war fünfzehn, als Arthur und Isolde geheiratet hatten. Für Samantha hatte dieser Schritt eine dramatische Verschlechterung ihrer Rolle in Arthurs Leben bedeutet. Seitdem fürchtete sie um ihre Sonderstellung. Einschränkungen wollte sie niemals hinnehmen, ihr Widerstand war ungebändigt. Mit aller Macht setzte sie ihren Willen durch. Schon lange hatte Arthur seine Versuche aufgegeben, Harmonie in seine Familie zu bringen. Samantha war und blieb uneinsichtig.

Arthur verlangsamte sein Tempo. Eine große Müdigkeit überfiel ihn. Die ständigen Auseinandersetzungen in seiner Familie, die Forderungen, die Erwartungen, die Schuldzuweisungen erschöpften ihn. Dabei wollte er einfach nur glücklich sein, wollte mit Isolde eine harmonische Ehe führen und die Kinder heranwachsen sehen. Aber so einfach war das nicht.

Sein Blick fiel auf seine Frau. Ihre Wangen waren gerötet, ihre Augen funkelten böse. Was hatte Samantha wieder getan?

»Du wirst nichts dergleichen tun«, hörte er Isoldes Stimme.

»Dass ich nicht lache«, erwiderte Samantha ironisch. »Was du damals eiskalt fertig gebracht hast, wirst du heute nicht einfach leugnen können.«

»Bevor du mich verurteilst, schau lieber selbst in den Spiegel!«, entgegnete Isolde.

»Mein Weg ist nicht mit Leichen gepflastert«, konterte Samantha mit Unschuldsmiene. »Dir ist es egal, wer draufgeht, Hauptsache, du erreichst dein Ziel.«

»Dann gebe ich dir den Rat, vorsichtiger zu sein! Ich kann auch anders.«

»Oh – du machst mir richtig Angst.« Die junge Frau biss sich auf die Fingernägel, als fürchte sie sich. Doch schon der nächste Satz verriet nichts als Hohn: »Leider habe ich euer Telefonat von Anfang bis Ende mitgehört. Jetzt weiß ich, wo du dich früher herumgetrieben hast – und mit wem. Den

Ort werde ich mir mal genauer ansehen, damit ich meinen Vater über dich aufklären kann.«

»Halte dich aus meinem Leben raus! Es geht dich nichts an«, gab Isolde drohend zurück.

»Es geht mich eine ganze Menge an! Du mischst dich schon seit elf Jahren in unser Leben ein. All die Jahre habe ich nach etwas gesucht, womit ich dich loswerden kann. Jetzt habe ich es gefunden. Glaubst du, diese Chance lasse ich mir entgehen?«

»Du weißt überhaupt nicht, wer am anderen Ende der Leitung war«, versuchte Isolde aufzutrumpfen.

»Oh doch! Ich weiß genau, wer das war. Zufällig lese ich Zeitung. Deine Stunden sind gezählt!«

Arthur ahnte, wie gefährlich die Unterhaltung werden konnte. Samantha war unberechenbar, ihre Strategien, Keile in seine Ehe zu treiben, wurden immer raffinierter. Mit einem Räuspern machte er auf sich aufmerksam.

Erschrocken schauten die beiden Frauen zu ihm hin. Isolde war zehn Zentimeter kleiner als Samantha, ihre dünnen Haare hingen formlos um ihren Kopf. Neben Samantha, deren blonde Löwenmähne im Sonnenlicht glänzte, wirkte Isolde hilflos und unscheinbar.

»Ich war gerade an unserem ehemaligen Pferdestall.« Arthur wollte nicht zugeben, was er alles von dem Streitgespräch verstanden hatte.

»Schon wieder?«, stöhnte Samantha. »Hast du nichts Besseres zu tun?«

Sie trug ein T-Shirt und eine enge Jeans, die ihrer Figur schmeichelte, darunter hochhackige Schuhe. Mit einem eleganten Hüftschwung wandte sie sich von Arthur und Isolde ab und stolzierte mit hocherhobenem Kopf durch die Terrassentür ins Haus.

Arthur rief ihr nach: »Pferde waren mal deine große Leidenschaft. Was ist daraus geworden?«

»Willst du wirklich wissen, was heute meine Leidenschaft ist?« Sie schaute zurück zu ihrem Vater.

Arthur schüttelte den Kopf. Die provozierende Art seiner Tochter veranlasste ihn dazu, sie nicht ausreden zu lassen. Er schaute ihr nach, wie sie ins Wohnzimmer tänzelte, bis sie durch den Rundbogen zur angrenzenden Küche aus seinem Blickfeld verschwand.

Er drehte sich zu Isolde um, wollte sie nach dem Inhalt des Streitgesprächs fragen. Aber sie war fort. Allein stand er auf der Terrasse. Er spürte, dass sich ein neues Unheil in seiner Familie zusammenbraute.

Das laute Klingeln des Weckers riss Arthur aus dem Schlaf. Übernächtigt öffnete er seine Augen. Sein Blick fiel auf die zweite Hälfte des Bettes. Sie war leer! Und unbenutzt war sie auch. Beunruhigt erhob er sich. Das Fernbleiben seiner Frau ließ ihn Schlimmes ahnen. Aber er hatte keine Zeit, Detektiv zu spielen. Heute war Donnerstag, der Tag, der früh begann und spät endete, weil er von morgens bis abends Sprechstunde hatte.

In der Küche traf er niemanden an. Also blieb ihm nichts anderes übrig, als selbst für sein Frühstück zu sorgen. Kaum lief die Kaffeemaschine, betrat Samantha die Küche. Ihre Haare standen in alle Richtungen, ihr Hemd war durchsichtig. Darunter trug sie nichts.

Kokett grinste sie ihren Vater an.

»Kannst du nicht in einem normalen Zustand in die Küche kommen?«, schimpfte Arthur.

»Gefalle ich dir nicht mehr, Papi?«

Verärgert verließ Arthur das Haus, ohne seinen Kaffee zu trinken.

Nadine wurde vom lauten Gezwitscher der Vögel geweckt. Das gefiel ihr. Es war ein Zeichen für den beginnenden Frühling. Sie hätte eigentlich länger schlafen können, aber die Fröhlichkeit der kleinen Federtiere steckte an.

Die Morgendämmerung brach herein. Die Nachttischlampe war noch eingeschaltet. Das Licht zeigte keine Wirkung mehr, die aufgehende Sonne vertrieb Nadines innere Dämonen. Sie stand auf und stellte sich vor das Fenster. Ihr Blick fiel auf den Garten und den einmündenden Feldweg, der zu den Stallungen führte, wo vor Jahren ihr Pony gestanden hatte. Schön war der Anblick. Nur warum konnte sie sich nicht daran erfreuen? Mit Schrecken fiel ihr der seltsame Anruf des letzten Abends ein. Sie hatte gelauscht – das erste Mal in ihrem Leben. Ihre Mutter hatte rätselhafte Dinge über Nadine gesagt, von Ereignissen gesprochen, die schon elf Jahre zurücklagen. Und doch hatte Nadine nichts davon verstanden. Von ihrer Kindheit wusste sie wenig – nur dass sie oft bei Opa Jakob war, der in einem Haus in Nalbach wohnte. Erinnerte sie sich wirklich daran oder hatte ihre Mutter für sie Einzelheiten erfunden, um ihrer Kindheit einen Rahmen zu schaffen? Denn in Wirklichkeit konnte sich Nadine an nichts erinnern. Ihre Zweifel waren seit dem gestrigen Telefonat stärker geworden. Schon lange begleitete Nadine das Gefühl, das schwarze Loch ihrer Erinnerungen bedeute etwas Unheilvolles.

Kurz nach dem Streit am Telefon hatte ihre Mutter wütend das Haus verlassen.

Nadine war in der Nacht durch lautes Poltern geweckt worden. Hatte ihre Mutter hinter dem Lärm gesteckt? Was war geschehen?

Nadine fröstelte. Sie kleidete sich an und ging hinunter, um nachzusehen, ob sich ihre Mutter in der Küche aufhielt. Aber dort war sie nicht. Stattdessen sah sie Samantha am Tresen stehen und Mineralwasser aus der Flasche trinken. Im Wohnzimmer war ihre Mutter auch nicht. Verwundert stieg Nadine die Treppe wieder hinauf und näherte sich der Schlafzimmertür ihrer Eltern. Sie klopfte, es kam keine Antwort. Leise öffnete sie, weil sie ihre Mutter nicht wecken wollte, sollte sie noch schlafen. Aber das Bett war nur auf Arthurs Seite zerwühlt. Die Hälfte ihrer Mutter wirkte unbenutzt.

Sie stand mittlerweile vor Samanthas Zimmer. Dort brauchte sie nicht nachzusehen. Sonst gab es nur noch die Tür zum Speicher, der direkt über der Garage lag. Konnte es sein, dass das nächtliche Poltern ausgerechnet von dort gekommen war? Aber was hätte ihre Mutter um Mitternacht im Speicher zu suchen gehabt? Die Antwort würde Nadine nur finden, wenn sie hineinsah. Eine Weile zögerte sie, in der Hoffnung, ihre Mutter käme die Treppe hinauf. Aber nichts dergleichen geschah; ihre Mutter kam nicht. Zaghaft näherte sich Nadine der Speichertür. Plötzlich knallte es laut. Erschrocken zuckte sie zusammen, wich einige Schritte zurück. Sekunden später erkannte sie an Samanthas unflätigem Geschimpfe, dass wohl eine Flasche zu Bruch gegangen war.

Nadine richtete ihre Aufmerksamkeit wieder auf den Speicher. Sie lauschte, hörte aber nicht das Geringste. Wenn ihre Mutter sich dort aufhalten sollte, war sie mucksmäuschenstill. Nadine klopfte. Keine Reaktion. Wieder klopfte sie, wieder hörte sie nichts. Auch auf ihr Rufen erhielt sie keine Antwort. Entschlossen drückte sie den Türgriff herunter. Leise sprang die Tür auf. Der Speicherraum reichte bis unter die Spitze des Dachs.

Nadines Blick fiel sofort auf sie.

Der Schreck fuhr ihr durch alle Glieder. Mit zitternden Knien betrat sie den großen Raum. Neben der Tür ertastete sie einen Lichtschalter. Sie legte die Hand darauf, zögerte eine Weile, bis sie endlich den Mut aufbrachte, das Licht einzuschalten.

Sie hatte sich nicht getäuscht. An einem der starken Holzbalken, die quer von einer Schräge zur anderen verliefen, hing ihre Mutter.

Kapitel 2

»Es gibt Arbeit für uns!« Der junge Kriminalkommissar Bernhard Diez war der Überbringer dieser Botschaft am frühen Morgen. Noch nicht lange im Kommissariat für Tötungsdelikte, vor kurzem seine Prüfung im Kriminalfachlehrgang bestanden und am Anfang seiner Karriere als Kriminalbeamter, trieb ihn großer Ehrgeiz an.

Anke Deister fühlte sich neben dem jungen Kollegen nicht nur weise, sondern leider auch müde, weil ihre kleine Tochter sie die ganze Nacht auf Trab gehalten hatte.

»Eine Frau hat sich erhängt«, fügte Bernhard an, was Anke sofort zu einem Kommentar veranlasste: »Das klingt nach Selbstmord.« Sie spürte nicht das geringste Bedürfnis, so früh am Morgen an einen Tatort zu fahren.

Aber Bernhard ließ nicht locker. »Sehe ich auch so. Aber der Gerichtsmediziner hat Auffälligkeiten diagnostiziert, die einen Selbstmord in Frage stellen.«

Sie betraten das Büro ihres Vorgesetzten Dieter Forseti. Die Kollegen Jürgen Schnur, Esther Weis und Erik Tenes warteten schon.

Kriminalhauptkommissar Forseti begann zu sprechen: »In Dillingen-Diefflen hat eine junge Frau ihre Mutter erhängt auf dem Speicher gefunden. Die Kollegen der Spurensicherung sind schon vor Ort. Der Gerichtsmediziner hat Spuren an der Toten gefunden, die auf einen Kampf hindeuten. Nach Rücksprache mit Staatsanwalt Foster werden wir den Fall übernehmen. Anke, Erik und Bernhard, Sie fahren zum Tatort!«

Die drei Angesprochenen nickten.

An Esther Weis und Jürgen Schnur gerichtet fügte er an: »Sie beide sehen in der Datenbank nach, was wir dort über die Familie gespeichert haben!«

»Wer ist die Tote?«, fragte Anke.

»Sie heißt Isolde Jennewein, ist die Frau des Allgemeinmediziners Dr. Jennewein und hat eine siebzehnjährige Tochter, die sie gefunden hat.«

Zum Abschluss der Besprechung überreichte er Anke die wenigen Notizen, die er bisher über den Fall gemacht hatte.

Der Weg führte über die Autobahn A 620 vorbei an Völklingen mit der Röchlingschen Hütte, weiter in Richtung Saarlouis, das sie hinter sich ließen. Sie verließen die Autobahn und passierten die Dillinger Hütte, die einen unangenehmen Geruch verbreitete. Weiter ging es über eine breite Umgehungsstraße.

Sie erreichten Diefflen, folgten der Hauptstraße durch das Dorf, bis ein Schild auf die Straße Augrät hinwies, wo sie rechts abbogen. Nach wenigen Metern gelangten sie ans Ziel.

Das Haus der Familie Jennewein erwies sich als Bauernhaus im lothringischen Baustil, daran zu erkennen, dass sich Scheune und Wohnhaus unter einem Dach befanden. Rechts prangte das Scheunentor in seiner halbrunden Form aus dunklem Holz, das heute als Garagentor diente. Links daneben schmückten kleine Fenster die braunweiße Fassade. Ein auffälliges Gemälde von zwei schweren Pferden, die jeweils ein Kummet trugen, zierte die Front. Es drückte Nostalgie aus. Eine Laterne mit drei Leuchtern stand direkt davor. Das Erbauungsjahr war über dem ehemaligen Scheunentor in Stein gehauen: Anno 1900.

In diesem Haus sollte ein schreckliches Verbrechen geschehen sein? Es war fast nicht zu glauben. Nur das grünweiße Absperrband mit der Aufschrift »Polizei« wies darauf hin, dass die Idylle Risse bekommen hatte. Einige Polizeifahrzeuge blockierten mit blinkendem Blaulicht die schmale Straße. Neugierige Fußgänger versammelten sich und versuchten, etwas zu erfahren. Aber das Einzige, was sie zu hören bekamen, war das Schnäuzen und Husten eines Polizisten, der nicht nur mit den Schaulustigen, sondern auch mit seiner Erkältung zu kämpfen hatte.

Theo Barthels, der Leiter der Spurensicherung, trat vor das Haus. Er gab Anke, Erik und Bernhard seine ersten Untersuchungsergebnisse bekannt: »Es gibt keine Einbruchspuren. Dafür Spuren der Verwüstung in der Küche, im Esszimmer und im Wohnzimmer. Die Tochter des Arztes, Samantha Jennewein, behauptet, dass diese Spuren von ihr stammen. Das kann ich erst bestätigen, wenn ich alles genauer untersucht habe.«

Theo holte tief Luft und fuhr fort: »Der Fundort der Toten weist keine Kampfspuren auf. Allerdings die Tote selbst. Wir sind vorerst mit unserer Arbeit fertig. Der Gerichtsmediziner wartet noch auf Sie, bevor er die Leiche abtransportieren lässt.«

Die Polizeibeamten zogen sich Plastikschuhe über, bevor sie das Haus betraten.

Ein röhrendes Geräusch zog Ankes Aufmerksamkeit auf sich. Sie schaute sich um und sah, wie ein schwarzer Porsche Carrera 911 im Schritttempo an den quer parkenden Polizeifahrzeugen vorbeifuhr. Die Scheiben des

Wagens waren schwarz getönt, von den Insassen nichts zu erkennen. Während der Sportwagen das Haus der Familie Jennewein passierte, dröhnte er geräuschvoll. Mit starker Beschleunigung schoss er davon.

»Wer war das?«, fragte Anke.

Bernhard und Erik hielten sich bereits im Haus auf. Sie hatten weder den Porsche noch Anke beachtet. Also blieb ihr nichts anderes übrig, als ihren Kollegen zu folgen.

Der Eingang glich einem Foyer. Der Zugang zu dem ganz in Mahagoniholz eingerichteten Esszimmer war offen. Ein Rundbogen gab den Blick in ein großes Wohnzimmer mit Panoramafenster frei. Viel Licht strömte in die großen Räume.

Der Weg zur Toten führte über eine schmale Treppe nach oben in den ersten Stock. Der Flur wirkte im Gegensatz zum Erdgeschoss dunkel und eng. Das einzige Licht, das dort hereindrang, kam von dem kleinen Fenster des Treppenaufgangs. Vor einer geöffneten Tür wartete der Gerichtsmediziner. Dr. Wolbert trat zur Seite und ließ die Polizeibeamten hinein.

Diffuses Tageslicht tauchte den Raum in geheimnisvolles Zwielicht. Wie dünne Schleier hing Staub in der Luft und bewegte sich lautlos und geisterhaft. Spinnweben zogen sich durch den Raum und glitzerten in den vereinzelten Sonnenstrahlen, die sich ihren Weg durch die kleine Dachluke bahnten.

Eine schlanke Gestalt lag auf dem Boden. Der Strick war durch einen Messerschnitt vom Dachbalken abgetrennt worden. Die Schlinge lag noch um den Hals der Toten.

Dr. Wolbert zeigte auf große blaue Flecke an beiden Armen, im Gesicht, über dem rechten Auge und unterhalb der Schlinge, wozu er erklärte: »Diese Blutergüsse sind noch zu Lebzeiten entstanden, weil sich das Blut im umgebenden Gewebe verteilt hat. Bei einer post mortem entstandenen Prellung würde kein Rückfluss mehr aus den Kapillaren erfolgen. Das heißt, unter diesen Umständen wären diese großflächigen blauen Flecke nur kleine Punkte.«

»Das bedeutet?«

»Dass vor Eintritt des Todes ein Kampf stattgefunden hat.«

Im Wohnzimmer warteten die Familienangehörigen auf die Polizeibeamten.

Das große Fenster zeigte zu einer Terrasse, die die gesamte Rückseite des Hauses einnahm. Ein gepflegter Rasen leuchtete im saftigen Grün, dahinter begann offenes Feld. Ein Trampelpfad führte durch ein verwahrlostes Wiesenstück und machte eine Linksbiegung, bis er hinter Hecken verschwand.

Die Einrichtung des Zimmers wirkte feudal, dafür ungemütlich. Die Fensterseite war kahl, keine Pflanzen, keine Gardinen, nichts. Die Couchgarnitur aus dunklem Leder beherrschte den gesamten Raum. Ein Fernseher mit Dolby-Surround-Anlage nahm den größten Teil der dunklen Schrankwand ein, die auf der kurzen Seite des Zimmers stand.

Ein älterer Herr trat auf Anke zu und stellte sich als Dr. Jennewein vor. Sein rundliches Gesicht bedeckte ein Schweißfilm, die Wangen waren unnatürlich gerötet, seine Augen rot unterlaufen, als habe er geweint. Sein graues, kurz geschnittenes Haar klebte schweißnass an seinem Kopf. Eine junge Frau mit auffallend blonder Mähne stand vor dem Fernseher und trank Mineralwasser aus der Flasche. Eine zweite Frau saß auf einem Sessel, den Kopf in beide Hände gestützt. Deutliche Spuren von Schmerz zeichneten ihr schmales, blasses Gesicht. Dr. Jennewein stellte sie als seine Stieftochter Nadine vor.

Nadine machte sich nicht die Mühe aufzusehen. Sie verharrte in ihrer Haltung, den Blick zu Boden gerichtet. Als Dr. Jennewein seine Tochter Samantha vorstellen wollte, übernahm die junge Frau diese Aufgabe selbst.

Während Anke die blonde Frau beobachtete, fielen ihr blaue Flecke an Samanthas Unterarmen auf. Sie waren groß und dunkel, also noch frisch.

Sofort fragte sie: »Wo haben Sie sich diese Blutergüsse zugezogen?«

Verwirrt schaute Samantha auf ihre Unterarme, zog ihre Ärmel darüber und meinte abweisend: »Keine Ahnung! Habe mich wohl gestoßen.«

Die Polizeibeamten sahen sofort, wie Dr. Jennewein blass wurde. Verwirrt wanderte sein Blick von Anke zu Samantha und wieder zurück, bevor er sich einschaltete: »Samantha! Antworte bitte richtig!«

»Ist ja schon gut! Ich hatte gestern Abend wilden Sex. Dabei bin ich mit den Armen an die Bettkante gestoßen«, platzte Samantha provozierend heraus. »Gefällt dir die Antwort besser?«

Nun wurde Dr. Jennewein puterrot. Mit zusammengebissenen Zähnen knurrte er: »Du bist unverbesserlich.«

»Dann möchten wir wissen, wann und mit wem!« Anke ließ sich nicht von der Provokation beeindrucken.

»Seid ihr immer so neugierig?«

»Ihre Beleidigungen können Ihnen schaden«, belehrte Erik. »Sie machen sich verdächtig, Ihre Stiefmutter ermordet zu haben!«

»Die Alte hat sich doch erhängt«, trotzte Samantha. »Wie kommen Sie da auf Mord?«

»Sehen Sie? Sie wissen nicht alles«, gab Erik zurück. »Also beantworten Sie die Frage meiner Kollegin!«

»Ich kann leider den Namen meines Partners der letzten Nacht nicht sagen, weil er verheiratet ist. Wir haben uns darauf geeinigt, dass die Sache unter uns bleibt.«

»Das reicht jetzt«, wurde Erik ungeduldig. »Frau Jennewein, Sie kommen mit!«

»Um Gottes Willen!« Der Vater klang panisch. »Das können Sie nicht tun.«

»Wir wollen einen Fall aufklären«, stellte Erik klar. »Wenn Sie nicht zur Mitarbeit bereit sind, müssen wir so handeln.«

»Samantha! Warum sagst du nicht, mit wem du gestern zusammen warst?«

»Mein Alibi heißt Berthold Bracke. Man kennt ihn in der Stadt. Keine große Leuchte, dafür ein großes Tier. Nicht wahr, Papi?« Samantha grinste.

Ihr Vater atmete erschrocken ganz tief durch.

Was nun kam, fiel den Beamten am schwersten.

Nadine, die leibliche Tochter der Toten, saß immer noch zusammengekauert auf dem Sofa. Bis jetzt hatte sie kein Wort gesagt, wirkte ganz versunken in ihrer Trauer, als sei sie die einzige im Raum, die Isolde Jenneweins Tod beklagte.

Sie hatte dünne, braune Haare, ein schmales Gesicht und eine blasse, fast durchscheinende Haut. Leere Augen lagen tief in ihren Höhlen, düster und freudlos schauten sie zu Anke, der dieser Blick durch Mark und Bein ging.

»Du hast deine Mutter gefunden«, begann Anke.

Nadine nickte.

»Gab es Anzeichen, dass deine Mutter sich das Leben nehmen wollte?«

Nach einigem Zögern sprach Nadine: »Meine Mutter hat sich nicht selbst umgebracht. Sie sprach immer davon, wie schön ihr Leben sei, jetzt, wo wir eine Familie sind.«

»Familie, dass ich nicht lache«, ertönte die hämische Stimme von Samantha.

»Mein Vater hat dich nicht adoptiert und hatte es auch nicht vor. So etwas nennst du Familie?«

Aber Nadine hörte nicht, welche Boshaftigkeiten Samantha ihr an den Kopf warf. Als lebte sie in ihrer eigenen Welt, sprach sie weiter: »Niemals wollte sie ihr Leben selbst beenden! Sie hatte doch alles, was sie wollte.«

»Klar! Vaters Geld«, warf Samantha giftig ein.

»Samantha, es reicht jetzt«, störte Arthur Jennewein seine Tochter.

Staunend fragte Erik: »Warum haben Sie Nadine nicht adoptiert?«

»Mein Vater adoptiert nicht jede dahergelaufene Göre«, funkte Samantha schon wieder dazwischen.

Nun wurde Erik wütend. Anke sah, wie seine Kiefer zu mahlen begannen, ein Zeichen, dass ihm die Beherrschung immer schwerer fiel.

»Ich beginne zu verstehen, was hier in der Familie abläuft«, meinte er.

Samantha lachte boshaft. Der Vater versuchte sie zu stoppen, aber vergebens. Gegen sie war er machtlos.

»Dann sind Sie der Erste. Was hier abläuft, hat bisher noch niemand gepeilt. Selbst mein lieber Herr Papa noch nicht.«

»Wie lange waren Sie verheiratet, Herr Dr. Jennewein?«, fragte Anke.

»Elf Jahre«, antwortete der Arzt, wischte sich dabei den Schweiß von der Stirn. Er wirkte, als hätte er selbst einen Arzt nötig.

»Wie war Ihre Ehe?«

»Isolde war eine wunderbare Frau«, begann er. Mit wackeligen Beinen bewegte er sich auf den Sessel zu und ließ sich hinein sinken. Er fügte an: »Unsere Ehe war gespickt mit Pannen, weil unsere Töchter sich nicht vertragen. Trotzdem waren wir glücklich miteinander. Isolde war eine stille, angenehme Frau, der nichts zu viel war.«

»Sie hat sich angebiedert, dass ich bei der Erinnerung daran noch kotzen muss«, präzisierte Samantha diese Aussage auf ihre charmante Art.

»Wie wäre es, wenn Sie Ihren Vater mal ausreden lassen?«, ermahnte Anke.

»Isolde hatte es in ihrem Leben nicht immer leicht gehabt«, fuhr Dr. Jennewein fort.

»Klar, hat sich einen Balg andrehen lassen«, war wieder Samantha zu hören.

»Samantha!«, ermahnte der Vater energisch. »Deshalb war ich der Meinung, dass sie es verdient hätte, an meiner Seite ein schönes Leben zu genießen. Aber wie gesagt: So einfach war das nicht.«

»Ja, das ist uns inzwischen klar geworden.« Ankes Aufmerksamkeit richtete sich wieder auf Nadine. »Warum hast du im Speicher nach deiner Mutter gesucht?«

Eine Weile blieb alles still, bis Nadine sich räusperte und antwortete: »Ich habe in der Nacht ein lautes Poltern gehört. Als ich meine Mutter am Morgen nicht in ihrem Schlafzimmer fand, fiel mir das seltsame Geräusch wieder ein.«

»Hat sonst noch jemand etwas gehört?«, fragte Erik.

Arthur und Samantha verneinten.

»Ich habe erst heute Morgen festgestellt, dass meine Frau die ganze Nacht über nicht in ihrem Bett war«, erklärte Arthur.

»Haben Sie Ihre Frau gesucht?«

»Nein. Ich bin zur Arbeit gegangen. Ich dachte mir, dass sie ihre Gründe hatte, die Nacht woanders zu verbringen.«

»Wo hätte Ihre Frau dazu Gelegenheit?«

Auf diese Frage gab Arthur Jennewein keine Antwort.

»Warum sind Sie mit der ungewöhnlichen Situation heute Morgen so unbesorgt umgegangen?«

»Wir hatten ... Probleme«, murmelte Arthur widerwillig.

Deutlich spürten die Beamten, dass er etwas verschwieg.

Erik ließ Anke fortfahren, die sich inzwischen in die Nähe von Nadine gesetzt hatte.

Anke fühlte sich, als wollte sie sich einem scheuen Fohlen nähern, das große Angst vor Menschen hat.

»Wie alt warst du, als deine Mutter und Dr. Jennewein geheiratet haben?«

»Sechs Jahre.«

»Warst du froh über die Ehe deiner Mutter?«

Nadine schaute Anke eine Weile an, bevor sie sagte: »Ich glaube schon.«

»Warum glaubst du nur? Weißt du es nicht?«

Nadine überlegte. Heftig atmete sie ein und aus. »Ich erinnere mich nicht mehr so genau.«

Diese Antwort machte Anke stutzig. Wie konnte Nadine eine große Veränderung in ihrem Leben vergessen?

»Woran erinnerst du dich nicht mehr?«

»Wie das war, als meine Mutter und Arthur geheiratet haben«, erklärte Nadine. »Es ist schon so lange her.«

»Woran erinnerst du dich denn?«

»Daran, dass ich ein Pony geschenkt bekam«, antwortete Nadine. Ihr Blick wurde schlagartig weich. »Ein Schimmelpony mit dem Namen Falada. Das hat mir Arthur geschenkt.«

»Wo ist Falada jetzt?«

»Es steht bei Opa Jakob in Nalbach. Er hat außerdem noch Ziegen, Schafe und Gänse. Dort ist Falada in guter Gesellschaft.«

Anke schmunzelte bei der Aufzählung der Tiere.

»Reitest du noch?«

»Nein. Inzwischen ist Falada zu klein für mich. Aber behalten werde ich sie ihr ganzes Leben lang.«

Die Worte klangen schwärmerisch. Anke spürte, dass Falada ein wichtiger Bestandteil im Leben der jungen Frau war.

»Haben Sie auch Pferde?« Mit der Frage richtete sich Erik an Samantha.

»Ich hatte welche. Zwei, um es genau zu sein. Und zwar richtige – keine Ponys.«

»Wo sind Ihre Pferde jetzt?«

»Die habe ich verkauft. Habe kein Interesse mehr am Reiten.«

Arthur Jennewein schüttelte den Kopf und bemerkte: »Da versucht man alles, damit die Kinder ein ausgefülltes Leben haben. Aber das Ergebnis ist gleich Null. Sie müssten unseren Stall mal sehen. Früher war er das reinste Pferdeparadies, heute stehen dort nur noch Trümmer. So viel zu meinen Bemühungen, Samantha ein guter Vater zu sein. Vielleicht ist es mir bei Nadine besser gelungen.«

»Du bist nicht Nadines Vater, kapier das doch«, mischte sich Samantha ein.

Anke spürte die Frage aufkeimen, wie Nadines Leben ab sofort aussehen würde. Sie schaute sich die junge Frau genau an. Nadine war so dünn, als bestünde sie nur aus Knochen und Sehnen, ihre Gesichtsfarbe so blass, als sei sie blutleer. In ihren Augen war ein tiefer Schmerz zu sehen, aber sie sprach ihn nicht aus – schrie ihn nicht heraus. Sie wirkte auf Anke, als habe sie nicht gelernt, Gefühle zu zeigen. Bei ihrem Anblick bekam Anke einen Vorgeschmack auf die Einsamkeit, die Nadine in dieser Familie erwartete.

»Dein Opa lebt in Nalbach?«, fragte sie.

»Das ist nicht Nadines Opa, sondern meiner«, hörte Anke schon wieder Samanthas Stimme.

Sie beherrschte sich, als sie weiterfragte: »Hast du ein gutes Verhältnis zu Opa Jakob?«

Nadine nickte.

Diese Antwort gefiel Anke. Sie ahnte, dass Nadine dort im Fall der Fälle eine Zuflucht finden könnte.

Sie stellte sich an das große Panoramafenster und ließ ihren Blick über die herrliche Aussicht schweifen. Natur über Natur erstreckte sich dort vor ihren Augen. Eigentlich müsste es schön sein, hier zu leben. Hinter den großen Feldern und vereinzelten Häusern erhob sich ein bewaldeter Berg, auf dessen Spitze etwas Weißes leuchtete.

Ankes Augen hafteten an dem rätselhaften Punkt. Fast hätte sie die Abfahrt ihrer Kollegen verpasst.

Bevor sie in den Dienstwagen einstieg, berichtete sie Erik von dem Porschefahrer.

»Hast du dir denn die Nummer gemerkt?«

»Klar! Für wie dumm hältst du mich eigentlich?«

Die Hauptstraße in Diefflen wirkte belebt zur morgendlichen Stunde. Die Sonne lockte frohgelaunte Menschen auf den kleinen Marktplatz. Die Frauen trugen Einkaufskörbe; die Männer eilten in die Kneipen.

»Ein lustiges Treiben herrscht in diesem Dorf«, stellte Erik fest, der auf dem Beifahrersitz saß und alles in Ruhe beobachten konnte. »Es sieht so aus, als würde hier jeder jeden kennen.«

»Das sieht nicht nur so aus«, nickte Anke, die im Fond des Wagens saß. »In Dörfern ist das so.«

»Hat doch Vorteile«, überlegte Erik. »Wenn man Hilfe braucht, weiß man immer, wen man darum bitten kann.«

»Das ist nicht so sicher«, schaltete Bernhard sich ein. »Die Freundschaft beschränkt sich vielmehr auf die Freuden des Lebens. Wenn es um Arbeit geht, trennt sich die Spreu vom Weizen.«

»Du kennst dich ja gut aus«, staunte Erik.

»Klar! Ich bin in einem Dorf aufgewachsen. Für Kinder ist das schön. Aber als Erwachsener lernt man auch die andere Seite kennen. Man ist nie allein, was bedeutet, du kommst nie zur Ruhe, bist ständig unter Beobachtung. Bei allem, was du tust, mischen sich andere ein. Ich weiß nicht, ob das wirklich erstrebenswert ist.«

»Und deshalb bist du nach Saarbrücken gezogen?«, fragte Erik.

»Ja. Manche behaupten, Saarbrücken wäre auch ein Dorf. Aber wenn man von einem richtigen Kuhdorf kommt wie ich, erkennt man den Unterschied. Saarbrücken hat Großstadtcharakter.«

»Und das gefällt dir?«

»Ja. Ich wollte aus dem Provinzmief heraus.«

»Zu den Junkies und Prostituierten?«

»Was willst du mir damit sagen?«

»Ganz einfach: Der Provinzmief ist in meinen Augen menschenfreundlicher als das, was man in Großstädten sieht und miterlebt. Ich komme aus Köln – jahrelang galt Köln als das Chicago Deutschlands. Für jeden Verbrecher, den man dort verhaftet, erscheinen am nächsten Tag drei neue auf der Bildfläche.«

»Auch ein Grund, Köln zu verlassen«, stellte Anke fest.

Kapitel 3

»Isolde Jenneweins Todeszeitpunkt liegt zwischen Mitternacht und zwei Uhr. Ihre Hämatome sind kurz vor ihrem Tod entstanden, ein Detail, auf das Dr. Wolbert besonders nachdrücklich hinweist.« Neben dem Bericht des Gerichtsmediziners verteilte Forseti Fotos des Opfers.

Darauf waren die Blutergüsse auf Oberkörper, Hals und Unterarmen besonders kontrastreich abgebildet. Es sah nach einem Todeskampf aus.

Im Büro des Dienststellenleiters herrschte lautes Stimmengewirr, das Forseti mit seiner Frage »Wie ist es möglich, dass kein Familienmitglied im Haus etwas gehört hat?« beendete.

Anke berichtete von den Eindrücken, die die Familie der Toten hinterlassen hatte.

»Das klingt so, als gäbe es dort Geheimnisse«, merkte Forseti an. »Jürgen, was haben Sie herausgefunden?«

Der Angesprochene schaute auf die Papiere, die vor ihm lagen, und antwortete: »Wir können beim Thema Geheimnisse bleiben: Die Tote hat eine aktenkundige Vergangenheit. Sie ist eine geborene Remmark. Ihre Mutter hat geheiratet, als sie sechs Jahre alt war. Einen gewissen Hugo Kauz.«

»Wo ist die Mutter jetzt?«

»Wir suchen sie«, gab Jürgen zu. »Nach dem Tod ihres Mannes hat sie Deutschland verlassen. Seitdem gibt es keine Spur mehr von ihr.«

»Ich sehe Parallelen zu dem Leben der Tochter Nadine«, schaltete Anke sich ein. »Isolde Jennewein hat Dr. Arthur Jennewein geheiratet, als Nadine sechs Jahre alt war.«

»Die Parallelen gehen noch weiter: Isolde Jennewein, früher Remmark, bekam einen Stiefbruder, Oskar Kauz. Er war zehn Jahre älter«, erzählte Jürgen. »Hugo Kauz hatte Isolde nicht adoptiert.«

»Isolde Jenneweins Leben besteht nur aus Déjà-vus«, bemerkte Anke.

»Hugo Kauz starb unter nicht ganz geklärten Umständen«, sprach Jürgen weiter.

»Was heißt das?«, hakte Forseti nach.

»Offiziell lautete die Todesursache Zuckerkoma. Es wurde in dem Fall ermittelt, konnte aber nichts festgestellt werden, was eine Beschleunigung seines Todes bestätigt hätte.«

»Warum ist ein Zuckerkoma ein nicht ganz geklärter Umstand?«, fragte Bernhard zweifelnd. »War Hugo Kauz kein Diabetiker?«

Jürgen schaute in seine Akte, bevor er antwortete: »Doch! Ich gebe nur das wieder, was in der Akte steht.«

Forseti schaltete sich ein: »Nun wollen wir hier keine Haare spalten, wo es uns nicht im Geringsten weiterhilft. Lesen Sie weiter vor, was dort steht!«

»In den folgenden Jahren wurde Isolde Remmark aktenkundig wegen Prostitution.«

Gemurmel entstand.

»Später hat sie Walter Kruchten geheiratet. Ein Freier.«

»Ist das der leibliche Vater von Nadine?«, fragte Anke.

»Nein. Sie war bereits schwanger. Da wir gerade von Geheimnissen sprechen: Isolde Jennewein hat im Jahr 1989 Walter Kruchten erschlagen.«

»Nun wird es richtig interessant!«

»Sie wurde vom Gericht freigesprochen mit der Begründung Notwehr. Walter Kruchten habe seine Frau und das Kind misshandelt.«

»Das klingt zwar aufregend, aber nicht geheimnisvoll«, schimpfte Bernhard.

»Für mich schon: Isolde Jennewein hinterlässt zwei Todesfälle, die Fragen zurücklassen. Vom Stiefvater wurde sie als Tochter abgelehnt, kurze Zeit später starb er. Vom Ehemann wurde sie misshandelt, kurze Zeit später starb er«, stellte Jürgen dagegen. »Sie war nicht zimperlich.«

»Von den beiden kann sich aber niemand an ihr gerächt haben«, beharrte Bernhard.

»Wie geht das Leben dieser aufregenden Frau weiter?« Mit seiner Frage unterbrach Forseti Bernhards Einwände.

»Den Rest wissen wir: 1993 heiratete sie Dr. Jennewein und lebte mit ihm glücklich bis an ihr jähes Ende.«

»Wie kommt eine Prostituierte, die wegen Totschlags angeklagt war, an einen gut situierten Arzt?«, fragte Esther. »Das klingt ja wie das Märchen vom Traumprinzen.«

»Nachdem sie Walter Kruchten geheiratet hatte, kehrte sie dem kunterbunten Leben den Rücken und begann in Dr. Jenneweins Praxis als Arzthelferin zu arbeiten. So haben sie sich kennengelernt«, antwortete Jürgen.

»Das würde bedeuten, dass sie ihren zweiten Ehemann bereits kannte, als sie noch mit Walter Kruchten verheiratet war«, grinste Esther. »Natürlich ist es purer Zufall, dass sie Walter Kruchten erschlägt und danach Arthur Jennewein heiratet.«

»Nach alldem, was Isolde Jennewein durchgemacht hat, kann ich mir Selbstmord immer weniger vorstellen«, sprach Jürgen seine Bedenken aus.

»Nein. Sie wirkt vielmehr wie eine Überlebenskämpferin«, nickte Esther.

»Das können wir erst ausschließen, wenn wir sicher sind, dass es keinen Abschiedsbrief gibt«, verdeutlichte Bernhard. »Hat die Spurensicherung etwas in dieser Art gefunden?«

»Bis jetzt wurde kein solcher Brief erwähnt«, antwortete Jürgen.

»Ein Motiv für die Tat ist bis jetzt auch nicht ersichtlich«, übernahm Forseti das Wort. »Walter Kruchten starb vor zwölf, Hugo Kauz vor einundzwanzig Jahren. Rache kommt nach so langer Zeit sicher nicht mehr in Frage.«

»Was müssen wir tun?« Bernhard rieb sich tatenfreudig die Hände.

»Wir müssen herausfinden, wo Isolde Jenneweins Mutter jetzt ist, damit sie über den Tod ihrer Tochter informiert werden kann«, bestimmte Forseti. »Diese Aufgabe übernimmt unsere Kollegin Esther Weis.«

Die Angesprochene nickte, dabei war ihr der Ärger über diese Anweisung deutlich anzusehen.

»Da wir von einem Todeskampf ausgehen, hat der Täter mit großer Wahrscheinlichkeit Spuren an Isolde Jennewein zurückgelassen. Also sorgen wir dafür, dass die Kleidung der Familie zur Untersuchung ins Labor kommt«, fuhr Forseti fort. »Das übernehmen Sie!«

Bernhard nickte.

»Sie fahren zu Dr. Wolbert in die Gerichtsmedizin. Ich will den abschließenden Bericht morgen früh auf meinem Schreibtisch haben«, wandte er sich an Anke und Erik.

Damit beendete er die Dienstbesprechung.

Dr. Wolbert begrüßte Anke und Erik in seiner Arbeitsmontur – grüner Kittel, grüne Haube und Mundschutz. Anke und Erik zogen sich ebenfalls die grüne Tracht über und folgten ihm in die Katakomben des Todes.

»Bisher kann ich Ihnen sagen, dass der Todeszeitpunkt, den ich am Tatort genannt habe, bestätigt wurde. Sie starb zwischen null und ein Uhr in den Morgenstunden. Ihre gesundheitliche Verfassung vor dem Tod war bestens, also wäre dort kein Motiv für Selbstmord zu finden.«

»Es sei denn, sie wollte nicht ewig leben«, bemerkte Erik.

»So habe ich das noch gar nicht gesehen. Das könnte man als Motiv betrachten«, stimmte der Gerichtsmediziner amüsiert zu. »Aber nun wieder ernsthaft: Sie hat Hämatome am Hals, die auf einen Würgegriff schließen lassen. Außerdem hat sie Blutergüsse an beiden Unterarmen, als habe sie jemand gegen ihren Willen festgehalten. Und der Oberkörper ist voller Prellungen, als habe sie jemand geschlagen. Diese Frau hatte einen heftigen Kampf vor ihrem Tod.«

Dabei zeigte er auf die angesprochenen Merkmale an der Leiche.

»Die Kleidung der Toten liegt schon im Labor. Dort wird alles nach Fremdfasern abgesucht. So, wie sie aussieht, müssen Fremdfasern zu finden sein.«

»Forseti will morgen früh den detaillierten Bericht«, verkündete Anke.

»Oje, oje! Der Perfektionist«, murrte Dr. Wolbert. »Ich arbeite schnell, wie immer. Ich habe nämlich keine Lust, eine Leiche länger als nötig auf dem Tisch liegen zu lassen. Das müsste Forseti inzwischen eigentlich wissen.«

»Wir wiederholen nur, was er gesagt hat.«

»Klar. Aber es war schon immer so, dass der Überbringer schlechter Nachrichten die Prügel bezieht.« Der Gerichtsmediziner grinste schelmisch.

Anke empfand dieses Grinsen so ansteckend, dass sie mitlächelte. Es bereitete ihr Vergnügen, Dr. Wolbert zu sehen – auch wenn die Umstände nicht gerade einladend waren.

»Gibt es Anzeichen, dass Isolde Jennewein schon Selbstmordversuche unternommen hat?« Mit dieser Frage beendete Erik das Geplänkel zwischen den beiden.

»Nein, nichts dergleichen.«

»Geben die Blutergüsse einen Aufschluss, mit welchem Gegenstand sie geschlagen wurde?«

»Nein. Das können durchaus Fäuste gewesen sein.«

Anke hörte den beiden zu, während sie die Männer genau beobachtete. Erik war größer als Dr. Wolbert, seine Statur kräftiger, seine Gesichtszüge grober. Dr. Wolbert wirkte geschmeidig, elegant und jugendlich – schon fast jungenhaft, wären diese grauen Strähnen nicht.

»Können wir also sagen, der Täter ist männlich?«, hörte sie wieder Eriks dunkle Stimme.

»Dazu kann ich mich nicht äußern.«

»War Isolde Jennewein schon tot, als sie mit der Schlinge hochgezogen wurde?«

Anke horchte auf.

Dr. Wolbert schüttelte den Kopf und antwortete: »Nein. Sie starb an den Folgen der Strangulation durch Erhängen.«

»Die Zweifel an der Selbstmordtheorie begründen sich nur darin, dass sie sich die Hämatome zu Lebzeiten zugezogen hat?«

»Richtig!«

»Aber dann muss das Opfer schon leblos gewesen sein, als es hochgezogen wurde. Sonst hätte es sich gewehrt.«

»Das müssen Sie herausfinden«, gab Dr. Wolbert zurück.

»Das bringt mich wieder auf meine Frage, ob der Täter männlich war«, ließ Erik nicht locker. »Oder hat eine Frau so viel Kraft, einen unbeweglichen Körper an einem hohen Deckenbalken aufzuhängen?«

»Mit Flaschenzug geht alles«, hielt Dr. Wolbert dagegen. »Der Strick war lang. Das restliche Stück, das neben der Leiche herabhing, haben die Kollegen der Spurensicherung mitgenommen, um es auf Hautreste zu untersuchen. Aber eines kann ich schon bestätigen: Der Fundort ist der Tatort, denn die Staubpartikel aus dem Speicher befinden sich auch in Mund, Nase, Ohren und Augen der Toten.«

Mit diesen Informationen traten sie ihren Rückweg an.

Keine Fremdspuren – weder an der Kleidung der Familie Jennewein noch an dem Strick, mit dem sich Isolde Jennewein erhängt hatte. Ein erschütterndes Ausmaß an Nichts, was Anke dazu bewog, endlich in den Feierabend zu fahren.

Der Weg führte über die Mainzerstraße immer geradeaus, bis die stark befahrene Straße in die Kaiserstraße überging. Sie parkte ihren Wagen wie jeden Abend vor ihrer Wohnung im Grumbachtalweg und spazierte über den Trampelpfad zurück zu Kullmanns Haus, wo sie ihre Tochter abholte. Als Lisa ihre Mutter sah, streckte sie ihr beide Arme entgegen und ließ einen scheinbar endlosen, unverständlichen Redeschwall los. Nur ein Wort war deutlich herauszuhören: »Mama!« Sie wollte schon so viel erzählen. Anke erkannte, wie glücklich das Mädchen war – das Einzige, was zählte. Lisas blonde kurze Haare standen lustig von ihrem Kopf ab. Ihre Pausbacken waren gerötet und ihre blauen Augen funkelten. Mit ihren Beinchen strampelte sie in dem Kinderwagen vor lauter Ungeduld, bis Anke sie endlich hochgehoben hatte.

Mit Lisa auf dem Arm schlenderte sie über die Terrasse. Martha folgte ihr. Alles war still, die letzten Sonnenstrahlen fielen in den Garten, den Martha mit viel Sorgfalt angelegt hatte.

»Norbert hat etwas ganz Aufregendes für Lisa entdeckt«, berichtete Martha mit einem belustigten Grinsen. »Er ist losgefahren, um es sofort zu kaufen. Wenn er einen Einfall hat, duldet das keinen Aufschub.«

»Was ist es denn?«

»Eine Schaukel, die für alle Altersklassen geeignet ist.« Martha strahlte wie ein Honigkuchenpferd.

»Aber Lisa kann noch nicht einmal alleine sitzen. Wie soll sie schaukeln?« Anke wurde sofort ängstlich und drückte ihre Tochter noch fester an ihren Körper.

»Lass dich überraschen. Er tut nichts, was deinem Kind schaden könnte.«

Kapitel 4

»Ich bitte Sie, mich zum Haus der Familie Jennewein zu begleiten!«

So sollte ein Arbeitstag nicht beginnen. Anke warf Forseti einen erstaunten Blick zu.

»Wir haben das Ergebnis der Spurensicherung. Die Kollegen haben keinen Abschiedsbrief gefunden. Also gehen wir von Mord aus. Nach allem, was bisher an Spuren ausgewertet wurde, muss der Mörder im Kreis der Familie sein. Deshalb will ich mich selbst vor Ort umsehen und mit den Familienmitgliedern sprechen«, fügte er erklärend an.

Es war das erste Mal, dass Anke allein mit ihrem neuen Vorgesetzten zu einem Außentermin fuhr. Als Norbert Kullmann noch im Dienst war, gehörten solche Unternehmungen zur Routine. Kullmann hatte Anke auf fast all seine Ermittlungswege mitgenommen. Auf diese Weise hatte sie alles lernen können, was für ihre Arbeit wichtig war. Gern dachte sie an diese Zeit zurück.

Heute verband sie mit Kullmann nicht mehr ihre Arbeit, sondern ihr Privatleben. Schmunzelnd dachte sie darüber nach, wie sich ihr Leben verändert hatte. Seit Kullmann in Pension war und seinen Lebensabend zusammen mit seiner Frau Martha genoss, übernahm er für Anke die Rolle des Ersatzopas, der ihre Tochter betreute, während sie zur Arbeit ging. Ohne Kullmann und seine Frau wäre es für Anke nicht so einfach gewesen, Familie und Beruf unter einen Hut zu bringen. Lisa brauchte viel Aufmerksamkeit, die sie an den Wochentagen von Kullmann und Martha bekam.

»Ich möchte, dass Sie mit Nadine Kruchten sprechen. Sie macht gerade viel durch. Ich traue Ihnen genügend Feingefühl zu, mit dieser Situation umzugehen.« Forsetis Anweisung, angereichert mit einem Lob, ließ Anke fast übersehen, dass sie bereits vor Jenneweins Haus standen. Ohne eine Reaktion zu zeigen, stieg sie aus.

Bevor sie dazu kamen zu klingeln, wurde die Tür schon geöffnet. Ein großer, junger Mann verließ das Haus, stürmte an den beiden Polizeibeamten vorbei, ohne sie eines Blickes zu würdigen.

Anke eilte zur Tür, damit sie nicht ins Schloss fiel. Niemand war dem Flüchtenden gefolgt. Forseti und Anke traten ein.

Aus dem Wohnzimmer drangen laute Stimmen, die sich nach Streit anhörten.

»Du lässt gefälligst die Finger von Tobias, ist das klar?«, hörten sie ganz deutlich.

Anke erkannte die Stimme: Es war Samantha. Nach dem, was sie gerade brüllte, war die Angeschrieene Nadine.

Gefolgt von Forseti näherte sie sich dem Treiben. Als sie ins Wohnzimmer schaute, erblickte sie Nadine auf der hohen Kante des Ledersessels und Samantha, die wie eine Furie vor ihr stand und schimpfte.

Samantha bemerkte die Polizeibeamten sofort.

»Was ist denn hier los?«, empörte sie sich. »Gehört jetzt Einbrechen zu Ihren Arbeitsmethoden?«

»Warum schließen Sie nicht Ihre Haustür?«, konterte Anke bissig, womit sie Samantha am Überlegen hinderte. Ihr Plan ging auf, denn statt sich zu beschweren, fragte Samantha: »Was wollen Sie hier? Isolde die Schlampe hat sich erhängt. Warum halten Sie sich daran so lange auf? Jetzt nervt diese Person sogar noch nach ihrem Tod.«

»Wir wissen, dass Isolde Jennewein sich nicht freiwillig erhängt hat. Nun wollen wir wissen, wer nachgeholfen hat.« Ankes Beherrschung hing an einem seidenen Faden.

Forseti ging an die kurze Seite des Wohnzimmers und schaute sich die Fotos an, die einen großen Teil der Wand schmückten.

»Und wer ist dieser Schnüffler?«, murrte Samantha weiter.

»Das ist Kriminalhauptkommissar Forseti«, stellte Anke ihren Vorgesetzten vor. »Ich würde den Begriff Schnüffler an Ihrer Stelle vermeiden.«

»Was ist es dann, was er hier tut?«

Forseti drehte sich um. Samanthas Hochnäsigkeit geriet ins Wanken, als ihre Blicke sich trafen. Auf keinen Fall konnten dieses Gesicht und dieser Anzug Philanthropie oder irgendeine andere Sorte guter Bekanntschaft bedeuten. Die Erkenntnis ließ sie verstummen.

Anke staunte über die Reaktion. Bisher war es keinem gelungen, Samantha in den Griff zu bekommen. Am kläglichsten war der eigene Vater gescheitert.

»Sie treiben Sport«, bemerkte Forseti mit einem Hinweis auf die Fotos an der Wand. »Ich sehe Sie hier bei Auszeichnungen im Reitsport.«

»Ja! Ich war gut.«

»War?«

»Ich reite schon lange nicht mehr. Warum?«

»Welchen Sport machen Sie heute?«

»Ich mache gelegentlich Kampfsport. Aber nur sporadisch – habe nicht immer die große Lust.«

»Was machen Sie beruflich?«, fragte Forseti weiter.

»Ich studiere an der Uni in Saarbrücken.«

»Welches Fach?«

»Sprachen.«

»Genauer bitte!«

»Englisch und Französisch.«

»Wie lange sind Sie dort schon immatrikuliert?«

»Ein Jahr.«

»Dann haben Sie sich aber spät zum Studium entschlossen«, stellte Forseti fest.

»Ja und! Ich bin nicht zu alt, um noch etwas zu begreifen.«

»Das sei dahingestellt«, bemerkte Forseti frostig.

Samantha schwieg.

»Wo waren Sie in der Nacht von Mittwoch auf Donnerstag zwischen null und zwei Uhr?«, stellte er die Frage, auf die Anke schon gewartet hatte.

»Das habe ich Ihren Mainzelmännchen schon gesagt.«

»Beamtenbeleidigung«, bemerkte Forseti. An Anke gerichtet fügte er an: »Das nehmen wir mit ins Protokoll auf!«

»Scheiße, Mann!«

»Das natürlich auch.«

»So war das nicht gemeint.« Samantha wurde kleinlaut.

»Ich hatte nicht den Eindruck, dass Sie es anders meinten, als Sie es gesagt haben. Ich stelle hier klare Fragen, darauf kann man klare Antworten erwarten«, blieb Forseti beharrlich.

»Gut. Also wiederhole ich meine Antwort: Ich war mit Berthold Bracke zusammen.«

»Das haben wir überprüft.«

»Warum fragen Sie dann noch?«

»Weil Herr Bracke ausgesagt hat, dass Sie ihn um elf Uhr am Mittwochabend verlassen haben.«

Plötzlich herrschte Stille.

Samantha spürte deutlich, was die Aussage ihres männlichen Begleiters zu bedeuten hatte.

»Ich warte«, warf Forseti in die Stille ein.

»Ich bin anschließend nach Hause gefahren«, antwortete Samantha.

»Dann müssten Sie zur Tatzeit zu Hause gewesen sein.«

»Nein, war ich nicht!«

»Das müssen Sie mir genauer erklären!«

»Was soll ich da erklären?« Samantha wurde nervös.

»Wie es möglich ist, dass Sie um elf Uhr Ihren Bekannten verlassen haben und um zwölf Uhr immer noch nicht zu Hause angekommen sind. Wir wissen, wo der Herr wohnt, den Sie besucht haben.«

»Ich habe nicht auf die Uhr gesehen.«

»Das ist keine Antwort.«

»Okay! Ich glaube, es war zwischen ein und zwei Uhr.«

»Was haben Sie in der Zwischenzeit gemacht?« Forsetis Tonfall wurde ungeduldig.

»Ich war noch in einer Kneipe. Als ich dort keine Bekannten antraf, habe ich den Laden wieder verlassen.«

»Dann wird sich ja dort jemand an Sie erinnern. Sagen Sie uns den Namen des Lokals!«

»Ich weiß nicht, ob sich jemand an mich erinnern kann. Dort ist es immer voll.«

»Das werden wir überprüfen. Wenn sich niemand an Sie erinnert, sieht es schlecht für Sie aus.«

»Scheiße! Das kapier ich auch. Aber ich habe der Schlampe nichts angetan«, wurde Samantha immer nervöser. »Warum auch?«

»Die Schlampe will ich nicht hören, dafür den Namen der Kneipe!« Forseti ließ nicht locker.

»Irish Pub.«

»Na also! Geht doch.« Forseti deutete ein Nicken an. »Wie standen Sie zu Ihrer Stiefmutter?«

»Das war nicht meine Stiefmutter, das war die Frau meines Vaters«, stellte Samantha trotzig klar.

»Da haben wir schon das erste Motiv«, konterte Forseti.

Samantha starrte ihn mit offenem Mund an.

Schritte ertönten aus dem Flur. Einen Moment später betrat Dr. Jennewein das Wohnzimmer. Er begrüßte die Polizeibeamten ohne das geringste Anzeichen von Verwunderung oder Groll.

»Haben Sie schon etwas herausgefunden?«, fragte er.

»Nein, wir ermitteln noch«, antwortete Forseti.

Für eine Weile blieben alle ganz still in dem großen Zimmer. Durch das Eintreten des Familienvaters war die Unterhaltung abgebrochen. Anke beobachtete, dass sich die Mitglieder dieser Familie nicht anschauen konnten. Jeder bemühte sich, dem Blick des anderen auszuweichen.

Unter diesen Bedingungen mit Nadine zu sprechen, kam Anke sinnlos vor.

Also machte sie einen Vorschlag: »Ich möchte mich gern mit dir unterhalten. Können wir so lange in dein Zimmer gehen?«

Nadine schaute Anke überrascht an, reagierte aber sofort. Sie ging Anke voraus in das obere Stockwerk. Das Zimmer, in das sie die Polizeibeamtin führte, war groß und zeigte in die gleiche Richtung wie das Wohnzimmer – zum Garten.

Anke trat ein und schloss die Tür hinter sich.

Was nun kam, überraschte sie.

Nadine rannte auf die geschlossene Tür zu, riss sie hastig auf und schnappte gierig nach Luft, als hätte sie ihr jemand abgeschnürt.

»Was ist los?«, fragte Anke erschrocken.

Nadine brauchte eine Weile, bis sie wieder normal atmen konnte. Erst dann sagte sie: »Keine Türen schließen! Bitte!«

»Ja sicher! Hast du Platzangst?«

Nadine zuckte nur mit den Schultern, sagte kein Wort.

Anke wartete, bis Nadine sich beruhigt hatte, bevor sie mit ihren Fragen begann: »Wir wissen, dass deine Mutter zweimal verheiratet war. Der erste Ehemann hieß Walter Kruchten. Wie war er zu dir?«

Nadine überlegte eine Weile, bis sie meinte: »Er war okay.«

Anke staunte über diese Antwort.

»Gab es niemals Streit?«

»Nicht, dass ich wüsste.«

»Hat er dich geschlagen?«

»Nein! Wie kommen Sie darauf?« Nadine schaute Anke entsetzt an.

Diese Antwort deckte sich nicht mit den Aussagen von Nadines Mutter, als sie wegen Totschlags vor Gericht gestanden hatte, erkannte Anke.

»Wie ist Dr. Jennewein zu dir?«

Nun musste Nadine sogar lächeln: »Er ist ein ganz lieber Mensch. Immer versucht er, es uns allen recht zu machen.«

»Aber es gelingt ihm nicht, oder?«

»Nein.«

»Warum?«, hakte Anke nach. »Hat es mit Samantha zu tun?«

»Natürlich! Mit wem sonst?«

»Ich wüsste es gern genauer. Wie ist dein Verhältnis zu Samantha?«

Nadine antwortete prompt: »Da ist keins!«

»Ihr seid doch Stiefschwestern.«

»Wir sind Feindinnen. Samantha ist schlecht, durch und durch schlecht«, kam es im Brustton der Überzeugung. »Sie tut alles, um uns zu vernichten. Alles!«

»Hat sie denn schon einmal etwas Schlimmes getan?«

»Sie tut immer nur schlimme Dinge.«

Anke stutzte. Nadines Verhalten brachte sie aus dem Konzept. Die Fragen, die sie vorbereitet hatte, wollten nicht mehr über ihre Lippen kommen. Unwillkürlich kam ihr der Gedanke, dass Nadine sich nicht wie eine Siebzehnjährige benahm. Alles an ihr wirkte kindlich, unreif. Sie beobachtete Nadine eine Weile, wie sie an ihren dünnen Haaren spielte, sich imaginäre Stäubchen von ihrer dunklen Bluse zupfte, sich damit beschäftigte, das Kleidungsstück glatt zu streichen, indem sie es fest herunterzog und wieder losließ.

Nach einer Weile unterbrach Anke die Stille: »Gestern hast du mir erzählt, dass du dich nicht mehr so genau daran erinnerst, wie das war, als deine Mutter und Arthur geheiratet haben. Kann es sein, dass du nicht mit mir darüber reden wolltest, weil Samantha in unserer Nähe war?«

Nadine schaute Anke an, antwortete aber nicht. Stattdessen wirkte ihr Blick verklärt, als befände sie sich nicht in diesem Zimmer. Sie drehte sich langsam auf das Fenster zu. Anke beobachtete Nadine, die eine Weile hinaus schaute, bevor sie sich wieder an Ankes Anwesenheit erinnerte: »Da ist ein schwarzes Loch.«

»Was heißt das?«

»Ich erinnere mich an nichts.«

Anke spürte, dass Nadine sie mehr verwirrte als Klarheit in den Fall brachte.

»Bin ich jetzt verrückt?«, fragte Nadine verunsichert. »Ich kann nichts sagen, nichts hören, nichts sehen.«

»Gar nichts?«

»Dunkelheit.«

Anke fröstelte bei diesen Worten. Was war nur mit der jungen Frau geschehen? Diese Antworten bedeuteten mehr, als sie selbst heraushören konnte. Aber um sie zu analysieren, brauchte Anke kompetente Hilfe.

»Du sagtest gestern, dass du in der Nacht, als deine Mutter starb, von einem lauten Geräusch geweckt wurdest«, wechselte sie das Thema, weil sie befürchtete, von Nadines dunkler Aura mitgerissen zu werden. »Um welche Uhrzeit war das ungefähr?«

»Ich habe auf die Uhr gesehen«, sprach sie mehr zu sich selbst als zu Anke. Sie setzte sich auf das Bett, schlang die Arme um die Knie und schaukelte wie in Trance. »Es war Mitternacht. Wahrscheinlich habe ich den verzweifelten Kampf meiner Mutter um Leben und Tod gehört, hätte helfen können, habe es aber nicht getan.«

»Du weißt nicht, ob du wirklich hättest helfen können. Wer weiß, gegen wen sie kämpfen musste. Isolde Jennewein hat den Kampf verloren, also hatte sie einen starken Gegner.«

»Warum habe ich nicht reagiert?«, fragte Nadine weiter, als hätte sie Ankes Worte nicht gehört.

Anke kehrte zu Forseti zurück, der im Wohnzimmer mit Dr. Jennewein sprach. Er beendete das Gespräch, verabschiedete sich und verließ mit Anke das Haus.

»Was ist bei Ihnen herausgekommen?«, fragte er, als sie im Auto saßen.

»Nur, dass die Tragödie dieser Familie nicht erst mit dem Tod von Isolde Jennewein begonnen hat«, bemerkte Anke, immer noch ergriffen von der Unterhaltung mit Nadine.

»Wie soll ich das verstehen?«

»Nadine benimmt sich äußerst merkwürdig. Sie strahlt etwas Unheimliches aus. Sie weicht meinen Fragen aus, redet von einem schwarzen Loch ihrer Erinnerungen. Nur eines macht sie unmissverständlich klar: Sie hat Angst vor Samantha.«

»Das ist nachvollziehbar. Sogar der Vater hat Angst vor seiner Tochter«, bestätigte Forseti. »Wir werden die junge Frau im Auge behalten.«

Er fuhr in einem zügigen Tempo über die Autobahn, während er weitersprach: »In dieser Familie gibt es etwas, das alle verheimlichen. Etwas, das auszusprechen sich entweder niemand wagt oder jeder bewusst verschweigt, weil es zu belastend ist.«

»Das habe ich auch erkannt«, bemerkte Anke. »Sie wagen nicht einmal, sich in die Augen zu schauen.«

»Ich habe die Familie für morgen früh vorgeladen. Dann werden wir jeden einzeln vernehmen. Wir müssen die Wahrheit aus diesen Menschen herausbekommen. Ich spüre deutlich, dass es in der Familie etwas gibt, das der Auslöser für Isolde Jenneweins Tod sein könnte.«

Kapitel 5

»Es gibt eine weitere Leiche!«, lautete Eriks Begrüßung am frühen Morgen.

»Das hört sich nach Stress an«, stellte Anke fest.

»Ein Förster hat vor einer Stunde eine Frauenleiche auf dem Litermont – ein bewaldeter Berg bei Nalbach – gefunden. Sie lag so versteckt, dass er sie erst fand, als er ganz dicht an ihr vorbeiging.«

»Nalbach?«, hakte Anke nach. »Das liegt direkt angrenzend an Diefflen.«

»Keine Ahnung.« Erik zuckte die Schultern.

»Wer übernimmt den Fall?«

»Das wird uns Forseti sicherlich gleich sagen.«

Kaum hatte Erik ausgesprochen, wurden alle Kollegen zum Chef gerufen.

»Anke, Sie fahren zusammen mit Erik zum Leichenfundort. Der Gerichtsmediziner ist schon dort und erwartet Sie«, begann Forseti, die Aufgaben zu verteilen.

»Geht klar!«

»Wichtig ist es, herauszufinden, wer diese Frau ist, ihre Lebensumstände, Bekannte, Freunde, Feinde und so weiter.«

»Gibt es Hinweise auf ein Tötungsdelikt?«, fragte Anke.

»Laut Gerichtsmediziner gibt es viele Spuren von Hämatomen auf der Leiche. Die Stelle, an der sie gefunden wurde, liegt direkt unterhalb des Litermont-Kreuzes, das sich auf einer Aussichtsplattform hoch über den Bäumen befindet.«

Anke erinnerte sich, aus dem Wohnzimmerfenster der Familie Jennewein einen leuchtend weißen Punkt inmitten von Bäumen auf dem Hügel erkannt zu haben.

»Ein Sturz von dieser Stelle könnte die Spuren an der Leiche erklären.«

»Schon wieder Verdacht auf Selbstmord?«, fragte Erik staunend.

»Dem müssen Sie nachgehen«, bemerkte Forseti ungeduldig. »Am besten, indem Sie hinfahren!«

»Schon verstanden«, salutierte Erik, als sei er immer noch bei der Bundeswehr.

»Im Fall Jennewein ist die Familie für heute Morgen vorgeladen. Sie haben mit den Befragungen begonnen und werden sie auch fortsetzen«, wandte sich Forseti an die übrigen Kollegen.

Jürgen nickte. Bernhard saß still im Hintergrund. Als er keinerlei Reaktion auf die Anweisung seines Vorgesetzten zeigte, warf Forseti ihm mit hochgezogener Augenbraue einen Blick zu, worauf Bernhard meldete: »Befragungen fortsetzen! Alles klar! Habe verstanden!«

Anke und Erik verließen eilig das Büro. Auf die Spannungen zwischen Bernhard Diez und Forseti konnten sie verzichten. Wieder fuhren sie über die Autobahn A 620, ließen Dillingen-Diefflen hinter sich und bogen vor dem kleinen Ort Düppenweiler in einen Waldweg ein, dessen Wegweiser auf einen »Grauen Stein« hinwies.

»Sind wir richtig?«, fragte Anke.

»Die Kollegen haben mir den Weg so beschrieben. Ich hoffe, die kennen sich hier besser aus als wir.«

Ein asphaltierter Weg schlängelte sich durch einen dichten Laubwald, der im jungen Grün des beginnenden Frühlings stand. Die Äste waren übersät mit einer weißen, auffälligen Blütenpracht.

»Die Natur ist im Frühling am schönsten«, schwärmte Anke, die den Anblick der blühenden Bäume genoss. »Man müsste sich besser auskennen und wissen, vor welchem Baum man gerade steht.«

»Ich bin der falsche Ansprechpartner. Da, wo ich herkomme, sprießen im Frühling die Baustellen, im Sommer die Verbrechen, weil die Hitze die Gemüter erregt, im Herbst die Verhaftungen, weil viele ein Obdach für die kalte Jahreszeit brauchen, und im Winter die Einbrüche und Hausbesetzungen.«

»Ich weiß: das Chicago Deutschlands«, bemerkte Anke.

»Das hast du dir gut gemerkt.«

»So etwas kann ich nicht vergessen. Ich glaube, da wäre ich auch geflohen.«

Auf einem Parkplatz am »Grauen Stein« sammelten sich viele Polizeifahrzeuge. Neben dem als »Steakhouse« ausgeschilderten Lokal stand ein orangefarbener Flachbau mit dem Hinweis »Margrets Bauernstube«. Hinter der Stube wies ein großes Schild auf das Wohngebiet Litermont hin, aber nichts war dort zu sehen, was den Hinweis bestätigt hätte. Vereinzelt befanden sich dort kleine Häuser, die so dicht aneinander gebaut waren, dass kein Platz mehr für einen Garten übrig blieb. Baufahrzeuge standen auf freien Flächen, die als Bauplatz vorgesehen waren.

Dort parkten sie ihr Auto und stiegen aus.

»Was ist das hier?«, fragte Anke und schaute sich um.

»Das sind die Überreste eines Campingplatzes«, sprach ein Gast der Bauernstube die beiden Polizeibeamten an. Er saß auf der Terrasse vor dem Lokal und trank ein Bier. Unter den großen Sonnenschirmen hatten Anke und Erik den Mann nicht bemerkt.

»Ein Campingplatz in einer Gegend wie dieser«, staunte Erik. »Wer macht denn hier freiwillig Urlaub?«

»Sie glauben nicht, was hier im Sommer los ist.«

Anke und Erik ließen sich den Weg zum Fundort der Leiche von einem Kollegen der Schutzpolizei zeigen. Ein steiler Anstieg führte zum Litermont-Kreuz. Auf dem Waldweg schloss das Team der Spurensicherung gerade seine Arbeit ab. Theo Barthels trat auf Anke und Erik zu, begrüßte die beiden und meinte erschöpft: »Wir sind fertig – mit den Nerven und mit der Spurensicherung. Leider kein Ergebnis.«

»Die Leiche selbst wird uns vielleicht mehr erzählen«, überlegte Erik.

Theo nickte: »So, wie die aussieht, bestimmt.«

Anke schluckte.

Sie setzten ihren Weg fort.

Das Waldgebiet war groß und durchzogen mit Trampelpfaden. Anke entdeckte Hufspuren. Das erinnerte sie an ihre eigenen Erlebnisse zu Pferde. Es waren schöne Erinnerungen. Verträumt schaute sie einen kleinen Weg entlang, der in die Tiefe des Waldes führte. Sie konnte sich gut vorstellen, dass es ein Abenteuer war, hier zu reiten. Die Umgebung des Litermonts sah einladend aus.

»Kommst du mit oder willst du hier weiterträumen?« Mit dieser Frage riss Erik sie aus ihren Gedanken.

Ein zur Hälfte fertig gestellter Turm zog seine Aufmerksamkeit auf sich. Ein Schild wies darauf hin, dass es sich um eine originalgetreue Nachbildung eines Telegraphen aus der Zeit Napoleons handelte. Gegenüber sahen sie rustikale Holzbänke und Tische unter dem Baldachin der Bäume, die in voller Blüte standen. Nach abgeschlossener Arbeit saßen dort die Kollegen der Spurensicherung zusammen mit dem Gerichtsmediziner, der auf den Entomologen wartete.

Es war ein schönes Fleckchen Erde. Von diesem Platz aus reichte die Sicht über Nalbach, Diefflen und Dillingen mit seinen qualmenden Schornsteinen der Dillinger Hütte bis zur Ensdorfer Grube mit ihrer schwarzen Bergehalde. Die malerische Kulisse zog Anke in ihren Bann.

Ein Geflecht aus Weiden zierte die andere Seite des Aussichtspunktes. Auf Ankes staunenden Blick erklärte Theo: »Ein Weidendom! Seine Attraktion begründet sich darin, das größte lebende Bauwerk im Saarland zu sein. Er besteht aus mehr als vierhundert Weiden und dreihundert Birkenstämmen.«

Dr. Wolbert erhob sich, um sie zur Fundstelle der Leiche zu führen. Doch Anke blieb bewundernd vor der Kuppelkonstruktion stehen. Sie maß einen Durchmesser von zehn Metern. Im Innern gab sie den Blick zum Himmel frei.

»Wunderschön«, schwärmte Anke.

»Das hat jetzt aber nichts mit unserem Fall zu tun«, drängte Dr. Wolbert.

Das wusste Anke auch. Aber die Vorstellung, ihren Blick auf eine von Maden angefressene Leiche zu richten, behagte ihr nicht. Die Ablenkung, die Theo Barthels ihr durch seine Baumkunde anbot, dafür umso mehr.

Ankes Blick richtete sich auf das Kreuz, das umgeben von einer Balustrade auf einer Aussichtsplattform stand. Es war ein schmiedeeisernes Kreuz auf einem weißen Betonsockel. Anke war sich sicher, dieses Monument vom Wohnzimmerfenster des Hauses der Familie Jennewein gesehen zu haben.

»Direkt hinter dem Kreuz steht eine Rotbuche.« Theo wies auf jeden Baum, den er benannte. »Die Buche ist der verbreitetste Baum in unserer Gegend.« Theo grinste. »Der Nadelbaum zu deiner Rechten ist übrigens eine Zypresse – für Pferde hochgiftig.«

»Gut zu wissen.«

»Und dort«, Theo zeigte auf einen Baum, dessen Blätter sich wie grüne Sterne entfalteten, »ein Ahornbaum.«

»Du kennst dich gut aus. Ich könnte in Sachen Botanik besser informiert sein«, erkannte Anke. »Wie will ich später meiner Tochter beibringen, welche Bäume in unseren Wäldern stehen?«

»Frag mich, ich helfe dir und deiner Tochter immer gern«, bot Theo sich sofort an.

»Ein angenehmer Duft herrscht hier.« Anke zog die Luft tief ein.

»Das sind die Blüten der Ulmen. Ein Allergiker fände hier den sicheren Tod durch Ersticken«, erinnerte Dr. Wolbert an seine Anwesenheit.

Anke sah ein, dass ihre Ablenkung irgendwann zu Ende sein musste. Folgsam trottete sie hinter dem Gerichtsmediziner zum Leichenfundort. Der Weg führte steil bergab, war schlecht zu begehen. Anke musste aufpassen, nicht zu stolpern.

»Gibt es keinen anderen Weg?«, fragte Erik, der ebenfalls Mühe hatte, über die vielen Wurzeln und heimtückischen Dornenranken zu kraxeln, die sich über den Boden schlängelten.

»Doch! Aber der ist viel zu weit. Ich bevorzuge den direkten Weg«, erklärte Dr. Wolbert.

Vor einem Baum, dessen Stamm aus vielen kleineren Stämmen zusammengewachsen war, die sich fächerförmig ausbreiteten, sodass sie einen perfekten Sichtschutz bildeten, blieb Dr. Wolbert stehen.

»Unter dieser Buche liegt sie.«

Außer dem Baumstamm konnte Anke nichts sehen.

Es waren die summenden Fliegen, die an den eigentlichen Grund ihrer Anwesenheit in diesem unwegsamen Gelände erinnerten.

»Das ist eine Hainbuche«, präzisierte Theo.

»Von mir aus«, murrte Dr. Wolbert. »Ich bin nicht wegen der Vegetation hier.«

»Eine Hainbuche erkennt man am drehwüchsigen Stamm. Er windet sich wie ein schützendes Dach über die Fundstelle.«

Anke versuchte, ihre Aufmerksamkeit dem Baum zu widmen, nachdem sie Theos Hinweise gehört hatte. Aber die Vielzahl der Fliegen machte ihr jede Ablenkung unmöglich. Also schaute sie auf die tote Frau.

Rasch wandte sie sich ab, fixierte diesmal das Kreuz. Sie überlegte, ob es möglich war, bei einem Sturz von der Aussichtsplattform am Fundort zu landen. Der Felsen, auf dem sich das Kreuz befand, war hoch und steil und umgeben von Hecken und Sträuchern.

»Hier ist die Leiche«, erinnerte Dr. Wolbert.

»Ja«, murrte Anke. »Wie lange ist sie schon tot?«

»Das ist das Problem. Ich kann keinen genauen Todeszeitpunkt ermitteln. Sie liegt schon zu lange hier.«

»Wie kann eine Leiche lange unbemerkt an einem Ort liegen, wo viele Spaziergänger vorbeikommen?«

»Diese Stelle ist vom Kreuz aus nicht zu erkennen. Und vom Premium-Wanderweg aus auch nicht. Der Pfad führt hinter der verformten Buche entlang«, erklärte Theo. »Von dort aus kann man nicht auf die Fundstelle sehen, weil der Baumstamm Blicke von außen verwehrt.«

»Aber die Fliegen müssen doch auffallen.«

»Deshalb warten wir hier auf einen Kollegen der forensischen Entomologie«, mischte sich der Gerichtsmediziner ein. »Er kann uns sagen, wie lange die Frau schon tot ist und seit wann die Fliegen so stark um die Leiche herumschwirren. Die ersten Erkenntnisse kann ich euch schon vortragen.«

»Okay, schieß los!«

»Wir haben Papiere bei der Toten gefunden«, begann er und überreichte ihnen einen Personalausweis in einer Schutzfolie.

Anke las den Namen Roswitha Loew. Sie war zweiundvierzig Jahre alt und wohnhaft in Saarbrücken, Moltkestraße. Zwischen ihrem Wohnort und ihrem Fundort lag eine große Entfernung.

»Also nach dem Äußeren zu urteilen ist sie gestürzt. Dabei hat sie sich eine schwere Schädelverletzung zugezogen, was die Todesursache sein könnte. Genaueres erst nach der Autopsie. Die Hämatome an ihrem Körper können durchaus von dem Sturz kommen. Vermutlich ist sie auf mehrere Felsen aufgeschlagen, bevor sie hier unten zum Liegen kam.«

Erst jetzt schaute Anke genau auf die Tote. Der Anblick kostete sie viel Mühe, sich nicht übergeben zu müssen. Lange, schwarze Haare hatten sich wie ein Kranz um ihren Kopf gelegt. Sie lag mit dem Gesicht nach oben. Es war übersät mit Kratzern, Hämatomen und Schmutz. Der Mund stand halb offen, die Augen waren geschlossen, als schliefe sie. Ihre Arme waren unnatürlich verdreht, ihre Beine leicht angewinkelt. Sie war vollständig bekleidet mit einer dicken, schwarzen Jacke, Jeanshose und Wanderschuhen. Die Kleidung wirkte unversehrt.

»Es befinden sich Maden an der Leiche«, erklärte Dr. Wolbert weiter. »Der Entomologe wird sofort kommen und die Tiere fotografieren und asservieren. Vorher dürfen wir die Leiche nicht abtransportieren.«

Anke hatte Mühe, sich den Madenbefall der Leiche genauer zu betrachten. Nach genauem Hinsehen erkannte sie kleine Würmchen zwischen den Augenlidern, in den Ohrmuscheln, in der Nase und im Mund.

Einige Kollegen maßen die Bodentemperatur und die Außentemperatur und schrieben alles akribisch auf.

»Inzwischen haben wir in der näheren Umgebung der Leiche achtzehn Grad über Null«, berichtete Dr. Wolbert, als er einen Blick auf die Notizen warf.

»Inzwischen?«

»Ja. Beim Eintreffen herrschten hier Temperaturen von zehn Grad.«

»Das bedeutet?«

»Dass bei niedrigen Temperaturen die Entwicklung der Maden stagniert. Sie entwickeln sich nur bei einer bestimmten Mindesttemperatur weiter. Wie hoch diese Temperatur sein muss, weiß unser Experte.«

»Was heißt das?«

»Dass wir auf den Entomologen warten müssen.«

Kaum hatte er ausgesprochen, stolperte ein großer, schlaksiger Mann den Hang herunter. Seine roten Haare leuchteten in der Sonne, seine grünen Augen blitzten neugierig. Er hatte eine auffallende Hakennase, auf der er eine Brille balancierte. Er trug einen Schutzanzug und schleppte technische Geräte. Ihm folgten einige Männer, die ebenfalls mit schwerem Gepäck ausgerüstet waren. Als er direkt vor Anke und Erik stand, stellte er sich als Dr. Ralf Wedick vor. Er erklärte, dass er nun mit der Asservierung der Insekten beginne, anschließend wollte er die Leiche in den Kühlraum der Gerichtsmedizin überführen. Dabei schob er mehrere Male seine Brille in die richtige Position zurück. Allerdings ohne Erfolg, denn sie rutschte jedes Mal wieder herunter.

Anke und Erik kletterten den Hang hinauf, weil es für sie nichts mehr am Fundort zu tun gab. Außerdem war Anke froh, diesen Ort verlassen zu können. Menschen tot aufzufinden, hinterließ in ihr immer gemischte Gefühle – obwohl ihre Arbeit erst anfing, wenn das Leben für jemanden vorbei war.

An der Aussichtsplattform am Litermont-Kreuz wartete ein Mann mit weißen, lockigen Haaren auf sie. Er war ganz in Grün gekleidet, was Anke sofort ahnen ließ, dass er der Förster war, der die Leiche gefunden hatte. Seine beiden Hände hatte er über seinem dicken Bauch gefaltet. Sein Gesicht war rundlich, wie seine ganze Statur, seine Gesichtsfarbe rot. Ein weiß gekräuselter Bart zierte seine pausbackigen Wangen, die ihm ein lustiges Aussehen verliehen.

Er lächelte die beiden Polizeibeamten an. Dabei strahlte er eine beneidenswerte Ruhe aus.

Auf Ankes fragenden Blick erklärte er: »Ich bin Georg Morgett. Ich habe die Leiche gefunden.«

»Wann haben Sie sie gefunden?«

»Um acht Uhr bin ich meine Runde gegangen. Da habe ich sie entdeckt.«, erklärte der Förster in aller Ruhe.

»In welchen Abständen kontrollieren Sie diese Gegend?«, fragte Anke weiter, in der Hoffnung, so einen Hinweis auf die ungefähre Liegezeit der Toten zu bekommen.

»Jeden zweiten Tag. Sie müssen wissen, dass sich auf dem Litermont ein Wilderer herumtreibt. Deshalb muss ich immer alles kontrollieren.«

»Das heißt, dass Sie vorgestern, also am ersten April, auch hier waren?«

Der Förster überlegte eine Weile, bis er den Kopf schüttelte: »Nein. Am Donnerstagmorgen war ich ausnahmsweise nicht hier.«

»Warum ausgerechnet nicht am Donnerstag?«

»Ich war beim Arzt. Ich muss mich regelmäßig untersuchen lassen, weil meine Harnsäurewerte erhöht sind«, erklärte er so ruhig, dass Anke keinen Zweifel hatte. »Meine Gicht macht mir zu schaffen.«

Anke ließ sich den Namen des Arztes angeben und nahm außerdem die Personalien des Försters auf, bevor sie sich von ihm verabschiedete.

Zu ihrem Erstaunen entfernte sich Georg Morgett nicht wie erwartet von dieser Stelle. Stattdessen blieb er stehen und beobachtete die Polizisten bei ihrer Arbeit.

»Sie konnen gehen«, erklärte Anke.

Morgett meinte grinsend: »Ich schaue gern zu. So etwas bekommt man nicht jeden Tag zu sehen.«

Erik ging auf das Kreuz zu. Anke folgte ihm. »Im Kreuz ist Heil« lasen sie unterhalb des Monuments. Anke ging um den Betonsockel herum und entdeckte auf der Seite eine weitere Inschrift: »Erinnerung an Margaretha von Lidermont«.

»Das ist ja interessant«, stellte sie fest. »Dieses Kreuz ist eine Gedenkstätte. Margaretha von Lidermont muss eine wichtige Frau gewesen sein.«

»Vielleicht ist sie die Namensgeberin dieser Gegend«, überlegte Erik.

Er stellte sich an die Brüstung und genoss die Aussicht. »Von einem derart schönen Ort möchte ich auch gern der Namensgeber sein.«

Sein Blick glitt über Felder, Wälder und Hügel.

Georg Morgett stellte sich neben ihn und erklärte, dass er dort über Nalbach und Diefflen blickte. Rechts beschrieb er die bewaldete Höhe des Saargaus. Deutlich zeichnete sich der Hügel von Rehlingen-Siersburg ab. Direkt daneben erstreckte sich der Limberg, eine Erhebung, die nachhaltig das Landschaftsbild prägte. Er schwenkte seinen Arm weiter und zeigte, wo die Völklinger Hütte lag. Weiter links zeichnete sich der Hoxberg ab, dahinter reichte die Sicht bis Riegelsberg.

Das Saarland erstreckte sich fächerförmig in sanften, grünen Hügeln und Tälern. Friedlich sah es von dort oben aus. Die Luft war warm und angereichert mit Blütenduft. Die Atmosphäre brachte Ruhe in ihn. In seiner Heimat hatte er sich nie die Zeit gegönnt, einmal ins Grüne zu fahren und auszuspannen. Wie gut ihm dieser Kontrast zu seiner Arbeit und zum hektischen Leben in der Stadt tat, spürte er jetzt.

»Margaretha von Lidermont ist die Namensgeberin des Kreuzes. Sie war eine Gräfin«, erklärte Georg Morgett. »Eine Legende um ihren Sohn Ritter Maldix beherrscht die Gegend des Litermonts. Man sagt, dass Ritter Maldix am Karfreitag unerlaubterweise auf die Jagd nach einem weißen Hirsch geritten sei. Dabei stürzte er mit seinem Ross an dieser Stelle in die Tiefe.«

Er zeigte auf den Abgrund direkt an der Aussichtsplattform. Steil und bedrohlich lagen die Felsen unterhalb des Kreuzes.

»Welche Ironie«, schüttelte Anke den Kopf. »Und heute ist wieder ein Mensch an dieser Stelle zu Tode gekommen.«

»Diese Gegend ist sagenumwoben. Im vierzehnten Jahrhundert stand hier einmal eine Burg, die durch kriegerische Auseinandersetzungen zwischen dem Herzog von Lothringen und dem Trierer Erzbischof zerstört worden war. Ein unterirdischer Gang führte angeblich vom Litermont unter der Saar hindurch zum Limberg, und von dort weiter zur Siersburg. Aber das ist noch nicht das Ende der Geschichte.«

»Das hört sich interessant an, aber in unserem Fall hilft es nicht weiter«, unterbrach Erik.

Anke stieß ihn unsanft an, aber Erik entgegnete: »Ich muss hier und jetzt ermitteln, nicht im vierzehnten Jahrhundert.«

Dem konnte Anke nicht widersprechen.

Gemeinsam traten sie auf das Ende der Plattform zu und überprüften, ob von diesem Standpunkt aus der Baum, unter dem die Leiche lag, zu erkennen war. Das war er nicht.

Anke stieg über das schützende Geländer auf den Felsen und blickte hinab. Erst jetzt hatte sie freie Sicht bis zu der Fundstelle. Direkt vor ihr klafften große, graue Felsen auseinander. Ein Sturz von dieser Stelle könnte in der Nähe der Buche, unter der die Leiche lag, enden. Es bestand allerdings auch die Gefahr, zwischen den Felsen stecken zu bleiben. Wer sich hier in die Tiefe stürzte, musste äußerst verzweifelt sein.

»Anke, tu es nicht!«, rief Erik, als er sah, wo sie sich befand. »Es hat hier schon genug Tote gegeben.«

Sie beruhigte ihn sofort, indem sie über die Brüstung zurückkletterte. »Keine Sorge, ich habe nur ermittelt. Aber du solltest nicht alles ins Lächerliche ziehen.«

Sie verließen die Plattform.

Förster Morgett war an den Platz zurückgekehrt, von dem aus er das Treiben der Polizisten weiter beobachtete.

Anke und Erik setzten sich zu den Kollegen der Spurensicherung auf die Holzbank. Der süße Duft der weißen Blüten stieg Anke in die Nase. Hier lässt es sich aushalten, dachte sie. Der Abstand zur Leiche war groß genug. Die Natur machte ihr die unangenehme Arbeit leichter. Von dort konnten sie die Arbeit des Entomologen genau überblicken. Es war aufwändig, in diesem unwegsamen Gelände alle Sicherheitsmaßnahmen zu treffen, damit die Maden nicht zerstört wurden. Hektisch bewegte sich der knochendünne Mann. Mit Händen und Füßen wies er seine Mitarbeiter in ihre Arbeit ein. Ständig schüttelte er den Kopf, fasste sich mit einer Hand an die Stirn, als sei er keineswegs zufrieden. Hinzu kam noch seine Brille, die ihm ständig von der Nase rutschte.

Theo kam den Berg hinaufgeklettert. Entnervt schüttelte er den Kopf und meinte: »Mit diesem Mann ist nicht zu arbeiten.«

»Warum?«

»Weil er keine Ruhe geben kann.«

»Das sieht man. Was ist mit ihm los?«, fragte Erik.

»Er ist hyperaktiv«, erklärte Theo. »Seine Mutter war auch schon hyperaktiv.«

»Und so etwas überträgt sich?« Erik schmunzelte, weil er Theos Worte nicht ernst nahm.

»So, wie ich das sehe, ja! Seine Mutter hatte den wichtigsten Termin ihres Lebens verpasst, als sie mit ihm schwanger war – ihren Hochzeitstermin. Sie war in Amerika auf einer Schulung und kam zu spät zurück. Ihr Bräutigam hat kurze Zeit später eine Frau geheiratet, die ihre Termine besser im Griff hatte.«

»Das ist jetzt ein Witz«, begann Erik zu zweifeln.

»Nein, das ist wirklich so geschehen. Wer weiß, vermutlich hat sich diese Erfahrung auf den Sohn übertragen. So, wie sich Ralf manchmal aufführt, bekomme ich den Eindruck, dass er in ständiger Angst lebt, einen wichtigen Termin zu verpassen.«

»Das heißt, dass Sie nicht nur den Entomologen, sondern auch seine Mutter kennen?«

»Genau das! Seine Mutter und meine Frau suchen denselben Frisörsalon auf.«

»Im Saarland kennt wirklich jeder jeden«, staunte Erik. »Ich habe diese Aussage bisher nicht ernst genommen, weil ich dachte, es sei die blanke Übertreibung. Aber jetzt werde ich eines Besseren belehrt.«

Sie richteten ihre Aufmerksamkeit auf den Entomologen und sein Team. Deren Arbeit war beendet. Mit unbeholfenen Schritten stolperte Dr. Wedick den Hang hinauf und eilte den Leichenträgern entgegen, die für den Transport einen Trampelpfad benutzten, der leichter zu bewältigen war.

Nachdem sie den Tatort verlassen hatten, setzte sich auch Förster Morgett in Bewegung. Doch bevor er sich entfernte, trat er auf Anke zu und meinte augenzwinkernd: »Unterhalb des Kreuzes gibt es ein Lokal mit dem Namen ›Maldix‹. Das wäre ein geeigneter Ort, um eine Ruhepause einzulegen.«

Ohne auf eine Antwort zu warten, ging er davon.

Seine Vertraulichkeit brachte Anke zum Schmunzeln.

Erik murrte: »Was glaubt der, wer er ist? Wir haben auch nichts Besseres zu tun, als auszuruhen.«

»Hey! Was ist los mit dir?« Anke stieß ihn an die Schulter. »Sei froh, dass es auch noch freundliche Menschen gibt auf der Welt!«

»Klar! Und das im Saarland, wo jeder einen kennt, der einen kennt, der ihn kennt.«

»Wärst du nur im deutschen Chicago geblieben.«

Im Büro herrschte große Aufregung. Jürgen Schnur war bei der Durchsicht der Akten der Familie Jennewein auf ein tragisches Ereignis gestoßen, das schon Jahre zurücklag. Die Kollegen platzten vor Neugier, aber Jürgen beschloss, mit seiner Verkündung zu warten, bis sie vollzählig waren. Forseti empfing Erik und Anke ungeduldig, bat sie umgehend zu seiner Dienstbesprechung.

»In der Familie gibt es ein großes Geheimnis«, begann Jürgen, auf Wirkung bedacht.

»Mach es nicht so spannend!«, reagierten die Kollegen prompt.

»Es gibt eine alte Akte über Isolde Jennewein und ihre Tochter Nadine.«

»Warum erfahren wir erst jetzt von dieser Akte?«, fragte Forseti gereizt.

»Es war kein Tötungsdelikt, deshalb ist die Akte nicht bei uns. Trotzdem erinnere ich mich, dass unser ehemaliger Chef, Norbert Kullmann, in die Ermittlungen involviert war«, erklärte Jürgen.

»Komm zur Sache!«

»Ich habe hier einige Abschriften der Akte, die Kullmann selbst angelegt hatte. Darin las ich, dass am ersten April 1993 die Tochter von Isolde Jennewein, Nadine Kruchten, als vermisst gemeldet worden war«, las Jürgen vor.

»Vermisst?«, hakte Forseti nach.

»Zunächst! Kurze Zeit später stellte sich heraus, dass es sich um eine Entführung handelte.«

Die Wirkung dieser Neuigkeit blieb nicht aus. Alle sprachen vor Aufregung gleichzeitig. Doch Forseti gelang es, den Geräuschpegel zu dämmen, indem er laut fragte: »Wie ging diese Entführung aus?«

Jürgen las vor, was in den wenigen Unterlagen stand, die er zur Verfügung hatte. Anschließend fügte er an: »Ich habe Vater und Tochter Jennewein dazu befragt, aber sie haben sich nur widerstrebend geäußert. Deshalb bittet unser Aktenführer Manfred Feuer – oder Fred Feuerstein, wie wir ihn kennen – die Kollegen des Kommissariats ›Entführung, Erpressung, Geiselnahme‹, die für den Fall zuständig waren, uns die vollständige Akte herauszusuchen. Dann wissen wir mehr.«

»Wo ist die Familie Jennewein jetzt?«, fragte Anke.

»Dr. Jennewein befindet sich immer noch im Vernehmungsraum«, erklärte Forseti. »Samantha ist nicht mitgekommen.«

»Und Nadine?«

»Nadine ist ebenfalls nicht zur Befragung mitgekommen. Wo sie ist, wissen wir nicht.«

Eine Weile fielen alle in Schweigen. Anke erinnerte sich an die düstere Ausstrahlung der jungen Nadine. Sie spiegelte ihr tragisches Leben wider.

In dieser Stille klopfte es an der Tür. Staatsanwalt Emil Foster trat ein.

»So, wie die Dinge liegen, werde ich mit Ihnen zusammenarbeiten«, erklärte er seinen Besuch. »Die Entführung von 1993 wirft neue Fragen auf.«

»Wir werden Nadine Kruchten als Entführungsopfer befragen müssen«, entschied Forseti. »Anke, das tun Sie!«

Anke fühlte sich nicht wohl bei dem Gedanken, Nadines alte Wunden aufzureißen. Die Erinnerung an das Gespräch vom Vortag hatte sie mehr verwirrt, als sie zuzugeben bereit war. War sie wirklich in der Lage, Informationen von dieser verstörten jungen Frau zu bekommen? Fragend schaute sie zu Foster, den sie durch ihre Zusammenarbeit mit Kullmann bestens kannte. Foster nickte zustimmend. Also konnte sie sich der Anordnung ihres Vorgesetzten nicht entziehen.

»Ich schlage vor, Norbert Kullmann zu konsultieren. Er hat damals den Fall bearbeitet«, verkündete Foster. »Wie ich meinen ehemaligen Weggefährten kenne, wird er bereit sein, uns zu unterstützen.«

»Wie ist es möglich, dass Kullmann, der Leiter der Dienststelle für Kapital- und Sexualdelikte, an einem Entführungsfall mitgearbeitet hat?«, fragte Forseti.

»Zur damaligen Zeit oblagen sämtliche Dienststellen, die heute auf die Landespolizeidirektion und das Landeskriminalamt verteilt sind, ausschließlich dem Landeskriminalamt. Im Jahr 1992 gab es eine Polizeireform, um Arbeitsplätze einzusparen. Damals wurden mehrere Polizeidienststellen zusammengelegt, was chronische Unterbesetzung zur Folge hatte. In großen Ermittlungsverfahren mussten Beamte aus anderen Ressorts hinzugezogen werden. Deshalb haben die entsprechenden Mitarbeiter Kullmann um Unterstützung gebeten«, erklärte Foster.

»Das hört sich nach einem Aufschwung für Verbrechen an«, stellte Forseti fest.

»Leider hatte es genau das zur Folge. Deshalb gab es nach dem Regierungswechsel im Herbst 1999 eine neue Verwaltungsvorschrift des Innenministeriums über Organisation und Aufgabenverteilung der Polizei.«

»Wir müssen die Kollegen zu den Ermittlungen hinzuziehen, die damals an dem Fall gearbeitet haben – sofern noch alle Kollegen im Dienst sind«, ordnete Forseti an.

»Ich kümmere mich darum«, erklärte sich Esther bereit.

»Sie hatten von mir den Auftrag bekommen, den Aufenthaltsort von Isolde Jenneweins Mutter herauszufinden«, erinnerte Forseti.

Esther erklärte zerknirscht: »Es tut mir leid, aber eine Maria Kauz ist nirgends registriert.«

»Haben Sie bei Interpol nachgefragt, ob sie womöglich im Ausland straffällig geworden ist?«

»Auch das habe ich getan – nichts.«

Forseti zuckte mit den Schultern. »Wenn sie nicht hier ist und auch nicht in greifbarer Nähe, ist sie für unsere Ermittlungen nicht von Bedeutung.«

Esther atmete erleichtert durch.

»Die bisher einzigen Verdächtigen in unserem Fall sind Dr. Jennewein und seine beiden Töchter.« Forseti schaute zum Staatsanwalt, bevor er weitersprach: »Ich beantrage eine Hausdurchsuchung.«

Staatsanwalt Foster nickte: »Gut. In diesem Fall ist das Amtsgericht in Saarlouis zuständig. Ich werde dort den Antrag stellen.«

Forseti nickte.

»Die Familienmitglieder müssen einzeln vernommen werden«, sprach Foster weiter.

»Wir sind dabei. Dr. Jennewein hat sich bereiterklärt, mit uns zu kooperieren«, erklärte Jürgen.

»Bernhard Diez, Sie werden mit Samantha sprechen«, ordnete Forseti an. »Egal wo, ob hier oder bei ihr zu Hause. Esther, Sie sehen im Computer nach, ob Arthur Jennewein und seine Tochter Samantha aktenkundig sind!«

Bernhard und Esther nickten.

»Nun kommen wir zu unserem nächsten Fall.«

Erik las die wenigen Fakten, die sie bisher über den Fall Roswitha Loew am Litermont-Kreuz zusammengetragen hatten, laut vor.

»Das ist nicht viel«, stellte Forseti fest.

»Wie auch«, murrte Erik. »Der Mörder hat keine Visitenkarte zurückgelassen.«

»Im Fall Roswitha Loew müssen wir herausfinden, ob sie aktenkundig ist«, überging Forseti Eriks Einwand.

»Esther Weis, wenn Sie gerade dabei sind, die Familie Jennewein zu überprüfen, dann bitte ich Sie, das Gleiche bei Roswitha Loew zu tun«, präzisierte Staatsanwalt Foster die Anordnung.

»Förster Morgett, der die Tote am Litermont-Kreuz gefunden hat, muss unter die Lupe genommen werden«, übernahm Forseti wieder das Wort. An Erik gewandt fügte er an: »Das übernehmen Sie! Notfalls befragen Sie ihn noch mal.«

Anke bekam den Eindruck, als wolle sich Forseti mit Foster messen. Es passte ihm nicht, dass sich der Staatsanwalt persönlich an der Dienstbesprechung beteiligte, weil die Position Fosters unzweifelhaft die bessere war.

Bekanntlich war die Staatsanwaltschaft die Mutter des Verfahrens. Daran konnte selbst Forseti vom BKA nichts ändern.

Während sie die beiden Männer beobachtete, überlegte Anke wieder, welchen Grund Forseti gehabt hatte, vom Bundeskriminalamt zur Kriminalpolizeiinspektion nach Saarbrücken zu wechseln. Bedeutete diese Versetzung keine Verschlechterung seiner weiteren Laufbahn? Leider war Forseti nicht so mitteilungsbedürftig wie Kullmann. So blieb ihr nur zu vermuten, was seine Beweggründe waren.

»Ich werde jetzt mit Dr. Jennewein sprechen«, verkündete Forseti, während er die Papiere auf seinem Schreibtisch zusammenpackte.

Damit gab er zu verstehen, dass die Besprechung beendet war.

Jürgen machte sich auf den Weg zum Aktenführer Fred Feuerstein. Der alte Kollege konnte viel aus seinem reichen Erfahrungsschatz langer Dienstjahre erzählen. So wurde das staubige Aktensuchen erstaunlicherweise zu einem erfreulichen Erlebnis. Aber dieses Vergnügen würde nicht mehr lange Bestandteil ihrer Arbeit bleiben. Es war unvermeidlich, dass im Zeitalter der Computer und der ständigen Weiterentwicklung der Technologie alte Arbeitsmethoden wie die Aktenablage abgeschafft würden. Für Fred Feuerstein war es eine glückliche Fügung, dass seine Dienstzeit genau zu dieser Zeit zu Ende ging. Mit seinem Weggang würde ein Repräsentant der guten alten Zeit, eine Seele von Mensch, ein Mitarbeiter, der eine staubige und langweilige Arbeit in eine schwungvolle und interessante verwandelte, der jedem die Arbeit zum Vergnügen machen konnte, die Dienststelle verlassen. Zwar verbesserte sich die Effektivität ihrer Arbeit durch die Computersysteme, aber der menschliche Faktor blieb dahinter zurück.

Anke beneidete Jürgen um seinen Auftrag, mit Fred Feuerstein im alten Archiv zu wühlen. Seit ihrem Gespräch mit Nadine war sie sich nicht sicher, ob es ihr gelingen würde, bis zu dieser Entführungsgeschichte vorzudringen. Vielmehr ahnte sie, dass Nadine alles verdrängt hatte. Ihre Andeutung *›Da ist ein schwarzes Loch‹* gab Anke einen deutlichen Hinweis darauf. Zunächst musste sie jedoch herausfinden, wo sie sich aufhielt. Dazu fielen ihr nur Großvater Jakob und der von Nadine erwähnte Stall ein, in dem ihr Pony untergebracht war. Dort wollte sie zuerst suchen.

Kapitel 6

Samantha stand im Flur und telefonierte. Nadine lauerte am oberen Ende der Treppe darauf, dass sie endlich verschwinden würde. Sie wollte ihr nicht begegnen, weil sie ahnte, dass Samantha Schuld am Tod ihrer Mutter hatte. Samantha jagte ihr schon lange Zeit Angst ein. Von Anfang an hatte sie deutlich gezeigt, dass sie Nadine und ihre Mutter in dem Haus nicht duldete. Sie hatte auch schon viele arglistige Versuche unternommen, sie zu vertreiben. Aber es war ihr nicht gelungen – bis jetzt! Mit Isoldes Tod war Samantha eine von ihnen für immer losgeworden. Was hatte sie sich für Nadine ausgedacht? Sie ebenfalls zu töten? Zuzutrauen wäre es dieser Hexe!

Zu Nadines Leidwesen telefonierte Samantha lang. Das Warten gab Nadine die Gelegenheit, über ihre unangenehme Situation nachzudenken. Wenn sie sich dem Kampf gegen Samantha stellen wollte, musste sie über ihr eigenes Leben besser informiert sein. Leider war da dieses schwarze Loch in ihrer Vergangenheit. Egal wie sehr sie sich anstrengte, diese große Lücke in ihrem Leben zu schließen, es gelang ihr nicht. Sie sah nichts. Heute glaubte sie, den Grund dafür zu wissen. Bestimmt hatte es mit Samantha zu tun. Sie war so böse, dass sich Nadine vor der Erinnerung fürchtete. Der Tod ihrer Mutter gab Nadine die Bestätigung dafür, dass Samantha zu allem fähig war.

»Ich war perfekt! Es hat alles bestens funktioniert … Na klar! Du auch.«

Nadine zuckte zusammen, als sie diese Worte hörte. Das war die Bestätigung – jetzt konnte sich Nadine ganz sicher sein, wer hinter dem Tod ihrer Mutter steckte. Grimmig wartete sie darauf, dass Samantha in den Hörer flötete, wie sie als Nächstes Nadine aus ihrem Leben schaffen wollte. Sie fröstelte bei dem Gedanken, mit dieser gefährlichen Person unter einem Dach leben zu müssen.

Endlich war Samantha fertig und legte auf. Sie zog ihre Stöckelschuhe an und stolzierte aus dem Haus.

Nadine wartete, bis die Tür zuschlug, bevor sie die Treppe hinunterging. Sie warf einen Blick durch das Fenster nach draußen. Die Sonne schien, ein kleiner Trost. Schnell zog sie sich ihre Wanderschuhe an und machte sich auf den Weg. Wie so oft spazierte sie über Felder und Wiesen zum Litermont. Die Waldwege führten steil bergauf. Nadines Kondition war gut, weil sie die Strecke schon oft zurückgelegt hatte. Trauer erfüllte sie bei dem Gedanken, dass sie früher mit ihrer Mutter gemeinsam den Anstieg erklommen hatte. Gerne hatten sie sich an der Aussichtsplattform des Litermont-Kreuzes niedergelassen, um dort abzuschalten, ungestörte Momente miteinander zu verbringen – die einzigen, die sie ohne die ständigen Einmischungen Samanthas erlebten.

Heute wollte Nadine an dieser Stelle ihren quälenden Traum vergessen. Sie wollte sich auf den höchsten Punkt des Berges stellen, die frische Luft einatmen und versuchen, die schrecklichen Bilder, die sie seit dieser verhängnisvollen Nacht verfolgten, zu verscheuchen.

In ihrem Traum hatte sie ein Baby gehört, das entsetzlich weinte. Es schrie endlos lang und laut. Nadine wurde von dem Geschrei magisch angezogen, folgte ihm, bis sie im Speicher angekommen war. Dort sah sie eine Frau, die ihr Baby am Querbalken aufhängte. Sie musste den Kopf des schreienden Bündels nur noch durch die todbringende Schlinge ziehen. Erschrocken stieß Nadine einen Laut aus. Da erst bemerkte die Frau ihre Anwesenheit. Als sie aufschaute, erkannte Nadine ihre Stiefschwester Samantha. Mit wütenden Schritten stampfte sie auf Nadine zu und drohte: »Du bist die Nächste! Du bist die Nächste!«

Schweißgebadet war Nadine aufgewacht.

Nun hatte sie nur noch das Ziel, sich von ihrer inneren Anspannung zu befreien. Und welcher Ort kam dafür besser in Frage als das Litermont-Kreuz.

An diesem Tag wurde sie enttäuscht. Als sie sich der Plattform näherte, sah sie ein grünweißes Absperrband der Polizei und einen Polizisten dort stehen, der sofort auf sie zukam und in unfreundlichem Ton zu verstehen gab: »Du darfst hier nicht hin.«

»Warum?«

»Hier wurde eine tote Frau gefunden.«

»Oh!« Nadine erschrak. Gleich zwei Tote in einem kleinen Ort wie Nalbach – in dieser kurzen Zeit?

Sie schaute sich um, sah die Felsen, sah das Kreuz und erschauerte bei dem Gedanken, dass dieser Ort, der für sie eine Zuflucht bedeutete, zum Verhängnis für einen anderen Menschen geworden war. Aber lag es nicht gerade an dem Geheimnis – der alten Legende –, das diesen Ort nicht nur mystisch, sondern besonders anziehend für Nadine machte?

»Was ist?«, unterbrach der Polizist Nadines Gedanken. »Willst du hier Wurzeln schlagen?«

»Wer wurde hier gefunden?«, fragte Nadine statt einer Antwort.

»Ganz schön neugierig, was?« Der Polizist räusperte sich. »Das darf ich nicht sagen.«

Nadine kehrte um – enttäuscht und aufgerüttelt zugleich. Nun blieb ihr nur noch ein Ort, an dem sie sich von ihren inneren Anspannungen befreien konnte: der Stall ihres Großvaters. Zwischen den Gänsen, Ziegen und ihrem Pony Falada. Auf der Wiese, die geschützt hinter einem Buchenwäldchen lag, war sie immer allein, weil sich niemand die Mühe machte, sie in der Abgeschiedenheit aufzusuchen.

Für den Rückweg wählte sie nicht den gleichen Weg, den sie zum Gipfelkreuz eingeschlagen hatte. Gut genug kannte sie sich hier aus, um genau zu wissen, dass gerade die verbotenen – und wegen der Touristen mit Holzplanken verbarrikadierten – Wege die abenteuerlichsten waren. Sie kraxelte durch dichte Hecken; schon stand sie vor einem steilen Abhang. Dort kletterte sie über die Absperrung. Sie musste vorsichtig ihre Füße auf den sandigen, schrägen Boden setzen, um nicht in die Tiefe zu stürzen. Sie fühlte sich mutig und toll, wie sie so nah am Abgrund balancierte.

Plötzlich – wie aus dem Nichts – stand ein Mann vor ihr.

Nadine erschrak, stieß einen Schrei aus. Der Mann wirkte ungepflegt, bleckte gelbe Zähne, während er sagte: »Nur mit der Ruhe, Mädchen. Ich tu dir nichts.«

»Wer sind Sie?«

In seiner fleckigen, grünen Jacke und seiner Kopfbedeckung mit einem abgeschabten Gamsbart hätte Nadine ihn fast für einen Jäger gehalten, würde er sich nicht so unter ihren Blicken winden.

»Ich bin ein Naturliebhaber.« Er grinste boshaft. »Und ein großer Tierfreund. Mehr soll dich nicht interessieren.« Als er sich zur Seite drehte, um an ihr vorbeizukommen, ohne in die Tiefe zu stürzen, sah sie eine Waffe auf seinem Rücken. Also fragte sie lieber nicht weiter.

Erleichtert atmete sie auf, als er aus ihrem Blickfeld verschwunden war. So viel Abenteuer hatte sie nicht erwartet. Umso besser fühlte sie sich, als sie an Opas Stall ankam und Faladas Wiehern hörte. Zufrieden öffnete Nadine den Holzschuppen und ließ alle Tiere hinaus in die Sonne laufen. Das Pony beschnupperte sie zuerst und verlangte seine Streicheleinheiten, bevor es den anderen Tieren folgte.

Am Rand der Koppel stand ein Baumstumpf. Nadine kletterte darauf und blinzelte in die Sonne. Die Stille, die Wärme, die frühlingshaften Düfte ließen sie den Schrecken über ihre seltsame Begegnung auf dem Litermont vergessen.

Dafür rückten die beängstigenden Eindrücke ihres Albtraums stärker in ihr Bewusstsein. Wenn sie ehrlich zu sich selbst war, waren es nicht nur die Bilder, die sie beunruhigten, sondern auch die Botschaft, die hinter dem Traum steckte. Instinktiv wusste Nadine, welche Pläne Samantha schmiedete. Würde ihr jemand von der Polizei glauben, wenn sie ihnen berichtete, was sie wusste? Nach genauer Überlegung musste sie sich eingestehen, dass sie eigentlich nichts wusste, sie ahnte es nur. Entmutigt ließ sie sich auf dem Baumstumpf nieder und ließ die sommerliche Wärme auf sich einwirken.

Kapitel 7

Anke fuhr nach Nalbach, in die Etzelbachstraße, in der Nadines Großvater lebte. Am Hubertusplatz hielt sie an, um die Hinweisschilder zu studieren. Zum Glück musste sie nicht lange suchen. Die Überschaubarkeit dieses Dorfes gefiel ihr. Während sie gemächlich durch die ruhigen Straßen rollte, überlegte sie, ob es für sie und ihre Tochter nicht angenehmer wäre, in einem Dorf wie Nalbach zu leben. Vermutlich gab es dort viele Kinder in Lisas Alter. In der Stadt lebten die Kinder viel zu weit auseinander; immer musste jemand mit einem Auto zur Stelle sein, damit sie sich gegenseitig besuchen konnten. Im Dorf war es bestimmt leichter. Einige Kinder rannten über die Straße, die sie gerade entlangfuhr. Sie hatte ihr Tempo heruntergedrosselt, damit keine Gefahr für sie bestand. Andere spielten laut schreiend auf einem großen Spielplatz, ein Treiben, das Ankes Herz höher schlagen ließ. Hier kam es ihr so vor, als sei die Welt noch in Ordnung. Die Sonne schien von einem makellos blauen Himmel, die Temperaturen waren angenehm, die Natur erwachte zu neuem Leben. Zwei Reiterinnen ritten über einen Schotterweg, der parallel zur Straße verlief. Dabei unterhielten sie sich. Wie gerne wäre Anke eine von ihnen.

Sie erreichte das Haus, in dem Nadines Großvater Jakob Jennewein lebte. Es war ein großes, gepflegtes Zweifamilienhaus. Auf der unteren Klingel stand der Name, den Anke suchte. Dort drückte sie drauf. Schon nach kurzer Zeit öffnete ihr ein alter, kleiner Mann. Er schaute Anke erstaunt an, ließ seinen Blick an ihr herunter- und wieder hinaufwandern, dass es Anke mulmig zumute wurde. Erst anschließend fragte er: »Was will eine schöne junge Frau wie Sie bei einem alten Mann wie mir?«

Unwillkürlich musste Anke lachen. Sie stellte sich vor und erklärte ihr Anliegen. Damit beendete sie das Grinsen im Gesicht des alten Mannes. Plötzlich wirkte er traurig. Es kam Anke so vor, als sei er über dieser Nachricht sogar geschrumpft, obwohl er schon klein genug war.

»Nadine ist bei ihrem Pony. Ich zeige Ihnen, wo der Stall ist.«

Er ging am Haus vorbei in ein kleines Wäldchen. Inmitten dieser Bäume stand ein Stall. Er war aus Holz gebaut und bestand aus einem großen Verschlag, der komplett mit Stroh ausgelegt war. Futterkrippen hingen in verschiedenen Höhen an der hinteren Wand. Ein großer Wasserbehälter stand in der Ecke. Eine einfache, aber effiziente Versorgung verschiedenartiger Tiere.

Ziegen liefen durch das Dickicht, das vor dem Stall wucherte. Dahinter rauschte ein Bach. Gänse wackelten am Wasser auf und ab. Als Anke sich ihnen näherte, wurden sie sofort angriffslustig. Mit weit aufgerissenen Schnäbeln und drohendem Zischen gingen sie auf Anke los. Erschrocken stellte sie sich hinter den kleinen Mann. Der reagierte sofort, brüllte die Gänse an, woraufhin sie sich abwandten und davon watschelten.

»Sie dürfen vor den Gänsen keine Angst zeigen«, erklärte der Alte listig. »Sonst können sie gefährlich werden.«

»Sehr witzig«, stöhnte Anke. »Wie soll das gehen, wenn ich Angst habe?«

»Leute aus der Stadt«, lachte Opa Jakob. »Mit der Natur kennen die sich nicht aus.«

Anke widersprach ihm nicht. Er hatte recht, aber zugeben wollte sie das nicht.

Sie überquerten den Bach an einer Stelle, an der Holzbohlen als Brücke dienten, gingen ein kleines Stück weiter, bis sie eine Wiese erreichten. Dort saß Nadine auf einem Baumstamm. Vor ihr stand ein Schimmelpony. In einiger Entfernung grasten Schafe und Ziegen.

»Jetzt haben Sie meinen gesamten Viehbestand gesehen«, erklärte der Alte. »Sie können sich mit meiner Enkelin unterhalten. So, wie sie dasitzt, würde ich sagen, sie hat Zeit.«

Mit diesen Worten verabschiedete er sich.

Ankes Blick fiel auf die junge Frau. Sie saß im Sonnenschein, hielt ihre Augen auf das Pony gerichtet, wobei sie den Eindruck vermittelte, sie habe Ankes Ankunft nicht bemerkt. Langsam ging Anke auf Nadine zu. Auf ihren Gruß kam keine Erwiderung. Anke setzte sich neben sie auf den breiten Baumstumpf und schaute dem Pony zu. Es war strahlend weiß, so als hätte Nadine es noch vor kurzem gründlich geputzt. Die Wiese leuchtete grün und saftig. Das Pony war so ins Grasen vertieft, dass es nicht bemerkte, was um es herum geschah.

»Falada ist ein schönes Pony«, versuchte Anke, ihr Gespräch einzuleiten. »Wie alt ist es?«

»Fünfzehn.«

»Kennst du das Märchen von der Gänsemagd?«

»Ja. Jeder meint, er müsste mir diese Geschichte erzählen.«

»Gehst du noch zur Schule?«, fragte Anke nach ihrem ersten gescheiterten Konversationsversuch.

»Ja. Ich gehe in die Erweiterte Realschule. Früher hieß sie Sekundarschule – zu der Zeit, als Samantha dort die Lehrer ärgerte.«

Anke musste nicht erst nachrechnen, in welche Klasse Nadine inzwischen gehen müsste, da kam die Antwort schon von selbst: »In der Grundschule habe ich eine Ehrenrunde einlegen müssen. Aber jetzt läuft es ganz gut, ich werde den Abschluss schaffen.«

Eine Weile saßen sie nebeneinander auf dem Baumstamm, schwiegen, beobachteten das grasende Pony, das außer gelegentlichem Schweifschlagen keinerlei Bewegungen machte.

»Wenn Sie mir sagen wollen, meine Mutter hätte sich selbst umgebracht, können Sie gleich wieder gehen«, begann Nadine von allein zu sprechen.

»Nein, das will ich nicht sagen. Es besteht Mordverdacht.«

»Ach? Sie glauben mir also?«

»Wir glauben unseren Fakten«, stellte Anke klar. »Nur leider sagen die uns nicht, wer deine Mutter umgebracht hat. Das müssen wir selbst herausfinden.«

»Da brauchen Sie nicht lange zu suchen. Ich weiß nämlich, wer sie loswerden wollte.«

»Wer denn?«

»Samantha.«

»Das ist eine harte Anschuldigung, Nadine! Was macht dich so sicher?«, stutzte Anke.

»Ich weiß es einfach. Mit Sicherheit hat sie meiner Mutter aufgelauert, als sie im Dunkeln nach Hause kam. Die Gelegenheit war ja so günstig wie noch nie. Dann hat sie sie auf den Speicher gelockt und erhängt«, spekulierte Nadine wild drauflos. »Sie dreht durch; ich habe richtig Angst vor ihr. Sie tut alles, damit wir verschwinden – und das schon, seit wir in diesem Haus wohnen. Sie ist völlig verrückt. Sie schafft es sogar, andere für ihre gemeinen Pläne einzuspannen. Die Männer, die sie verführt, sind ihr verfallen. Die tun alles für sie.«

»Du sagst, dass deine Mutter im Dunkeln nach Hause kam«, knüpfte Anke an diesen Satz an, weil sie befürchtete, dass Nadine Hirngespinste preisgab. »Wo war sie in der Nacht?«

Nadine überlegte eine Weile, bevor sie antwortete: »Meine Mutter hatte am Tag, bevor sie starb, ein Telefongespräch. Das hat sie fürchterlich aufgeregt. Ich habe heimlich gelauscht – das darf aber niemand wissen.«

»Ich verrate es nicht«, versprach Anke.

»Meine Mutter schrie immer wieder: *›Du lügst. Woher willst du das alles wissen? Du warst doch gar nicht dabei!‹* Aber wer auch immer am anderen Ende der Leitung war, er ließ sich nicht abwimmeln.«

»Und weiter?«

»Dann sagte sie: *›Okay, wir treffen uns heute Abend.‹* Die Uhrzeit habe ich nicht verstanden.«

»Und wo wollte sie sich mit dem Gesprächspartner treffen?«

»Ich weiß es nicht«, gestand Nadine.

»Das ist interessant.«

Nadine schaute Anke eindringlich an, bevor sie meinte: »Ich hoffe, dass Sie Samantha festnehmen. Dann könnten zumindest Arthur und ich eine normale Familie sein.«

Anke spürte, dass das Gespräch einen Verlauf nahm, auf den sie keinen Einfluss hatte. Sie wollte über etwas ganz anderes mit Nadine sprechen. Also machte sie einfach den Versuch und nutzte die kurze Stille, die eingetreten war, um sie direkt anzusprechen: »Wir wissen, dass du vor elf Jahren entführt worden bist.«

Plötzlich stand Nadine von ihrem Platz auf und ging mit hastigen Schritten hin und her. Sie schaute immer wieder von ihrem Pony zu Anke, bis sie innehielt und fragte: »Was soll das nun wieder?«

»Wir ermitteln in alle Richtungen.«

»Wie Ermittlungen sieht das aber nicht aus. Ich habe Ihnen gesagt, wer der Mörder ist – oder besser gesagt die Mörderin. Also tun Sie was und erzählen Sie hier nicht irgendwelche Geschichten!«

»Das ist nicht irgendeine Geschichte«, beharrte Anke.

»Doch!«

»Warum wehrst du dich dagegen?«

»Ich wehre mich nicht dagegen«, blieb Nadine stur. »Ich will nur, dass Sie Samantha festnehmen. Sie bringt am Ende auch noch mich um. Wollen Sie das?«

Anke spürte, dass mit Nadine nicht über ihre Entführung zu reden war.

»Wir befragen Samantha.«

Bevor sie wieder auf das Thema der Entführung zu sprechen kommen wollte, musste Anke sich zuerst erkundigen, ob Nadine damals in Therapie gewesen war. Den Eindruck hatte Anke zwar nicht, aber sie wollte sich absichern. Die Heftigkeit, mit der Nadine sich wehrte, gab ihr zu denken.

Entmutigt erhob sich Anke von dem Baumstamm und trat den Rückweg an.

Zu ihrem Entsetzen standen die Gänse kampfbereit an der Stelle des Bachs, wo Anke ihn überqueren musste. Wie sollte sie an diesem angriffslustigen Federvieh vorbeikommen? In ihrer Not griff sie nach einem dicken Stein, ging todesmutig auf die Gänse mit ihren weit aufgerissenen Schnäbeln zu, schrie sie heftig an und warf den Stein auf eine, die ihr mit großen Schritten ziemlich nahe kam. Erschrocken drehte sich das Tier um und watschelte davon. Die anderen Gänse eilten hinterher. Zufrieden mit ihrer Taktik balanciere Anke über die Holzbohlen auf die andere Seite, eilte durch das kleine Waldstück an Opa Jakobs Haus vorbei zu ihrem Auto.

Martha und Norbert Kullmann hielten sich zusammen mit Lisa im Garten auf, als Anke dort eintraf. Ein riesengroßes Gebilde aus Holz stand auf dem kleinen Platz hinter der Terrasse. Kullmann arbeitete daran wie ein geübter Handwerker. Die starken Holzstangen zeigten die Form eines Andreaskreuzes. In der Mitte, wo sich die Stangen kreuzten, lag die Querstange auf, an der mehrere Schaukeln befestigt werden konnten. Die Querstange maß eine Höhe von mindestens zwei Meter fünfzig. Lisa war gerade vierzehn Monate alt und achtzig Zentimeter groß.

»Größer ging es nicht mehr«, rief Anke zum Gruß.

»Leider nicht«, grinste Kullmann.

»Erinnert ihr euch, wie alt Lisa ist?«

»Natürlich! Aber erinnerst du dich, dass Kinder älter werden und wachsen?«, widersprach Kullmann.

»Natürlich. Aber die Zweimetergrenze wird Lisa hoffentlich nicht überschreiten.«

»Ich weiß, was ich tue«, bemerkte Kullmann selbstsicher. »Im Katalog habe ich einen Schaukelsack entdeckt, darin kann Lisa jetzt schon schaukeln. Ich bin mir sicher, dass ihr das Spaß macht.«

»Du tust so, als hättest du schon viele Kinder großgezogen.«

»Das nicht. Es macht mir einfach Freude, mich um deine Tochter zu kümmern. Da ich keine eigenen Kinder habe, nehme ich meine Aufgabe als Ersatzopa ernst. Zum Dazulernen ist man nie zu alt.«

»Norbert, wir haben einen Fall, bei dem wir deine Hilfe brauchen«, wechselte Anke das Thema. Mit ihrer Tochter auf dem Arm trat sie auf ihren ehemaligen Chef und Mentor zu.

Kullmann hielt in seiner Arbeit inne und schaute sie an. Sein Gesicht war gerötet, sein Haar zerzaust – ein Anblick, den Anke nicht von ihm kannte. Unwillkürlich musste sie lachen.

»Ich weiß, ich weiß«, knurrte Kullmann. »Ein Beamter sollte die Finger von praktischer Arbeit lassen. Aber ich habe mir vorgenommen, dieses Kunstwerk zu errichten.«

»Dein Ehrgeiz in Ehren – trotzdem bist du immer noch als Polizeibeamter gefragt«, beharrte Anke. »In der Funktion bist du jedenfalls unersetzlich.«

»Wenigstens da. Als Handwerker habe ich selbst meine Zweifel.«

Kullmann wusch sich im Keller die Hände.

»Dann gehe ich mal mit meinen drei Frauen ins Haus«, lachte er verschmitzt.

Anke und Martha amüsierten sich über seine Worte.

Die Pension tat Kullmann gut. Er wirkte ausgelassener und ruhiger als zu Dienstzeiten.

»Um welchen Fall handelt es sich?«, fragte er, als sie in der Küche ankamen.

Anke berichtete ihm die Einzelheiten. Eine Weile überlegte Kullmann, bis er zugab: »Tut mir leid. Ich kann mich nicht erinnern.«

»Foster bittet dich, morgen früh ins Büro zu kommen. Sobald du die Akte gelesen hast, wirst du dich erinnern. Bisher hast du immer bewiesen, dass du ein Gedächtnis wie ein Elefant hast. Deshalb habe ich keinen Zweifel, dass du uns eine große Hilfe sein wirst.«

Kapitel 8

Als Anke morgens das Büro betrat, tat ihr die Wärme gut, die ihr durch den Flur entgegenschlug. Kaum hatte sie sich ihres dicken Mantels und Wollschals entledigt, kam Erik auf sie zu.

»Endlich bist du da«, begrüßte er sie.

»Was soll das? Ich bin pünktlich – nicht endlich«, konterte Anke schlecht gelaunt. Der letzte Abend lag ihr auf dem Gemüt. Sie war mitten in der Nacht mit schmerzenden Gliedern und so düsteren Träumen auf dem Sofa aufgewacht, dass sie sich gewünscht hatte, sie wäre gar nicht eingeschlafen.

»Förster Morgett ist da. Ich habe ihn gestern nicht mehr auftreiben können, da habe ich ihn einfach hierher bestellt. Er sitzt schon seit einer halben Stunde hier und grinst dämlich. Kannst du mir bei der Befragung helfen? Ich weiß nicht, was ich mit dem Waldschrat anfangen soll«, gestand Erik.

»Mit Naturburschen hast du es wirklich nicht«, erkannte Anke. »Aber zuerst darf ich mir Kaffee einschenken. Oder hat die Befragung äußerste Priorität?«

»Nein. Trotzdem will ich, dass diese Sache abgeschlossen ist. Das Gespräch bringt uns ohnehin nicht weiter.«

»Klar. Aber diese Aufgabe hat Forseti dir übertragen, nicht mir.«

»Was ist los mit dir?« Endlich bemerkte Erik Ankes schlechte Laune.

»Nichts!«

»Verdammt! Ich will nicht, dass wir uns strigge wie die Muuzepuckel.«

»Wenn du deutsch mit mir redest, bin ich schon zufrieden«, murrte Anke.

»Ich will nicht, dass wir uns streiten. Also sag schon: Was ist los?«

»Was soll ich sagen. Nichts ist los – und das ist es, was mich nervt.«

Verständnislos schaute Erik seine Kollegin an.

»Ich sehe meine Tochter immer erst spät abends. Aber dann ist sie nach einem langen Tag müde und schläft.«

»Ich glaube, es wird eine Weile dauern, bis du mehr Freude an Lisa hast. Solange Kinder klein sind, schlafen sie viel.«

Anke wusste, dass Erik aus Erfahrung sprach. Er war selbst einmal Vater einer Tochter gewesen. Sie spürte, dass sie ihm Unrecht tat, denn Eriks

Schicksalsschlag war hart. Während sie über ein schlafendes Kind jammerte, ertrug Erik geduldig ihre Launen, dabei hatte er Frau und Kind durch einen Unfall verloren.

Schweigend schauten sie sich an, bis Anke meinte: »Ich bin wohl mit dem falschen Fuß aufgestanden. Das Alleinsein macht mir zu schaffen. Ich könnte abends ein gutes Gespräch vertragen.«

Erik nickte. Warum kam nicht mehr von ihm?

»Hallo! Wink! Scheunentor!«

»Ich hatte keine Zeit. Aber das werde ich ändern. Versprochen.« Erik grinste.

Anke seufzte.

Georg Morgett saß im Flur und wartete geduldig. Die Gelassenheit, die dieser Mann ausstrahlte, war beneidenswert. Er wirkte glücklich und zufrieden. Selbst die Aufforderung, zur Befragung zur Kriminalpolizeiinspektion zu kommen, brachte ihn nicht aus der Ruhe.

Auf Ankes Gruß hin erwiderte er freundlich: »Ich weiß ja nicht, wie ich Ihnen helfen kann. Aber hier bin ich – zu allem bereit!«

»Wir setzen uns am besten in mein Büro. Dort ist es gemütlicher. Außerdem haben wir frischen Kaffee. Möchten Sie welchen?«, bot Anke an.

»Gerne«, lachte Morgett. »So viel Großzügigkeit habe ich nicht erwartet.«

Auf dem Weg zu Ankes Büro begegneten ihnen Esther und Bernhard. Ihre Gesichter wirkten übernächtigt.

Bernhard ging zitternd vor Kälte an Anke vorbei und murrte zum Gruß: »Wie kann es im April nur so kalt sein!?«

»Es frieret selbst im dicksten Mantel der Mensch mit schlechtem Lebenswandel«, sprach Georg Morgett in seiner urtypischen Ruhe.

Anke lachte über den schlauen Spruch.

Bernhard schaute den Alten böse an. Bevor er etwas Unangemessenes entgegnen konnte, stellte Anke ihn vor. Das veranlasste den Kriminalbeamten dazu, ruhig zu bleiben. Anke drehte sich nach Esther um, aber sie war verschwunden. Ob ihr Georg Morgetts Anspielung peinlich war? Das Auftreten der beiden verriet ohnehin mehr, als Bernhard und Esther zugeben wollten.

Georg Morgett nahm auf dem Stuhl vor Ankes Schreibtisch Platz. Erik setzte sich daneben.

Anke schenkte dem Förster zuerst Kaffee ein, bot ihm Milch und Zucker an, bevor sie mit den Routinefragen begann: »Sie arbeiten in diesem Bezirk als Förster?«

Morgett nickte.

»Wie ich Ihren Angaben entnehme, wohnen Sie in Nalbach.«

Wieder ein Nicken.

»Kennen Sie die tote Frau?«

Eine Weile überlegte der Förster, bevor er zögernd erklärte: »Eine Nalbacherin ist sie auf keinen Fall. Dann hätte ich sie sofort erkannt.«

»Aber?«, hakte Anke nach.

»Ich hatte den Eindruck, sie schon mal gesehen zu haben. Aber ich bin mir nicht sicher.«

»Sprechen Sie Ihre Vermutung ruhig aus. Wir nehmen jeden Hinweis auf.«

»Also gut. Ich kann mich an eine Frau mit schwarzen Locken erinnern. Sie kam aus dem Nichts, verursachte viel Wirbel im Dorf und verschwand wieder im Nichts.«

»Sie sprechen in Rätseln.«

»Sie war eine Schönheit. Deshalb wurde sie von den Männern des Dorfes begehrt und von den Frauen gehasst.«

»Wie hieß diese Frau?«

Der Förster überlegte lange, bis er meinte: »Sie war eine exotische Erscheinung – in jeder Hinsicht. Aber der Name? Es ist wohl zu lange her.«

»Lassen Sie sich Zeit«, forderte Anke auf.

Morgett zog seine Stirn in Falten, bis ein Aufblitzen seiner Augen auf seine plötzliche Erkenntnis hinwies. »Jetzt weiß ich es wieder: Roswitha Loew.«

»Zuerst wollen Sie die Tote nicht erkannt haben und nun können Sie uns Details über sie aufzählen«, funkte Erik skeptisch dazwischen.

Fragend schaute Morgett den Kriminalbeamten an.

»Da kommt mir doch der Verdacht, dass Sie einen Grund hatten, zunächst über die Identität der Toten zu schweigen.«

»Ich glaube, dass Sie ein eifriger und guter Ermittler sind. Aber vergessen Sie nicht, dass ich als Förster nicht darauf geschult bin, mir alle Details von Toten zu merken. Das gelingt mir bei einem geschossenen Bock. Aber bei einer Leiche! Es war die erste in meinem Leben. Sie war in keinem guten Zustand. Sie hatte nicht mehr viel mit der Schönen von damals gemeinsam.«

Diese geschickte Antwort veranlasste Erik, sich an Anke zu wenden: »Ich werde nachsehen, was Esther über die Tote in Erfahrung bringen konnte.«

Eilig verschwand er.

»Ist Ihnen in den letzten Tagen etwas auf dem Litermont aufgefallen?«, fragte Anke weiter. »Menschen, die sich auffällig benahmen?«

»Seit der Litermont zum Premium-Wanderweg Nummer eins gekürt wurde, laufen dort viele Touristen herum. Die benehmen sich schon manchmal auffällig. Woran denken Sie genau?«

»An einen Menschen, der unbemerkt bleiben wollte. Es hätte doch sein können, dass Ihnen der Mörder von Roswitha Loew begegnet ist. Da Sie oft dort oben sind, ist das gar nicht so unwahrscheinlich.«

»Da ist in der Tat jemand, der unbemerkt bleiben will. Leider so erfolgreich, dass ich ihn noch nicht aufgetrieben habe.«

»Und das soll ich jetzt verstehen?«, hakte Anke nach.

»In letzter Zeit treibt ein Wilderer auf dem Litermont sein Unwesen. Oft finde ich verendete Tiere, die nicht waidmännisch erlegt worden sind. Als ich die Roswitha Loew fand, war ich zunächst davon überzeugt, wieder ein verstümmeltes Tier entdeckt zu haben. Umso erschrockener war ich, dort einen toten Menschen zu sehen.«

Anke nickte, machte sich Notizen und fragte weiter: »Sind Sie verheiratet?«

»Witwer. Meine Frau ist vor Jahren an Krebs gestorben.«

»Das tut mir leid. Wie lange ist Ihre Frau schon tot?«

»Neun Jahre, fünf Monate und siebzehn Tage«, zählte Morgett auf. »Ich habe meine Frau geliebt. Ihr Tod hat mich hart getroffen.«

»War sie lange krank?«

»Ja. Sie musste drei Jahre leiden, bis sie endlich erlöst wurde. Ich habe sie selbst gepflegt, das hatte sie verdient.«

Erik kehrte mit Unterlagen in der Hand zurück.

Diesen entnahm Anke, dass Roswitha Loew vor elf Jahren in Nalbach einen Unfall mit Todesfolge verursacht hatte. Wegen Fahrerflucht und Totschlag durch Unterlassen war sie zu einer Gefängnisstrafe verurteilt worden.

»Das ist ja hochinteressant«, staunte sie.

Morgett trank in der Zwischenzeit seinen Kaffee.

»Dem Bericht dieser Akte ist zu entnehmen, dass Roswitha Loew vor etwa elf Jahren in Nalbach gelebt hat«, resümierte Anke.

Sie berichtete Erik, was sie von Morgett erfahren hatte. Erik ahnte, was Anke dachte.

»Sie waren genau zu dieser Zeit ein unglücklicher Mann. Stimmt das?«, fragte er den Förster sofort.

»Unglücklich würde ich das nicht nennen. Ich war traurig«, präzisierte der Alte.

»Haben Sie damals nicht das Bedürfnis gehabt, eine junge, hübsche Frau wie Roswitha Loew näher kennenzulernen?«

Morgett lächelte. Verwundert schauten Anke und Erik sich an. »Wissen Sie, Roswitha Loew genoss keinen guten Ruf in unserem Dorf. Für ein kurzes Amüsement mit ihr hätte ich es mir mit allen Dorfbewohnern auf Lebenszeit verscherzt. Glauben Sie, dass es mir das wert war?«

»Was hätten Sie denn aufgegeben?«, hakte Erik nach. »Ihre Arbeit, Ihre Existenz?«

»Nein! Aber im Dorf hätte ich mich nicht mehr blicken lassen können.«

»Männer haben schon für viel weniger viel mehr aufgegeben«, gab Erik zu bedenken.

»Zu diesen Männern gehöre ich nicht. Ich bin in diesem Dorf geboren und aufgewachsen. Das prägt. Ich halte mich an die ungeschriebenen Gesetze, die in einer Dorfgemeinschaft herrschen, weil ich es niemals anders gelernt habe«, wurde Morgett deutlicher. »Roswitha Loew war wirklich aufregend und in jedem Fall eine Sünde wert. Aber für eine Nacht der Gefühle bringe ich nicht mein ganzes Leben durcheinander.«

Erik richtete seine Aufmerksamkeit auf die Akte des Opfers. Roswitha Loew konnte eine interessante Vergangenheit vorweisen. Als gelernte Krankenschwester hatte sie mehrere Jahre in der St. Elisabeth-Klinik in Saarlouis gearbeitet. Weil sie im Verdacht stand, Medikamente gestohlen zu haben, wurde sie entlassen. Einige Jahre später der nächste Eklat: Sie verursachte einen verhängnisvollen Unfall mit Todesfolge. Der Tote hieß Markus Kreuwisch und war zum Zeitpunkt des Unfalls gerade vierundzwanzig Jahre alt. Roswitha Loew wurde beobachtet, wie sie den Mann vor seinem eigenen Haus mit ihrem Wagen überrollte und liegen ließ. Nach einjähriger Untersuchungshaft wurde sie zu zehn Jahren Haft verurteilt. Das Gericht ordnete an, die Zeit der Untersuchungshaft nicht auf die Freiheitsstrafe anzurechnen. Markus Kreuwisch wäre noch zu retten gewesen, da Roswitha Loew ausgebildete Krankenschwester war und somit an Ort und Stelle fachgerechte Erste Hilfe hätte leisten können.

Erik überreichte Anke das Aktenstück. An den Förster gewandt fragte er: »Kannten Sie Markus Kreuwisch?«

Morgett überlegte eine Weile. »Wer ist das?«, fragte er statt einer Antwort.

»Roswitha Loew wurde vor elf Jahren wegen eines Unfalls mit Fahrerflucht und Todesfolge verhaftet. Das Unfallopfer war Markus Kreuwisch.«

»Jetzt begreife ich«, rief er. »Deshalb ist Roswitha Loew so plötzlich verschwunden. Dieser Fall war lange Zeit Dorfgespräch Nummer eins.«

»Wie konnten Sie das vergessen?«

»Hören Sie mal, junger Mann«, empörte sich der Förster. »Das liegt elf Jahre zurück. Glauben Sie, mein Leben wäre in dieser Zeit stehengeblieben, nur weil ich in einem Dorf wohne?«

Das Kontra saß.

»Wo waren Sie gestern Abend?«, fragte er zum Abschluss. »Ich habe Sie nirgends finden können.«

»Ich war im Gasthaus Schmidt in Nalbach am Hubertusplatz. So ein Fund in den frühen Morgenstunden wühlt selbst einen erfahrenen Förster wie mich auf – und das an dieser legendären Stelle! Da musste ich ein Bier trinken.«

»Spielen Sie wieder auf Ritter Maldix an?«

Anke stieß Erik unsanft an.

Morgett grinste, schüttelte langsam den Kopf und antwortete: »Für uns hat diese Geschichte große Bedeutung. Der Litermont ist ein Wahrzeichen unserer Heimat. Mit seiner Höhe von vierhundertdreizehn Metern ragt er weit über unser Wohngebiet hinaus. Die fromme, schauerliche Sage um den Ritter Maldix verleiht dem Ort etwas Mystisches. So wird sein Andenken ewig bewahrt.«

»Es trägt vielleicht nicht gerade zur Lösung unseres Falles bei«, erkannte Anke, »trotzdem ist es eine interessante Geschichte um den Litermont in Nalbach. Sollte der Täter ein Insider sein, ist es nicht auszuschließen, dass er bewusst diesen Ort gewählt hat, um sie zu töten.«

»Natürlich«, funkte Erik dazwischen. »Der Mörder wollte die alte Geschichte neu aufleben lassen.«

Anke schaute ihn böse an, was ihn dazu bewog, einen freundlicheren Ton anzuschlagen: »Sie sind hier fertig. Wenn wir noch Fragen haben, wenden wir uns an Sie.«

»Tun Sie das«, sagte der kleine, rundliche Mann im Aufstehen.

Doch bevor er das Büro verließ, drehte er sich um und meinte: »Im Gasthaus habe ich erfahren, was mit Isolde Jennewein passiert ist. Es ist wirklich schrecklich, dass in der kurzen Zeit gleich zwei Menschen so tragisch sterben müssen.«

»Kannten Sie Isolde Jennewein?«

»Wer kennt diese Familie nicht?«

»Erinnern Sie sich noch an die Entführung vor elf Jahren?«, horchte Anke auf.

»Natürlich. Das war etwas, das niemand im Dorf vergessen hat. Es wurde so ein großer Wirbel darum gemacht, dass es keinem entgehen konnte.«

»Wissen Sie etwas Näheres darüber?«

»Nur, was in den Zeitungen stand.«

Der Alte verabschiedete sich.

»Ich habe das Gefühl, du lässt dich von dem Alten einwickeln«, wandte Erik sich sofort an seine Kollegin. »Hoffentlich verlierst du nicht den Überblick, wenn du dich von Legenden und Sagen mitreißen lässt.«

»Es hat unserer Arbeit noch nicht geschadet, den Menschen zuzuhören, die wir befragen. Ich gehe zwar nicht davon aus, dass Ritter Maldix unser Täter ist, trotzdem hat mich die Geschichte fasziniert. Was ist daran so schlimm?«

»Nichts!«

Anke sprach weiter: »Trotz allem bringt mich der Förster auf eine gute Idee: die Zeitungen!«

»Die Zeitungen?«

»Nadine spricht nicht über ihre Vergangenheit. Sie mauert. Da habe ich nicht die geringste Chance durchzudringen. Ich werde heute noch im Zeitungsarchiv nach alten Berichten suchen.«

»Apropos Archiv: Sollte heute nicht Kullmann kommen?«

»Doch!« Anke schaute erschrocken auf die Uhr. »Er müsste eigentlich schon da sein.«

Kapitel 9

Staatsanwalt Foster saß auf dem bequemen Sessel der Couchgarnitur, die Forseti für Dienstbesprechungen beantragt hatte, und rauchte. Forseti riss das Fenster weit auf, als wolle er dem Staatsanwalt damit seinen Unmut über dessen Laster vor Augen führen.

»Ich dachte, unser ehemaliger Chef wäre schon da«, meinte Anke zur Begrüßung.

»Ist er auch«, bestätigte Foster, genüsslich kleine Ringe in die Luft blasend. »Sein erster Gang führte ihn ins Archiv zu Fred Feuerstein. Er wollte zuerst in die Akte sehen, bevor er zur Besprechung kommt.«

Betretenes Schweigen herrschte, bis Foster fragte: »Was hat die Hausdurchsuchung im Haus der Familie Jennewein ergeben?«

»Meine Mitarbeiter Anke Deister und Erik Tenes werden die Hausdurchsuchung erst noch durchführen. Dann kann ich Ihnen Ergebnisse vorlegen«, antwortete Forseti.

Anke stöhnte innerlich. Sie hatte schon befürchtet, dass sie für diese unangenehme Aufgabe vorgesehen war.

»Bis die Kollegen Kullmann und Feuer kommen, lese ich Ihnen den Bericht des Entomologen vor«, kündigte Forseti an. Mit einem gekünstelten Husten und einem strafenden Blick in Richtung Rauchfahne begann er vorzulesen: »Dr. Wedick hat folgende Aspekte seinen Berechnungen zugrunde gelegt: Es wurden Maden auf der Leiche sichergestellt und in Formalin haltbar gemacht. Es handelt sich um die Aasfliegenmade der Schmeißfliege. Diese Nekrophagen sind die ersten Besiedler einer Leiche, was einen wichtigen Bestandteil der Berechnungen darstellt. Die in der Leiche abgelegten Eier haben sich zu Larven entwickelt, die zu einer Größe herangewachsen sind, deren Messung einen Rückschluss auf eine Leichenliegezeit von zwanzig bis vierundzwanzig Stunden erlaubt. Also starb Roswitha Loew am Freitag, den zweiten April, zwischen neun und dreizehn Uhr.«

»Ist diese Berechnung verlässlich?«, fragte Foster.

»Der Entomologe hat alle Umwelteinflüsse mit einberechnet. Er hat sich mit dem Wetteramt in Verbindung gesetzt und sich die genauen Temperaturen angeben lassen. Er ist sich sicher, ein zuverlässiges Ergebnis erzielt zu haben«, bestätigte Forseti.

»Der Fundort ist auch der Tatort?«, fragte Foster weiter.

»Ja. An der Kleidung der Leiche wurden Spuren gefunden, die vom Felsen am Litermont stammen. Die Tote schlug an drei Stellen auf, bevor sie unter dem Baum landete.«

»Und was ist die Todesursache?«

»Hirnbluten durch Schädelverletzungen.«

»Bringt sich eine Frau auf so grausame Weise selbst um?«, zweifelte Foster. Dabei schaute er Anke an. Diese zuckte die Schultern. Sie erinnerte sich daran, wie sie selbst auf der Plattform des Litermont-Kreuzes gestanden hatte. Die zerklüfteten Felsen sahen bedrohlich aus – heimtückisch.

»Ich frage mich selbst, warum Roswitha Loew gerade diese Stelle gewählt haben soll. Sie kommt von Saarbrücken nach Nalbach, um sich umzubringen. Auf dieser langen Strecke gibt es bestimmt viele Gelegenheiten, sich weniger spektakulär in den Tod zu stürzen«, sprach Anke ihre Überlegung aus.

»Den Aspekt dürfen wir nicht aus den Augen verlieren«, erkannte Staatsanwalt Foster. »Außerdem besteht im Fall Roswitha Loew die Möglichkeit, dass jemand Rache geübt hat. Sie hatte vor elf Jahren den jungen Markus Kreuwisch totgefahren. Die Hinterbliebenen müssen überprüft werden!«

Forseti fügte an: »Wir müssen herausfinden, warum sie an den Ort zurückkehrte, an dem dieser Unfall geschah. Vielleicht wurde sie von Angehörigen des Toten dorthin bestellt, um ihr eine Falle zu stellen.«

»Bedeutet das, dass es kein Selbstmord war?«, hakte Anke nach.

»In dem Bericht werden Hämatome an Körperstellen der Toten aufgeführt, die Fragen aufwerfen«, antwortete Forseti. »Zum Beispiel ein Bluterguss am Hals. Wie kann dieser Bluterguss durch einen Aufprall entstehen?«

»Ich will mir absolut sicher sein, dass ich keinen Mörder frei herumlaufen lasse«, reagierte Staatsanwalt Foster darauf. »Wir werden feststellen, ob Roswitha Loew Telefonate mit der Familie Kreuwisch geführt hat, seit sie aus dem Gefängnis entlassen wurde. Nur so können wir feststellen, warum sie genau den Ort ausgewählt hat.«

Es klopfte an der Tür. Norbert Kullmann und Fred Feuerstein traten ein.

»Wir sind fündig geworden«, begrüßte Kullmann die wartenden Kollegen. »Aber leider muss ich zugeben, dass ich mich erst wieder in den Fall einlesen muss, bevor ich etwas Nutzbringendes dazu beitragen kann. Das

Ganze liegt immerhin schon elf Jahre zurück. In der Zwischenzeit ist viel passiert.«

Foster trat auf seinen ehemaligen Weggefährten zu und begrüßte ihn: »Schön, dass du uns helfen willst. So komme ich wieder in den Genuss, mit dir zusammenzuarbeiten.«

»Ob es ein Genuss wird, stellt sich noch heraus«, entgegnete Kullmann.

»Immer noch der Alte«, lachte Foster. »Mit allen Ecken und Kanten.«

Forseti machte auf sich aufmerksam, indem er fragte: »Können Sie uns etwas über die Entführung berichten, ohne die Akte gelesen zu haben?«

Kullmann überlegte eine Weile, bis er sagte: »Ich erinnere mich noch gut an das Mädchen Nadine Kruchten. Sie zeigte ein Verhalten, aus dem ich niemals schlau wurde. Ich hatte damals, als der Fall abgeschlossen wurde, das Gefühl, dass er eigentlich gar nicht abgeschlossen war.«

»Wie sollen wir das verstehen?«

»Ich hatte es damals selbst nicht verstanden – wie sollte ich es jetzt aus der bloßen Erinnerung heraus tun? Deshalb werde ich mir die Zeit nehmen, die Akte zu lesen. Notfalls müssen wir die Kollegen hinzuziehen, die damals mitgearbeitet haben – sofern diese Kollegen noch im Dienst sind.«

»Das hat bereits Staatsanwalt Foster vorgeschlagen«, stellte Forseti klar.

»Zunächst einmal unser Amtsleiter Wollny«, begann Kullmann. »Außerdem arbeiteten die Mitarbeiter Anton Grewe, Andrea Westrich und Walter Nimmsgern im Kommissariat ›Entführung, Erpressung, Geiselnahme‹.«

Bei der Erwähnung des letzten Namens fielen alle in Schweigen.

Walter Nimmsgern war vor zwei Jahren einem Polizistenmörder zum Opfer gefallen. Dieser Fall hatte ihre Gemüter erschüttert, weil der Täter kein Fremder gewesen war, sondern jemand aus den eigenen Reihen. Nimmsgern war damals das erste Opfer einer ganzen Serie von Polizistenmorden.

»Ihn werden wir nicht mehr fragen können«, schluckte Anke schwer.

»Nein«, schüttelte Kullmann den Kopf. Die Erinnerung daran gefiel ihm nicht, weil dieser Fall der letzte seiner Laufbahn als Kriminalhauptkommissar war. Er hätte sich seinen Abschluss angenehmer vorstellen können.

»Es gibt noch jemanden, den wir heute nicht mehr fragen können«, fügte Kullmann an.

»Andreas Hübner?«, wagte sich Anke zu fragen. Bei der Erwähnung seines Namens spürte sie heute noch ambivalente Gefühle zwischen Wut und Trauer. Anke hatte den Fehler gemacht, sich in den Arbeitskollegen zu verlieben, der sie danach schamlos betrogen hatte. Doch sein Tod übertraf alles bisher Erlebte.

Kullmann nickte: »Ich hatte ihn um Mithilfe gebeten, weil wir damals unterbesetzt waren. Der Dienststellenleiter, Willy Pechstein, hatte einen Herzinfarkt erlitten und war nicht mehr zum Dienst zurückgekehrt. So kam es, dass ich die Ermittlungen leiten musste. Ich war froh für jede Hilfe, die ich bekommen konnte.«

»Dann bleiben uns noch Andrea Westrich und Anton Grewe«, resümierte Forseti.

»Außerdem die Polizeipsychologin, Frau Dr. Ina Knappe«, fügte Kullmann an. »Ist sie noch im Dienst?«

Forseti zog scharf die Luft ein, warf einen kurzen Blick aus dem Fenster, bevor er sich wieder auf die Anwesenden in seinem Büro konzentrierte. Seine Gesichtsfarbe wirkte plötzlich grau.

»Im letzten Jahr fing eine Frau Dr. Ina Knappe im Bundeskriminalamt in Wiesbaden an«, berichtete er. »Als ›operative Fallanalytikerin‹. Sollte das Ihre Polizeipsychologin von damals sein?«

»Ich werde das herausfinden«, versprach Esther.

Für Kullmann war die Besprechung an diesem Punkt zu Ende. Er verabschiedete sich von den Kollegen und eilte mit der Akte unter dem Arm davon.

»In der Zwischenzeit arbeiten wir mit den Fakten, die wir haben«, entschied Forseti, der wieder zu seiner alten Form zurückgefunden hatte. »Dr. Jennewein hat bei der Befragung zugegeben, dass er Nadine Kruchten adoptieren wollte. Sie sollte seinen Namen tragen.«

Die Kollegen staunten: »Er hat sich also doch noch dazu durchgerungen?«

»Vor wenigen Wochen hatten sich Isolde und Arthur Jennewein zu dem Schritt entschlossen – trotz Samanthas Versuche, es zu verhindern, so seine Worte.«

»Wie kann eine junge Frau so viel Einfluss auf wichtige Entscheidungen der Eltern ausüben?«, fragte Anke.

»Arthur Jennewein hat seine Tochter allein großgezogen«, berichtete Forseti. »Seine Frau hatte ihn und seine Tochter kurz nach der Geburt verlassen. Das könnte eine Erklärung für die enge Bindung zur Tochter sein. Arthur Jennewein glaubt, dass Samantha immer in der Angst lebe, ihn ebenfalls zu verlieren.«

»Ich glaube, Arthur Jennewein kennt seine eigene Tochter nicht«, murrte Bernhard.

Daraufhin richteten sich alle Augen auf ihn. Es war seine Aufgabe gewesen, Samantha zu vernehmen. Auf das Ergebnis waren alle gespannt.

»Samantha war gestern unauffindbar«, erklärte er. »Ihr Vater konnte mir auch nicht sagen, wo sie ist. Ich habe ihn gebeten, sie heute Morgen zu uns ins Büro zu bestellen. Ich bin gespannt, ob sie kommt.«

»Ich habe den Halter des Porsche Carrera ermittelt«, lenkte Anke vom Thema ab.

»Hilft uns das weiter?«, fragte Forseti.

»Er heißt Günter Weber, behauptet, die Familie Jennewein nicht zu kennen und niemals an dem Haus vorbeigefahren zu sein. Daraufhin habe ich überprüft, was er in der Zeit gemacht hat. Er war bei der Arbeit.«

»Kann er sich von dort unbemerkt entfernt haben?«

»Nein. Er arbeitet bei den Ford-Werken am Fließband. Wer dort weggeht, fällt auf.«

»Dann muss er uns angeben, wem er das Auto geliehen hat«, wies Forseti an.

»Er behauptet, er verleihe seinen Porsche nicht.«

»Das müssen wir klären! Also, machen wir uns an die Arbeit«, bestimmte Forseti. Er schaute in die Runde. Als sein Blick auf Erik traf, entschied er: »Für uns bleibt im Moment nur der Fall Roswitha Loew. Die geschädigte Familie Kreuwisch könnte ein Rachemotiv haben. Das übernehmen Sie!«

Erik nickte.

»Aber bevor Sie zur Familie Kreuwisch fahren, suchen Sie den Gerichtsmediziner und den Entomologen auf. Ich will den endgültigen Autopsiebericht auf meinem Schreibtisch haben.«

»Und was mache ich mit Günter Weber?«, hakte Anke nach.

»Sie begleiten Erik! Anschließend kümmern Sie sich um den Porschefahrer!«

Das war das Abschlusswort des Chefs. Hastig eilten die Kollegen aus dem Zimmer.

Samantha Jennewein stolzierte mit schwingenden Hüften durch den langen Flur. Ihre blonden Haare hatte sie lässig zu einem Knoten zurückgebunden, viele lose Strähnen zierten ihr makelloses Gesicht. Ein rotes Kleid schmiegte sich eng an ihren schlanken Körper, hochhackige Schuhe ließen ihre Beine noch länger wirken. Ihr Auftreten verriet, dass sie es mochte, so angestarrt zu werden.

»Wo ist Kommissar Diez?«, fragte sie und ließ ihren Blick durch die Menge der Beamten wandern. »Er war es, der mich hierher bestellt hat.«

Bernhard trat vor. Sein Interesse an ihrem engen Kleid war nicht zu übersehen.

»Wenn Sie mir in die Augen schauen wollen, müssen Sie den Kopf etwas anheben«, bemerkte Samantha.

Leises Gelächter ging durch den Flur.

»Natürlich«, gab Bernhard zu.

»Welche Augenfarbe habe ich?«, fragte sie, um ihn zu testen.

»Grün.«

»Stimmt! Ihren Argusaugen entgeht nichts. Bei Ihnen bin ich richtig.«

Sie verschwanden in Bernhards Zimmer, was die übrigen Kollegen enttäuscht auf die zufallende Holztür starren ließ.

Kapitel 10

Dr. Wolbert war mit seiner Arbeit fertig. Roswitha Loew lag noch auf dem Seziertisch, als Anke und Erik eintrafen; ihr Körper war mit einem weißen Laken zugedeckt.

»Das Ergebnis ist folgendermaßen: Roswitha Loew starb durch Hirnbluten infolge einer massiven Schädelzertrümmerung. Schürfwunden gibt es am ganzen Körper. Hämatome sind am Hals«, dabei zog der Gerichtsmediziner das weiße Leinentuch weg und legte einen weiblichen Körper frei, der mit dunkelblauen Verfärbungen gezeichnet war, »an beiden Unterarmen, am Rumpf und an den Beinen zu finden.«

»Gibt es Hinweise, dass diese Hämatome nicht auf den Sturz vom Felsen zurückzuführen sind?«, fragte Erik.

»Es gibt eine Besonderheit: Ein Bluterguss legt sich um den Hals wie eine Schlinge. Hinzu kommen petechiale Blutungen in den Augen. Es ist unwahrscheinlich, dass diese Form des Blutstaus durch einen Aufprall entsteht.«

»Heißt das, dass sie gewürgt wurde, bevor sie stürzte?«

»Genau so sieht es aus«, bestätigte Dr. Wolbert. »Außerdem befinden sich an den Unterarmen ähnliche Blutergüsse, als sei sie mit großem Druck festgehalten worden.«

Anke und Erik besahen sich die Stellen.

»Könnte sie gefesselt worden sein?«

»Bei Fesselungen liegen Hautabschürfungen vor. Es sei denn, sie wurde mit weichem Material gefesselt.«

»Also fand unmittelbar vor dem Sturz vom Felsen ein Kampf statt«, resümierte Anke.

Familie Kreuwisch wohnte im letzten Bungalow einer langen Reihe von Wohnhäusern in der Fußbachstraße. Dahinter erstreckten sich vor ihren Augen nur noch saftig grüne, duftende Wiesen und Wälder. Alles wirkte friedlich und verträumt. Kinderlärm ertönte vom Spielplatz. Sonnenstrahlen wärmten die Luft.

Auf ihr Klingeln öffnete ein großer, kräftiger Mann. Beim Anblick von Anke und Erik blaffte er: »Was will die Polizei von mir?«

»Wir wollen Ihnen nur ein paar Fragen stellen. Mehr nicht.« Anke lächelte ihm entwaffnend ins Gesicht, was Kreuwischs ersten Anflug von Argwohn zerstreute.

»Und was wollen Sie mich fragen?«

»Dürfen wir hereinkommen? Oder wollen Sie sich mit uns hier draußen unterhalten, wo uns sämtliche Nachbarn zuhören können?« Anke schaute sich um. Tatsächlich standen einige Frauen am Haus gegenüber und tuschelten.

Egon Kreuwisch gab nach. Er hielt ihnen die Haustür auf.

Anke und Erik betraten hohe, helle Räumlichkeiten. Der Eingangsbereich führte offen zum Wohnbereich, es gab keine Türen, die die Räume voneinander trennten. Das Fenster zur Rückseite des Hauses war groß und ließ viel Licht herein. Pflanzen säumten die gesamte Fensterwand.

Eine kleine, zierliche Frau kam hinter einer Theke hervor, die die Küche vom Wohnzimmer trennte. Sie trug eine Schürze. Der betörende Duft verriet, dass sie gerade einen Kuchen backte. Anke bekam sofort Appetit.

Gemeinsam ließen sie sich auf der wuchtigen Ledercouchgarnitur nieder, bevor Erik zu sprechen begann: »Wir wissen, dass Ihr Sohn vor elf Jahren tödlich verunglückt ist. Wir wissen auch, dass Roswitha Loew für die Tat verurteilt wurde.«

Unvermittelt sprang der Mann auf.

»Mein Sohn ist tot und begraben. Was will die Polizei jetzt noch?«

»Egon, bitte«, versuchte Hilde Kreuwisch ihren Mann zu beruhigen.

Aber er beachtete sie nicht. »Kommen Sie hierher, um alte Wunden aufzureißen?«

»Egon, sei jetzt bitte ruhig«, versuchte seine Frau weiterhin, ihn am Reden zu hindern. »Du machst es doch nur noch schlimmer.«

»Was macht er schlimmer?«, fragte Anke sofort.

»Siehst du, was du mit deiner dummen Bemerkung anrichtest?«, fuhr der aufgebrachte Mann seine Frau an. Erschrocken verstummte sie.

»Was macht Ihr Mann nur noch schlimmer?«, wiederholte Anke ihre Frage.

»Halt die Klappe!«, zischte Kreuwisch seine Frau an.

»Wo waren Sie am Freitag zwischen elf und sechzehn Uhr?« Mit dieser Frage kam Erik zielstrebig auf den Grund ihres Besuches.

»Das geht Sie nichts an«, gab er barsch zurück.

»Das geht uns sehr wohl etwas an! Sie fragen gar nicht, warum wir Ihr Alibi für diese Zeit brauchen«, gab Erik nicht minder schroff zurück.

»Weil ich es mir denken kann.«

»Dann kommen auch nur Sie für die Tat in Frage. Niemand sonst kann sich nämlich denken, was zu dieser Zeit passiert ist.«

»Egon!«, schrie die kleine Frau ganz entsetzt auf.

»Jetzt begleiten Sie uns nach Saarbrücken«, sprach Erik unbeeindruckt weiter.

»Warum?«

»Sie sind festgenommen, weil Sie im Verdacht stehen, Roswitha Loew getötet zu haben«, erklärte Erik.

Der Mann schaute die Beamten ausdruckslos an. Er brauchte einen kurzen Moment, bis er reagierte: »Roswitha Loew ist tot?« Mit fassungsloser Miene ließ sich Egon Kreuwisch auf das Sofa zurücksinken.

»Sie können es sich doch denken«, gab Erik seine eigenen Worte wieder. »Sie wurde ermordet.«

»Ermordet?«

Erik reagierte nicht darauf.

»Und nun wollen Sie mir das in die Schuhe schieben?« Kreuwischs Gesichtsausdruck wurde sofort wieder feindselig.

»Sie haben ein Motiv und geben uns kein Alibi. Deshalb sind Sie verdächtig.«

»So einfach geht das bei Ihnen? Hauptsache, Sie haben einen Sündenbock.«

»Das genügt!« Eriks Kiefer mahlten.

Anke legte los: »Sie haben das Recht zu schweigen, alles, was Sie sagen, kann gegen Sie verwendet werden. Sie haben das Recht auf einen Anwalt …« Weiter kam sie nicht mehr. Der massige Mann sprang mit einer Schnelligkeit auf, die ihm niemand zugetraut hätte. Mit einem Satz war er an der Glastür zum Garten, sprang hinaus und verschwand.

Frau Kreuwisch saß immer noch auf dem Sofa. Sie war unfähig, sich zu regen, weil sie von Heulkrämpfen geschüttelt wurde.

Erik verfolgte den Flüchtigen. Anke zögerte ebenfalls nicht lange. Sie zückte ihr Handy und veranlasste, dass die Kollegen der Bereitschaftspolizei sofort zur Fahndung ausrückten. Staatsanwalt Foster sicherte ihr telefonisch einen Durchsuchungsbeschluss für das Haus der Familie Kreuwisch zu.

»Wir werden sofort damit beginnen, das Haus nach Hinweisen auf Roswitha Loew zu durchsuchen«, erklärte Anke der kleinen Frau, die immer noch schluchzte. Sie schien Ankes Worte nicht zu verstehen.

Erik kehrte zurück ins Wohnzimmer. Er hatte Egon Kreuwischs Spur verloren.

»Hier muss es einen Schlupfwinkel geben«, murrte er enttäuscht. »Ich bin ein verdammt schneller Läufer. Auf normalem Weg wäre er mir nicht entkommen.«

»Wer weiß, wie er sich auf den Fall vorbereitet hat. Weit wird er jedenfalls nicht kommen.«

Hilde Kreuwisch wirkte noch kleiner, als Anke und Erik begannen, jedes Zimmer des Hauses zu durchstöbern. Was sie fanden, war aufschlussreich, aber nicht beweiskräftig. Alle Zeitungsberichte über den Unfall mit Todesfolge waren sorgfältig abgeheftet, außerdem alle Berichte über die Verhaftung von Roswitha Loew. Ein Hinweis weckte großes Interesse: Die Eheleute Kreuwisch waren genau darüber informiert, wann Roswitha Loew entlassen worden war. Sie hatten sogar gewusst, wo sie nach ihrer Entlassung gewohnt hatte.

»Wie sind Sie an die Adresse gekommen?«, fragte Anke die verunsicherte Frau, die immer noch auf demselben Platz saß.

»Damit habe ich nichts zu tun. Das sind die Sachen meines Mannes.«

Etwas später traf Staatsanwalt Foster mit dem Durchsuchungsbeschluss ein und ließ sich von Anke und Erik alles zeigen, was sie in der Zwischenzeit hatten finden können.

»Das ist zwar interessant«, murmelte er, »aber kein Beweis. Jürgen Schnur bemüht sich um die Liste der Telefonate der letzten Tage von Kreuwischs Anschluss. Sollten wir daran erkennen, dass er Kontakt zum Opfer aufgenommen hat, ist er uns eine Erklärung schuldig.«

Sie verließen den kleinen Bungalow am Ende der langen Häuserreihe. Einige Menschen hatten sich vor dem Haus versammelt. Männer in Arbeitskluft schimpften über die Arbeitsmethoden der Polizei und dass die Familie schon gestraft genug sei. Hausfrauen in ihren Kittelschürzen behaupteten wissend, dass nichts ungestraft bleiben würde. Was sie damit meinten, blieb den Polizeibeamten ein Rätsel.

Die Sonne schien unbeirrbar vom azurblauen Himmel. Die Temperaturen stiegen auf sommerliche zwanzig Grad.

»Ich habe ein gutes Gefühl bei dieser Sache. Der Fall Roswitha Loew ist so gut wie abgeschlossen«, versicherte Erik.

Kaum hatte er ausgesprochen, kamen mehrere Polizeiwagen in rasantem Tempo vorgefahren. Erik berichtete ihnen, in welche Richtung der Verdächtige geflüchtet war. Die Kollegen wendeten ihre Fahrzeuge und fuhren genau in die entgegengesetzte Richtung los.

»Was hat das wieder zu bedeuten?«, staunte Erik. »Ich habe ihnen doch eine andere Richtung gezeigt.«

»Wir befinden uns in einer Sackgasse.« Foster lachte. »Wir müssen auch wieder ein kleines Stück zurückfahren, bevor wir in die Etzelbachstraße kommen, die zum Ausflugslokal ›Maldix‹ führt.«

»Maldix?«, wiederholte Anke begriffsstutzig.

»Richtig. Bevor wir nach Saarbrücken zurückfahren, werden wir bei einem guten Essen die Details der beiden Fälle durchgehen«, erklärte Foster. »Mit Sicherheit können uns die Besitzer des Lokals etwas über die Familie Kreuwisch sagen. Sie sind gebürtige Nalbacher. Sie kennen vermutlich jeden im Dorf.«

Dem Vorschlag stimmten Anke und Erik nur zu gerne zu, weil sie ebenfalls Hunger verspürten. Außerdem lag ihnen viel daran, den Schaulustigen zu entkommen, deren Neugierde durch die vielen Polizeiautos noch weiter angestachelt worden war.

Der Weg führte durch eine langgezogene Kurve vorbei an Feldern, Wiesen und Hainen. Sie passierten das Haus, in dem Nadines Großvater lebte, fuhren weiter an einer Villa mit gepflegtem Grundstück vorbei. Lediglich ein altes, verblasstes Schild wies darauf hin, dass es sich um ein ehemaliges Forsthaus handelte. Das nächste, was sie zu sehen bekamen, war eine Ranch. Die Koppeln waren mit weißen Zäunen umgeben. Viele Pferde grasten dort in aller Ruhe.

»Schön ist es hier«, schwärmte Anke.

»Ich stelle fest, dass du die Pferde vermisst«, bemerkte Erik.

»Ja! Sobald Lisa älter ist, will ich wieder reiten gehen. Vielleicht kommt Lisa auf den Geschmack, dann könnten wir immer gemeinsam zu den Pferden gehen.«

Sie fuhren auf einen großen Parkplatz, auf dem kein einziges Auto stand.

Das Lokal bestand aus mehreren Anbauten. Kunstvoll behauene Steine zierten die Außenfassade. Lediglich ein großer Obelisk, der an den Hinkelstein des Obelix erinnerte, wies darauf hin, dass sie sich bei »Maldix« befanden. Ein Wappen unterstrich die Beschriftung des Steins.

»Diese Gegend lebt wirklich von der Legende des Ritters Maldix«, erkannte Erik.

Sie traten ein. Der Eingangsbereich war dunkel. Eine lange Theke war dort, aber kein Gast davor. Sie gingen weiter, bis sie in einem großen, hellen Saal standen. Alle Tische waren gedeckt, aber auch dort herrschte gähnende Leere.

»Hier vorne haben wir schöne Fensterplätze.« Mit diesen Worten trat die Wirtin auf die Polizeibeamten zu. Sie folgten ihr und ließen sich einen Tisch zeigen.

Zunächst gaben sie ihre Bestellungen auf, bevor der Staatsanwalt begann, die Frau des Hauses zu fragen: »Kennen Sie die Familie Kreuwisch?«

Das Gesicht der Frau wirkte sofort betroffen. Sie nickte und meinte: »Wer kennt diese unglückseligen Menschen nicht? Das Schicksal hat es nicht gut mit ihnen gemeint.«

»Egon Kreuwisch ist auf der Flucht«, erklärte Foster. »Wissen Sie, wo er untergetaucht sein könnte?«

»Auf der Flucht«, stöhnte die Wirtin und hielt sich mit beiden Händen den Kopf. »Er ist doch so ein guter Mann. Was ist passiert?«

»Er hat sich der Befragung durch die Polizei entzogen. Tut so etwas ein guter Mann, der reinen Gewissens ist?«

Immer noch atemlos vor Entsetzen schüttelte die Wirtin den Kopf und beantwortete endlich die Frage: »Er hat ein Wochenendhaus am Grauen Stein. Dorthin ziehen sich die Kreuwischs gerne zurück. Vielleicht ist er dort.«

Telefonisch gab Foster diese Information an die Suchmannschaft weiter.

»Früher hat er bei der Gemeinde gearbeitet. Aber durch den Todesfall seines Sohnes ging er früher in Rente. Der Verlust hat ihm gesundheitlich geschadet«, sprach sie, als wollte sie die Harmlosigkeit dieses Mannes betonen.

»Ich muss Sie darauf hinweisen, dass Sie Herrn Kreuwisch hier keinen Unterschlupf gewähren dürfen. Das wäre Behinderung der Justiz. Ich hoffe, wir verstehen uns«, bestimmte Foster.

Die Wirtin nickte und entfernte sich vom Tisch.

Das Essen, das sie servierte, bestand aus deftigen Bratkartoffeln, gegrilltem

Schweinebauch, gerösteten Zwiebeln und Salat. Dazu tranken Anke und Foster frisch gezapftes Bier, Erik Mineralwasser.

Busse fuhren vor. Lärmend trat eine große Menschengruppe ein. Im Nu war der Saal gefüllt. Es dauerte eine Weile, bis die Wirtin wieder Zeit hatte, zum Tisch der drei Beamten zurückzukehren.

»Darf ich Ihnen noch etwas bringen?«, fragte sie.

»Für mich bitte noch ein Bier.« Foster hielt sein leeres Glas hoch.

»Mir bitte noch ein Glas von diesem edlen Tropfen.« Erik hielt der Wirtin sein Wasserglas entgegen. »Guter Jahrgang! 2004?«

Die Wirtin lächelte, als sie ihm das Glas abnahm.

»Ich hätte gern noch einige Auskünfte«, bekannte Foster.

Sie blieb am Tisch stehen und wartete auf die Fragen, die Foster noch stellen wollte.

»Kennen Sie die Familie Jennewein?«

»Natürlich! Dr. Jennewein ist mein Hausarzt. Der arme Mann. Seine Frau auf so tragische Weise zu verlieren«, seufzte sie.

»Wie gut kannten Sie seine Frau?«

»Nicht so gut wie ihn. Manchmal kamen sie hierher zum Essen.«

»Welchen Eindruck haben die beiden auf Sie gemacht?«

»Wenn das Ehepaar allein war, wirkten sie glücklich – verliebt wie zwei Teenager. Aber wenn die Töchter dabei waren, flogen die Fetzen.«

Im Büro angekommen erfuhren sie, dass die Suche nach Egon Kreuwisch ergebnislos geblieben war. Im Ferienhaus hielt er sich nicht auf; die Fahndung musste weitergehen. Forseti trat Anke und Erik im Flur entgegen. Zur Begrüßung meinte er: »Das nenne ich Ermittlungserfolg. Dümmer hätte sich der Mann nicht verhalten können, weil wir bis jetzt noch keinen einzigen Beweis gegen ihn haben. Aber sein Verhalten ist so gut wie ein Geständnis.«

Damit verschwand Forseti in seinem Büro.

»Er sieht richtig zufrieden aus«, stellte Erik fest. »So habe ich ihn noch nie erlebt.«

Kurze Zeit später traf die Liste der Telefongespräche von Egon Kreuwisch ein.

Gespannt las Anke die Daten durch. Es war ein mühseliger Vergleich der einzelnen Nummern. Lange saß sie vor der Liste, bis sie fand, wonach sie suchte: Von Kreuwischs Anschluss wurde mehrere Male mit Roswitha

Loew telefoniert. Das letzte Mal kurz bevor sie starb. Das war der Beweis, den sie brauchten.

»Kreuwisch haben wir hiermit«, jubelte sie.

»Noch nicht.« Plötzlich stand ein Kollege der Bereitschaftspolizei in der Tür.

Auf Ankes fragenden Blick stellte er sich vor: »Polizeihauptmeister Horst Hollmann. Ich habe den Auftrag, die Fahndung nach Egon Kreuwisch zu leiten.«

Es fehlte nur noch, dass er stramm stand wie ein Soldat, dachte Anke. Hollmann war groß, seine Figur sportlich. Seine rötlichen Haare waren zu einem Bürstenschnitt gestutzt, was sein eckiges Gesicht betonte. Der junge Mann war ihr sofort sympathisch.

»Ich bin der Nachfolger von Bernhard Diez. Ich hoffe, dass wir auch gut zusammenarbeiten werden«, sprach er weiter, als Anke nichts von sich gab.

»Daran habe ich keinen Zweifel«, versicherte sie.

»Wir haben alle Kollegen mobilisiert. Wenn er nicht vom Erdboden verschluckt ist, finden wir ihn.«

»Nicht so steif.« Anke schmunzelte. »Hier wird auch nur mit Wasser gekocht.«

Diese Bemerkung ließ Hollmann hörbar durchatmen. Er trat einen Schritt näher und erklärte: »Es ist das erste Mal, dass ich einen solchen Einsatz leite. Ich gebe zu, ich bin nervös.«

»Das spricht für Sie. Es beweist, dass Ihnen viel an der Arbeit liegt«, bestätigte Anke. »Sobald Sie ihn haben, lassen Sie es mich bitte wissen. Immerhin ist er meinem Kollegen und mir entwischt. So etwas ärgert uns natürlich.«

Sie gab ihm ihre Dienstnummer und ihre Handynummer. Damit eilte der junge Polizeibeamte davon. Im Flur wäre er fast mit Erik zusammengestoßen, der im Eiltempo auf dem Weg in sein Zimmer war.

»Was will der fussische Lump bei uns?«, fragte er, als er an Ankes offener Bürotür vorbeikam.

»Was redest du da?«, stutzte die Kollegin.

»Der Rotschopf«, erklärte Erik genauer.

»Das ist Polizeihauptmeister Hollmann. Mit deinen kölschen Beleidigungen solltest du vorsichtiger sein.«

Erik setzte eine Miene auf, die Reue ausdrücken sollte, und eilte weiter.

Wieder stand ein Fremder in Ankes Tür. »Hier bin ich. Zu jeder Schandtat bereit. Womit soll ich beginnen?«

»Andere Frage: Wer sind Sie?«, entgegnete sie schroff.

Der Mann hatte wild abstehende schwarze Locken, die den Eindruck vermittelten, dass sie sich nicht bändigen ließen. Sein Gesicht war braun gebrannt, eine Bräune, die von einem Solarium stammte, an ihm aber gut aussah. Lässig lehnte er am Türrahmen, seine Hose weit und labberig, sein Hemd aufgeknöpft, als wolle er den Eindruck eines Südländers vermitteln.

»Nicht so heftig, liebe Kollegin Deister«, lachte er süffisant. »Ich bin Anton Grewe vom Kommissariat ›Entführung, Erpressung, Geiselnahme‹. Man hat mich zu den Ermittlungen hinzugezogen, weil es angeblich um eine Entführung geht.«

Endlich verstand Anke. Esther hatte sich bereiterklärt, die Kollegen aufzusuchen, die damals an dem Fall Nadine Kruchten mitgearbeitet hatten. Wie es aussah, hatte sie Erfolg gehabt.

Anton Grewe stieß sich vom Türrahmen ab und kam mit grazilen Schritten auf ihren Schreibtisch zu. Dabei glaubte Anke, einen leichten Hüftschwung zu erkennen.

»Ja, was denn nun?«, hakte er nach, während er sich mit der rechten Hand durch seine widerspenstigen Locken fuhr.

Jetzt erst bemerkte Anke ihr Zögern. Rasch besann sie sich und antwortete: »Es geht um eine Entführung, die vor elf Jahren stattgefunden hat. Nadine Kruchten.«

Eine Weile schwiegen beide, bis Anke ungeduldig wurde: »Erinnern Sie sich?«

»Nicht direkt! Esther Weis sprach mich darauf an, aber ich gebe zu, mein Gedächtnis spielt mir einen Streich. Ich müsste wohl die Akte lesen.«

»Kullmann ist zurzeit damit beschäftigt, die Akten zu studieren. Sie können ihm gern Gesellschaft leisten, damit wir mit unseren Ermittlungen schneller vorankommen«, schlug Anke vor.

»Welche Ermittlungen? Was haben Sie mit Entführungen zu tun? Warum ein elf Jahre alter Fall?«

Anke setzte ihn über den Tod von Isolde Jennewein, der Mutter des damaligen Entführungsopfers, in Kenntnis. Als Grewe diesen Namen hörte, ging ihm ein Licht auf: »Jetzt fällt es mir wieder ein. Dieser Fall war höchst undurchsichtig. Ich werde mich zu Kullmann gesellen, er hat damals unser Team geleitet.«

Er wollte gerade gehen, als er sich umdrehte und anfügte: »Ich dachte, Kullmann sei in Pension.«

»Ist er auch«, bestätigte Anke. »Aber er hat sich bereiterklärt, bei dem Fall zu helfen, weil seine Kenntnisse von damals hilfreich sein können.«

Daraufhin verabschiedete sich Grewe und ließ Anke allein zurück. Leider sollte ihre Ruhe nicht von langer Dauer sein, denn schon stand Forseti in ihrem Zimmer.

»Inzwischen wurden alle Besucher der Kneipe befragt, die Samantha als Alibi angegeben hat. Niemand konnte bezeugen, dass sie dort war. Zunächst erschien mir das nicht verwunderlich, weil die Kneipe ständig überfüllt ist. Aber sie ist dort nicht nur bekannt – es kommt noch besser: Durch ihre Aktivitäten, ständig ihre Begleitpersonen zu wechseln, ist sie kein unbeschriebenes Blatt. Wäre sie an besagtem Abend dort gewesen, hätte sich jemand an sie erinnert. Also ist auch ihr letzter Versuch, ein Alibi aus dem Hut zu zaubern, gescheitert. Deshalb werde ich jetzt zur Familie Jennewein fahren, um die junge Dame damit zu konfrontieren. Begleiten Sie mich?«

Kritisch schaute Anke auf die Uhr. Es war schon Nachmittag. Leider war sie nicht so frei, wie es für die Ermittlungen nötig wäre, denn sie durfte Marthas Güte und Hilfsbereitschaft nicht überstrapazieren.

»Zuerst muss ich mit Martha Kullmann sprechen, weil das länger dauern wird, als wir vereinbart haben. Sie passt auf meine Tochter auf«, erklärte Anke und griff zum Telefon.

Rasch trat Forseti auf sie zu, nahm ihr den Hörer aus der Hand und sagte: »Stimmt! Sie haben eine Tochter. Das hatte ich für einen kurzen Moment vergessen. Sie werden sich jetzt um den Porschefahrer kümmern und anschließend in den Feierabend zu Ihrer Tochter gehen!«

Forseti gelang es sogar, sie anzulächeln. Das verblüffte Anke. Sie nickte und schaute Forseti nach, wie er ihr Büro verließ.

Als sie durch den Flur eilte, hielt sie nach Erik Ausschau. Er saß an seinem Schreibtisch. Anke stellte sich in die Tür und beobachtete ihn eine Weile. Seine blonden Haare waren akkurat nach hinten gekämmt, betonten sein kantiges Gesicht. Seine sonore Stimme erfüllte das Zimmer, während er in das Diktafon sprach. Er gefiel ihr. Warum ärgerte sie sich darüber? War es ihre negative Erfahrung mit Hübner? Konnte eine so lange zurückliegende

Verletzung heute noch schmerzen? Sie konnte. Warum sonst gelang es ihr nicht …

Erik schaute hoch. Vorbei der Gedanke.

Er schaltete das Diktiergerät aus und schaute die Kollegin fragend an.

»Ich fahre zu Günter Weber. Fährst du mit?« Mehr fiel Anke nicht ein.

Ohne Zögern legte er das Gerät zur Seite.

Das Haus, in dem der Porschefahrer wohnte, war ein Appartementhaus, direkt an einer Kreuzung am Rande der Stadt Dillingen. Anke wunderte sich über den Lebensstil dieses Mannes. Sein Wagen sprach für Luxus, sein Wohnumfeld für das Gegenteil. Sie klingelten. Zum Glück ertönte sofort der Summer. Günter Weber wohnte im vierten Stock.

Vor ihnen stand ein kleiner, gedrungener Mann. Sein Bauch wölbte sich so stark hervor, dass das T-Shirt spannte. Aus dem Halsausschnitt quollen dunkle Haare heraus. Auf dem Kopf trug er dafür umso weniger. Nur ein kleiner Haarkranz zierte seinen kahlen Schädel. Das Gesicht unrasiert und gerötet, die Augen klein und geschwollen, schaute er sie fragend an.

Beim ersten Eindruck, den Anke schon draußen bekommen hatte, kostete es sie Überwindung, die Wohnung zu betreten. Aber dort wurde sie überrascht. Alles war sauber, hell und ordentlich. Sie sah sich ein wenig um, entdeckte eine Blumenvase, in der rote Rosen blühten, eine Palme, die vom Boden bis fast zur Decke reichte. Am Balkongeländer hingen Blumenkästen, in denen junge Geranien wuchsen. Fotos an den Wänden bestätigten ihren Verdacht, dass Günter Weber nicht allein lebte. Darauf war er zusammen mit einer Frau zu sehen.

»Was wollen Sie von mir?«, fragte Weber näselnd.

»Wir wollen von Ihnen wissen, wem Sie am Montagmorgen Ihren Wagen geliehen haben«, sagte Erik.

»Ich verleihe mein Auto nicht.«

Ein Geräusch an der Tür lenkte sie ab. Sie ging auf, eine junge, rundliche Frau trat ein.

»Oh«, staunte sie. »Wir haben Besuch?«

Ihr pausbäckiges Gesicht war gerötet, ihre kurzen Haare standen wirr vom Kopf ab.

»Ja! Die Polizei«, murrte Weber.

Mit großen Augen schaute sie von Anke zu Erik. Bei Erik blieb ihr Blick besonders lang hängen. An ihn richtete sie auch ihre Frage: »Um was geht es denn?«

»Um den Porsche Ihres Mannes.«

»Oh, Günter ist nicht mein Mann«, stellte sie sofort klar und lächelte Erik zuckersüß an.

Anke traute ihren Augen nicht.

»Wem könnte Herr Weber den Wagen ausgeliehen haben?«, nutzte Erik ihren Versuch, ihm zu gefallen.

»Das kann nur sein Freund Tobias Warken gewesen sein«, platzte es aus ihr heraus.

Günter Weber stand hinter ihr mit einem Gesichtsausdruck, als wolle er seine Freundin erschlagen. Aber es war zu spät.

»Warum nicht gleich so?«, wandte sich Anke an den untersetzten Mann, dessen Gesicht hochrot geworden war.

»Weil ich Tobias nicht in Schwierigkeiten bringen will. Er ist mein Freund.«

»Glauben Sie denn, dass er Schwierigkeiten hat?«

»Wenn die Polizei danach fragt, kann das nichts Gutes bedeuten.«

Anke war froh, die Wohnung und diesen unangenehmen Menschen so schnell wie möglich wieder verlassen zu können.

Kapitel 11

Das Appartementhaus lag in einer ruhigen Nebenstraße zur Kaiserstraße. Es bestand aus vier Wohnblocks. Anke wohnte gleich im ersten, was ihr gut gefiel, denn dadurch war sie näher an Kullmanns Haus.

Sie versorgte ihre Tochter, sang Kinderlieder und plauderte unentwegt mit ihr, bis sie einsehen musste, dass Lisa fest eingeschlafen war und kein Wort mehr von dem hörte, was sie ihr erzählte. Die Tür zum Kinderzimmer ließ sie offen. Sie ging auf den Balkon, den sie bisher noch nicht hatte nutzen können, weil es abends zu kalt wurde. Direkt gegenüber sah sie nur Bäume, Sträucher, alles grün in grün. Die Stille gefiel ihr. Sie gab ihr das sichere Gefühl, dort mit Lisa die besten Lebensbedingungen zu haben.

Sie schritt den Balkon ab, obwohl sie inzwischen fror. Er war groß, im Sommer würde der Platz sogar zum Grillen reichen. Am Ende des Balkons angekommen sah sie, dass die Trennwand nur dürftig war – schräg und der Bauweise des Hauses angepasst. Dahinter befand sich ein Stück Wiese mit Sträuchern und Bäumen. Ihr Balkon grenzte direkt an ein verwildertes Gelände. Jeder konnte mit Leichtigkeit auf dieses Grundstück gelangen und über die schräge Trennwand auf ihren Balkon klettern. Sorgfältig verriegelte sie die Balkontür. Sie nahm sich vor, diese Maßnahme täglich, bevor sie die Wohnung verließ, durchzuführen. Nur so konnte sie vor unliebsamen Besuchern geschützt sein.

In der Wohnung herrschte Stille. Lisa schlief tief und fest. Sie ging einige Male auf und ab, dabei spürte sie, wie einsam sie gerade war. Sie setzte sich an Lisas Bett und schaute ihr beim Schlafen zu. So glücklich, wie sie über ihre Tochter war, so fehlte ihr das Gespräch mit einem Erwachsenen.

Schon wieder dachte sie an Erik.

Kapitel 12

Der nächste Morgen begann hektisch.

Forseti bestellte seine Mitarbeiter unverzüglich ins Büro. Zu Ankes Überraschung waren zwei Beamte des Mobilen Einsatzkommandos zugegen. Das sah nach einer interessanten Besprechung aus.

Forseti begann: »Wir haben herausgefunden, dass Samantha Jennewein zur Zeit des Mordes an Isolde Jennewein nicht in der Kneipe war, wie sie behauptet hat. Deshalb bin ich gestern nach Dienstschluss mit Bernhard Diez zu ihr hinausgefahren, um sie über das falsche Alibi zu befragen.«

Erwartungsvoll schauten die Kollegen ihren Vorgesetzten an.

»Ihre Reaktion war verdächtig, sie hat sich in Widersprüche verstrickt, hat uns eine neue Geschichte aufgetischt, die einer Überprüfung wieder einmal nicht standgehalten hat. Daraufhin habe ich die Beamten vom Mobilen Einsatzkommando angewiesen, die Verdächtige zu verfolgen. Die beiden Kollegen werden selbst das Ergebnis der Observierung vortragen!«

Der Ältere der beiden räusperte sich, seine Wangen waren leicht gerötet, als sei er es nicht gewohnt, im Mittelpunkt des Interesses zu stehen. Mit fester Stimme begann er zu sprechen: »Wir sind ihr nach Saarlouis in die Altstadt gefolgt. Dort suchte sie eine Kneipe namens ›Oase‹ auf. Es dauerte nicht lange, da gabelte sie einen Mann auf, mit dem sie das Lokal verließ. Wir folgten ihr bis zu einem schwarzen Mercedes. Dort endete unsere Überwachung.«

»Wir haben den Halter des Wagens ermittelt«, übernahm von nun an Forseti den Vortrag, womit er den beiden Beamten zu verstehen gab, dass sie fertig waren. »Es handelt sich um den Direktor des Wohlfahrtswerks e.V. in Saarbrücken. Er hat sich einen Namen im Saarland mit der Kampagne gegen den Irakkrieg gemacht. Sein Motto lautet: ›Das Wohlfahrtswerk für friedliche Lösungen‹. Er vertritt die Auffassung, dass der Irak allein für die Not der Menschen und die Missachtung der Menschenrechte verantwortlich ist. Durch eine Beteiligung am Krieg würde sich die Moral unserer Gesellschaft nicht von der im Irak unterscheiden. Er ist also ein Mann, der viel zu verlieren hat. Als wir ihn heute Morgen zu unseren Beobachtungen befragt haben, behauptete er, Samantha Jennewein schon lange zu kennen; ihre Beziehung sei rein platonisch.«

»Was hat das mit dem Tod von Isolde Jennewein zu tun?«, fragte Anke.

»Wir suchen nach einem Motiv für die Tat«, erklärte Forseti.

»Samanthas Leidenschaft, Männer abzuschleppen?«

»Der Verdacht liegt nahe, dass Samantha im leichten Gewerbe tätig ist und Isolde Jennewein davon wusste.«

»Was nützte ihr dieses Wissen?«, stutzte Anke.

»Mit dieser Tätigkeit hat sich Samantha erpressbar gemacht«, erklärte Forseti.

»Hätte Isolde Jennewein ihre Stieftochter von irgendwas abhalten können?«

»Wir wissen, dass die beiden Frauen sich an Isolde Jenneweins Todestag heftig gestritten haben.«

»Sie glauben also, dass Isolde Jenneweins Versuch, Samantha in die Enge zu treiben, der Auslöser für ihre Ermordung ist?«, erkannte Anke.

»Ich habe die Hämatome von Samantha fotografieren lassen, damit dieser Beweis nicht spurlos verschwindet«, schaltete sich Esther ein. Sie legte die Fotos auf den Tisch. »Wenn die Spuren vom letzten Kampf zwischen Samantha und Isolde Jennewein stammen, war der Kampf heftig.«

»Klar! Es ging um Leben und Tod«, präzisierte Erik.

»Wo ist Samantha jetzt?«, fragte Anke.

»Sie wird gerade dem Haftrichter vorgeführt. Hoffentlich reicht das aus, was wir haben, sonst stehen wir wieder am Anfang unserer Ermittlungen.«

Die Fotos von Samanthas Blutergüssen gingen von Hand zu Hand.

»Für heute Morgen ist vorgesehen, mit Tobias Warken zu sprechen. Was wissen wir über ihn?«, fragte Forseti.

»Er hat Maschinenbau studiert und arbeitet jetzt als Diplom-Ingenieur bei den Ford-Werken. Er ist eng mit Samantha Jennewein befreundet.«

»Seine Funktion in dieser Freundschaft könnte für uns interessant sein«, überlegte Forseti.

Kapitel 13

Nadine konnte in dieser Nacht keinen Schlaf finden. Seit dem Tod ihrer Mutter fühlte sie sich restlos entwurzelt. Nichts, absolut nichts konnte an dem schrecklichen Ereignis etwas ändern. Es war kein Traum, es gab kein Erwachen.

Bilder drängten sich Nadine auf, wie Isolde vor dem Spiegel im Schlafzimmer saß und ihre Haare frisierte. Oder wie sie mit Gummistiefeln, die ihr viel zu groß waren, im Garten arbeitete, wie sie das Haus putzte, wie sie in der Küche am Herd stand und kochte, wie sie die Wäsche wusch und bügelte. Immer die pflichtbewusste Hausfrau. Aber gab es auch Erinnerungen an ein Erlebnis, das nur Mutter und Tochter miteinander teilten?

Nadine fiel nichts ein. Warum hatte sich Isolde so desinteressiert ihrer einzigen Tochter gegenüber verhalten?

Dieser Vorwurf klang so hart, dass Nadine vor sich selbst erschrak.

So war ihre Mutter gar nicht gewesen, dachte sie schnell. Sie hatte auch eine andere Seite. Nadine erinnerte sich an die Aussichtsplattform am Litermont-Kreuz. Das war ein Erlebnis, das nur sie beide miteinander geteilt hatten. Dorthin hatte ihre Mutter Nadine mitgenommen, weil es ihr Lieblingsplatz war. Damit hatte sie ihrer Tochter ihre Liebe gezeigt. Und dadurch wurde er automatisch auch zu Nadines Lieblingsplatz. An diesem Ort fühlte sie sich ihrer Mutter näher als überall sonst auf der Welt.

Dann sah Nadine in aller Deutlichkeit ihren schrecklichen Anblick im Speicher. Die Augen hervorstehend, die Zunge herausgestreckt, ganz dick und blau, Arme und Beine schlaff herunterhängend. Was war dort passiert? Die Geräusche in der Nacht waren ihr Todeskampf. Nadine war einfach eingeschlafen, während ihre Mutter um ihr Leben gekämpft und verloren hatte.

Der Tag erwachte und mit dem Tageslicht verblassten die schrecklichen Bilder in Nadines Kopf.

Sie stand auf und ging zur Treppe. Von unten drangen Laute herauf, die sich wie Schritte anhörten. Wer war zu dieser frühen Stunde im Haus? Samantha war von der Polizei abgeholt worden, was Nadine eine innerliche Befreiung verschaffte. Also müsste sie eigentlich allein sein. Sofort bekam sie Angst. War Samantha entlassen worden und wollte ihre Verräterin ein für alle Mal loswerden? Nadine konnte den schrecklichen Gedanken nicht abschütteln. Mit zitternden Knien ging sie die Treppe hinunter. Sie beschloss, sich aus dem Haus zu schleichen, ohne dass Samantha sie hörte. Nur so konnte sie sich in Sicherheit bringen. Kaum hatte sie die unterste Stufe betreten, sah sie Tobias. Er ging gerade von der Küche durch den Rundbogen ins Wohnzimmer. Was wollte er hier? Wusste er nicht, wo Samantha war?

Als er Nadine im Türbogen stehen sah, trat er mit großen Schritten auf sie zu. Beide Arme streckte er ihr entgegen, als er sprach: »Oh, Nadine! Es tut mir so leid, was passiert ist.«

Doch Nadine hörte seine Worte nicht mehr. Sie sah nur die große, schwarze Gestalt hastig auf sich zukommen. Panik kam auf: Sie sah sich in der Falle, fühlte sich hilflos, die Luft wurde ihr abgeschnürt. Mit beiden Händen griff sie sich an den Hals und machte sich mit einem Entsetzensschrei Luft. Fassungslos blieb Tobias stehen. Er wagte sich nicht, näher auf sie zuzugehen. Aber Nadines Entsetzen war so groß, dass sie mit beiden Händen versuchte, ihn abzuwehren, obwohl der Abstand groß war. Hastig drehte sie sich um und rannte davon. Sie rannte, so schnell sie konnte. Sie musste sich retten, sich in Sicherheit bringen. Von rasender Angst gepackt rannte sie bis zum Stall ihres Großvaters, wo sie sich bei ihrem Pony Falada verschanzte.

Kapitel 14

Tobias Warken wohnte in einem Mietshaus in Nalbach am Hubertusplatz. Das Gebäude war stufenförmig gebaut; die Bauweise erinnerte Anke an ihr eigenes Domizil, in das sie direkt nach Lisas Geburt eingezogen war. Dort waren die Balkone ebenfalls versetzt, sodass die Bewohner der oberen Etagen genauen Überblick über die darunter hatten. Tobias Warkens Wohnung lag im obersten Stockwerk.

Sie klingelten. Anstelle eines Türsummers stand Tobias Warken persönlich vor ihnen.

»Haben Sie uns erwartet?«

Er nickte. »Man hat mir bereits Ihren Besuch angekündigt.«

Er war so groß wie Erik, stellte Anke sofort fest, hatte eine schlanke, sportliche Figur und eine gebräunte Gesichtsfarbe. Seine schwarzen Haare wellten sich, seine dunklen Augen funkelten.

Gemeinsam fuhren sie mit dem Aufzug nach oben und betraten seine kleine Wohnung. Das große Balkonfenster ließ viel Licht herein. Die Möbel bestanden aus hellem Kiefernholz.

»Wie kann ich Ihnen helfen?«

»Wir wollen von Ihnen wissen, wo Sie in der Nacht von Mittwoch auf Donnerstag waren«, begann Erik.

»Hier, im Bett. Ich habe geschlafen, weil ich am Donnerstagmorgen zur Arbeit musste.«

»Gibt es dafür Zeugen?«

»Nein.« Kurze Zeit herrschte Stille, bis Tobias sagte: »Das bedeutet nichts Gutes für mich, oder?«

»Wie gut kannten Sie Isolde Jennewein?« Erik ging nicht auf seine Frage ein.

»Sie war Nadines Mutter«, meinte er, doch als er merkte, dass Erik mit dieser Antwort nicht zufrieden war, sprach er weiter: »Sie lebte zurückgezogen. Auf mich wirkte sie unglücklich.«

»Warum?«

»Ich glaube, dass Samantha der Grund dafür war. Samantha kann zerstörerisch sein.«

»Erklären Sie mir das bitte genauer!«

Tobias ging einige Male hin und her, atmete tief durch, bis er sich überwand und sprach: »Sie war gegen die Heirat von Arthur und Isolde. Außerdem hasst sie Nadine. Sie befürchtet, durch die Anwesenheit einer Schwester ihre Einzigartigkeit zu verlieren.«

»Ihre Einzigartigkeit?«, staunte Erik.

»Ja! Sie wollte etwas Besonderes sein – Papas Liebling oder so.«

»Ganz schön kapores im Kopp.«

»Hä?«

»Kaputt im Kopf«, übersetzte Erik.

Tobias nickte.

»Sind Sie mit Samantha liiert?«

»Ja und nein.«

»Wie geht das?«, mischte sich Anke ein.

»Ich habe unsere Beziehung schon mehrere Male gelöst, aber Samantha lässt es nicht zu.«

»Indem sie Sie verführt?« Anke wollte es genau wissen.

»Ja! Sie ist verdammt hübsch und kann mir jedes Mal den Kopf verdrehen. Das weiß sie genau – deshalb komme ich nicht richtig von ihr los.«

»Warum wollen Sie denn von ihr loskommen?«

»Ich liebe Samantha nicht. Ich will eine Frau, die ich liebe. Sex ist nicht alles im Leben.«

»Mit Sex kann man aber viel Geld verdienen«, bemerkte Erik.

»Wie meinen Sie das?«

»Prostitution.«

»Ich als Zuhälter? Da fällt dir ja ein Ei aus der Hose! Ich wäre dafür viel zu gutmütig; am Ende würde ich selbst auf dem Bordstein stehen.«

Mit dieser Antwort gelang es ihm, Anke und Erik zu überzeugen.

»Gibt es eine Frau, die Sie lieben?«

Tobias schaute Anke an, als habe sie etwas Unanständiges gesagt. Eine Weile schwieg er, bis er den Kopf schüttelte.

»Und wenn Sie ehrlich sind?«, hakte Anke nach, die sich sicher war, etwas anderes in seinen Augen zu lesen.

»Nein! Leider gibt es niemanden«, bestätigte er seine Reaktion nun etwas überzeugender.

Trotzdem hatte Anke Zweifel an dieser Antwort.

»Wie kommt es, dass Sie am Donnerstag, den ersten April, mit dem Porsche durch die Gegend fahren, wo Sie doch eigentlich arbeiten müssten?«

»Ich war dienstlich unterwegs«, erklärte Tobias. »Ich musste nach Merzig fahren, um dort Material abzuholen. Da beschloss ich, durch die Augrät zu fahren. Ich konnte nicht ahnen, dass dort etwas passiert war.«

»Das werden wir überprüfen«, bestimmte Erik.

»Tun Sie das. Sie werden von meinem Arbeitgeber die Bestätigung bekommen«, reagierte Tobias selbstsicher.

»Warum haben Sie das Auto eines anderen genommen?«

»Das war nur eine Laune. Günter gibt mir ab und zu seinen Flitzer. Warum sollte ich die Gelegenheit nicht nutzen?«

»Da kann ich nicht widersprechen«, stimmte Erik grinsend zu. »Vermutlich könnte ich einem solchen Angebot auch nicht widerstehen.«

Sie verabschiedeten sich von dem jungen Mann und traten hinaus auf den sonnigen Hubertusplatz.

In Saarbrücken erwartete sie eine Dienstbesprechung in Forsetis Büro. Alle Kollegen saßen dort schon mit gespannten Gesichtern. Auf Ankes und Eriks Eintreten änderte sich nichts daran. Auf wen warteten sie?

»Tobias Warken scheidet als Verdächtiger aus«, erklärte Erik zu Beginn der Besprechung.

»Als jahrelanger Freund der Tochter kann er uns wichtige Informationen über die Familie Jennewein geben«, hielt Forseti dagegen.

Es klopfte, Kullmann trat ein. Er war der viel Erwartete, wie Anke an den Reaktionen der Kollegen erkannte.

»Ich habe die Akte von damals gelesen. Ich erinnere mich wieder an alles.« Seinen Blick auf Anton Grewe gerichtet, fügte Kullmann an: »Wie ich sehe, haben Sie einen der ehemaligen Kollegen hinzubestellt. Es war noch eine Frau an den Ermittlungen beteiligt. Sie hatte die Betreuung der Mutter des entführten Kindes übernommen. Andrea Westrich. Sie kann uns bestimmt wichtige Eindrücke von der damaligen Situation vermitteln.«

»Andrea Westrich hat geheiratet und ist nach Berlin gezogen«, schaltete sich Anton Grewe ein. »Die Eindrücke von damals kann ich Ihnen auch berichten. Immerhin habe auch ich bei der Familie die Betreuung übernommen. Ich habe Andrea Westrich mehrmals abgelöst.« Mit einem Augenaufschlag Richtung Decke unterstrich er seinen Satz.

»Schön, dann können wir mit der Arbeit beginnen«, beschloss Forseti.

»Vorher möchte ich mich gern im Haus der Familie Jennewein umsehen.

Vor Ort werden mir bestimmt noch weitere Details dazu einfallen«, bat Kullmann.

Forseti stimmte zu.

Anke Deister, Erik Tenes, Anton Grewe und Jürgen Schnur begleiteten den Vorgesetzten und den ehemaligen Vorgesetzten auf der Fahrt nach Nalbach.

Mit zwei Dienstwagen fuhren sie los.

Als sie vor dem Bauernhaus standen, nickte Kullmann anerkennend: »An das schöne Haus kann ich mich noch gut erinnern. Die Fassade ist perfekt.«

Sie klingelten. Nadine öffnete. Erschrocken schaute sie auf die Vielzahl von Polizisten, die vor ihr stand, ließ sie nur zögerlich eintreten. Im Wohnzimmer trafen sie auf Tobias Warken. Mit diesem Besucher hatten sie nicht gerechnet.

»Was verschlägt Sie denn hierher?«, fragte Anke. »Wissen Sie nicht, wo sich Samantha zurzeit aufhält?«

Statt zu antworten, setzte sich der junge Mann in Nadines Nähe.

»Warum kommen Sie hierher?«, fragte Nadine, während sie sich erhob und den Abstand zu Tobias Warken vergrößerte. »Sie haben die Mörderin meiner Mutter. Oder wollen Sie mir sagen, dass Samantha unschuldig ist?«

»Wir müssen genügend Beweise finden, damit wir Samantha überführen können«, übernahm Kullmann die Antwort auf diese Frage.

Ihr Blick blieb lange auf dem alten Kriminalhauptkommissar haften, der anfügte: »Erinnerst du dich noch an mich?«

Eine Weile geschah nichts, die Zeit schien stillzustehen. Doch dann brach es aus der jungen Frau mit einer Heftigkeit heraus, die alle überraschte. Sie warf sich an Kullmann, schwang ihre dünnen Arme um seinen runden Bauch und begann herzzerreißend zu weinen.

TEIL II

1993

Kapitel 15

Immer das Litermont-Kreuz im Blick, marschierte Isolde Jennewein durch die kühle Luft des neuen Tages auf den Wald zu. Das Laub der Bäume erwachte zu frischem Grün. Die wenigen verirrten Sonnenstrahlen tauchten die Natur in ein sanftes, freundliches Licht. Die weißen Blüten der Ulmen glänzten, Regenwasser perlte auf der Oberfläche der Blätter und spiegelte sich in der Sonne wider. Das letzte Stück zur Aussichtsplattform war steil. Die Anstrengung tat Isolde gut, um den Kopf von den quälenden Gedanken über die neuen Entwicklungen zwischen Samantha und Nadine freizubekommen. Die Ereignisse in der Schule nahmen Ausmaße an, auf die Isolde keinen Einfluss nehmen konnte. Hetzparolen in der Grundschule anbringen, so lautete Samanthas neuer Schlachtplan.

Egal wie stramm Isolde schritt, der Spruch *Au weia, au weia, Nadine ist das Kind von einem Freier* ging im gleichen Tempo in ihrem Kopf mit.

Diese Anschuldigung rückte nicht nur Isoldes unrühmliches Vorleben ans Tageslicht, sie brachte auch den Schuldirektor auf die Bildfläche. Die Neugier über den Wahrheitsgehalt der Sprüche hatte deutlich in seinen Schweinsäuglein gestanden, als sie zu einem klärenden Gespräch in sein Büro eingeladen worden war.

Oben angelangt, kamen Wolken auf. Das Tageslicht wurde düster. Sie fröstelte, wobei sie nicht sicher war, was diese Gänsehaut auslöste: die Erinnerung an den peinlichen Vorfall oder das Wetter. Sie ging auf das Kreuz zu, das auf der Spitze hoher Felsen stand. Hinter dünnen Wolkenschleiern konnte sie Nalbach nur schemenhaft erkennen. Weiter reichte die Aussicht nicht, alles verschwamm im Einheitsgrau. Das störte sie nicht. Sie wollte einfach abschalten, die Stille genießen. Versonnen schaute sie ins Nichts.

Plötzlich hörte sie eine Stimme hinter sich. Isolde erschrak, wollte gerade laut schreien, als sie ihren Stiefbruder Oskar Kauz erkannte. Seine dunkle

Gestalt wirkte bedrohlich in dem grauen Tageslicht. Langsam kam er auf sie zu.

»Bin ich vor dir nirgends sicher?«, schimpfte Isolde.

»Nicht so garstig, meine Liebe«, sprach er leise.

Isolde schaute ihm nicht ins Gesicht. Er wusste genau, wie er auf Frauen wirkte. Sein dunkler Teint und seine schwarzen Haare vermittelten ihm südländisches Aussehen, die dunklen Augen versprühten Charme und Temperament. In den letzten Jahren hatten sich kleine rote Äderchen daruntergemischt, Zeugen seiner Alkoholsucht. Mit Verdruss erinnerte seine Anwesenheit Isolde jedes Mal daran, dass Oskar das gesamte Vermögen seines Vaters allein geerbt hatte. Aber von dem Geld war nichts übriggeblieben. Sein einziger Grund, sie an einem Ort wie diesem aufzusuchen, lautete Anpumpen. Seit Isolde mit Dr. Jennewein verheiratet war, hatte Oskar Lunte gerochen und tauchte in regelmäßigen Abständen bei ihr auf.

Er begegnete ihr schon das zweite Mal an dieser Stelle, womit er die Schönheit des Fleckchens verdarb. Wie konnte sie sich von diesem Mann befreien?

Ihr Blick fiel auf die Felsen unterhalb der Plattform. Schön wäre es, ihn hier einfach hinunterzustoßen! Dann wäre sie das Problem für immer los.

»Bist du zufällig hier oben oder bist du mir gefolgt?«

»Ich bin dir gefolgt. Oder glaubst du, ich lege freiwillig so einen beschwerlichen Marsch zurück?«

»Was willst du von mir?«

»Dämliche Frage!« Grinsend stand er vor ihr. Er bewegte sich nicht von der Stelle, bis Isolde ihm das Geld gab, das sie in ihrer Tasche hatte.

Erleichtert atmete sie auf, als sie ihn weggehen sah. Aber sie ahnte, dass diese Begegnung nicht die letzte war. Ihr Mann wusste nichts von ihren Treffen mit Oskar, und sie wollte auch, dass es so blieb.

Wie hätte sie ihm erklären können, dass sie sein schwer verdientes Geld ihrem charakterlosen Stiefbruder schenkte, der es für seine Alkoholsucht verschleuderte? Gar nicht! Denn sonst käme genau das heraus, was sie unter allen Umständen verheimlichen wollte.

Das Tageslicht wurde dunkler. Wind kam auf. Isolde zog ihre Jacke enger um sich. Die Frühlingsgefühle, die sie hinaus in die frische Luft getrieben hatten, verspürte sie nicht mehr. Trotzdem verharrte sie am Kreuz, schaute in den grauen Dunst. Merkwürdig, dachte sie. Nichts hatte sie unversucht gelassen, ihre Vergangenheit abzuschütteln. Es war ihr nicht gelungen. Es genügte nicht, dass Samantha sie an ihre frühere Tätigkeit erinnerte. Ihr Stiefbruder Oskar Kauz hing an ihr wie eine Warze, die immer wieder wächst, egal wie sorgfältig man sie entfernt. Er war das einzige Relikt ihrer Familie, in der es nie Zusammengehörigkeit gegeben hatte.

Gerne wäre Isolde noch länger an dem stillen Ort geblieben. Aber die Aussicht auf einen heftigen Regenschauer ließ sie ihren Plan ändern. Sie beeilte sich, damit sie ihm zuvorkam.

Der Abend brach herein und mit ihm neue Spannungen.

Isolde stand vor ihrem Spiegel, frisierte ihre Haare und schminkte ihr blasses Gesicht, als Arthur ins Zimmer trat. So früh hatte Isolde nicht mit ihm gerechnet. Sein Gesichtsausdruck verriet nichts Gutes. Isolde spürte sofort, wie ihr das Herz sank.

»Schön siehst du aus«, begann er.

»Darum bist du nicht früher nach Hause gekommen«, stellte Isolde fest.

»Nein. Wir müssen reden!«

Diesen Spruch hasste Isolde, weil sie genau wusste, was er bedeutete. »Du willst dich scheiden lassen?«

Eine Weile herrschte Stille, bis er endlich antwortete: »Siehst du eine andere Lösung?«

Isolde wurde schwindelig. Schnell ließ sie sich auf das Bett sinken.

Als sie nichts erwiderte, sprach er weiter: »Samantha macht es mir unmöglich, so weiterzuleben.«

»Dir?«

Arthur schaute Isolde auf eine Weise an, als würde er endlich verstehen, was in seiner eigenen Familie geschah. War das eine Chance für Isolde?

»Vielleicht gibt es auch eine andere Lösung«, wechselte er seinen Kurs. Isolde spürte, wie sie sich an diesen winzigen Hoffnungsschimmer klammerte.

»Nadine geht in ein Internat. Sonst sehe ich keine Chance mehr für uns.«

Vor Isoldes Augen lief ihr eigenes Leben wie ein Film ab. Erlebte sie gerade ein Déjà-vu? Auch ihr Stiefvater hatte sie in ein Internat gesteckt, auch sie hatte dem Glück ihrer Mutter im Weg gestanden, auch sie war unerwünscht, während das leibliche Kind ihres Stiefvaters, Oskar Kauz, zu Hause bleiben durfte. Sollte Nadine den gleichen Weg einschlagen müssen?

Stumm saß sie da und versuchte, das Für und Wider dieser Lösung abzuwägen, bis sie eine ernüchternde Erkenntnis traf, die keinen Kompromiss zuließ: »Nadine ist noch viel zu jung für ein Internat. Dort kann sie erst untergebracht werden, wenn sie die Grundschule hinter sich hat.«

Arthurs Gesicht war gerötet, sein grau meliertes Haar zerzaust. »Dann bleibt uns keine Wahl.«

Ihre Reaktion wartete er nicht ab, sondern verließ das Zimmer.

Isolde fühlte sich innerlich zerrissen von ihren widersprüchlichen Gefühlen. Sie hatte Angst, ihren Lebensstandard zu verlieren, befürchtete, im entscheidenden Moment einen Fehler zu machen, wieder in ihr altes Leben zurück zu müssen, wo sie allein, ungeliebt und unglücklich war.

Ein neuer Tag – ein neues Unglück.

Isolde putzte das Haus. Die Osterfeiertage standen vor der Tür, da war eine gründliche Reinigung angebracht. Die körperliche Ertüchtigung sollte ihr dabei helfen, abzuschalten.

Am Nachmittag kehrte Samantha triumphierend nach Hause. Mit ihren regennassen Schuhen trampelte sie durch Foyer und Flur bis ins Wohnzimmer. Ihre Spuren waren nicht zu übersehen. Isolde schaute ihr verärgert nach. Sie hielt den Eimer mit Putzwasser immer noch in den Händen, schon war das Ergebnis ihrer Arbeit zunichte gemacht. Am liebsten würde sie Samantha das Wasser überschütten. Der Gedanke daran, wie sich deren Hochnäsigkeit in Wut verwandelte, machte Isolde ihren Einfall noch schmackhafter. Aber sie tat nichts dergleichen, stand einfach nur da und schaute Samantha zu, wie sie ihren nassen Mantel über das Rückenteil des Sessels warf und ihre Schuhe auf den Perserteppich schleuderte. Darunter kam ein Kleid von Calvin Klein zum Vorschein, das sich vielmehr dazu eignete Männer anzulocken, als eine Sekundarschule zu besuchen. Samanthas Benehmen war ihrer Gardarobe angepasst – verschwenderisch und anstößig.

»Ich wusste von Anfang an, dass dein Früchtchen nichts taugt«, sprach Samantha, wobei sie Isolde genau im Auge behielt.

Angewidert schaute Isolde in eine andere Richtung. Aber Samanthas flötende Stimme war nicht zu überhören: »Wie sagt man so schön: Der Apfel fällt nicht weit vom Stamm. Heute wurde Nadine beim Stehlen erwischt.«

Isolde wollte diese Worte einfach überhören, aber Samantha war noch nicht fertig: »Der Lehrer hat die gestohlenen Sachen in ihrer Tasche gefunden.«

Ihre Intrigen gingen also einen Schritt weiter. Es blieb nicht mehr bei bloßen Anschuldigungen.

»Woher weißt du so genau, was in der Grundschule passiert?«, fragte Isolde. »Bist du nie versetzt worden?«

»Sehr witzig«, lachte Samantha. »Die einzigen, die hier unfreiwillig versetzt werden, sind deine Langfinger-Tochter und du. Nämlich auf die Straße. Mein Vater beherbergt keine Diebe. Es reicht schon, dass er eine Nutte aufgenommen hat.«

»Du redest von dir«, gab Isolde gelassen zurück. »Denn deine Absichten sind dir deutlich anzusehen. Mach mir nichts vor! Früh übt sich, was ein Profi im horizontalen Gewerbe werden will!«

Isoldes Gelassenheit war nur äußerlich. Innerlich spürte sie, dass sie Nadine suchen musste, die immer noch nicht von der Schule zurückgekehrt war. Sie zog sich ein Regencape über und verließ eilig das Haus. Ihr erster Gang führte zum Stall. Dort fand sie ihre Tochter nicht. Falada stand in der Box und wieherte. Das Bild des weißen Pferdekopfes im trüben Licht des sich zum Ende neigenden Tages schürte Isoldes Unruhe noch mehr. Wenn Nadine nicht bei ihrem Pony war, wo war sie dann? Sie eilte zum Haus ihres Schwiegervaters Jakob. Nadine ging oft und gerne zu ihrem Opa, weil er sie als seine Enkelin voll und ganz akzeptierte. Für ihn machte es keinen Unterschied, ob Nadine nun seine Enkelin oder Stiefenkelin war. Er liebte sie so, wie sie war.

Aber dort fand sie ihre Tochter auch nicht.

Als weitere Möglichkeit fiel Isolde das Litermont-Kreuz ein. Ob mit oder ohne Falada, Nadine ging genauso gern wie ihre Mutter an diesen Ort.

Sie marschierte los.

Es war schon dunkel, als Isolde nach Hause zurückkehrte. Arthur saß in der Küche. »Ich habe erfahren, was heute in der Grundschule passiert ist.«

Schlagartig wurde Isolde schlecht. Sie zog ihren Regenmantel aus und ging ohne ein Wort die Treppe hinauf. Mit langsamen Schritten kehrte sie schon nach wenigen Sekunden zurück.

»Nadine ist nicht in ihrem Zimmer.«

»Sie wird bei ihrem Pony sein.«

»Nein. Dort ist sie nicht.«

»Bei Opa Jakob?«

Isolde schüttelte den Kopf.

»Hast du die Eltern von Nadines Mitschülerinnen angerufen?«

Isolde nickte.

Kurze Zeit herrschte Stille in der Küche.

»Ich werde die Polizei rufen«, beschloss Arthur.

Isoldes Gesicht wirkte plötzlich noch blasser.

Besorgt trat Arthur auf sie zu und fragte: »Was sollen wir sonst tun?«

»Vielleicht kommt sie gleich hier hereinspaziert«, stotterte Isolde.

»Warum sollte sie bis Mitternacht damit warten?«

»Weil ihr dieser schreckliche Streich in der Schule gespielt worden ist«, erklärte Isolde nun mit festerer Stimme. »Vielleicht hat sie Angst, mit uns darüber zu reden. Sie wäre nicht das erste Kind, das so reagiert.«

»Ich glaube nicht, dass sie im Regen umherirrt und Angst hat, mit dir zu reden«, widersprach Arthur energisch.

Diese Worte klangen wundervoll in Isoldes Ohren. Nur leider entsprachen sie nicht der Wahrheit. Nadine vertraute sich ihrer Mutter schon lange nicht mehr an. Aber sie wollte ihm nicht noch mal widersprechen. Seine Fürsorge, sein Bangen um Nadine, die er gestern noch hatte wegschicken wollen, taten ihr gut.

»Warum dieser Aufwand?« Mit dieser Frage stand plötzlich Samantha im Wohnzimmer. »Das Gör will nicht ins Internat.«

Arthur reagierte nicht auf seine Tochter, sondern ging zum Telefon. Samantha stellte sich ganz dicht neben ihn und höhnte: »Ich wette mit dir, wenn du sämtliche Bullen der Stadt verrückt gemacht hast, taucht sie wieder auf und genießt es, im Mittelpunkt des Interesses zu stehen.«

Ohne Kommentar wählte Arthur die Notrufnummer.

Kapitel 16

Als das Klingeln ertönte, wunderte sich Kullmann darüber, wie seltsam es klang. Er glaubte seinen Wecker inzwischen zu kennen. Erst als er richtig wach wurde, die Augen öffnete und sich umschaute, erkannte er, dass das Telefon die Ursache für den Lärm war. Dabei hatte er keine Dienstbereitschaft. Mühsam erhob er sich. Trotz Müdigkeit kam ihm der Gedanke, dass die personellen Engpässe wohl dazu beitrugen, ihn aus dem Bett zu klingeln. Der rigorose Sparkurs bei der Polizei hatte dazu geführt, dass die Verbrechensrate anstieg. Die Ironie dabei war, dass es nun für weniger Beamte mehr Arbeit gab. Das war nicht zu bewältigen. Hoffentlich würde die Landesregierung bald ein Einsehen haben.

Mürrisch hob er ab.

Andreas Hübner meldete sich mit einer hellwachen Stimme, als sei die Nacht schon lange zu Ende. Erst seit wenigen Monaten arbeitete er in Kullmanns Dienststelle. Er war jung, intelligent und eifrig, Eigenschaften, die Kullmann an ihm gefielen, die von Anfang an eine gute Zusammenarbeit versprachen. Unbeirrbar riss er jeden Fall an sich – in der Hoffnung auf eine Beförderung. Daher wunderte es Kullmann nicht, dass sich ausgerechnet Hübner in der Nacht zu einem Einsatz rufen ließ, für den eigentlich andere Kollegen zuständig waren. Die Polizeireform ließ den jungen Beamten zu Höchstform auflaufen.

»Ein sechsjähriges Mädchen wird vermisst.«

»Dafür ist die Vermisstenstelle zuständig, nicht wir.«

»Es ist niemand da, der den Fall übernehmen könnte, deshalb hat die Bereitschaft mich angerufen. Ich habe den Kollegen versprochen, Sie zu fragen, ob Sie bereit sind, den Fall anzunehmen«, drängte Hübner.

»Und wenn ich verneine?«, brummte Kullmann müde.

»Dann weiß nur der Himmel, was mit dem armen Mädchen geschieht«, antwortete Hübner in einem Tonfall, der Kullmanns Herz erweichte.

Er hatte Erfolg damit, denn Kullmann ließ sich tatsächlich überreden.

»Sehr geschickt, deine Mitleidstour. Welcher Mensch mit Herz könnte sich einer solchen Verantwortung noch entziehen?«

Kullmann versprach, sofort zur Dienststelle zu kommen.

Hübner saß ganz allein an seinem Schreibtisch. Die kleine Schreibtischlampe war eingeschaltet, sonst lag alles im Dunkeln. Sein blondes Haar schimmerte golden um seinen Kopf. Als Kullmann Hübner so sah, musste er unwillkürlich lachen.

»Was gibt es zu lachen?«

»Du siehst aus wie ein Engel«, grinste Kullmann. »Der Schutzengel dieses Kindes, das dich dazu gebracht hat, freiwillig deine nächtliche Ruhe zu opfern.«

Hübner stand von seinem Platz auf. Er überragte Kullmann um Kopfeslänge. Rasch zog er seine Jacke an, eine Bomberjacke, wie sie zurzeit in Mode waren. Kullmann konnte dieser Mode nichts abgewinnen, musste seinem Mitarbeiter aber zugestehen, dass er darin eine gute Figur machte.

Der Weg nach Dillingen-Diefflen führte über die Autobahn A 620, auf der der Verkehr selten nachließ. Ab und zu überholte sie ein anderes Fahrzeug, die Gegenfahrbahn lag im Dunkeln.

Vor dem lothringischen Bauernhaus stand ein Laternenmast, dessen drei altertümlich aussehende Leuchter trotz Dunkelheit und Regen angenehmes Licht verbreiteten. Die beiden schweren Pferde mit Kummet auf den Schultern über der Eingangstür zogen alle Blicke auf sich. Nostalgie ging von dem originalgetreuen Ensemble aus. Das große Scheunentor stand offen. Dort warteten einige Beamte der Polizeiinspektion Dillingen. Sie eilten den ankommenden Kollegen sofort entgegen.

»Gut, dass Sie kommen«, grüßten sie hastig. »Wir müssen zurück zur Wache. In der Dillinger Hütte hat sich ein Wahnsinniger verschanzt und gedroht, sich mit dem ganzen Werk in die Luft zu jagen!«

Kullmann staunte: »Meine Güte! Was treibt diesen Mann dazu?«

»Er wurde fristlos gefeuert, weil er sich betrunken an seinem Arbeitsplatz erwischen ließ.«

»Dann machen Sie sich lieber auf den Weg!«

Im Haus herrschte eine erdrückende Stille.

Kullmann betrat ein großes, hell erleuchtetes Wohnzimmer, das durch einen offenen Kamin geheizt wurde. Dort sah er sich einer Familie gegenüber, die beim ersten Anblick den Eindruck erweckte, als gehörte sie nicht zusammen. Die Frau wirkte blass, farblos, dünn, fast durchsichtig, der Mann reif, elegant und untadelig. Neben dem Ehepaar stand ein junges Mädchen mit blonden, zu einer Löwenmähne frisierten Locken. Ihr Gesicht strahlte stark geschminkt, ihre Augen waren mit schwarzem Kajal umrandet, ihre Lippen grellrot, was ihr einen frivolen Ausdruck verlieh.

Enge Jeans mit passender Bluse von Versace unterstrichen diesen Eindruck. Fünfzehn Jahre alt, aber sie hätte für zwanzig gehalten werden können. Alles an ihr war am richtigen Platz; ihre Proportionen stachen ins Auge. Sie war sich ihrer Wirkung auf Männer bewusst. Mit gerader Haltung, herausgestreckter Brust und elegantem Hüftschwung trat sie auf unmöglich hohen Absätzen auf die Polizeibeamten zu, als sei sie der Grund des nächtlichen Besuches.

»Ich bin Dr. Jennewein«, stellte sich der Mann schnell vor Kullmann, um sich nicht von seiner eigenen Tochter in den Hintergrund drängen zu lassen. »Das ist meine Frau Isolde.« Dabei wies er auf die blasse, dünne Frau auf dem Sofa. »Meine Tochter Samantha«, fügte er an und zeigte auf die junge Frau, die Hübner mit ihren Blicken verschlang.

»Wer ist die Vermisste?«, fragte Kullmann, während er Isolde Jennewein besondere Aufmerksamkeit schenkte. Trotz ihrer kränklichen Blässe wirkte sie gefasst. Sie zeigte keinerlei Gefühlsregung, als sie antwortete: »Meine Tochter Nadine Kruchten.«

»Kruchten?«

»Wir sind erst seit einem halben Jahr verheiratet. Mein früherer Name war Kruchten«, erklärte Isolde Jennewein.

»Ihr Geburtsname?«

»Nein. Ich war schon einmal verheiratet.«

»Mit dem leiblichen Vater Ihrer Tochter?«

»Nein! Warum wollen Sie solche Details wissen? Was hat das mit Nadines Verschwinden zu tun?«

Kullmann räusperte sich und antwortete: »Es wäre nicht das erste Mal, dass der leibliche Vater sein eigenes Kind entführt.«

»Der leibliche Vater weiß gar nichts von seinem Glück«, funkte Samantha dazwischen.

Missbilligend beobachtete Kullmann, dass sich Hübners Augen nicht von Samantha lösen konnten.

Samantha lachte leise über Hübners Bemühungen, sich zu beherrschen. Sie ahnte, wie schwer es ihm fiel.

»Seit wann wird Ihre Tochter vermisst?«, fragte Kullmann weiter. Er stellte sich vor das Ehepaar Jennewein und schaute beide in Erwartung einer Antwort an. Doch stattdessen kam der Kommentar wieder einmal von Samantha: »Das ist die Tochter dieser Person, nicht die Tochter meines Vaters.«

»Aber immer noch ein Kind, das vermisst wird«, stellte Kullmann klar. »Das ändert nichts daran, dass ich eine Antwort auf meine Frage brauche!«

»Sie ist nicht von der Schule nach Hause gekommen«, antwortete Isolde.

»Das heißt, dass sie seit mehr als sechzehn Stunden vermisst wird«, staunte Kullmann.

»Ich habe mir nichts dabei gedacht, als sie nicht zum Essen nach Hause kam, weil sie oft nach der Schule direkt in den Stall geht – zu ihrem Pony«, brachte Isolde als Entschuldigung hervor.

»Bei dem Wetter? Es regnet und es ist kalt!«

»Manchmal geht sie auch zu ihrem Großvater. Er lebt in Nalbach, in der Etzelbachstraße. Das ist von der Grundschule aus nicht weit.«

Kullmann ging schweigend auf und ab, blieb vor Samantha stehen. Sie war einige Zentimeter größer als er. Er schaute ihr in die Augen. Was er dort sah, gefiel ihm nicht. Der Gesichtsausdruck der jungen Frau spiegelte nicht das geringste Mitgefühl wider.

Welche Zustände herrschten in dieser Familie?

Hatte das Mädchen Nadine einen Ausweg gesucht?

»Magst du deine Schwester?«, fragte er auf ihre ablehnende Haltung gezielt.

»Nadine ist nicht meine Schwester«, kam als Antwort.

»Nein, aber deine Stiefschwester.«

»Auch das nicht«, rümpfte Samantha die Nase.

Hastig drehte sie sich von Kullmann weg und näherte sich Hübner.

»Du kannst dich nicht dagegen auflehnen. Durch die Eheschließung deines Vaters ist Nadine deine Stiefschwester geworden«, wurde Kullmann unfreundlich.

»Ich kann machen, was ich will.«

»Aber erreichen kannst du damit nichts.«

»Das werden wir noch sehen.«

»Haben Sie bei Freunden Ihrer Tochter nachgefragt?« Mit der Frage wandte sich Kullmann wieder an die Eheleute.

Isolde nickte.

»Kennen Sie Orte, an die sich Nadine zurückzieht, wenn sie allein sein will?«

»Diese Orte hat meine Frau alle aufgesucht. Aber dort ist sie nicht.«

Dr. Jennewein rutschte nervös auf dem Sofa hin und her. »Nadine tut normalerweise nichts, ohne uns vorher zu informieren.«

Sofort reagierte Samantha: »Das verlogene Ding sagt euch bestimmt nicht alles! Wer weiß, wo die sich herumtreibt! Wer stiehlt, der lügt auch!«

»Willst du sagen, dass deine Stiefschwester stiehlt?«, hakte Kullmann sofort nach.

Heftig reagierte Frau Jennewein: »Niemals stiehlt meine Tochter! Das hat Samantha inszeniert. Nadine ist ein ehrliches Kind.«

»Dass ich nicht lache«, kam es von Samantha. »Der Lehrer hat die gestohlenen Sachen in Nadines Tasche gefunden.«

»Gehst du in die gleiche Schule wie deine sechsjährige Stiefschwester?«, fragte Kullmann herausfordernd.

»Nein! Aber ich bin über alles informiert, was sich Nadine erlaubt.«

»Woher bekommst du die Informationen?«

Verdutzt schaute Samantha den Kriminalbeamten an, bis sie sich wieder gefasst hatte und entgegnete: »Was hat das mit Nadines Verschwinden zu tun?«

»Eine ganze Menge.«

Nun wurde Samantha unsicher. Sie richtete ihren Blick auf Hübner, als erhoffte sie von ihm Unterstützung. Aber Hübner blieb regungslos. Hastig drehte sie den Anwesenden den Rücken zu und starrte aus dem Panoramafenster, in dem sich das Geschehen des Wohnzimmers spiegelte. In ihr Spiegelbild sagte sie: »Mein Freund ist der Sohn des Hausmeisters der Grundschule. Er erzählt mir immer, was passiert.«

Kullmann schaute ebenfalls aus dem Fenster. Undeutlich zeichneten sich die Konturen des Berges Litermont ab. Die Dämmerung brach herein. Ein Blick auf die Uhr: Es war inzwischen fünf Uhr morgens.

»Dann brauchen wir den Namen deines Freundes«, sprach er Samanthas Spiegelbild an.

»Tobias Warken.«

»Warum nicht gleich so?«, stellte Kullmann zufrieden fest. »Andreas, du gehst jetzt zur Familie Warken. Mal sehen, was der Hausmeister noch alles weiß. Er könnte derjenige sein, der Nadine zuletzt gesehen hat. Ich werde alles andere von hier aus erledigen und warten, bis du zurückkommst.«

Eine Weile hüllten sich alle in Schweigen.

Kullmann ging am Fenster auf und ab. Er war es, der die Stille durchbrach: »Es wird langsam hell. Ich werde eine Suchmannschaft losschicken, um das ganze Gelände absuchen zu lassen. Es besteht die Hoffnung, dass sie sich wegen der Ereignisse in der Schule versteckt hält.«

»Was ist, wenn sie nicht gefunden wird?«, fragte Dr. Jennewein mit unsicherer Stimme.

»Dann müssen wir vom schlimmsten Fall ausgehen – von einer Entführung!«

Die Wirkung dieser Nachricht blieb nicht aus.

Kullmann ließ sich Zeit, bis er fragte: »Hat denn in der Zwischenzeit jemand versucht, bei Ihnen anzurufen?«

Isolde und Arthur schüttelten die Köpfe.

»Wir waren nicht hier, um einen Anruf entgegenzunehmen«, erklärte Dr. Jennewein.

»Hast du einen ungewöhnlichen Anruf erhalten?«, richtete Kullmann seine Frage an Samantha.

Diese rümpfte die Nase: »Was ist denn ungewöhnlich?«

»Hat jemand einfach aufgelegt oder Fragen gestellt, die dir keiner von deinen Bekannten stellen würde?«

»Nein. So ein Anruf war nicht dabei.«

»Dann können wir noch hoffen, dass sie nicht entführt wurde. Soweit ich weiß, melden sich Entführer innerhalb kurzer Zeit.« Kullmann richtete sich an das Ehepaar Jennewein, als er anfügte: »Trotzdem werden wir eine Fangschaltung an Ihr Telefon anschließen, sollte die Suchmannschaft sie nicht finden.«

Kapitel 17

Die Suchmannschaft bestand aus Kräften der Bereitschaftspolizei, der Polizeiinspektion Dillingen, der Feuerwehr und vielen Freiwilligen. Schon seit Stunden wateten sie bei starkem Regen und frostigen Temperaturen über die Felder und durch den angrenzenden Wald. Dabei hatte sich innerhalb kurzer Zeit die Anzahl der Teilnehmer um das Doppelte erhöht. Der Wunsch, dem Kind zu helfen, siegte über alle anderen noch so wichtigen Alltäglichkeiten der Menschen in den benachbarten Dörfern Nalbach und Diefflen. Niemand sprach mehr von etwas anderem. Das verschwundene Mädchen rührte ihre Herzen. In Reihen gingen sie das Gebiet ab, damit ihnen nichts entgehen konnte.

Kullmann saß bei einer Tasse Kaffee in der großen Küche der Familie Jennewein. Er hatte Staatsanwalt Foster über den Stand seines neuen Falles informiert, woraufhin der die Beamten des Kommissariats »Entführung, Erpressung, Geiselnahme« hinzuzog.

Dr. Jennewein hatte für diesen Tag seine Praxis geschlossen. Mit kreideweißem Gesicht saß er neben seiner Frau auf dem Sofa und hielt ihre Hand.

Es klingelte.

Hektisch sprangen Arthur und Isolde Jennewein auf und rannten zur Tür. Aber sie wurden enttäuscht. Vor ihnen stand eine fremde Frau. Sie war groß, trug einen langen Mantel, darunter lugte ein Wollkleid hervor. Ihre dunklen, langen Haare hatte sie zu einem Pferdeschwanz zurückgebunden. Ihre Augen waren mandelförmig und verströmten Herzlichkeit.

Kullmann trat zu den Eheleuten und erklärte: »Das ist unsere Mitarbeiterin Andrea Westrich. Sie wird Sie betreuen, bis wir Nadine gefunden haben.«

Sie kehrten in die Küche zurück. Kullmann trank bereits die nächste Tasse von dem frisch gekochten Kaffee, damit seine Lebensgeister geweckt wurden. Die Müdigkeit machte ihm zu schaffen.

»Warum will Ihre Mitarbeiterin bei uns bleiben?«, fragte Isolde unfreundlich. »Glauben Sie, wir hätten einen Babysitter nötig?«

Kullmann stellte seine Tasse ab. Diese Reaktion hatte er nicht erwartet.

»Ich werde da sein, wenn Sie jemanden zum Reden brauchen«, erklärte Andrea Westrich geduldig. »Sonst nichts. Wenn Sie mich nicht brauchen, werden Sie meine Anwesenheit nicht bemerken. Ich verhalte mich ganz still.«

»Ich brauche Sie nicht«, entgegnete Isolde. »Ich will meine Ruhe haben.«

»Leider müssen Sie Ihr Privatleben für eine Weile vergessen. Solange Ihre Tochter vermisst ist, geht Nadine vor, nicht Sie«, wurde Kullmann deutlicher.

Isolde verstummte.

Es war so still, dass das Ticken der Küchenuhr zu hören war.

Kullmann war erleichtert, als Hübner von seinem Besuch bei Hausmeister Warken zurückkehrte.

Amtsleiter Wollny empfing sie ungeduldig im Landeskriminalamt. Das hatte nichts Gutes zu bedeuten.

Gemeinsam setzten sie sich in Kullmanns Büro, wo Wollny zu sprechen begann: »Willy Pechstein, der Leiter der Dienststelle ›Entführung, Erpressung, Geiselnahme‹, hat vor einigen Tagen einen schweren Herzinfarkt erlitten. Er liegt immer noch auf der Intensivstation des Winterberg-Krankenhauses.«

»Was wollen Sie uns damit sagen?«

»Dass Sie die Ermittlungen im Fall Nadine Kruchten übernehmen werden. Die Mitarbeiter von Willy Pechstein sind bereits informiert und warten auf Anweisungen.«

»Andrea Westrich ist schon bei der betroffenen Familie«, berichtete Kullmann.

Wollny nickte: »Ich weiß! Ich habe der Kollegin die Anweisung gegeben. Walter Nimmsgern und Anton Grewe sind schon dabei, eine Akte anzulegen. Außerdem haben Sie noch Jürgen Schnur im Team. Mehr Personal kann ich Ihnen nicht anbieten, wir sind chronisch unterbesetzt.«

»Ich bin aus einem anderen Ressort«, erinnerte Kullmann. »Wie kann ich einen solchen Fall leiten, ohne Fehler zu machen?«

»Die Mitarbeiter Westrich, Grewe und Nimmsgern können Ihnen mit Ratschlägen weiterhelfen. Immerhin verfügen sie über langjährige Erfahrungen. Sie machen das schon, da habe ich keinen Zweifel.«

Mit diesen aufmunternden Worten verließ Wollny das Büro.

»Seine Taktik ist raffiniert«, schimpfte Kullmann. »Er schmiert mir

Honig um den Bart, damit ich die Klappe halte und aus der unmöglichen Situation das Beste mache.«

»Wollny kann nichts dafür, dass die Landesregierung ausgerechnet bei den Bediensteten der Polizei spart«, bemerkte Hübner.

Missmutig warf Kullmann einen Blick auf den Aktenberg, der sich auf seinem Schreibtisch türmte. Wie sollte er das alles schaffen? Die Arbeit wuchs ihm über den Kopf. Doch nun musste sie wieder beiseite geschoben werden, weil ein sechsjähriges Mädchen seine Hilfe brauchte. Es drängte, Nadine Kruchten schnell zu finden, denn es war gefährlich kalt. Sollte sich das Mädchen wirklich verstecken, machte sie das gut, denn bis jetzt hatte die Suchmannschaft noch nichts gefunden.

Es klopfte an der Tür. Zwei der Mitarbeiter der Dienststelle »Entführung, Erpressung, Geiselnahme« traten ein. Walter Nimmsgern nahm mit seiner Körperfülle fast den ganzen Türrahmen ein, als er sich an Anton Grewe vorbeidrängelte und auf Kullmanns Schreibtisch zutrat. Er stellte sich mit so nuschelnder Stimme vor, dass Kullmann sich bemühen musste, ihn zu verstehen.

Anton Grewe schloss mit grazilen Bewegungen die Tür hinter sich, grüßte Hübner und Kullmann, als seien sie schon seit Jahren dicke Freunde. Alles an ihm wirkte ordentlich. Seine schwarzen, lockigen Haare legten sich dicht um seinen ovalen Kopf. Seine Augen waren dunkel, seine Wimpern lang und seine Wangenknochen hoch, sein Grinsen wirkte herablassend. Seine Kleidung saß wie angegossen und betonte seine schlanke Figur. Elegant ließ er sich auf dem einzigen Stuhl nieder, der noch frei war, schlug die Beine übereinander und lehnte sich lässig zurück. Nimmsgern schaute sich suchend um, kam aber schnell zu dem Entschluss, sich auf die Kante des Schreibtischs zu setzen. Kullmanns Fingerzeig veranlasste den massigen Mann, sich schnell von dem Platz zu entfernen und sich neben Grewe zu stellen, der ihm ein boshaftes Lächeln zuwarf.

Bevor Kullmann mit der Besprechung begann, wies er Jürgen Schnur telefonisch an, sich in seinem Zimmer einzufinden. Es dauerte eine Weile, bis Jürgen mit Gepolter eintrat. Zur Sicherheit hatte er sich einen Stuhl mitgebracht, weil er genau wusste, dass er sonst bei dieser Konferenz stehen müsste.

»Jürgen denkt mal wieder an alles«, lachte Hübner.

»Spielen wir jetzt ›Die Reise nach Jerusalem‹ oder arbeiten wir?«, unterbrach Kullmann das Geplänkel. »Also! Ich möchte Vorschläge hören, wie wir in einem solchen Fall vorgehen müssen! Da meine Arbeit normalerweise erst beginnt, wenn alles schon zu spät ist, kann ich Ratschläge von Ihnen beiden gut gebrauchen.«

Anton Grewe begann zu sprechen: »Leider ist es unumgänglich, alle Akten nach Vorbestraften in Fällen von Kindesmissbrauch, Kindesentführungen und Kindestötungen durchzugehen.«

»Diese Akten wird Jürgen durchgehen«, bestimmte Kullmann.

Grewe sprach weiter: »Solange nichts von einer Entführung bekannt ist, schlage ich vor, die Nachbarn zu befragen. Vielleicht hat jemand das Kind gesehen, sich aber nicht die Mühe gemacht, es der Polizei zu melden.«

»Das wird Nimmsgern übernehmen!«

»Außerdem ist es ratsam, mit der Presse zusammenzuarbeiten. Wir setzen Fotos des Kindes in die Zeitung und bitten um Mithilfe der Bevölkerung. Es ist schon vorgekommen, dass ein Kind von zu Hause weggelaufen und unbemerkt mit öffentlichen Verkehrsmitteln gefahren ist.«

»Die Idee ist gut! Sie sprechen gleich mit der Presseabteilung«, nickte Kullmann. »Hübner wird Sie begleiten.«

Er schaute wieder auf den Kollegen Schnur, als er anfügte: »Jürgen, du wirst alles über die Mutter des vermissten Kindes in Erfahrung bringen. Isolde Jennewein, alias Kruchten, alias was weiß ich, scheint mir eine Frau mit interessanter Lebensgeschichte zu sein. Vielleicht ist dort ein Zusammenhang zu dem Verschwinden ihres Kindes zu finden.«

»Klar. Wenn ich schon dabei bin, staubige Akten zu suchen, kann ich das auch noch machen«, murrte Jürgen.

»Keinen Verdruss! Du kannst mit Fred Feuerstein zusammenarbeiten. Dann wird es nicht langweilig.«

»Ich bin bei Entführungsfällen für die Koordination der Telefonate zuständig«, meldete sich Nimmsgern zu Wort.

»Was heißt das?«

»Ich überwache die Fangschaltung und die Rückverfolgung der Gespräche.«

»Dann ist es sinnvoll, zusammen mit unserem Kriminaltechniker zur Familie Jennewein zu fahren, damit Sie dort die notwendige Technik einrichten können«, beschloss Kullmann. »Aber vergessen Sie nicht, die Nachbarn zu befragen!«

»Wer wird mich begleiten?«, fragte Nimmsgern.

»Niemand! Wir haben nicht genügend Personal. Ich werde jetzt in die

Grundschule nach Nalbach fahren. Dort ist etwas vorgefallen, worüber ich mit dem Direktor sprechen muss.« Kullmann berichtete von den Anschuldigungen des Diebstahls.

Anton Grewe rümpfte die Nase und meinte: »Das könnte der Auslöser für ihr Verschwinden sein. Viele Kinder laufen schon aus geringfügigeren Gründen weg.«

Kapitel 18

Die Grundschule in Nalbach bestand aus einem großen, schmucklosen Bau mit vielen kleinen Fenstern ohne die geringsten Spuren, dass sich Kinder dort aufhielten. An hellgelben Mauern rankte Efeu.

Der Schulhof war leer. Kullmann steuerte das Gebäude an. Im Eingangsbereich fand er einen Hinweis zum Büro des Direktors. Sofort eilte er auf das Büro zu, das glücklicherweise im Erdgeschoss lag. So war er nicht gezwungen, Treppen zu steigen. Als er sich dem Direktor gegenüber sah, erkannte er sofort, dass der Vorteil der Lage des Büros nicht nur den Besuchern galt. Ein großer, übergewichtiger Mann saß in seinem Schreibtischstuhl. Zur Begrüßung fühlte er sich nicht einmal bemüßigt, aufzustehen. Im Sitzen reichte er Kullmann die Hand.

»Wer sind Sie und was kann ich für Sie tun?«, röchelte er.

»Ich bin von der Kriminalpolizei und komme wegen Ihrer Schülerin Nadine Kruchten.«

Schlagartig wurde das Gesicht des dicken Mannes dunkelrot. Er versuchte zu husten, aber es kam nur ein gequältes Würgen hervor. Mit zitternder Hand zog er die Schublade auf und nahm eine Aspirationspumpe heraus. Damit sprühte er sich mehrmals in den Mund, bis seine Gesichtsfarbe gesünder und sein Atem ruhiger wurde.

»Warum?«, fragte er, als er endlich wieder eine Stimme hatte. »Sie hatte einige Kleinigkeiten gestohlen, deshalb brauchen wir doch keine Kriminalpolizei.«

»Sie haben gestern ein sechsjähriges Mädchen des Diebstahls bezichtigt«, erklärte Kullmann erbost. Es war ihm egal, ob dieser Mann vor seinen Augen erstickte. Die Verantwortungslosigkeit, mit der der Direktor das Problem anging, brachte Kullmann auf die Palme. »Ist Ihnen bewusst, was Sie damit angerichtet haben?«

»Ich habe nur die gestohlenen Sachen wiederbeschaffen müssen«, versuchte sich der Dicke zu rechtfertigen. »Was hätte ich denn sonst tun sollen? Es Nadine durchgehen lassen? Sie ist nicht zum ersten Mal aufgefallen!«

»Nein. Sie haben sich aber nicht ein einziges Mal die Mühe gemacht, einen Blick hinter die Kulissen zu werfen. War es denn zu viel verlangt, zunächst einmal mit Nadine allein über das Problem zu sprechen? Wie fühlt sich ein sechsjähriges Kind, wenn die ganze Schule es als Dieb verleumdet?«

Erneut bekam der Direktor einen Asthmaanfall.

Kullmann blieb nichts anderes übrig, als abzuwarten.

»Darum sind Sie aber nicht hier«, stellte der Direktor klar.

»Nein! Nadine Kruchten wird seit gestern Nachmittag vermisst. Wir müssen das Mädchen suchen. Ich brauche Angaben von Ihnen, mit welchen Kindern sie zu tun hat. Vielleicht können wir so feststellen, wer sie zuletzt gesehen hat und wohin sie gegangen ist.«

»Sie geht in die Klasse 2c. Spielkameraden hat sie keine, sie ist eigenbrötlerisch. Sie können ja trotzdem mal in ihrer Klasse nachfragen. Aber Sie müssen sich beeilen, denn bald ist die Schule vorbei. Die Osterferien beginnen morgen. Noch sitzen alle zusammen in einem Saal.«

Das Mobiliar im Schulraum war so alt, als sei die Zeit stehengeblieben. Kleine harte Stühle mit hölzernen Pulten davor.

Kullmann erklärte den kleinen Neugierigen den Grund für seinen Besuch. Daraufhin meldeten sich viele und erzählten Kullmann, wann und wo sie Nadine zuletzt gesehen hatten. Kullmann spürte, wie verworren die zeitlichen Angaben waren. Die Kinder gaben keine verlässlichen Zeugen ab. Trotzdem vermittelte er ihnen das Gefühl, einen wichtigen Beitrag zur Polizeiarbeit geleistet zu haben, was die Kleinen mit großem Stolz erfüllte.

»Gibt es eine Möglichkeit für Nadine, sich in der Schule zu verstecken?«, fragte Kullmann, als sie wieder im Büro des Direktors waren.

»Vermutlich schon. Das Gebäude ist alt, hier gibt es viele geheime Winkel.«

»Dann werde ich meine Suche auf dieses Gebäude ausdehnen«, beschloss Kullmann, bevor er sich von dem hustenden Mann verabschiedete.

Auf der langen Fahrt von Nalbach nach Saarbrücken schaltete Kullmann das Autoradio ein. Er bevorzugte den Sender des Saarländischen Rundfunks, der ein Programm von klassischer Musik und Volksmusik anbot. Immer wenn er allein im Auto saß, konnte er ungestört diesen harmonischen Klängen lauschen.

Das aktuelle Lied wurde unterbrochen. Die Sprecherin begründete das mit einer wichtigen Meldung. Kullmann war überrascht, wie zügig die Informationen über das vermisste Mädchen durch die Medien gingen. Hoffentlich hatten sie Erfolg mit ihrer Strategie. Er spürte ein dringendes

Verlangen, alles zu tun, um ihr junges Leben zu retten; noch nie war er mit einer solchen Aufgabe betraut worden. Er hatte wenig Erfahrung in Sachen Entführung. Nun erst erkannte er, mit welchen Schwierigkeiten die Kollegen zu kämpfen hatten.

Die Beschreibung der kleinen Nadine ging bis ins Detail. Wer diese Meldung hörte und anschließend dem Kind begegnete, musste es erkennen, dachte Kullmann voller Optimismus.

Langsam fuhr er auf den Parkplatz des Landeskriminalamtes, stellte den Wagen ab und stieg aus. Auf seinen knurrenden Magen hin schaute er auf die Uhr. Es war tatsächlich die richtige Zeit zum Mittagessen. Marthas Kneipe war nur wenige Häuser weiter in der Graf-Johann-Straße. Also machte er sich ohne Umwege auf den Weg dorthin. Vielleicht konnte er mit der Wirtin über den Fall sprechen, der ihn beschäftigte. Es bestand die Möglichkeit, dass Martha durch ihre weibliche Intuition einen guten Einfall hatte. Sie war eine kluge und erfahrene Frau. Es war nicht nur das gute Essen, das ihn in dieses Lokal lockte.

Als er das Gebäude passierte, trat Hübner auf die Straße. Er schloss sich seinem Vorgesetzten an.

Gemeinsam steuerten sie Marthas Kneipe an. Dort herrschte wie immer um die Mittagszeit reger Betrieb. Die meisten Gäste waren Stahlarbeiter der neu gegründeten Saarstahl AG in Burbach, deren Frühschicht beendet war. Die gesellige Runde aus Deutschen und Franzosen unterhielt sich in einem Kauderwelsch, das nur Insider verstehen konnten. Kullmann mochte diese Menschen. Oftmals hielten sie sich unauffällig in der Nähe der Polizeibeamten auf, in der Hoffnung, einiges von den Gesprächen mitzuhören. Oder sie gesellten sich sogar zu ihnen. Aber an diesem Tag saßen alle wie angewurzelt an der Theke. Ihr Thema war die Rotlicht-Affäre und der Mord ohne Leiche, in dessen Ermittlungen die SPD immer wieder erwähnt wurde.

»Dat is ja wieder typisch. Wat die Politiker sich alles erlaube könne? Mir derfe noch niddemols unser Mänung saan«, schimpfte gerade einer der Arbeiter laut und deutlich.

»Trotzdem redde mir, wie uns der Schnawwel gewachs is!«

»Richtig!« – »D'accord!« – »So isses!«

Kaum hatten Kullmann und Hübner sich an einen Tisch in der Ecke gesetzt, drehte sich einer der Männer zu ihnen um und fragte: »For wat schaffe ihr net an dem imposante Mordfall? Dann hätte mir Ergebnisse und net dat Hin und Her. Die wollen unsereinen partout für dumm verkaafe!«

»Danke für das Vertrauen«, entgegnete Kullmann. »Vielleicht gerade deshalb!«

»Der hat de Durchblick«, mischte sich ein anderer Arbeiter ein. »Dann hätte die gemerkt, wie sauber die Leut insewenzig bei der Regierung im Saarland schaffe. Dodefier hann die nur stupide Leit aangesetzt.«

»Gut kombiniert«, lachte Kullmann.

»Woran schaffe Sie derweil?«, fragte ein anderer.

»An dem Vermisstenfall.«

Plötzlich ertönte es von allen Seiten. »Dat arme Mädchen!« – »La pauvre jeune fille!« – »Hoffentlich lebt sie noch!« – »Très terrible!« – »Hoffentlich ist sie nicht wieder so einem Sexualverbrecher zum Opfer gefallen!« – »C'est criminel!« – »Die Lumpen mache, wat se wolle – sie genn jo net richtig bestraft!«

Martha kam an den Tisch, um die Bestellungen der beiden Polizisten aufzunehmen.

»Jetzt haben Sie eine Welle der Erregung ausgelöst«, stellte sie fest.

»Ja«, nickte Kullmann. »Es ist schön zu wissen, dass sich die Menschen für die Schicksale anderer interessieren.«

»Die Jungs sind in Ordnung«, stimmte Martha zu. Geschäftig fügte sie an: »Heute habe ich Wirsing mit Kartoffeln und Kassler.«

»Das klingt lecker. Das bestelle ich sofort!«

Hübner nickte zustimmend. Er war schon einige Male in den Genuss von Marthas gutem Essen gekommen und konnte dieser Verlockung nicht widerstehen. Dazu bestellten sie sich frisch gezapftes Urpils. Während sie auf das Essen warteten, bemerkte Kullmann ein Hämmern und Klopfen, das er noch nie in der Kneipe gehört hatte. Als Martha an den Tisch zurückkehrte, fragte er sofort danach.

»Ich baue den Hinterhof aus, damit meine Gäste im Sommer im Freien sitzen können«, erklärte sie stolz. »Ich überlege sogar, einen großen Schwenker aufzubauen, um Schwenkbraten anzubieten. Was halten Sie davon?«

»Das hört sich gut an. Dann werde ich noch öfter hierher zum Essen kommen, obwohl das schon fast nicht mehr geht.«

Als sie wieder allein waren, fragte Kullmann: »Hat Jürgen etwas über Isolde Jennewein herausgefunden?«

»Oh ja, das hat er! Diese Frau hat ein interessantes Leben, das wäre einen Krimi wert«, begann Hübner geheimnisvoll.

»Komm auf den Punkt!«

»Klar! Isolde ist eine geborene Remmark. Ihre Mutter Maria Remmark hatte nur dieses eine Kind und das unehelich. Sie heiratete später einen Hugo Kauz. Hugo Kauz war Gebrauchtwagenhändler in Dillingen. Der Laden florierte, an Geld mangelte es Mutter Maria und Tochter Isolde nicht mehr.«

»Kauz Gebrauchtwagen – der Name ist mir ein Begriff«, überlegte Kullmann laut.

»Von Gaunereien in seinem Geschäft ist bei uns nichts bekannt«, wandte Hübner ein.

»Das meinte ich auch nicht. Ich kenne ihn, weil meine Cousine mal einen Gebrauchtwagen von ihm gekauft hat.«

»Hugo Kauz hatte einen Sohn mit in die Ehe gebracht, Oskar Kauz.«

»Diese Verhältnisse ähneln denen der Familie Jennewein«, schaltete Kullmann sich ein. »Arthur Jennewein hat eine Tochter, Isolde Jennewein hat eine Tochter. Das sind verwirrende Familienstrukturen.«

»Patchwork«, warf Hübner ein.

»Patchwork?«

»So nennt man diese Form der Familie. Keiner gehört so richtig zu dem anderen. Patchwork ist der englische Begriff für Flickstück.«

Kullmann schmunzelte: »Wie gut, dass ich einen jungen, aufgeweckten Mitarbeiter wie dich habe. Du verhinderst, dass ich in meinem Alter der Zeit hinterherhinke.«

»Klar«, gab Hübner wichtigtuerisch zurück. »Jede Generation birgt ihre Vorteile.«

»Danke!«

»Isolde Remmark bekam ihre Tochter zu der Zeit, in der sie als Prostituierte arbeitete«, berichtete Hübner weiter. »Über den Vater ist nichts bekannt. Es war Glück, dass Walter Kruchten sie geheiratet hat, weil sie ihrem Gewerbe mit einem Baby nicht mehr nachgehen konnte. Er adoptierte Nadine auf seinen Namen. Die Ehe endete filmreif: Isolde erschlug Walter Kruchten angeblich in Notwehr. Sie behauptete, er habe sie und ihr Kind misshandelt.«

Martha brachte das Essen. Obwohl es köstlich duftete und Kullmanns Geschmacksnerven aufs Äußerste reizte, konnte er nicht sofort zugreifen.

»Der Name Kruchten lässt bei mir die Alarmglocken läuten«, gab er zu. »Der Fall liegt jetzt ungefähr zwei Jahre zurück. Sie wurde vor Gericht freigesprochen, weil die Spuren der Gewaltanwendung nicht zu übersehen waren. Isolde war übersät mit blauen Flecken.«

»Warum stimmt Sie das so nachdenklich? Vergessen Sie das gute Essen nicht!«

Kullmann gab dem jungen Mann recht, das Essen sollte deshalb nicht kalt werden.

»Es ist bis heute nicht eindeutig klar, ob sie ihn wirklich in Notwehr erschlagen hat«, sprach Kullmann weiter, als sein Teller leer war.

»Die Geheimnisse um diese Frau reißen nicht ab«, sprach Hübner weiter. »Isoldes Stiefvater, Hugo Kauz, adoptierte sie nicht auf seinen Namen. Im Gegenteil, er schob sie in ein Internat ab.«

»Wo ist da das Geheimnis?«

»Isolde beendete die Internatsschule mit der Mittleren Reife und lernte den Beruf Arzthelferin. Kaum hatte sie ihre Lehre angefangen, starb der Stiefvater an einem Zuckerkoma. Hugo Kauz war Diabetiker.«

»Gibt es darüber Akten?«

»Ja! Liegt alles auf Ihrem Tisch. Hilft uns das in unserem Fall weiter?«

»Das weiß ich noch nicht«, gestand Kullmann. »Ich weiß immer gern, mit wem ich es zu tun habe, wenn ich ermitteln muss.«

Nach dem Essen kehrten sie durch starken Regen und kalten, heftigen Wind zu ihrer Dienststelle zurück.

»Das Wetter macht mich nervös«, gestand Kullmann, während sie ihre Schirme im Flur abschüttelten. »Bei den Temperaturen kann kein Kind im Freien überleben. Hoffentlich steckt sie irgendwo, wo es warm ist.«

Er fand in seinem Büro neben einem Berg von Nachrichten auch den Kollegen Nimmsgern auf seinem Stuhl vor.

»Haben sich die Rollen ohne mein Wissen vertauscht?«, fragte Kullmann unhöflich.

So hastig, wie Nimmsgern mit seiner Leibesfülle konnte, sprang er von dem Stuhl auf und stammelte: »Ich wollte Ihnen nur die Mitteilung hinterlassen, dass ich mit den Nachbarn gesprochen habe.«

»Was haben Sie herausgefunden?«

»Die Nachbarn haben alle auf die gleiche Weise reagiert: Sie sind der Meinung, Nadine sei weggelaufen.«

»Wie kommen diese Leute darauf?«

»Das Gerede über die Familie Jennewein ist groß. Die alte Nachbarin im Haus rechts daneben behauptet, dass Arthur Jennewein fremdgeht. Die Frau im Haus gegenüber ist sich sicher, dass Isolde ihre Tochter vernachlässigt, weshalb Nadine oft zu ihrem Großvater flüchtet. Eine ältere Dame im benachbarten Haus auf der linken Seite berichtet, Samantha schleppe häufig Männer mit ins Haus, worunter Nadine leide.«

»Der Behauptung, Arthur Jennewein gehe fremd, müssen wir nachgehen«, erkannte Kullmann. »Hat die Nachbarin Arthur Jennewein mit einer anderen Frau gesehen?«

Nimmsgern schüttelte den Kopf.

»Wie kommt sie dazu, so etwas zu behaupten?«

»Sie sagte, dass sie das Ehepaar oft lautstark streiten höre. Angeblich hat sie verstanden, worüber sie sich stritten.«

»Warum nur angeblich?«

»Ich musste laut reden, damit die Alte mich versteht.«

»Das ist zwar nichts Konkretes, aber alles läuft darauf hinaus, dass Nadine weggelaufen ist«, erkannte Kullmann. »Das ändert nichts an meinem Plan! Wurde die Fangschaltung im Haus der Familie Jennewein installiert?«

Nimmsgern nickte.

»Ab jetzt übernehmen Sie die Überwachung der Telefonanlage. Sollte der entscheidende Anruf eingehen, dürfen wir ihn auf keinen Fall verpassen.«

Mit dieser Anweisung machte sich Nimmsgern auf den Weg.

Kullmanns Blick fiel auf den Nachrichtenberg. Die oberste beinhaltete, dass die Suchmannschaft das gesamte Schulgebäude ohne Ergebnis durchsucht hatte. Den Rest ließ er unbeachtet auf seinem Schreibtisch liegen. Er eilte zu Jürgen, der hoffentlich Informationen über die Mutter des vermissten Kindes in Erfahrung gebracht hatte.

»Was hast du herausgefunden?«

»Der Stiefbruder von Isolde Jennewein war der Alleinerbe des Elternhauses und hatte nichts Besseres zu tun, als das Haus sofort zu verkaufen«, berichtete der Kriminalkommissar. »Er ist nirgends gemeldet, aber ich werde herausfinden, wo er sich aufhält.«

»Tu das! Der Bruder könnte ein Lichtblick in unseren Ermittlungen sein.« Kullmann kehrte in sein Büro zurück, wo Hübner auf ihn wartete.

»Wir haben noch ein Familienmitglied«, erklärte Kullmann. »Oskar Kauz, Stiefbruder von Isolde. Um den wirst du dich kümmern, sobald wir wissen, wo er steckt!«

Hübner nickte.

Anton Grewe betrat das Büro, ohne anzuklopfen.

»Ich weiß nicht, welche Gepflogenheiten in Ihrer Dienststelle herrschen. Aber bei uns klopft man an«, schimpfte Kullmann.

»Ich bitte vielmals um Vergebung«, gab Grewe geziert zurück. »Unser Vorgesetzter war in dieser Hinsicht großzügig. Aber ich werde mich geschwind Ihren Wünschen anzupassen wissen.«

»Wir wollen es jetzt nicht übertreiben«, reagierte Kullmann gereizt auf das affektierte Verhalten.

Grewe ließ sich auf dem freien Stuhl nieder und wartete gespannt auf seine nächste Anweisung. Dabei legte er die Beine elegant übereinander, achtete peinlich genau darauf, dass sich die Bügelfalten seiner Hose nicht verschoben.

Kullmann beobachtete ihn; dabei hätte er fast vergessen, was er dem Kollegen sagen wollte. »Sie werden überprüfen, ob Arthur Jennewein und seine Tochter Samantha aktenkundig sind!«

Grewe nickte.

»Haben Sie noch etwas auf dem Herzen?«, fragte Kullmann, als er bemerkte, dass Grewe keine Anstalten machte zu gehen.

»Ja! Die Presse will aktuelle Fotos von Nadine Kruchten, um sie in der morgigen Zeitung zu veröffentlichen.«

»Gut. Darum werde ich mich kümmern.«

»Heute Abend werde ich die Kollegin Westrich ablösen«, sprach Grewe weiter.

»Sie?«

»Ich bin ebenfalls psychologisch ausgebildet. Andrea Westrich kann diese Aufgabe unmöglich allein bewältigen.«

»Dem kann ich nichts entgegnen.« Kullmann erhob sich von seinem Platz. »Ich fahre jetzt zur Familie Jennewein. Dort werde ich Fotos besorgen. Außerdem will ich mich mit der Mutter persönlich unterhalten. Alte Daten und Fakten reichen nicht aus, um weiterzukommen.«

»Hoffentlich kommen Sie noch rechtzeitig«, rief Grewe Kullmann nach.

»Was heißt das?«

»Es besteht die Gefahr, dass Nimmsgern den Kühlschrank der Familie leer gefressen hat.«

Kapitel 19

Das Bauernhaus wirkte im Regen trostlos und verlassen. Als Kullmann das Innere betrat, wurde es nicht besser. Isolde Jennewein sah ungepflegt aus. Ihre dünnen Haare klebten an ihrem Kopf, ihre Kleidung war zerknittert. Arthur Jennewein bildete zu seiner Frau einen starken Kontrast. Obwohl ihm die Sorge um Nadine anzusehen war, behielt er immer noch die Fassung. Höflich, kultiviert und beherrscht bot er Kullmann einen Platz im Wohnzimmer an.

Nimmsgern hatte es sich an seiner Telefonanlage in der Ecke hinter der Sesselgarnitur gemütlich gemacht. Eine ganze Instrumentenbank stand vor ihm. Als er Kullmann erblickte, ließ er schnell das angebissene Brot verschwinden und erklärte: »Die Anlage funktioniert. Sollte sich ein Entführer melden, können wir sofort aktiv werden.«

»Das ist gut«, lobte Kullmann.

»Wollen Sie mir vorschreiben, was ich am Telefon zu sagen habe, wenn sich tatsächlich ein Entführer meldet?« Mit dieser Frage stand plötzlich Isolde Jennewein hinter Kullmann und funkelte ihn böse an.

»Ja. Sollte es eine Entführung sein, wollen wir den Entführer doch fassen. Oder wollen Sie das nicht?«, erwiderte Kullmann mit einer Gegenfrage.

Damit gelang es ihm, Isoldes Widerstand zu brechen.

Sie setzte sich und wartete auf Arthur. Mit ihren Blicken verfolgte sie jeden seiner Schritte, bis er mit Getränken und Gläsern auf einem Tablett aus der Küche zurückkehrte und sich neben ihr auf dem Sofa niederließ.

Andrea Westrich wirkte erschöpft. Mit einem Kopfnicken bat sie Kullmann, ihr in den Flur zu folgen. Dort begann sie ohne Umschweife zu sprechen: »Ich bin nicht zum ersten Mal mit der Betreuung Angehöriger von Opfern betraut. Aber an diese Frau komme ich nicht heran. Sie kommt mir vor wie ein kalter Fisch.«

»Was soll das heißen?«

»Dass ich keine Gefühlsregung bei ihr bemerke.«

»Sie sieht schlecht aus. Sollte uns das keinen Hinweis auf ihre Verfassung geben?«

»Man kann sich gehen lassen. Das schafft jeder! Aber echte Gefühle kann man nur zeigen, wenn man sie hat.«

Nimmsgern drängte sich an den beiden im Flur vorbei. »Ich habe noch etwas im Auto vergessen«, erklärte er hastig auf die grimmigen Gesichter.

Andrea Westrich nutzte die Gelegenheit für eine Zigarette vor dem Haus.

Kullmann blieb allein im Flur zurück. Gerade wollte er sich zu dem Ehepaar begeben, als er hörte, wie Isolde zu Arthur sagte: »Wenn dieses Unglück vorbei ist, wie wird es dann weitergehen?« Ihre Stimme klang flehentlich.

Neugierig geworden, blieb Kullmann stehen und wartete, was Arthur darauf antworten würde.

»Was meinst du damit?«

»Wirst du bei deinen Plänen bleiben?«, erklang Isoldes Stimme.

»Du meinst die …?«, setzte Arthur an.

»Ja!«

Eine Weile war alles still, bis Kullmann befürchtete, Nimmsgern würde gleich ins Wohnzimmer zurückpoltern und damit die Unterhaltung beenden. Zum Glück antwortete Arthur, bevor das Unvermeidliche geschah: »Nein! Wir werden uns nicht trennen. Das war eine spontane Reaktion von mir – unüberlegt und einfach unsinnig. Wenn wir diese Tragödie überstanden haben, wird alles wieder gut!«

Nimmsgern drängte sich in diesem Moment an Kullmann vorbei ins Wohnzimmer. Kaum hatte er sich niedergelassen, klingelte das Telefon.

Erschrocken schauten alle auf den Apparat.

Isolde stand auf und hob ab. Aber schon kurze Zeit später hielt sie Kullmann den Hörer entgegen: »Für Sie!«

Kullmann lauschte nur, ließ gelegentlich ein »Hm« ertönen, bevor er auflegte.

»Wir haben leider noch keine Ergebnisse«, erklärte er den Anruf. »Viele Menschen aus der Nachbarschaft haben sich unserer Suchmannschaft angeschlossen. Jede Hilfe ist wichtig – und Sie haben viel Hilfe, das kann ich Ihnen versichern. Sollte sich Ihr Kind irgendwo versteckt halten, werden wir es finden!«

Isolde verhielt sich ganz still.

Der einzige, der seine Enttäuschung aussprach, war Arthur Jennewein: »Oh mein Gott! Immer noch keine Spur von ihr! Wo kann Nadine nur sein?«

Arthur Jennewein wirkte auf Kullmann besorgter als Isolde, die leibliche Mutter. Dabei fiel ihm Isoldes Vergangenheit ein. Ihr Leben glich einem Tsunami an Katastrophen. Ihr Stiefvater hatte sie nicht adoptiert, sondern abgeschoben in ein Internat. Mit Prostitution verdiente sie sich ihr Geld, bis sie eine uneheliche Tochter bekam. Ihr erster Ehemann schlug sie mehrere Male krankenhausreif. Die nächste Ehe wurde auch auf eine harte Probe gestellt – durch Arthur Jenneweins Tochter Samantha. Konnte sich ein Mensch an Schicksalsschläge gewöhnen? Diese Frage drängte sich ihm auf, je länger er Isolde Jennewein beobachtete.

»Ich werde Ihrer Frau einige persönliche Fragen stellen müssen, um mehr über Nadine zu erfahren. Die kleinsten Hinweise, wenn sie auch noch so unwichtig erscheinen, könnten dabei helfen herauszufinden, wo sich Nadine nun aufhält.«

Isolde und Arthur schauten Kullmann fragend an, was er als Aufforderung verstand: »Wie war Ihre Ehe mit Walter Kruchten?«

Sie sprang auf. »Was hat das mit Nadines Verschwinden zu tun?«

»Alles hat damit zu tun«, sprach Kullmann ruhig. »Setzen Sie sich bitte wieder hin und antworten Sie mir! Sollte es Ihnen angenehmer sein, ohne die Anwesenheit Ihres Mannes auf meine Fragen zu antworten, können wir auch in ein anderes Zimmer gehen.«

Verwirrt schaute Isolde immer wieder zwischen Arthur Jennewein und Kullmann hin und her, bis sie sich entschied, neben ihrem Mann auf dem Sofa zu bleiben.

»Soll ich meine Frage wiederholen?«

»Nein!« Nach kurzem Zögern berichtete sie: »Am Anfang war die Ehe mit Walter Kruchten gut. Deshalb wollte ich ihn nicht hintergehen und habe ihm gebeichtet, dass Nadine nicht sein Kind ist. Das hätte ich besser gelassen. Walter stammte aus einer einfachen Arbeiterfamilie, die nach dem Grundsatz ›Salz der Erde‹ die ganze Last der Gottesfurcht mit sich herumschleppt. Er konnte die Vorstellung nicht ertragen, dass ich vor ihm auch mit anderen Männern geschlafen habe.«

»Er kam doch zu Ihnen als Freier, oder habe ich etwas falsch verstanden?«, zweifelte Kullmann.

»Das haben Sie richtig verstanden. Er sprach davon, mich zu läutern. Ich glaube, für Walter war Genuss in jeder Form verwerflich, sogar wenn es ihn selbst betraf. Ihn überkamen die schlimmsten Wutausbrüche, nachdem wir uns geliebt hatten. Ich war machtlos dagegen.«

»Ganz so machtlos auch wieder nicht – wenn man das Ergebnis betrachtet«, korrigierte Kullmann.

Verwirrt schaute Isolde auf den Hauptkommissar, bevor sie weiter sprach: »Was hätte ich tun sollen, als er anfing, Nadine für etwas zu bestrafen, wofür sie nichts konnte?«

»Er hat seine Wut an dem Kind ausgelassen?«

»Genau das.«

»Wie ist nun das Verhältnis zwischen Arthur Jennewein und Ihrer Tochter?«

»Das können Sie meinen Mann doch selbst fragen«, wehrte sie unfreundlich ab.

»Ich will es aus Ihrer Sicht erfahren!«

»Es könnte nicht besser sein. Arthur ist wie ein richtiger Vater für Nadine«, erklärte sie in einem Tonfall, als sei die Antwort einstudiert.

»Und wie empfindet Nadine diese Familienverhältnisse?«

»Sie glauben also, sie ist weggelaufen, weil sie sich hier nicht wohlfühlt?«, reagierte Isolde gereizt.

»Leider tun sich Familien nicht immer die nettesten Dinge an«, erklärte Kullmann. »Die Tatsache, dass ein Kind ganz plötzlich verschwindet, hat immer zwei mögliche Ursachen: Entweder es ist von zu Hause weggelaufen oder es wurde entführt. Da ich immer noch vom ersten Fall ausgehe, muss ich Fragen über die Familienverhältnisse stellen.«

Eine Weile herrschte Stille.

»Wie sieht das Verhältnis zwischen Ihnen beiden aus, Herr und Frau Jennewein?«

»Gut«, reagierte Arthur.

»Bestens«, war Isoldes Kommentar.

»Seit wann?«

»Schon immer! Warum?«

»Ich habe gehört, dass Ihr Mann fremdgeht«, bluffte Kullmann.

»Was erlauben Sie sich?« Isoldes Tonfall wurde drohend.

»Ich erlaube mir, mir nur das bestätigen zu lassen, was ich von anderen über Sie gehört habe.«

»Arthur geht nicht fremd!«

Arthur saß auf dem Sofa und war leichenblass. Zu seiner eigenen Verteidigung fiel kein einziges Wort, was Kullmann argwöhnisch stimmte.

»Außerdem ist mir etwas von Scheidungsabsichten zu Ohren gekommen«, spielte Kullmann sein Spiel weiter.

»Dann haben Sie sich verhört«, stellte Isolde klar. »Niemals war in unserer Ehe die Rede von Scheidung!«

»Und wie lautet Ihre Antwort?«, richtete sich Kullmann an Arthur, der immer noch schweigend daneben saß und die ganze Unterhaltung seiner Frau überließ.

»Genauso«, kam Isolde ihm zuvor.

Arthur nickte nur. Kullmann erkannte, dass er die Wahrheit in diesem Punkt nicht mehr erfahren würde. Sie nutzte die Vermisstensituation ihres Kindes zu ihrem persönlichen Vorteil aus, wie er jetzt das Gespräch von vor wenigen Minuten zu verstehen glaubte. Isolde hatte an Arthurs Feinfühligkeit appelliert. Dieser Schachzug war ihr gelungen. Alles Vorangegangene galt nicht mehr.

»Ich brauche aktuelle Fotos von Ihrem Kind«, wechselte Kullmann das Thema. »Wir werden unseren Aufruf über die Zeitungen erweitern. Es besteht immer noch die Hoffnung, dass jemand Ihre Tochter gesehen hat und sich dessen erst nach dem Aufruf bewusst wird.«

»Sie bekommen alles, was sie brauchen, wenn es weiterhilft«, reagierte Arthur Jennewein darauf.

Isolde regte sich nicht.

»Gibt es aktuelle Fotos von Ihrem Kind?«

Anstelle einer Reaktion von Isolde sprach Andrea Westrich, die vom Rundbogen aus das Gespräch verfolgt hatte: »In der Tagesschau haben sie vor wenigen Minuten einen Bericht über Nadines Verschwinden gebracht – mit einem aktuellen Foto!«

Kullmann schaute die Kollegin fragend an, die darauf bemerkte: »Es gab in Deutschland in den letzten Jahren viele Vermisstenfälle von Mädchen zwischen sechs und fünfzehn Jahren. Diese Fälle erregen starkes öffentliches Interesse.«

»Wo hatte der Sender das Foto her?«, richtete Kullmann seine Frage an Isolde Jennewein.

Diese lehnte sich an ihren Mann. »Das Foto war ein Ausschnitt aus einem Schulfoto. Vermutlich hat der Direktor der Grundschule es herausgegeben«, antwortete sie.

»Heißt das, Sie wussten nicht, dass dieser Bericht in der Tagesschau ausgestrahlt wird?«

Statt einer Antwort schüttelte Isolde nur den Kopf und drückte sich noch dichter an ihren Mann. Wie ein Beschützer reagierte Arthur auf die Geste und schloss sie in seine Arme.

Kullmann beobachtete Isolde eine Weile. Den Eindruck, den die Kollegin Westrich ihm vermitteln wollte, konnte er nicht bestätigen. Er sah ein menschliches Wrack vor sich.

»Bekomme ich nun ein Foto von Nadine?«

Endlich stand Isolde auf. Nach einer Weile kehrte sie zurück, legte wortlos mehrere Fotos auf den Tisch.

So bekam Kullmann die Gelegenheit, sich näher mit dem Opfer zu befassen. Bisher kannte er Nadine nur von Beschreibungen anderer. Die Fotos gaben ihm neue Eindrücke.

Er sah in große Augen in einem schmalen, blassen Gesicht. Es waren traurige Augen. Die dunklen Haare des Mädchens reichten bis zum Kinn. Ponyfransen verdeckten die Stirn. Ein hübsches, kindliches Gesicht, dachte Kullmann bei dem Anblick. Die Zerbrechlichkeit, die Hilfsbedürftigkeit, die diese Bilder zum Ausdruck brachten, machten sein Gemüt schwer. Nadine wirkte auf Kullmann wie ein zartes Pflänzchen, das vor Wind und Regen geschützt werden musste. Und nun war sie genau dort – Wind und Regen ausgesetzt, irgendwo, ungeschützt, allein.

Hastig sammelte er alle Bilder ein und erhob sich, als Isolde ihn verdutzt fragte: »Wollen Sie alle Fotos?«

»Oh, nein!« Kullmann bemerkte, dass er das ganze Bündel in der Hand hielt. »Ich war wohl in Gedanken. Ich nehme nur das eine mit. Darauf ist sie gut zu erkennen. Sollte jemand das Kind gesehen haben, wird er es spätestens nach dem Aufruf in der Zeitung wiedererkennen. Ich bin mir sicher, dass wir morgen weiterkommen werden.«

Er ging in den Flur hinaus. Arthur Jennewein begleitete ihn. An der Haustür schaute Kullmann den leidgeprüften Ehemann, Vater und Stiefvater an, bevor er fragte: »Was ist aus Samanthas Mutter geworden?«

Arthur lachte nervös und murmelte: »Was Sie alles wissen wollen.«

»Ich muss alles wissen, wenn ich den Fall professionell bearbeiten soll.«

»Samanthas Mutter hat uns direkt nach der Geburt verlassen. Ich habe meine Tochter vom ersten Tag an allein großgezogen, was wohl die Fehler erklärt, die ich gemacht habe.«

»Der Fehler liegt nicht bei Ihnen, sondern bei der Mutter. Kinder, die ohne Mutter aufwachsen, haben es nicht leicht.« Mit diesen Worten verabschiedete er sich.

Auf der Straße begegnete ihm Samantha. Ihr hübsches Gesicht wurde von der blonden Löwenmähne eingerahmt, die im Schein der Laterne vor der Haustür wie ein Heiligenschein wirkte.

Aus ihrem Schatten löste sich eine Gestalt und rannte davon. Kullmann wollte hinterher, doch Samantha stellte sich ihm in den Weg.

»Was soll das?« Kullmann grollte. »Wer war das?«

»Wer?« Samantha tat überrascht.

Sie drehte sich um, schaute in die gleiche Richtung wie Kullmann und konnte nur noch schemenhaft eine Gestalt ausmachen, bis diese restlos in die Dunkelheit eintauchte.

»Ach! Den habe ich gar nicht bemerkt.«

Kullmann achtete darauf, dass sein Puls auf Normalniveau zurückgelangte. Samanthas Provokationen musste er an sich abprallen lassen.

»War das dein Freund Tobias Warken?«

»Möglich! Er läuft mir nach wie ein Hund.« Samantha grinste. »Tut einfach alles für mich. Vielleicht sorgt er sich um mich, seit das kleine, lästige Gör verschwunden ist.«

»Warum sollte er sich um dich sorgen?«

»Es hätte auch mich erwischen können.«

»Ich glaube, die Entführer sind schlau genug, von dir die Finger zu lassen.«

TEIL III
2004

Kapitel 20

Unruhig wälzte sich Nadine im Bett hin und her. Sie wachte auf und erinnerte sich in aller Klarheit an ihren Traum:

Sie saß in völliger Finsternis; es war so dunkel, dass sie die Hand vor Augen nicht sehen konnte. Das Atmen fiel ihr schwer, sie schnappte nach Luft, sie röchelte und kämpfte verzweifelt gegen ihren Erstickungsanfall an. Plötzlich ging die Tür auf. Der Lichtschein, der hereinfiel, verriet Nadine sofort, dass sie sich im Speicher befand. Die Frau, die den Speicher betrat, war ihre Mutter. Erleichtert ging Nadine auf sie zu. Doch ihre Mutter schlug sie zu Boden, zauberte einen Strick hervor, den sie über den Querbalken warf. Die Schlinge war schon geknüpft, fix und fertig, wie Nadine sie aus den Western im Fernsehen kannte. Mit bösen Blicken ging ihre Mutter auf sie zu und wollte ihren Kopf durch die Schlinge ziehen. Nadine wehrte sich ganz verzweifelt. Sie schrie und kämpfte dagegen an, als sich plötzlich die Szene änderte. Entsetzt sah sie, dass nicht sie in die Schlinge sollte und nicht ihre Mutter diejenige war, die diese schreckliche Tat ausüben wollte, sondern Samantha. Sie kämpfte mit Isolde, die sich verzweifelt wehrte, immer wieder ihre Hände nach Nadine ausstreckte und sie um Hilfe rief. Aber Nadine konnte sich nicht bewegen, nicht rufen, nicht schreien. Sie stand einfach nur stumm da, bewegungsunfähig schaute sie zu, bis ihre Mutter am Balken baumelte – die Zunge herausgestreckt, angeschwollen und blau, die Augen aufgerissen, hervorgequollen und rot.

»Du wirst nichts mehr sagen«, hörte sie Samantha sagen, die daraufhin den Speicher verließ, die Tür schloss und Nadine in der bedrohlichen Dunkelheit zurückließ.

Schweißgebadet lag Nadine nun im Bett. Die Nachttischlampe hatte die ganze Nacht gebrannt. Auch die Zimmertür stand offen. Wie konnte sie etwas so Grausames träumen?

Mit zitternden Beinen ging sie ins Bad und erfrischte sich unter einer kühlen Dusche. Anschließend ging sie die Treppe hinunter in die Küche. Samantha schmorte in Untersuchungshaft. Seitdem war es schön, in diesem Haus zu leben.

Trotzdem ließen sie die Eindrücke des Albtraums nicht los. Warum hatte sie nicht sprechen können? Diese Frage beschäftigte sie am meisten. Dabei war es doch nur ein Traum. Oder war es eine Erinnerung? Eine Erinnerung an eine Zeit, die ihr einfach fehlte, die in ihrem Gedächtnis nicht vorhanden war.

Ihre Mutter hatte ihr einmal erzählt, sie sei im Alter von sechs Jahren schwer krank gewesen. Sie hätte im Bett gelegen und sei gepflegt worden. Ihr Großvater hätte sich in dieser Zeit intensiv um sie gekümmert. Warum wusste Nadine nichts mehr davon? Welche Krankheit hatte sie damals gehabt? Alle diese Fragen drängten sich immer mehr auf, seit sie von der Polizistin die Bemerkung gehört hatte, sie sei vor elf Jahren entführt worden. Welche Version stimmte nun: die ihrer Mutter oder die der Polizistin?

Arthur war nirgends zu sehen. Gerne hätte sie mit ihm gefrühstückt und dabei mit ihm gesprochen. Sie musste über ihre innere Qual reden. Aber sie war allein.

Frustriert verließ sie das Haus. Graue Wolken drückten dem Morgen ihre bleierne Farbe auf. Der Wind wehte schwach, änderte aber nichts am schwülen Klima.

Der dichte Wald, das weiß schimmernde Kreuz an seiner Spitze lockten Nadine. Sie spürte, wie ihre Füße sie automatisch in diese Richtung trugen.

Mit jedem Schritt entfernte sie sich mehr von den überwältigenden Eindrücken der letzten Nacht. Und nicht nur das, sie geriet sogar ins Schwärmen, je näher sie dem Litermont kam.

Sie erreichte den Waldrand.

Ein Schuss donnerte über den Berg, rollte hinab ins Tal, wo er als Echo seine Erwiderung gab. Nadine zuckte zusammen. Schlagartig fiel ihr die Begegnung mit dem seltsamen Fremden ein, der eine Waffe auf seinem Rücken getragen hatte.

Sollte sie wirklich noch ans Kreuz gehen?

Kapitel 21

»Kreuwisch wurde auf dem Campingplatz gesehen – in einem fremden Haus.« Eriks Stimme donnerte durch die Flure des Landeskriminalamtes.

Die Aufbruchstimmung heizte alle Kollegen an. Wie die Bienen schwärmten sie aus, eroberten die Dienstfahrzeuge und fuhren in einer Autokolonne zum Campingplatz auf dem Litermont in Nalbach. Auf dem Parkplatz vor dem Gasthaus »Margrets Bauernstube« stellten sie ihre Fahrzeuge ab. Sammelstelle war die kleine Gaststube.

Dort war alles in der Farbe Orange eingerichtet. Im Nebenraum standen eine Ledercouchgarnitur und ein Bücherregal, das die Gäste zum Lesen einlud, eine kleine Terrasse führte zum Hinterhof. Das Ambiente vermittelte einen gemütlichen Eindruck. Gerne würde Anke hier unter anderen Bedingungen einkehren.

Sie setzte sich zu Erik, Esther, Bernhard und Forseti an den großen Tisch am Fenster und lauschte den Worten des Dienststellenleiters: »In Kreuwischs Nachbarhaus wurden Bewegungen wahrgenommen. Der Verwalter des Campingplatzes hat uns sofort benachrichtigt, weil zurzeit der gesamte Campingplatz angeblich unbewohnt ist.«

»Ist es nicht ratsam, die Kollegen des Sondereinsatzkommandos hinzuzurufen?«, fragte Bernhard.

»Danke für Ihre Geistesgegenwart. Die Beamten sind schon dabei, sich zu postieren. Der Ausgang des Campingplatzes, die Straßeneinmündung in Richtung Wald und die Zufahrt zum Parkplatz sind gesichert. Zufrieden?«

Bernhard schluckte.

»Außerdem ist Frau Kreuwisch auf dem Weg hierher.«

Forseti wählte Kreuwischs Handynummer. Darauf meldete sich nur die Mailbox. Er machte einen weiteren Versuch mit der Festnetznummer des Ferienhauses. Auch dort meldete sich niemand.

»Ist wirklich jemand in dem Haus?«, fragte Anke zweifelnd.

»Laut Verwalter ja!«

»Wir könnten doch wie ein verliebtes Paar durch die Straße spazieren und dabei das Haus beobachten«, schlug Erik vor.

»Das halte ich für zu gefährlich«, gab Bernhard zu bedenken.

»Warum? Ich denke, das SEK sichert alles ab«, wandte Anke ein.

»Wenn mich plötzlich eine wild gewordene Herde von Polizisten verfolgt, sehe ich auch zu, dass ich wegkomme – egal wie«, spottete Bernhard.

»Bleiben Sie sachlich«, ermahnte Forseti. »Wir warten, bis seine Frau hier ist. Sie muss uns zuerst sagen, ob ihr Mann eine Waffe hat – ob gemeldet oder nicht.«

»Wenn er illegal an eine herangekommen ist, muss seine Frau das nicht unbedingt wissen«, war wieder Bernhard zu hören.

»Ich erwarte nicht, dass Sie mit meinen Arbeitsmethoden einverstanden sind. Aber ich erwarte, dass Sie sich meinen Anordnungen fügen.«

Damit brachte Forseti den jungen Kriminalkommissar endlich zum Schweigen.

Das Warten fiel den Beamten am schwersten. Sie sahen, wie sich die Sonne hinter dicke schwarze Wolken schob und den Tag in trübes Licht tauchte.

Endlich betrat Frau Kreuwisch die Bauernstube. Das Gesicht kreideweiß, die Bewegungen unsicher, ihre Stimme brüchig sagte sie: »Ich verstehe nicht, warum mein Mann das tut. Er hat diese Frau nicht getötet. Zu so etwas ist er doch gar nicht fähig.«

»Warum verhält er sich so dumm?«, fragte Bernhard scharfzüngig.

»Besitzt Ihr Mann eine Waffe?«, fragte Forseti so schnell, dass Frau Kreuwisch keine Gelegenheit hatte, über Bernhards provokante Frage nachzudenken.

Erschrocken schaute die Frau alle Beamten am Tisch an, bevor sie antwortete: »Nein.«

»Hat er Freunde, die ihm eine Waffe gegeben haben könnten?«

»Nein! Wir haben noch nie über Waffen gesprochen. Unsere Freunde auch nicht.«

Forseti nickte. »Dann gehen Sie zu dem Haus und sprechen mit Ihrem Mann! Meine Mitarbeiter und das SEK halten sich in der Nähe auf, damit wir im Notfall eingreifen können.«

»Welcher Notfall sollte denn eintreffen? Mein Mann ist nicht gefährlich.«

»Das wollen wir hoffen. Erklären Sie ihm, dass es besser für ihn ist, wenn er sich stellt und eine Aussage macht. Es gibt immer Mittel und Wege, ein angemessenes Strafmaß zu finden. Das, was er jetzt tut, ist jedenfalls der falsche Weg.«

»Ein Strafmaß wofür?«, fragte die Frau verunsichert.

»Für den Mord an Roswitha Loew. Was glauben Sie denn, warum wir Ihren Mann suchen?«, entgegnete Forseti ungeduldig.

»Aber Egon hat sie nicht getötet! Er war doch immer zu Hause.«

»Ein Grund mehr, mit ihm zu sprechen.« Aufmunternd nickte er der Frau zu.

Damit überzeugte er Frau Kreuwisch.

Bevor sie die Bauernstube verließen, zogen die Kollegen schusssichere Westen an.

Frau Kreuwisch lehnte diese Schutzmaßnahme ab.

»Ich verstecke mich hinter der Zypresse direkt am Eingang«, beschloss Anke, deren Blick auf den Nadelbaum fiel, der hoch und breit war, sodass er ihr Schutz bieten konnte.

Die Beamten machten sich auf den Weg, allen voran die kleine Frau, die direkt das Haus ansteuerte. Die Vorderseite des Grundstücks war von Hecken gesäumt. So konnten sie sich ungesehen nähern, ohne Frau Kreuwisch sich selbst zu überlassen. Forseti überwachte den Einsatz durch das Fernglas.

Es war ein kleines, gelbes Haus mit braun eingefassten Fenstern am Ende des Campingplatzes. Alles wirkte friedlich und still. Der Campingplatz war weiträumig gesperrt worden, keine Menschenseele war zu sehen. Anke blieb hinter der Zypresse gegenüber dem Eingang stehen. SEK-Beamte sicherten den rückwärtigen Teil des Blockhauses, wo ein großes Fenster und die Ostseite mit ihrem morschen Holzverschlag eine Fluchtmöglichkeit boten. Bernhard versteckte sich neben dem Schuppen eines Nachbarhäuschens, Esther behielt die Westseite im Auge. Erik saß im Garten des Häuschens gegenüber, wo er gute Sicht auf Anke und die Haustür hatte.

Das Tageslicht wurde immer grauer, obwohl es erst Nachmittag war. Die Wolken hingen tief, der Wind wurde stärker, ohne Abkühlung zu schaffen. Das Vogelgezwitscher hielt dem Wettereinbruch stand, der Gesang ging unvermindert weiter. Normalerweise waren Anke diese Laute willkommen, doch jetzt fühlte sie sich dadurch gestört. Sie spürte Angst. Das muntere Singen der Vögel kam ihr vor wie Hohn. Schweiß lief ihr die Achselhöhlen hinunter. Die Kleider klebten an ihr.

Nervös trat sie einen Schritt hinter dem Nadelbaum hervor, um etwas sehen zu können. Im gleichen Augenblick erkannte sie eine große Gestalt an dem kleinen Fenster neben der Haustür.

Schon knallte ein Schuss.

Anke fiel mit großer Wucht zu Boden, alles um sie herum war schwarz, sie konnte nichts mehr sehen. Ihr Kopf tat weh, ihr Brustkorb schmerzte, sie bekam keine Luft mehr. Sie war getroffen, ging es ihr durch den Kopf. Wie sollte sie jetzt für ihr Kind da sein? Sie hörte Krachen und Donnern von allen Seiten. Krieg war ausgebrochen! Verzweifelt versuchte sie sich die Ohren zuzuhalten, aber sie konnte ihre Arme nicht rühren. Sie war gelähmt, konnte sich keinen Millimeter vom Fleck bewegen, dabei musste sie sich doch in Sicherheit bringen.

Dann wurde es wieder hell, ihre Augen nahmen eine Bewegung wahr. Jetzt erst merkte sie, dass Erik auf ihr gelegen, sie mit seinem Gewicht nach unten gedrückt hatte. Bei dem Sturz war sie mit dem Kopf auf einen Stein aufgeschlagen.

Auf allen Vieren rappelte sich Anke hoch. Als es wieder krachte, erkannte sie, dass es donnerte. Ein Gewitter war ausgebrochen – kein Krieg! Erleichtert ließ sie sich in die Hecke sinken.

»Stell dich nächstes Mal nicht direkt in die Schusslinie!«, murrte Erik.

Esther und Bernhard tauchten aus ihren Verstecken auf.

»Das war knapp«, keuchte Bernhard.

SEK-Beamte stürmten systematisch das kleine Haus, das unter den vielen schwarz gekleideten Männern zu schrumpfen schien. Jede Bewegung wirkte einstudiert. Gleichzeitig drangen sie durch die Haustür, das große Rückfenster und den Geräteschuppen ein.

Die Kriminalbeamten folgten den Männern. Neben dem Geräteschuppen sahen sie einen Holzlagerplatz mit Grillstelle. Der Schwenker war verrostet, als würde er das ganze Jahr über draußen stehen. Ein kleiner Aufgang führte zur Veranda. Ein SEK-Beamter trat durch die Glastür hinaus.

Regentropfen begannen auf das Blechdach der Terrasse zu tropfen. Rasend schnell wurde aus dem Plätschern ein Trommeln. Die Worte des SEK-Beamten konnte Anke nicht verstehen.

Andere traten aus dem hölzernen Anbau, durch die Haustür und die Verandatür nach draußen.

Die Augen auf die schwarz gekleideten Männer gerichtet, nahm Anke an der Ostseite eine Bewegung war. Gleichzeitig heulte ein Motorengeräusch auf.

»Ein Motorrad?«, staunte Bernhard und sah, wie ein Mann auf einer Maschine durch den baufälligen Holzverschlag schoss und einen schmalen Waldweg einschlug, den keiner von ihnen wahrgenommen hatte.

Sie schauten sich an. Alle dachten das Gleiche: Egon Kreuwisch war ihnen entwischt!

Forseti eilte herbei. Sein Gesichtsausdruck verriet Zorn. »Wie konnte das passieren? Ich dachte, Sie haben das Haus abgesichert.«

»Das haben wir. Es war niemand drin«, erklärte der Leiter des Sondereinsatzkommandos ratlos.

»Er war drin«, plärrte Forseti. »Sie haben ihn nur nicht gesehen.«

»Wir werden den Einsatz nachstellen«, teilte der Einsatzleiter mit. »Das ist das übliche Procedere. Dann werden wir die Schwachstelle herausfinden. Mehr können wir nicht tun.« Er verabschiedete sich, bevor Forseti etwas entgegnen konnte.

Der Verwalter des Campingplatzes eilte auf Forseti zu und erklärte: »Er ist über den Erlengrund gefahren. Dieser Weg ist die meiste Zeit unbegehbar, geschweige denn zu befahren, weil er durch die Regenfälle sumpfig wird.«

»Gibt es eine Möglichkeit, ihm den Weg abzuschneiden?«

»Ja! Sie fahren die Litermontstraße hinunter, dann kommen Sie von der anderen Seite genau an der Stelle heraus, wo er den Wald verlassen muss.«

Sie sprangen in ihre Fahrzeuge und folgten dem beschriebenen Weg.

Die Litermontstraße führte in Serpentinen ins Tal – fast so schön wie eine Fahrt durch die Berge. Nie hätte Anke gedacht, dass das Saarland solche Naturereignisse zu bieten hatte. Als sie auf ihrer Beifahrerseite aus dem Fenster schaute, reichte ihr Blick über ein idyllisches Häusermeer, umgeben von Wäldern und Wiesen: das Dorf Düppenweiler.

Am Erlengrund angekommen, postierten sich sämtliche Autos quer über den Fahrweg, um Kreuwisch abzupassen. Der Regen wurde heftiger, Blitze und Donner folgten in immer kürzeren Abständen. Trotzdem ordnete Forseti einem Polizisten mit Geländewagen an, ihn den Waldweg entlang zu chauffieren, in der Hoffnung, dass Kreuwisch gestürzt und im Wald aufzufinden war. Anke begleitete ihn. Den Anfang des Waldweges schlitterte der Jeep erfolgreich voran. Doch dann wurde der Weg so schmal, dass er nur noch einem Trampelpfad glich. Der Wagen quälte sich ein kurzes Stück weiter, bis die Bäume zu dicht standen.

»Ich muss passen«, gestand der Fahrer. »Hier bleibt sogar ein Allrad stecken.«

Forseti nickte verdrossen; diese Verfolgungsjagd hatten sie verloren.

Sie kehrten zurück zur Bauernstube, wo im rückwärtigen Teil des Lokals

Frau Kreuwisch zusammengekauert auf der Ledercouch saß. Eine junge Polizeibeamtin leistete ihr Gesellschaft.

»›Margrets Bauernstube‹«, sprach Erik laut. »Margret muss in dieser Gegend ein bedeutungsvoller Name sein. Heißt die Namensgeberin des Litermont-Kreuzes nicht auch Margret von Lidermont?«

Die Wirtin trat lachend auf Erik zu und erklärte: »Sie haben eine gute Beobachtungsgabe. Es stimmt, die Mutter von Ritter Maldix heißt Margaretha von Lidermont. Nach ihr bin ich getauft worden.«

»Wir müssen den Campingplatz beobachten lassen«, überging Forseti das Geplänkel. »Hier ist sein Zufluchtsort. Er könnte zurückkommen.«

»Ich habe das Gefühl, wir verschwenden viel zu viel Zeit für Egon Kreuwischs Festnahme. Dabei sind wir nicht sicher, dass er der Mörder von Roswitha Loew ist«, fing Bernhard wieder an, den ganzen Einsatz in Zweifel zu ziehen.

»Halten Sie die Klappe!«, wurde Forseti böse.

»Ich habe den Bericht gelesen, den Anke über die Befragung von Kreuwisch verfasst hat, bevor er geflohen ist«, ließ Bernhard sich nicht beeindrucken. »Darin finde ich keinen Hinweis darauf.«

»Sie sollten eine Ausbildung zum Fallanalytiker machen. Dann können Sie uns über jeden mühsam ermittelten Verdächtigen sagen, ob unsere Arbeit sinnvoll war oder nicht.«

»Entschuldigung.«

Theo betrat die Bauernstube. Wie ein begossener Pudel schüttelte er das Regenwasser aus seinen Haaren. Den nassen Mantel hängte er über einen Stuhl, bevor er sich neben Forseti an den Tisch setzte. Er wollte gerade zu einer Erklärung ansetzen, als sein Blick auf Anke fiel: »Meine Güte, wie siehst du denn aus?«

Erschrocken fuhr sich Anke mit der Hand über das Gesicht und das linke Auge. Erst jetzt spürte sie einen leichten Druckschmerz.

»Ich bin auf einen Stein gefallen«, erklärte sie. »Habe wohl einen Volltreffer gelandet.«

»So kann man das auch nennen.« Nun endlich kam Theo zum Thema: »Wir suchen die Umgebung des Ferienhauses ab, können aber nirgends eine Hülse, geschweige denn ein Projektil finden!«

»Das bedeutet?«

»Wenn er einen Revolver benutzt hat, ist klar, warum wir keine Hülse finden. Dann müssten wir aber irgendwo in der Erde ein Projektil finden.«

»Oder in einem Baum«, überlegte Anke. »Ich stand vor einer Zypresse und hinter mir befanden sich ein Ahornbaum und eine alte Kiefer – falls das bei der Suche nach dem Projektil hilft.«

»Respekt«, staunte Theo. »Du hast bei meinem Schnellkurs gut zugehört.«

»Suchen Sie weiter«, befahl Forseti.

Theo schüttelte den Kopf: »Das wird die bekannte Suche nach der Nadel im Heuhaufen. Aber wir packen es an.«

Nachdem er die Bauernstube verlassen hatte, richtete sich Forseti an Anke: »Haben Sie Schmerzen?«

Es schmerzte ein wenig, aber sie konnte es gut ertragen. Deshalb schüttelte sie den Kopf, weil sie auf keinen Fall von dem Fall abgezogen werden wollte.

»Vielleicht sollten Sie Ihr Auge kühlen.« Die Wirtin trat an den Tisch und hielt Anke einen eiskalten Beutel entgegen. »Dann geht die Schwellung zurück.«

Dankend nahm Anke den Beutel an und drückte ihn auf die schmerzende Stelle.

Forseti wandte sich an Frau Kreuwisch und fragte: »Wohin ist Ihr Mann geflohen?«

Die Frau starrte ihn nur an.

»Frau Kreuwisch, wenn Sie uns helfen, Ihren Mann zu finden, helfen Sie damit auch Ihrem Mann.«

»Wie das?«

»Indem Sie ihn vor weiteren Fehlern bewahren.«

Die Polizeibeamten konnten ihr ansehen, wie sie mit sich rang, welche Entscheidung für ihren Mann die richtige war.

»Er arbeitet ehrenamtlich im Saar-Touristik-Verein. Dort fährt er manchmal Gäste aus der Reha-Klinik in Orscholz durch das Dreiländereck.«

»Dreiländereck?«, wiederholten Erik und Forseti im Gleichklang.

Anke antwortete: »Für alle Nicht-Saarländer zur Verdeutlichung: Unsere Saarschleife befindet sich im nordwestlichen Teil des Saarlandes, wo unser Saarland an Luxemburg und Frankreich grenzt.«

»Saar-Lor-Lux«, fügte Bernhard an. »Saar für Saarland, Lor für Lothringen alias Lorraine und Lux für Luxemburg.«

»Was hält uns hier?«, fragte Forseti in die Runde.

»Die Speisekarte«, antwortete Erik. »Hier gibt es alles, vom Fischspieß bis zum Château Briand.«

»Klar, Erik!« Bernhard lachte. »Außerdem steht da eine große Auswahl an Weinen drin. Kannst wohl nicht widerstehen.«

Das war für Erik der richtige Anlass, aufzustehen und ohne Kommentar das Lokal zu verlassen. Anke reichte der freundlichen Wirtin den Kühlbeutel zurück und folgte ihm. Vor der Tür klopfte sie Erik auf die Schulter und meinte: »Bernhard hat einfach vergessen, dass du ein Alkoholproblem hast.«

»So klang das aber nicht.«

Kapitel 22

Reges Treiben beherrschte Mettlach, eine kleine Gemeinde, die an das benachbarte Rheinland-Pfalz angrenzte. Personenschiffe legten am Ufer der Saar direkt vor der alten Abtei an, deren großer Bau aus rotem Ziegelstein in der Sonne leuchtete. Eine große Anzahl von Touristen verließ das Schiff, um den Platz für die nächste Gruppe freizumachen. Die Polizeibeamten überquerten die Saar über die Hängebrücke, fuhren kurvenreiche Straßen bergauf, bis sie Orscholz erreichten. Sie passierten ein Hotel-Restaurant, das mit drei gelben Fahnen vor dem Eingang auf sich aufmerksam machte.

»Ich habe immer noch Hunger«, bemerkte Erik.

Es folgte kein Kommentar.

Sie fuhren über die westlichen Ausläufer des Hunsrücks, der mit dem nördlichen Saargau zusammentraf. Die Saar hatte sich ihren Weg an dieser Stelle tief in den Berg hinein gegraben, um nach einer Hundertachtzig-Grad-Wendung fast parallel zurückzufließen. Wie eine Schlange umklammerte der Flusslauf den bewaldeten Bergrücken, als wolle er diesen Teil für sich beanspruchen.

Schnell ereichten sie den fast zweihundert Meter über der Saar befindlichen felsigen Aussichtspunkt im Scheitel der Saarschleife, wo der Felsvorsprung »Cloef« neben einer freien Sicht auch eine kleine Schutzhütte für Besucher bot.

Ein Motorrad stand auf dem großen Parkplatz vor dem Cloef-Atrium, ein modernes Gebäude, das nur aus Holz und Glas zu bestehen schien. Das Zweirad war voller Schlamm und wirkte deplatziert, weil der Parkplatz nur für Reisebusse vorgesehen war. Eine Reisegruppe hatte sich dort versammelt und schimpfte laut.

Zwei Polizeibeamte bemühten sich, die Menschen zu beruhigen.

»Wer ist das?«, fragte Forseti.

»Das sind Kollegen aus Merzig. Ich habe sie darüber informiert, dass wir unsere Verfolgung bis in den Landkreis Merzig-Wadern ausgedehnt haben«, erklärte Anke.

Als sie ausstiegen, erfuhren sie genau das, was sie befürchtet hatten. Egon Kreuwisch besaß einen Zweitschlüssel zu dem Reisebus, mit dem er seine Flucht fortgesetzt hatte. Im Gegenzug überließ er der aufgebrachten

Menschenmenge zusammen mit ihrem Busfahrer seine Honda Transalp 650 Travel, eine Enduro, die für Bergstraßen und Sandpisten bestens geeignet war. Damit hatte er die Beamten Forseti, Bernhard, Anke und Erik am Litermont ausgetrickst. Jetzt war ihm der gleiche Schachzug mit dem Bus gelungen.

Betreten standen sie vor der Maschine.

»Heute ist nicht unser Tag«, erkannte Forseti resigniert. Er zog sein Handy aus der Tasche und sprach mit dem Leiter der Bereitschaftspolizei.

»Die Kollegen sind dran. Der Bus wird per Hubschrauber gesucht, Polizeifahrzeuge stehen an sämtlichen Grenzübergängen. Kreuwisch kann nicht entkommen«, gab er Anke und Erik den Inhalt des Gesprächs wieder. »Wir sind hier fertig.«

»Wenn wir schon mal hier sind, könnten wir uns doch die Saarschleife ansehen«, schlug Anke vor.

»Sie haben noch das Vergnügen der Hausdurchsuchung im Hause Jennewein«, befahl Forseti frostig. »Wenn wir bis morgen früh keine Beweise vorlegen können, wird Samantha Jennewein aus der Untersuchungshaft entlassen.«

»Ich sterbe vor Hunger«, gab Erik zu bedenken.

Zu Ankes Überraschung stimmten Forseti und Bernhard Eriks Vorschlag zu. Ohne zu fragen, steuerte Erik das Hotel-Restaurant »Zur Saarschleife« mit seinen gelben Fahnen an, was sich als gute Wahl erwies. Es war nicht nur das Essen, das überzeugte, sondern auch das gut geschulte Personal und das gepflegte Ambiente.

Hin und wieder warf ein Ober einen prüfenden Blick auf Anke. Es dauerte eine Weile, bis ihr das blaue Auge einfiel. Es schmerzte nicht mehr, weshalb sie es längst vergessen hatte. Nur die Reaktionen der Kellner und der anderen Gäste erinnerten sie daran. Ihr knurrender Magen lenkte sie zum Glück von der peinlichen Situation ab.

Mit Silberglocken über den Tellern wurde das Essen serviert. Die Deckel wurden angehoben. Den Polizeibeamten offenbarte sich ein verlockender Anblick: Jede ausgewählte Speise – von Kabeljau auf Safranfenchel, Rostbraten mit Pfefferschaumsoße und Hirschragout in Spätburgunder bis zu Hochwälder Lammrücken mit Kräutern – ließ ihnen das Wasser im Mund zusammenlaufen. Mit großem Appetit aß jeder seine Mahlzeit auf, nicht ohne sehnsüchtige Blicke auf die Teller der anderen zu werfen. Jedoch als die Rechnung kam, saß Erik allein am Tisch.

Kapitel 23

Es war schon dunkel, als Anke und Erik vor Arthur Jenneweins Tür standen. Anke zog den Durchsuchungsbeschluss aus der Tasche.

»Tun Sie, was Sie tun müssen«, meinte Arthur mit schwacher Stimme. »Was suchen Sie eigentlich?«

»Hinweise, ob Ihre Frau ihren Mörder gekannt hat.«

»Das heißt, wenn Sie jetzt nichts finden, müssen Sie Samantha wieder entlassen«, kombinierte Arthur sofort.

Wortlos begann Anke, sämtliche Schränke im Erdgeschoss zu inspizieren. Es war ihr peinlich, den Besitzer im Nacken zu spüren, während sie in seinen privaten Sachen wühlte. Und das Ergebnis machte es auch nicht besser; sie fand nämlich nichts Verdächtiges.

Sie stieg die Treppe nach oben.

Im gemeinsamen Schlafzimmer der Eheleute traf sie Erik an. Er saß auf dem Boden und las verschiedene Dokumente durch.

»Ich finde nichts, was uns weiterhelfen könnte«, meinte er enttäuscht. »Ich glaube, Forseti sieht Gespenster. Isolde hat sich erhängt.«

»Meinst du, mir gefällt das? Trotzdem habe ich meine Zweifel an der Suizidtheorie, weil die Akten Isolde Jennewein als starke, kämpferische Persönlichkeit ausgeben.«

»Stimmt! Starke Frauen erkennen sich untereinander.« Erik grinste Anke an.

Verblüfft hielt Anke mit ihrer Arbeit inne. Sie erwiderte Eriks Blick. »Wie meinst du das?«

»Du bist auch eine starke, kämpferische Persönlichkeit«, kam prompt die Antwort.

»Toll!«, murrte Anke. »Kämpferisch vielleicht – nur ohne Erfolg.«

Jetzt war es an Erik, verblüfft dreinzuschauen.

»Ich winke dir hier und da mit dem Zaunpfahl – oder sogar mit dem ganzen Scheunentor – wie gern ich mich wieder mal mit dir unterhalten möchte, aber du …«

Erik wand sich unter Ankes Blick. Er druckste herum, bis er herausrückte: »Ich habe es nicht vergessen. Ehrlich! Ich habe manchmal einfach nur viel um die Ohren.«

Wie Anke diese Ausrede hasste.

»Ich gelobe, mich zu bessern!« Erik stand auf und steuerte Samanthas Zimmer an. »Aber jetzt führen wir besser unsere Hausdurchsuchung zu Ende, sonst werden wir nie fertig.«

Anke folgte ihm. Sie fühlte sich innerlich zerrissen. Seit wann war es so schwer, Zugang zu Erik zu finden?

»Bei so viel Reizwäsche könnte man glatt vergessen, nach was man hier sucht«, hörte sie seine Stimme. »Und alles nur vom Feinsten! Passionata, Simone Pérèle, Chantelle oder Christies. Wenig Stoff für viel Geld!«

Sie sah ihn vor Samanthas Kleiderschrank sitzen und grinsend ein Stringhöschen schwenken.

Kapitel 24

Nadine kauerte vor dem Herd in der kleinen Küche ihres Großvaters. Regen prasselte gegen die Fensterscheiben. Als das Gewitter eingesetzt hatte, hatte sie sich beeilen müssen, die Tiere in den Stall zu treiben. Aber das Unwetter war zu plötzlich eingetroffen. Ihre nassen Kleider hingen nun über dem Heizkörper. In Opas Bademantel eingepackt saß sie am Tisch, auf den Opa Jakob Brot und Wurst auftrug. Beim Essen erzählte er wieder eine Geschichte aus dem Krieg. Es faszinierte Nadine, dass der alte Mann sich an so viel erinnern konnte. Sie war gerade mal siebzehn Jahre alt und wusste über ihr Leben so wenig. Erinnerungen hatte sie keine. Also ließ sie sich von Opa Jakobs Erinnerungen berieseln, als wären es ihre eigenen.

Er sprach gerade davon, wie sie während der Besetzung Pachtens im Jahr 1944 im Bunker in Dillingen direkt am Kriegerdenkmal gesessen hatten und unter Beschuss geraten waren. Obwohl kein Schuss die stählerne Wand des Sechsschartenturms durchschlagen hatte, waren viele seiner Soldaten aus dem sicheren Erdloch geflüchtet, was für sie den Tod bedeutet hatte.

Nadine wurde schlagartig schlecht. Sie spürte eine unerklärliche Bedrohung. Ihr Großvater bemerkte die Verfassung seiner Enkelin nicht sofort, sondern erzählte weiter, wie die Soldaten den Bunker nur wegen der unerträglichen Erschütterungen und des quälenden Lärms verlassen hatten, weil sie glaubten, der Bunker müsste über ihnen einstürzen und sie im Erdreich verschütten. Sie hatten größere Angst davor gehabt, lebendig begraben als von den Amerikanern erschossen zu werden.

Plötzlich fiel Nadine vom Stuhl. Ihr war schwarz vor Augen geworden, sie rang nach Luft und zitterte am ganzen Körper. Entsetzt sprang Opa Jakob auf und legte Nadine auf das Sofa, das neben dem Küchentisch stand. In seiner Hilflosigkeit holte er Wasser und wischte ihr das Gesicht ab. Diese kleine Geste half Nadine, zur Besinnung zu kommen.

»Meine Güte, was war denn das?«

»Ich glaube, ich leide am Wetterumschwung«, log Nadine. Auf keinen Fall wollte sie sagen, was wirklich in ihr vorgegangen war. Viel zu gerne hörte sie ihrem Opa zu. Deshalb wollte sie ihm nicht das Gefühl geben, dass seine Erzählung der Auslöser für ihren Schwächeanfall war.

Sie setzte sich wieder an den Tisch. Eine Weile starrte sie auf ihr Brot, fühlte sich benommen. Opa Jakob schaute sie fragend an. Nadine bemühte sich, ihn anzulächeln, ihm die Sorge zu nehmen, dabei war sie selbst in großer Sorge, was hier mit ihr geschah.

Opa Jakob beobachtete, wie sie nach ihrem Brot griff, was ihn erleichtert aufatmen ließ. Mit einem Schmunzeln erzählte er Nadine von seiner Frau und wie sie gelegentlich in Ohnmacht gefallen war. »Man könnte meinen, das hättest du von ihr geerbt«, zwinkerte er seiner Stiefenkelin zu.

Nach dem Essen waren Nadines Kleider trocken. Sie zog sich an, verabschiedete sich und machte sich in der Abenddämmerung auf den Heimweg. Das Gewitter war vorbei, der Regen hatte aufgehört. Sie spazierte mit ihren wetterfesten Schuhen durch tropfnasses Gras über die Felder.

Ständig kreisten ihre Gedanken um ihre heftige Reaktion auf Opas Erzählung. Bestimmt hatte es etwas mit ihrer Vergangenheit zu tun, mit einer Zeit, die ihr wie ein großes Rätsel vorkam. Je deutlicher ihr bewusst wurde, dass sie über ihr früheres Leben fast nichts mehr wusste, desto schmerzhafter empfand sie diese Erkenntnis. Vielleicht hatte die Polizistin recht, als sie ihr sagte, sie sei vor elf Jahren entführt worden. Aber so etwas vergaß man doch nicht. So ein Erlebnis brannte sich ins Gedächtnis. Wieso nicht auch bei ihr?

Sie musste sich Gewissheit verschaffen, was damals geschehen war. Wenn diese Gedächtnisstörung nichts weiter als ein ausgeklügeltes Manöver ihres Unterbewusstseins war, das zu verschleiern, was eine zu schreckliche Erinnerung für sie wäre, so würde sie alle Mittel einsetzen, um dahinterzukommen.

Siedend heiß fiel Nadine das letzte Telefonat ihrer Mutter ein. Dort waren Dinge über sie gesagt worden, geheimnisvolle Dinge. Sogar Samantha hatte von dem Gespräch Wind bekommen. Nadine hatte hinterher von ihrem Zimmer aus Samantha und ihre Mutter auf der Terrasse streiten hören. War es möglich, dass dieser Anruf die kriminelle Wahrheit über Samantha ans Tageslicht gebracht hatte? Das wäre eine Erklärung dafür, warum sie ihre Mutter noch in der gleichen Nacht getötet hatte. Hoffentlich musste Samantha im Gefängnis schmoren – bis an ihr Lebensende!

Von weitem sah sie ihr Zuhause. Samanthas Zimmerfenster war hell erleuchtet. Bedeutete das, dass sie entlassen worden war? Verunsichert verlangsamte Nadine ihre Schritte. Schatten huschten an dem erleuchteten Viereck vorbei. Ein großer und ein kleiner. Das konnte nur Samantha sein

– mit Tobias, der ihr hinterherlief wie ein Hund. Am liebsten wäre sie fortgelaufen, weit weg. Doch wie sollte es dann weitergehen? Wo sollte sie hingehen? Bei ihrem Opa konnte sie nicht leben, seine Wohnung war zu klein und er zu alt. Also blieb ihr nichts anderes übrig, als nach Hause zu gehen.

Kapitel 25

Ein Geräusch ließ Anke und Erik aufhorchen.

Nadine stand in der Tür.

Anke ging ihr entgegen, doch Nadine wich zurück. Im Flur standen sie sich gegenüber wie zwei Raubtiere auf der Lauer. Nadines Verhalten verletzte Anke. Sie wollte Vertrauen schaffen, erreichte aber genau das Gegenteil.

»Bist du schon lange hier?«, fragte sie.

Nadine steuerte ihr Zimmer an, Anke folgte ihr. Im Türrahmen blieb sie stehen, weil sie befürchtete, dass Nadine sich in die Enge getrieben fühlen könnte.

Nadine schaute direkt in Ankes Gesicht. »Was ist denn mit Ihnen passiert?«

Anke fuhr sich über das linke Auge, das inzwischen angeschwollen und dunkelblau verfärbt war. Der Schmerz war gering, auch wenn es schlimm aussah.

»Ich habe mich bei unserem Einsatz verletzt.«

»Wo war das?«

»Auf dem Litermont.«

Nadine stutzte und schaute Anke mit großen Augen an. »Geht es um die Leiche, die Sie am Litermont-Kreuz gefunden haben?«

»Woher weißt du davon?«

»Ich wollte zum Kreuz gehen, als mich ein Polizist daran gehindert hat«, erklärte Nadine. »Wer ist dort oben gestorben?«

»Eine Frau«, entgegnete Anke so knapp wie möglich.

»Wer ist die Frau?«, fragte Nadine weiter.

Als Erik die Frage hörte, zog er Anke hinaus auf den Flur. Im Flüsterton schlug er vor: »Vielleicht hat Nadine die Tote gekannt und kann uns weiterhelfen. Was hältst du von der Möglichkeit?«

Anke überlegte eine Weile.

Nadine hatte jedes Wort verstanden. Erwartungsvoll drückte sie sich im Türrahmen, bis Anke endlich zustimmte und sich ihr wieder zuwandte.

»Die Tote heißt Roswitha Loew. Kennst du sie?«

Nadine zuckte zusammen. Lange – zu lange – zögerte sie, bis sie den Kopf schüttelte.

»Deine Reaktion sagt mir aber etwas anderes«, drängte Anke.

Wieder nur ein Kopfschütteln, dieses Mal energischer.

»Ich dachte, hier kennt jeder jeden«, mischte sich Erik in das Gespräch ein.

Nadine schaute Erik nur mit großen Augen an, sagte aber nichts.

»Na toll!«, murrte Erik. »Die einzige im Saarland, auf die diese Weisheit nicht zutrifft, steht gerade vor uns.«

»Was soll das?«, schimpfte Anke. »Willst du sie ganz gegen uns aufbringen?«

»Nein, das will ich nicht. Aber für uns gibt es hier nichts mehr zu tun.« Erik trat die Stufen hinunter.

Anke folgte ihm.

Hinter sich hörten sie Nadine laut protestieren: »Sie dürfen nicht zulassen, dass Samantha entlassen wird. Sie hat es getan, ich weiß es.«

Anke drehte sich um und schaute in ein verängstigtes Gesicht. Nadines Anblick schnürte ihr das Herz zu, weil sie spürte, dass sie ihr nicht helfen konnte. Ihr waren die Hände gebunden. Verzweifelt überlegte sie eine Weile, bis ihr ein Einfall kam.

»Hier ist nichts, was deine Behauptung beweist. Kennst du ein anderes Versteck, wo Samantha ihre geheimsten Unterlagen hingebracht haben könnte?«

Nadine überlegte eine Weile. Plötzlich leuchteten ihre Augen auf: »Natürlich! Mit Sicherheit hat sie bei Tobias ihren Geheimkram versteckt.«

»Tobias Warken?«, fragten Anke und Erik wie aus einem Mund.

»Genau der. Er hängt an ihr wie eine Klette. Der würde so was machen.«

Erik nickte und meinte: »Das hört sich gut an. Nur können wir heute nicht in seine Wohnung marschieren und uns dort umsehen. Wir brauchen dafür einen Durchsuchungsbeschluss.«

»Das dauert zu lange«, warf Anke ein. »In der Zwischenzeit ist Samantha wieder entlassen.«

»Oh nein! Sie dürfen sie nicht freilassen!«, schrie Nadine entsetzt. »Was glauben Sie, warum ich Ihnen bei der Suche helfe?«

»Wir müssen den Amtsweg einhalten«, erklärte Erik.

»Mein Leben ist euch egal«, schimpfte Nadine unter Tränen.

»Nein«, ging Anke auf die verstörte junge Frau zu.

Wieder wich Nadine aus. Mit beiden Händen wehrte sie Anke ab, als müsse sie sich gegen eine Hydra wehren. Anke spürte die tiefe Verzweiflung dieser jungen Frau. Sie verschanzte sich hinter einer meterdicken Mauer, die zu durchdringen Anke nicht gelang. Hatte das Ereignis vor elf Jahren diese verletzte Seele hervorgebracht? Die Frage beschäftigte Anke, seit sie von Forseti den Auftrag bekommen hatte, sich mit Nadine über die Entführung zu unterhalten. Ob sie mehr erreichte, wenn sie versuchte, etwas über die gegenwärtigen Schwierigkeiten der Familie zu erfahren? Nadines Angst vor Samantha war offensichtlich. Anke hatte selbst den Eindruck, dass Samantha ein Biest war. Aber war sie wirklich so gefährlich?

»Warum liegt dir so viel daran, Samantha im Gefängnis zu sehen?«

Nadine wich Ankes Blick aus. Sie schaute über die geöffneten Schubladen zu Samanthas Bett, bis sie sagte: »Ich habe Angst, dass sie mich auch tötet!«

»Wir wissen noch nicht einmal, ob sie deine Mutter getötet hat. Wir suchen fieberhaft nach einem Beweis, haben ihn aber noch nicht gefunden. Bis jetzt sieht alles so aus, als sei nichts an deiner Behauptung dran.«

»Dann schauen Sie doch in Tobias' Wohnung nach! Ich wette mit Ihnen, dass Sie dort alles finden, was Sie brauchen.«

»Du weißt, warum wir das nicht einfach tun dürfen.«

»Und wenn ich mit Ihnen gehe?«, schlug Nadine geistesgegenwärtig vor. »Mir wird er den Gefallen tun und Ihnen alles zeigen. Brauchen Sie dann auch eine besondere Genehmigung?«

Anke und Erik staunten über den raffinierten Einfall.

»Ich bin mir nicht sicher, ob das zulässig ist«, gab Erik zu.

»Wenn er freiwillig mitmacht, bereit ist, das auch zu Protokoll zu geben …«, überlegte Anke.

Kurz entschlossen verließen sie das Haus.

Sie fuhren über die Augrät in die Düppenweiler Straße, die in die Hauptstraße mündete, die bis zu Tobias Warkens Wohnung führte.

Nadine war ganz stolz auf ihren Einfall. Sie genoss es, der Polizei bei der Beweissuche zu helfen. Sie saß im Fond des Wagens und schaute aus dem Fenster, hielt nach Lichtern Ausschau, erleuchteten Fenstern, Autoscheinwerfern, Straßenlampen, nach allem, was hell leuchtete, um nicht von ihrer Panik erfasst zu werden.

Vom Parkplatz des Hubertusplatzes aus sahen sie, dass in Tobias Warkens Wohnung Licht brannte. Als sie im obersten Stockwerk ankamen, stand Tobias in der Tür und erwartete sie. Seine erste Reaktion war die an Anke gerichtete Frage: »Meine Güte, was ist denn mit Ihnen passiert?«

Nadine kam hinter Erik hervor. Nun erst bemerkte Tobias ihre Anwesenheit. Sofort veränderte sich sein Gesichtsausdruck. Seine Gesichtszüge wurden weich, seine Augen ganz träumerisch.

»Nadine? Du hier bei mir?« Die Polizeibeamten schien er ganz vergessen zu haben.

»Die Polizei sucht Beweise, dass Samantha die Mörderin meiner Mutter ist«, erklärte Nadine schroff. »Hat Samantha dich dazu benutzt, geheimes Material zu verstecken?«

Ungläubig schaute Tobias Nadine eine Weile an, bis er endlich reagierte. »Ich sollte etwas für Samantha aufbewahren. Ich weiß nicht, ob es richtig ist, Samanthas Vertrauen einfach zu missbrauchen, indem ich die Unterlagen herausgebe.«

Anke spürte, wie sie innerlich ganz kribbelig vor Aufregung wurde. Sollte sich tatsächlich in dieser Wohnung der entscheidende Beweis befinden, der Samantha überführte?

»Dazu können wir Sie nicht zwingen«, erklärte Erik. »Aber wir können morgen mit einem Durchsuchungsbeschluss zurückkommen.«

»Das heißt, Sie haben keine Befugnis, mit dieser Bitte hier hereinzuschneien?«

»Ich habe die beiden gebeten, mich zu begleiten«, mischte sich Nadine in die Unterhaltung ein. »Ich habe meine Mutter verloren. Das ist schrecklich!«

»Das kann ich mir vorstellen«, gab Tobias zu.

»Nein, kannst du nicht«, widersprach Nadine heftig. »Dir ist es scheißegal, was mit meiner Mutter passiert ist – Hauptsache, du bekommst von Samantha, was du brauchst!«

»Warum sagst du so etwas?« Tobias wollte einen Schritt auf Nadine zugehen, doch Nadine wich ihm erschrocken aus.

»Weil du Dinge bei dir aufbewahrst, die mit meiner Mutter zu tun haben. Dir kann es doch nur recht sein, dass meine Mutter nicht mehr da ist – weil Samantha es so wollte.«

Anke und Erik beobachteten die beiden. Nadines Taktik war geschickt, denn Tobias zerging wie Butter in ihrer Nähe. Er schaute flehentlich zu Nadine, die hartnäckig Abstand hielt.

Es dauerte eine Weile, bis Tobias nachgab: »Na gut! Kommen Sie rein! Ich gebe Ihnen das Kuvert, das Samantha bei mir deponiert hat.«

TEIL IV
1993

Kapitel 26

Es war ein trüber Samstagmorgen mit Dauerregen. Die Temperaturen sanken. Kullmanns Sorge um das verschwundene Mädchen wuchs. Frustriert verließ er das Haus. Auf dem Weg zur Arbeit hielt er an einem Kiosk und kaufte die Lokalzeitung. Das erste, was er sah, war ein großes Foto von Nadine Kruchten. Die Überzahl der Artikel auf der ersten Seite handelte von dem Verschwinden des sechsjährigen Mädchens. Erstaunt kaufte Kullmann noch weitere Zeitungen. Überall wurde über Nadine berichtet. Solche Ausmaße hatte er nicht erwartet.

Mit dem Bündel unter dem Arm betrat er sein Büro und machte sich daran, die Artikel zu lesen. Nadines Verschwinden wurde mit früheren Vermisstenfällen verglichen. In der Überzahl Mädchen, viele davon tot und misshandelt wieder aufgefunden. Die Aussichten stimmten ihn keineswegs optimistisch. Sollte das zerbrechliche sechsjährige Mädchen Opfer eines Sadisten geworden sein? Der Gedanke war grausig; lieber hoffte er darauf, dass das Mädchen sich irgendwo versteckt hielt. Als er die Zeitungen beiseite schob, besah er sich den Berg von Notizen auf seinem Schreibtisch. Eine Nachricht stach hervor: Arthur Jennewein fragte nach dem Stand ihrer Ermittlungen. Einerseits freute er sich über die Anteilnahme des Stiefvaters, andererseits erstaunte es ihn, dass er nach dem Kind fragte, nicht die Mutter. Viel Zeit zum Nachdenken blieb ihm nicht, da stand schon sein Mitarbeiter Hübner im Zimmer.

»Tobias Warken muss jeden Augenblick hier eintreffen.«

»Sehr gut! Jetzt kann ich nur hoffen, dass wir auf dem richtigen Weg sind. Dieser Fall kostet mich nämlich Nerven. Die Ungewissheit ist schrecklicher als die Gewissheit in einem Mordfall. Da können wir nämlich nur noch hinterher räumen. Jetzt besteht ein Wettlauf gegen die Zeit.«

Hübner nickte und fügte an: »Seit unserer Zeitungsaktion laufen die

Telefone heiß. Jetzt versuchen wir, die Spinner von den glaubwürdigen Zeugen zu unterscheiden. Leider bin ich darin nicht geübt.«

»Dafür habe ich ein Team zusammenstellen lassen«, verkündete Kullmann.

Es klopfte an der Tür.

Tobias Warken trat ein.

Kullmann schaute in ein verunsichertes Gesicht. Diesen jungen Mann beschäftigte etwas. Was das war, würde er nun herausfinden.

Mit dieser Zuversicht ging er auf Tobias Warken zu. Er wollte ihn gerade auffordern, sich zu setzen, als der Vater auftauchte.

»Haben Sie geglaubt, ich lasse meinen Sohn allein in die Höhle des Löwen? Sie haben keine Ahnung, wie man von Nalbach bis Saarbrücken kommen soll, wenn man noch keinen Führerschein hat. Der Junge hätte schon um fünf in der Frühe aufbrechen müssen, wenn er rechtzeitig hier hätte ankommen wollen.«

Das war ein Argument, gegen das Kullmann nichts einwenden konnte. Nun blieb ihm nichts anderes übrig, als das Beste aus dieser Befragung zu machen.

»Seit wann bist du mit Samantha Jennewein befreundet?«, begann er.

»Seit sie in der Sekundarschule in Nalbach ist.«

»Das ist eine lange Zeit – fünf Jahre?«, staunte Kullmann.

Tobias nickte.

»Liebst du Samantha?«

»Was soll diese dämliche Frage?«, schaltete sich der Vater des Jungen ein.

»Ich stelle hier die Fragen! Ist das klar?«

Sofort schwieg der Alte.

Tobias antwortete zögerlich: »Ich glaube ja.«

»Würdest du alles für Samantha tun?«

Nun herrschte Schweigen. Tobias blickte immer wieder verunsichert in Richtung seines Vaters. Seine Anwesenheit war ihm peinlich. In seiner Hilflosigkeit sagte er nichts mehr, was Kullmann die Gewissheit gab, dass seine Antwort Ja lautete.

»Wie gut verstehen sich Samantha und ihre Stiefschwester Nadine?«

»Sie verstehen sich überhaupt nicht. Samantha hasst Nadine.«

»Und deshalb hasst du sie auch?«

»Nein!«, empörte sich Tobias.

Erstaunt lehnte Kullmann sich in seinem Stuhl zurück. Die Heftigkeit des Protestes überraschte ihn.

Wieder herrschte Stille. Die Situation war schwierig; die Notwendigkeit, die Wahrheit zu erfahren, dringlich. Der Vater des Jungen zerstörte ihm die Hoffnung auf ein informatives Gespräch. Aber leider hatte der Vater das Recht, dabeizubleiben. Der Junge war noch nicht volljährig. Das Gesetz schrieb sogar vor, dass ein Erziehungsberechtigter bei der Vernehmung anwesend sein musste. Eine Vorschrift, die umgangen werden konnte, sollte der Erziehungsberechtigte damit einverstanden sein, dass der Minderjährige allein vernommen wurde. Aber hier war für Kullmann klar, dass der Vater ihm diesen Wunsch nicht erfüllen würde. Die Angst, nichts zu erreichen, wuchs. Seine Sorge um das sechsjährige Kind war so groß, dass er zu allem bereit war. Also beschloss er, den Jungen zu überraschen, in der Hoffnung, dass er sich verplapperte, bevor sein Vater eingreifen konnte. »Nadine wurde am Tag ihres Verschwindens beschuldigt, ihre Klassenkameraden bestohlen zu haben. Das ist vermutlich der Auslöser für ihr Verschwinden. Was hast du mit dieser Geschichte zu tun?«

Tobias wurde kreideweiß. Wie Kullmann erwartet hatte, schrie er: »Das können Sie mir nicht anhängen! Was ich gemacht habe, hat nichts mit Nadines Verschwinden zu tun!«

»Was hast du denn gemacht?«

»Samantha wollte doch nur …«

Schon schaltete sich der Vater ein. Hastig sprang er vom Stuhl auf, hielt seinem Sohn einfach den Mund zu mit den Worten: »Es reicht jetzt! Merkst du nicht, dass die Polizei dich reinlegen will? Wenn du dich weiter verplapperst, landest du im Jugendgefängnis, weil sie dir die Schuld am Verschwinden des Mädchens geben.«

Damit war die Befragung beendet. Der Vater schob seinen Sohn einfach aus dem Zimmer hinaus, ohne auf dessen Prostest zu achten. Als die Tür hinter ihnen ins Schloss fiel, meinte Hübner: »Der Junge hat etwas zu verbergen, das wissen wir jetzt. Aber was?«

»Wir müssen ihn ohne seinen Vater erwischen«, überlegte Kullmann. »Das muss wie eine zufällige Begegnung aussehen, sonst können wir seine Aussage nicht verwenden.«

»Wenn wir wieder in Nalbach sind, werde ich mich einfach in der Nähe der Schule aufhalten. Wer weiß, vielleicht taucht er ja auf«, beschloss Hübner.

»Gestern war der letzte Schultag vor den Ferien«, gab Kullmann zu bedenken.

»Das ist doch genau die richtige Zeit für einen Hausmeister, alles wieder in Ordnung zu bringen.«

»Stimmt! So weit habe ich nicht gedacht. Aber bevor wir hier herumsitzen und Pläne für zukünftige Aufgaben schmieden, kannst du dich in der Telefonzentrale nützlich machen.«

Anton Grewe kam mit müdem Gesichtsausdruck genau in dem Moment durch die Tür herein, als Hübner hinausstürmte.

»Meine Güte, so viel Energie«, stöhnte er. »Könnte ich davon auch etwas bekommen?«

»Wie war die Nacht bei Familie Jennewein?«

»Es ist absolut nichts geschehen. Nur Samantha, die Tochter, hat sich bemüht, mich aus der Reserve zu locken. Da hat sie sich die Zähne ausgebissen.«

»Das bedeutet, dass wir keinen Schritt weitergekommen sind«, knurrte Kullmann.

Nachdem Kullmann die Zeitungsartikel gelesen hatte, machte er sich auf den Weg nach Nalbach. Er beschloss, mit dem Direktor der Grundschule zu sprechen. Da heute der erste Ferientag war, vermutete er ihn zu Hause.

Der Direktor wohnte im Herzen Nalbachs – am Hubertusplatz. Sein Haus war eine Villa im Jugendstil mit verspielten Schmuckelementen an der Fassade, in einem auffallenden Grün mit rostroten Umrandungen und Efeubewuchs. Obwohl es direkt an der Straße lag, wirkte es durch die Bäume, die es säumten, gut versteckt. Fast wäre Kullmann daran vorbeigegangen, hätte er sein Auto nicht zufällig direkt davor abgestellt.

Nach seinem Klingeln öffnete ihm innerhalb kurzer Zeit der dicke, schwitzende Direktor. Obwohl es nicht warm war, hielt er schon ein Taschentuch in der Hand, mit dem er sich pausenlos über die Stirn wischte.

»Was wollen Sie denn noch?«, fragte er unhöflich.

»Ich will ein sechsjähriges Mädchen finden, weil ich hoffe, dass es noch lebt«, antwortete Kullmann genauso unfreundlich.

Daraufhin bat der Direktor Kullmann hinein.

Sie betraten ein großes Wohnzimmer. Kullmann schaute sich um. Die Wandverkleidung bestand aus Eichenholz, die Decken waren hoch und hell. Der Raum strahlte gemütliche Atmosphäre aus. Sofa und Sessel waren wuchtig und mit gelbgoldenen Stoffen überzogen. Glasvitrinen zeigten schönstes Porzellan. Ein teurer Perserteppich vermittelte den Eindruck von Reichtum.

»Gestern wurde ein Bericht über Nadine Kruchtens Verschwinden in der Tagesschau gesendet«, kam Kullmann unvermittelt auf den Grund seines Besuches zu sprechen. »Wie kamen Sie dazu, ein Foto von dem Mädchen herauszugeben, ohne vorher die Mutter zu fragen?«

Überrascht schaute der Direktor Kullmann an und antwortete in einem heftigen Tonfall: »Ich habe das Foto erst herausgegeben, nachdem Frau Jennewein sich damit einverstanden erklärt hat. Ohne ihre Zustimmung hätte ich das auf keinen Fall getan.«

Nun war es an Kullmann, zu staunen. Isolde hatte etwas anderes gesagt. Spielte sie in dieser schwierigen Situation Spielchen mit ihm?

»Isolde Jennewein wusste also, dass ein Bericht über ihre Tochter in der Tagesschau ausgestrahlt würde?«

»Genau das«, bestätigte der Direktor. »Ich rief bei ihr zu Hause an, weil ich sie um Erlaubnis bitten musste. Sie fragte nicht einmal, wofür das Foto benötigt wurde. Ohne Zögern gab sie ihre Zustimmung.«

Kullmann war fassungslos. Was ging in dieser Frau vor?

Sofort machte er sich auf den Weg zum Haus der Familie Jennewein. Der Himmel war inzwischen blau, die Sonne schien, die Temperaturen stiegen an.

Andrea Westrich stand vor der Tür und rauchte. Als Kullmann aus dem Auto stieg, bemerkte er, dass sich die Gardinen hinter dem Fenster des Nachbarhauses bewegten. Ein Gesicht verschwand zu schnell, um es noch erkennen zu können.

Andrea Westrich schaute ihm erwartungsvoll entgegen, doch Kullmann entschied sich kurzerhand anders. Er ging auf das Nachbarhaus zu und klingelte. Niemand öffnete. Er versuchte es ein zweites Mal, wieder vergebens. Er gab auf und trat auf die Kollegin Westrich zu, die ihn beobachtet hatte. Sie wirkte entmutigt, ihre Gesichtszüge erschöpft. Ihre dunklen Haare klebten am Kopf.

»Was ist passiert?«

»Ich fühle mich hier überflüssig«, erklärte die junge Frau. »Die Mutter des verschwundenen Kindes behandelt mich, als sei ich Luft. Der Ehemann hängt wie eine Klette an ihr, was ihr so gut zu gefallen scheint, dass sie darüber alles andere vergisst.«

»Nicht den Mut verlieren«, bremste Kullmann sofort ihre Rede. »Sie haben eine gute Ausbildung, also setzen Sie Ihre Kenntnisse ein.«

»Wie denn?«, murrte sie. »Ich glaube, ich bin nützlicher, wenn ich mit dem Suchtrupp losziehe und nach Nadine suche.«

»Nein.«

»Oder ich sollte mit den Nachbarn sprechen. Ich würde alles tun, Hauptsache, ich komme hier raus.«

Aber Kullmann blieb beharrlich: »Es wäre ein Fehler, Sie andere Aufgaben übernehmen zu lassen. Sie wissen, wie genau unsere Arbeit überprüft wird, besonders in einem Fall, der in den Medien so viel Aufmerksamkeit erregt. Deshalb bitte ich Sie, halten Sie durch.«

»Heißt das, ich darf dieses Haus nicht verlassen?«

Auf Kullmanns Nicken hin wirkte sie so enttäuscht, dass Kullmann schon befürchtete, die Betreuerin benötige einen Betreuer. Aber zum Glück hatte Andrea Westrich sich schnell wieder gefangen. Sie ging vor Kullmann ins Wohnzimmer und kündigte seinen Besuch an. Von weitem hörte Kullmann, dass der Fernseher lief.

Das Bild, das sich Kullmann bot, war genau so, wie Andrea Westrich es beschrieben hatte: Arthur und Isolde Jennewein saßen eng umschlungen auf dem Sofa. Er rieb ihr über die Schulter, streichelte ihr Haar und redete sanft mit ihr. Die Innigkeit der beiden war in der Tat rührend, stand jedoch in einem harten Kontrast zu dem Wortwechsel, den er erst vor zwei Tagen belauscht hatte.

Sein Blick wanderte zum Fernseher. Er erkannte auf dem Bildschirm das Haus der Familie Jennewein. Der Nachrichtensprecher redete von einer tumultartigen Menschensuche, die immer größere Ausmaße annehme. Die Umgebung des Hauses, der Schule und des gesamten Litermonts wurde akribisch nach dem verschwundenen Kind abgesucht. In weiteren Bildern wurden Suchtrupps gezeigt, die mit Stöcken bewaffnet in Reih und Glied durch die Gegend stapften, Hundestaffeln waren im Einsatz. Viele Bewohner des Dorfes hatten sich in Gruppen organisiert und halfen, indem sie Fotos von dem vermissten Mädchen verteilten.

Die Telefonanlage stand nach wie vor startbereit zum Zurückverfolgen eines Anrufs hinter dem großen Sofa. Nimmsgern saß dort, mit einem Brot in der Hand und einer Tasse Kaffee auf dem Tisch.

»Guten Morgen«, grüßte er mit vollem Mund.

Kullmann nickte nur. Nimmsgerns Anblick erinnerte ihn an Grewes Schilderung. Er hatte Grewe für einen Spinner gehalten. Inzwischen war er eines Besseres belehrt worden.

»Gibt es Neuigkeiten?«, fragte Arthur Jennewein.

Er stand vom Sofa auf und begrüßte Kullmann mit Handschlag.

»Leider nein. Seit die Artikel in den Zeitungen stehen, erhalten wir zahlreiche Anrufe. Ein dafür berufenes Team ist damit beschäftigt, die nützlichen Hinweise herauszufiltern. Das nimmt Zeit in Anspruch.«

»Nadine ist nicht widerstandsfähig. Sie wird schon seit drei Tagen vermisst. Lange hält sie nicht mehr durch.« Arthurs Stimme klang verzweifelt.

»Wir tun unser Bestes«, gab Kullmann zurück. »Leider können wir keine Wunder vollbringen.«

Er schaute zu Isolde, die teilnahmslos auf dem Sofa saß. Andrea Westrich hatte sich neben ihr niedergelassen, aber das schien sie nicht zu bemerken. Ihre Aufmerksamkeit galt nur Arthur. Sie verfolgte jede seiner Bewegungen.

Kullmann beobachtete sie genauer. Die Andeutungen von Andrea Westrich konnte er nicht einfach ignorieren. Also setzte er sich Isolde Jennewein gegenüber und schaute sie an. Sie wand sich unter seinem Blick. Hilfe suchend blickte sie zu Arthur, der sich sofort neben ihr niederließ und sie in die Arme schloss. Bei dieser Geste wurde Isoldes Blick wieder weich und zufrieden. Fast hätte Kullmann gedacht, sie sah dabei glücklich aus.

»Ich komme gerade vom Direktor der Grundschule.«

»Was wollten Sie dort?«, staunte Arthur.

»Ich wollte von ihm wissen, wie er sich über die Mutter des vermissten Kindes hinwegsetzen und der Presse einfach ein Foto von Nadine geben konnte.«

»Und, was sagt er dazu?«

»Er hat sich nicht über Ihre Frau hinweggesetzt!« Dabei hatte Kullmann unentwegt seinen Blick auf Isolde gerichtet. »Er hat Sie, Frau Jennewein, angerufen und um Ihre Erlaubnis gebeten.«

Isolde schaute verwirrt auf.

»Daran kann ich mich nicht erinnern«, flüsterte sie.

»Da können wir Ihnen helfen«, wurde Kullmann genauer. »Wir können nämlich nachprüfen, ob ein solcher Anruf stattgefunden hat.«

Bedrückende Stille herrschte. Vogelgezwitscher schallte durch die verschlossenen Fensterscheiben. Die Luft im Raum war stickig, die Sonne, die durch das Panoramafenster schien, spendete eine unerträgliche Wärme. Kullmann sah sich gezwungen, sein Jackett auszuziehen, bevor er im Schweiß badete.

Das Telefon klingelte.

Innerhalb von Sekunden waren alle in Bewegung. Nimmsgern schaltete die Rückschaltanlage ein und gab Isolde, die hastig aufgesprungen war, ein Zeichen, sie könne abheben.

Mit zitternder Stimme meldete sie sich.

Doch schon Sekunden später wirkte sie enttäuscht und reichte Kullmann den Hörer.

Am anderen Ende der Leitung war Grewe: »Wir haben nützliche Informationen. Mehrere Anrufer behaupten, am Donnerstagnachmittag ein kleines Mädchen mit einer erwachsenen Person zusammen am Litermont-Kreuz gesehen zu haben. Die Zeiten stimmen überein. Es muss gegen sechzehn Uhr gewesen sein. Es hat geregnet und die Beobachter haben sich gewundert, warum ein Erwachsener mit einem so jungen Mädchen bei schlechtem Wetter zum Aussichtspunkt geht, wenn es nichts zu sehen gibt.«

»Das ist wirklich interessant«, sagte Kullmann. »Können die Beobachter Nadines Begleitung beschreiben?«

»Angeblich mittelgroß, dunkle Regenkleidung und Jeanshose. Das Gesicht war unter einer Kapuze verborgen. Manche behaupten, darunter dunkle Haare erkannt zu haben.«

»Das ist nicht viel«, klang Kullmanns Stimme wieder enttäuscht.

»Mehr haben wir nicht.«

»Gehen Sie weiter den Hinweisen nach. Vielleicht hat jemand die beiden gesehen, als sie den Aussichtspunkt verlassen haben«, befahl Kullmann und legte auf.

Isolde und Arthur schauten Kullmann erwartungsvoll an. Er berichtete, welches Ergebnis die Telefonaktion inzwischen eingebracht hatte. Arthur freute sich, weil er darin einen ersten Hinweis sah. Isolde saß nur blass da und starrte Kullmann an.

Ihre Augen wurden unruhig. Hastig schaute sie hin und her, als befürchte sie, Kullmanns Blick zu treffen.

»Wir waren mit unserem Gespräch über das Telefonat des Direktors noch nicht fertig«, erinnerte Kullmann.

Isoldes Augen blieben an Arthur hängen.

»Ich werde herausfinden, wann das Telefonat zwischen Ihnen und dem Direktor der Grundschule stattgefunden hat. Oder wollen Sie mir helfen, indem Sie es mir selbst sagen?«

Isolde schaute ihn nur an. Kullmann glaubte, in ihrem Blick so etwas wie Trotz zu erkennen.

»Es würde unsere Arbeit erleichtern – was nur Ihrem Kind zugute käme«, versuchte Kullmann weiter, Isolde zur Kooperation zu überreden. Aber sie reagierte nicht.

Wieder klingelte das Telefon. Wieder herrschte große Hektik im Wohnzimmer. Nimmsgern schaltete die Anlage ein, bevor er Isolde abheben ließ. Wieder machte sie ein enttäuschtes Gesicht. Ohne Worte reichte sie Kullmann den Hörer. Diesmal war es Jürgen Schnur: »Ich habe den Aufenthaltsort von Oskar Kauz herausgefunden. Soll ich zu ihm fahren und ihn befragen?«

»Nein, das übernimmt Hübner. Gib ihm die genaue Anschrift.«

Nachdem er aufgelegt hatte, verließ er das Wohnzimmer. Arthur Jennewein begleitete ihn bis an die Tür. Er war es auch, der sich für die Bemühungen bedankte.

Wem lag nun mehr daran, dass Nadine gesund in die Familie zurückkehrte? Mit diesem Gedanken machte Kullmann sich auf den Rückweg nach Saarbrücken.

Die Telefonzentrale des Landeskriminalamtes lief auf Hochtouren. Sämtliche Telefone klingelten pausenlos. Die Beamten nahmen jedes Detail auf, egal wie nebensächlich es klang. Kullmann beruhigte dieser Anblick von Emsigkeit – gab er ihm doch das Gefühl, jede Möglichkeit auszuschöpfen, das Kind zu finden.

Sein Anflug von Optimismus bekam einen Dämpfer, kaum dass er Kullmann ereilt hatte. Anton Grewe betrat sein Büro und teilte mit: »Viele Leute rufen an, die ein Mädchen zusammen mit einem Mann in Regencape gesehen haben. Nur leider gehen jetzt die Meinungen auseinander: Einige behaupten, sie seien in Richtung Nalbach gegangen, andere, sie hätten die Richtung Diefflen eingeschlagen.«

»Das erschwert unsere Suche!« Kullmann nickte nachdenklich. »Wir haben keine andere Wahl. Wir müssen die Suche nach Diefflen ausdehnen. Es kann nicht schaden, jeden Hinweis ernst zu nehmen.«

Am späten Nachmittag traf Hübner in Kullmanns Büro ein.
»Wie ist das Gespräch mit Oskar Kauz verlaufen?«
Der junge Beamte atmete tief durch, bevor er berichtete: »Also eines kann ich Ihnen sagen: Dieser Kerl ist äußerst rätselhaft.«
»Ich hätte es gern genauer!«
»Er lebt in einer Hütte, das grenzt schon an Survival!«
»Was ist Survival?«
»Überlebensstrategie! Menschen lassen sich in der Wildnis aussetzen ohne Verpflegung oder Zeltmaterial und schlagen sich bis zu einem vorgegebenen Ziel durch. Auf dem Weg dorthin müssen sie sich selbst verpflegen, indem sie Tiere erlegen, um sie über dem Feuer zu grillen, und sich mit Naturalien ein Dach über dem Kopf bauen«, erklärte Hübner.
»Wie kommst du darauf, dass Kauz so lebt?«
»Die Hütte steht in einem Loch hinter dem Dieffler Fußballplatz. Nur wer sich in dieser Gegend auskennt, findet sie. Man kommt auch nur zu Fuß dorthin.«
»Wie hast du die Hütte so schnell gefunden?«
»Ganz einfach! Ich habe Leute aus dem Dorf gefragt.« Hübner grinste. »Dort gibt es kein fließendes Wasser, das holt er sich aus dem Brunnen, kein Telefon, kein Fernsehen, nichts.«
»Damit macht er sich aber nicht verdächtig.«
»Nein. Ich war nur beeindruckt. Dass es in der heutigen Zeit noch so etwas gibt?«
»Bleib beim Thema!«, drängte Kullmann. »Kommt er als Verdächtiger im Vermisstenfall Nadine Kruchten in Frage?«
»Ich halte ihn nicht für verdächtig«, gab Hübner seinen Eindruck wieder. »Auf meine Mitteilung hin, dass Isoldes Tochter vermisst wird, reagierte er fassungslos. Er wollte es gar nicht glauben. Er behauptet, Isolde und ihr Kind seien so wohlbehütet, dass es unmöglich sei, von dort spurlos zu verschwinden.«
»Wie gut kennt er sich mit den Familienverhältnissen der Familie Jennewein aus?«
»Angeblich hat er keinen Kontakt mehr zu seiner Stiefschwester.«
»Und weiß trotzdem, dass sie wohlbehütet ist?«
»Ich hatte den Eindruck, dass er zu viel Alkohol trinkt«, überging Hübner die letzte Bemerkung. »Er sah nicht gerade gesund aus.«
»Wie sieht er denn aus?«

»Er ist groß, so groß wie ich«, begann Hübner zu beschreiben.

Sofort erkannte Kullmann, dass die Beschreibungen der Beobachter nicht auf Oskar Kauz zutrafen.

»Er hat schwarze, lockige Haare und ein breites Gesicht. Wenn ich eine Frau wäre, würde ich ihn als gutaussehend beschreiben.«

»Und als Mann?«

»Würde ich sagen, er sieht verwegen aus – wie einer, der keinem Streit aus dem Weg geht.«

»Leider hilft uns das nicht weiter. Oder gibt es in seinem Haus eine Möglichkeit, ein Kind zu verstecken?«

»Nein. Dort gibt es keine geheimen Winkel. Das Haus besteht nur aus einem Zimmer und einer Toilette. Wie kann er nur so leben, wo er doch der Alleinerbe seines Elternhauses ist?«

Das brachte Kullmann auf eine neue Idee. Er riss die Tür auf und rief laut Jürgens Namen.

»Was ist passiert, dass du so schreist?« Mit diesen Worten eilte Jürgen herbei.

»Finde heraus, wo das Elternhaus von Isolde Jennewein steht, wem es gehört und wer heute dort lebt!«

»Mach ich.«

»Wir werden den Suchtrupp dorthin schicken«, erklärte Kullmann auf Hübners erstauntes Gesicht. »Das wäre doch das ideale Versteck!«

Kullmann fühlte neue Hoffnung in sich aufkeimen. Sollte Nadine in diesem Haus versteckt sein, wäre sie nicht den Wettereinflüssen ausgesetzt. Sie würden sie wohlbehalten und gesund auffinden.

Grewe trat ein. »Die Meldungen, dass das Mädchen am Tag seines Verschwindens am Litermont-Kreuz gesehen wurde, häufen sich. Die Beschreibungen der Begleitperson ähneln sich ebenfalls. Die Person wird als klein und dunkelhaarig beschrieben.«

Kullmann nickte.

Das Telefon auf seinem Schreibtisch klingelte. Erwartungsvoll starrten Jürgen Schnur, Andreas Hübner und Anton Grewe auf den Apparat, bis Kullmann endlich abhob.

Andrea Westrich meldete hektisch: »Ein Entführer hat sich gemeldet!«

TEIL V
2004

Kapitel 27

»Was hat die Durchsuchung ergeben?«

Anke und Erik erschraken, als sie Forsetis Stimme in den leeren Räumen des Landeskriminalamtes hörten. Sie hatten nicht damit gerechnet, den Dienstellenleiter so spät noch im Büro anzutreffen.

Sie setzten sich Forseti gegenüber und öffneten das Kuvert.

Berichte über Isoldes Vergangenheit lagen darin.

Verdutzt schaute sich Anke die Schreiben an. Was hatte Samantha damit vor? Es handelte sich um Anzeigen wegen Prostitution, die gegen Isolde Remmark gemacht worden waren. Sie blätterte weiter und stieß auf Unterlagen über den Prozess gegen Isolde Kruchten, die wegen Totschlags an ihrem Mann Walter Kruchten angeklagt worden war. Der Freispruch wegen Notwehr lag auch dabei.

Weiter fand sie darin eine Zeitungsanzeige über den Tod von Hugo Kauz. Und eine Heiratsannonce Arthur Jenneweins und Isoldes.

»Meine Güte, Samantha hat sich ausführlich mit Isoldes Leben beschäftigt.« Anke schüttelte verständnislos den Kopf.

»Leider ist das kein Beweis«, erkannte Forseti.

Der letzte Zettel ließ Anke laut ausrufen: »Was haben wir denn hier?«

Erik und Forseti horchten neugierig auf.

»Eine Anfrage im Labor der Unikliniken in Homburg«, las Anke vor.

»Wer hat die Anfrage gestellt? Und was wird angefragt?«

»Gestellt wurde sie von Isolde Jennewein im Jahr 1996.«

»Ist lange her.«

»Dieses Schreiben ist eine Eingangsbestätigung. Hier stehen nur Zahlen und Buchstaben. Daraus werde ich nicht schlau«, gestand Anke.

»Dann müssen Sie in der Uniklinik in Homburg nachfragen. Die Unterlagen heben sie dort mindestens zehn Jahre auf«, bestimmte Forseti.

»Heute aber nicht mehr.« Anke schaute auf die Uhr. »Dort ist bestimmt schon seit Stunden Feierabend.«

»Und wir gehen jetzt auch in den Feierabend«, lenkte Forseti sofort ein. »Anke, Sie hatten einen langen Einsatz. Deshalb brauchen Sie morgen erst am Nachmittag zu kommen. Schlafen Sie sich mal richtig aus und widmen Sie sich Ihrer Tochter. Die vielen Überstunden tun Ihrer Mutterschaft nicht gut.«

Anke bedankte sich und verließ schleunigst sein Zimmer. Die Unterlagen verstaute sie in ihrem Schreibtisch, bevor sie im Eiltempo das Büro verließ.

Als sie bei Kullmann und Martha eintraf, schlief ihre Tochter tief und fest. Bei ihrem Anblick überkam Anke sofort ein schlechtes Gewissen. Wenn sie so weitermachte, sah Lisa in Martha und Kullmann ihre Familie – nicht in ihr. Sie war ja immer unterwegs.

Kullmann saß auf dem Sofa. Er wirkte alt und müde. Anke setzte sich ihm gegenüber und fragte: »Was ist los mit dir? Du siehst nicht glücklich aus.«

»Du auch nicht mit deinem blauen Auge«, entgegnete Kullmann.

»Das vergeht«, wehrte Anke ab. »Aber was hat dich so mitgenommen?«

»Die Vergangenheit hat mich wieder eingeholt. Schon damals ging mir der Fall Nadine Kruchten ans Gemüt.«

Eine Weile starrten sie sich nur an, bis er anfügte: »Ich erlebe die alte Tragödie aufs Neue.«

»Das heißt, dass du zwischen Isolde Jenneweins Tod und der Entführung vor elf Jahren einen Zusammenhang siehst?«

Kullmann nickte.

»Wie ist das möglich?«

»Ich sagte bereits, dass ich damals schon das Gefühl hatte, in dem Fall sei nicht alles gesagt worden. Obwohl er als abgeschlossen galt, spürte ich, dass er nicht wirklich abgeschlossen war.«

»Das verstehe ich nicht«, gab Anke zu.

Kullmann lächelte Anke an und meinte: »Es ist viel zu spät, um solche komplexen Gedanken zu verstehen. Du nimmst jetzt deine Tochter und gehst nach Hause!«

»Ich kann morgen ausschlafen«, berichtete Anke zufrieden. »Forseti hat mir den Vormittag frei gegeben.«

Kullmann lächelte: »Das freut mich. Mein Nachfolger lebt sich immer besser ein.«

Behutsam hob Anke Lisa aus dem Kinderbett, das Kullmann extra für sie gebaut hatte, wickelte sie warm ein und trug sie durch den Garten über den Trampelpfad zum Hintereingang ihres Appartementhauses. In der Wohnung angekommen, legte sie Lisa in ihr Bettchen. Die Kleine wachte nicht auf, so gut schlief sie.

Lange ging Anke in der Wohnung auf und ab. Sie sollte müde sein nach dem langen Tag. Aber kaum war sie allein und von Stille eingehüllt, fühlte sie sich innerlich aufgewühlt.

Ihre Gedanken kreisten und kreisten, sie spürte, dass ihr Leben eine entscheidende Wendung genommen hatte. Die Verantwortung als Mutter war unvorbereitet über sie hereingebrochen, genauso die Liebe zu ihrem Kind. Sie war nicht vor die Wahl gestellt worden, ob sie zu dem Zeitpunkt ein Kind wollte. Plötzlich war es in ihr herangewachsen.

Sie ging ins Kinderzimmer und schaute auf die schlafende Lisa. Ihre Bäckchen waren rund und rosig, ihre blonden Haare strubbelig. In ihrem geblümten Schlafanzug sah sie so süß aus, dass Anke sich nur mit Mühe beherrschen konnte, sie nicht einfach in den Arm zu nehmen und an sich zu drücken. Stattdessen schlich sie aus dem Kinderzimmer und öffnete die Balkontür, um frische Luft hereinzulassen.

Plötzlich tauchte ein riesenhafter Schatten vor ihr auf. Sie erschrak, wollte schreien, aber eine große Hand legte sich über ihren Mund. Nur mit Mühe konnte sie noch atmen. Unsanft wurde sie in ihre Wohnung zurückgeschoben, die Schiebetür knallte zu. Erst in ihrer Wohnung erkannte Anke, mit wem sie es zu tun hatte. Es war Egon Kreuwisch!

Ihr Herz raste wie wild. Sie sah ihm direkt in die Augen. Sie waren klein und gerötet, sein Gesicht ungepflegt und unrasiert, seine Haare struppig und fettig. Er stank. Eine Weile starrten sie sich an. Anke konnte nichts sagen, er hielt ihr immer noch den Mund zu. Der Griff war so fest, dass es schmerzte. Ausgerechnet in diesem Moment gab Lisa ein gurrendes Geräusch von sich. Erschrocken drehte sich Kreuwisch um und schaute auf die offenstehende Tür zum Kinderzimmer. Anke riss sich mit aller Kraft los und rannte vor die Tür.

»Nicht mein Kind!«, sagte sie scharf.

»Ich tue Ihrem Kind nichts«, antwortete Kreuwisch in einem Tonfall, der Anke staunen ließ. Was war mit diesem Mann los? Er hörte sich nicht hasserfüllt oder rachsüchtig an, sondern voller Leid und Schmerz. »Ich hatte selbst einmal ein Kind und habe es verloren. Ich weiß, wie schlimm das ist.«

Anke schwieg.

»Ihnen tue ich auch nichts«, fügte er an.

»Warum sind Sie hier? Warum überfallen Sie mich?« Ankes Blick suchte das Telefon. Aber Kreuwisch stand genau davor.

»Ich will mit Ihnen reden«, gestand er.

»Warum ausgerechnet mit mir?«

»Ihnen traue ich Menschenkenntnis zu. Die anderen sind Hitzköpfe – wollen nur verhaften. Ich habe Roswitha Loew nicht umgebracht. Aber niemand will mir glauben.«

»Warum benehmen Sie sich so verdächtig?«, konterte Anke. »Sie tun alles, damit Ihnen niemand glaubt.«

»Ich gebe zu, ich habe einen Fehler gemacht. Ich war bestürzt, als ich von Roswithas Tod erfuhr.«

Langsam ließ sich Kreuwisch auf das Sofa sinken. Anke bewegte sich nicht von der Kinderzimmertür weg.

»Bestürzt?«, wiederholte sie.

»Ja! Fassungslos, ratlos, entsetzt! Ich habe Roswitha geliebt!«

Nun war es an Anke, bestürzt zu sein. Sie wäre auf alles gekommen, nur nicht darauf.

»Sie hat Ihren Sohn überfahren und sterbend auf der Straße liegen lassen! Diese Frau wollen Sie geliebt haben?«

»Ja! Roswitha hat meinen Sohn nicht mit Absicht getötet. Wir hatten uns fürchterlich gestritten. Sie ist aus dem Haus gerannt, in ihr Auto gesprungen und mit Vollgas davongerast. Es war verdammtes Pech, dass ihr mein Sohn vor das Auto gelaufen ist.«

»Sie hat ihn einfach liegen lassen und ist weitergefahren«, wiederholte Anke.

»Schock – was weiß ich? Die Psychologen haben für so etwas doch immer eine Erklärung.«

Anke rümpfte die Nase. »Roswitha war in Ihrem Haus?«

»Ja. Meine Frau war nicht da. Roswitha hatte für solche Gelegenheiten ein Gespür.«

»Wie lange ging Ihr Verhältnis mit Roswitha?«

»Ich weiß nicht, ob man unsere Aktivitäten Verhältnis nennen kann. Wir durchlebten so etwas wie einen amourösen Wirbelsturm.«

Ankes Verkrampfung löste sich. Sie hatte sich inzwischen davon überzeugt, dass von Kreuwisch keine Gefahr ausging. Er wollte wirklich nur reden. Langsam ging sie auf ihn zu und setzte sich ihm gegenüber.

»Was bedeutet das?«

»Unsere Liebschaft war stürmisch, wie Roswithas ureigenes Temperament. Eine Beziehung voller Widersprüche und Auseinandersetzungen, die alles andere als einfach verlief. Überschwängliche Begeisterung schlug immer wieder in Verzweiflung um, auf Trennung folgte neue Versöhnung. Es war so, als liebten wir uns nur, um uns anschließend wieder zu trennen. Ich wusste nie genau, woran ich bei ihr war. Ich ließ mich von ihrer Leidenschaft mitreißen. Es war mir unmöglich, Roswitha zu verlassen, obwohl ich genau wusste, dass ich auch nicht mit ihr zusammenleben könnte. Trotzdem beschloss ich, ihretwegen meine Frau zu verlassen. Es interessierte mich nicht, was die Leute im Dorf über sie sagten.«

Kreuwisch versank in seinen Erinnerungen, legte eine kurze Pause ein, bevor er in einem weniger schwärmerischen Tonfall weiter sprach: »Aber als ich ihr von meinem Entschluss berichtete, machte sie einen Rückzieher. Sie ging fort und meldete sich tagelang nicht mehr bei mir. Da erst wurde mir klar, für Roswitha zählte nur eins, nämlich ihr Verlangen zu befriedigen und befriedigt zu werden. Ich musste mich ihren Launen unterwerfen, wenn ich sie nicht verlieren wollte.«

Er zuckte mit den Schultern, als er sagte: »Vielleicht hat die ständige Ungewissheit den Reiz erhöht. Doch leider traf das ein, was ich mit dieser Art von Beziehung riskiert hatte. Sie tauchte eines Tages bei mir auf und sagte, sie habe es endlich geschafft, aus diesem Sumpf herauszukommen. Einfach so – aus heiterem Himmel!«

Kreuwisch schaute Anke an, als habe sie eine Erklärung dafür.

»Eigentlich sollte mich das nicht wundern – und doch fühlte ich mich verletzt. Als ich sie fragte, was sie damit meinte, erklärte sie, sie hätte endlich das große Geld und würde ein neues Leben beginnen.«

»Das große Geld?«

»Genauso habe ich auch gestaunt. Sie war seit Jahren arbeitslos. Von einem Erbe wusste ich nichts. Auf meine Fragen gab sie mir keine Antwort. Meine Hoffnung, dass unser verrücktes Spiel niemals enden würde, wurde im Keim erstickt. Sie sagte, in ihrem neuen Leben sei kein Platz für mich.«

»Das sind harte Worte«, erkannte Anke. »Und kurze Zeit später fährt sie Ihren Sohn tot.«

»Na ja«, fuhr Kreuwisch fort. »Ich rechnete nicht mehr damit, sie noch einmal zu sehen. Doch eines Tages stand sie wieder vor meiner Tür. Ich fragte natürlich nach dem großen Geld. Daraufhin lachte sie abfällig und meinte, es sei nicht nach Plan gelaufen.«

»Nicht nach Plan gelaufen«, wiederholte Anke verblüfft. Von was redete Kreuwisch da?

»Sie erinnerte mich tatsächlich wieder daran, dass ich vorhatte, mich ihretwegen von meiner Frau zu trennen. Dazu war ich jedoch nicht mehr bereit. Diese Chance hatte sie sich durch ihre Kaltschnäuzigkeit verdorben. Ich sagte ihr in ihren eigenen Worten, dass in meinem weiteren Leben kein Platz mehr für sie sei. Daraufhin stritten wir uns ganz entsetzlich, sie machte mir eine Szene, wie ich es noch nie bei einer Frau erlebt habe. In dem Moment dachte ich, Roswitha liebt mich wirklich. Dann rannte sie aus dem Haus und den Rest kennen Sie ja.«

»Sie haben keine Ahnung, von welchem Geld Roswitha gesprochen hat?«, hakte Anke nach.

»Nein. Sie machte ein großes Geheimnis daraus. Über ihr Leben wusste ich wirklich nicht viel. Als sie im Gefängnis saß, wurden mir Gerüchte zugetragen, die über sie im Umlauf waren.«

»Welche Gerüchte?«

»Das Übliche in einem Dorf. Eine außergewöhnliche Frau wie Roswitha, unverheiratet, ohne Arbeit, macht sich mit Vorliebe an verheiratete Männer heran. Viele behaupteten auch, sie hätte meinen Sohn absichtlich totgefahren. Aber das ist nicht der Fall. Sie war einfach nur aufgebracht über unseren Streit und hat ihn nicht gesehen.«

»Woher wissen Sie das so genau?«

»Unser Haus liegt in einer Kurve. Der Unfall geschah direkt dahinter, also konnte sie ihn nicht gesehen haben, demzufolge war es keine Absicht.«

»Warum haben Sie Roswitha vor Gericht nicht geholfen?«, wollte Anke wissen. »Sie haben sie doch geliebt. Durch Ihre Aussage hätte sie eine Strafe auf Bewährung bekommen.«

Kreuwisch zögerte lange, bis er endlich antwortete: »Unser Leben war durch den Verlust unseres Kindes schon schwer genug. Hätte ich meiner

Frau auch gestehen sollen, dass ich ausgerechnet mit der Frau ein Verhältnis hatte, die Schuld am Tod unseres Sohnes war? Das hätte meine Frau nicht verkraftet. Deshalb habe ich geschwiegen.«

»Sehr ritterlich«, konnte Anke sich nicht verkneifen. »Das hat Roswitha Loew, die Sie angeblich geliebt haben, zehn Jahre gekostet.«

»Ich weiß, ich bin nicht stolz darauf.«

»Es war Ihnen damals egal, was mit Roswitha geschieht«, bohrte Anke weiter. »Warum sollte das heute anders sein?«

»Das sehen Sie falsch«, wich Kreuwisch aus. »Ich habe mich innerlich geschämt für meine Feigheit. Als ich erfuhr, dass sie aus dem Gefängnis entlassen worden war, rief ich sie sofort an, weil ich mit ihr reden wollte. Ich wollte mich entschuldigen. Aber Roswitha hatte keine Zeit für mich. Sie sagte zu mir, sie hätte jetzt Wichtigeres zu erledigen.«

»Was hatte Roswitha nach über zehn Jahren Knast Wichtiges zu erledigen? Hat sie Ihnen gegenüber eine Andeutung gemacht?«

»Nein. Sie klang gehetzt am Telefon, als müsse es sofort erledigt werden. Ich war mir nicht sicher, ob sie mich nur abwimmeln wollte, weil sie sauer auf mich war, oder ob sie wirklich einen wichtigen Termin hatte.«

Kurzes Schweigen trat ein. Mit geröteten Augen schaute Kreuwisch Anke an und sprach weiter: »Dann betreten Sie mein Haus und eröffnen mir, dass sie tot ist. Das war zu viel für mich. Ich wollte ihr noch so viel sagen, wollte, dass sie mir verzeiht. Aber getötet habe ich sie bestimmt nicht.«

»Als wir Sie nach Ihrem Alibi zur Tatzeit von Roswitha Loews Ermordung fragten, gaben Sie uns keine Auskunft mit der Begründung *Weil ich es mir denken kann*. Was meinten Sie damit, wenn Sie nichts von Roswithas Tod wussten?«

»Ich war in der Moltkestraße, wo Roswitha wohnt. Dort habe ich fast die Tür eingetreten, als mir niemand öffnete. Ein Nachbar schrie, er hätte die Polizei angerufen. Daraufhin habe ich mich verdrückt.« Kreuwischs Gesicht wirkte noch zerknirschter.

Anke glaubte ihm. So kleinmütig, wie er vor ihr saß, machte er nicht den Eindruck, ihr Theater vorspielen zu wollen.

»Warum diese Flucht? Dass Sie am Cloef-Atrium in den Reisebus umgestiegen sind, den Sie als ehrenamtlicher Reiseführer benutzen dürfen – das zeugt von guter Vorbereitung.«

Kreuwisch rieb sich über sein unrasiertes Kinn. »Dass das ein Fehler war, weiß ich jetzt.«

»Reue ist ja schon mal ein Anfang«, stimmte Anke zu.

»Wofür?«

»Für das Strafmaß.«

»Ich habe doch nichts verbrochen. Ich habe die Nerven verloren, habe mein Leben nur noch hinter Gittern gesehen und bin in Panik geraten.«

»In Panik reagieren Menschen kopflos und kommen nicht auf so ausgeklügelte Ideen. Sie haben uns und unsere Kollegen der Bereitschaft ganz schön an der Nase herumgeführt. Ich lasse mir nicht gern sagen, dass uns ein kopflos Flüchtender zum Narren gehalten hat.«

Kreuwischs Gesichtsausdruck wirkte immer zerknirschter. Leise gab er zu: »Sie haben recht. Ich wollte nicht in die Mühlen der Justiz geraten, weil ich Angst hatte, dass mir niemand mehr glaubt, wenn ich erst einmal verhaftet bin. Auf dem Campingplatz dachte ich, ich wäre sicher. Ich hatte aber den Verwalter vergessen.«

»Sie haben heute Nachmittag auf uns geschossen.« Anke blieb beharrlich. Sie konnte diesem Mann nichts versprechen. So weit reichten ihre Befugnisse nicht. »Damit kommt man nicht ungestraft davon.«

»Das war doch nur eine Platzpatrone.«

Anke erinnerte sich, dass Theo weder Projektil noch Hülse gefunden hatte. Bei einer Platzpatrone kein Wunder.

»Mit welcher Waffe?«

Kreuwisch zog eine kleine Schusswaffe heraus. Anke hielt vor Schreck die Luft an, aber er legte sie auf den Wohnzimmertisch. Sofort ergriff sie die Waffe und schaute sie sich genauer an. Es war eine Schreckschusspistole 9mm. Das erklärte den lauten Knall. Diese Waffen waren ungefährlich, aber so laut wie scharfe. Sie sperrte sie sorgfältig weg. Bei der Gelegenheit nahm sie ihre eigene Dienstwaffe, die sie sich an ihren Gürtel steckte.

»Sie brauchen sich nicht zu bewaffnen«, bemerkte Kreuwisch daraufhin. »Ich werde Ihnen nichts tun.«

»Ich habe nicht nur für mich die Verantwortung.«

»Keine Sorge. Ihrem Kind passiert nichts.«

»Sie sind gut.« Anke schnaubte. Sie fühlte sich immer noch zum Zerreißen angespannt. Sie wollte das Gespräch zu einem Ende bringen. Deshalb fragte sie schnell weiter: »Steht Ihr Motorrad immer auf dem Campingplatz? Jetzt erzählen Sie mir nicht, dass es zufällig dort war!«

»Doch! Genau das.« Kreuwischs Stimme ging in Murmeln über. »Es war nicht meine Maschine. Sie gehört dem Besitzer dieses Wochenendhauses, in dem ich mich verstecken wollte. Er hatte sie im angrenzenden Schuppen abgestellt.«

»Wie konnten Sie unbemerkt in den Schuppen gelangen?« Bekam Anke endlich eine Antwort auf die Frage, vor der sie alle standen, seit ihnen Kreuwisch trotz Großeinsatz entkommen war?

»Der Schuppen ist eigentlich ein Keller. Das Haus meines Nachbarn ist das einzige mit einem Untergeschoss. Dorthin führt eine Falltür. Wer davon nicht weiß, findet sie nicht.«

Anke unterdrückte ein Grummeln, als sie weiterfragte: »Und der Bus?«

»Na ja.« Kreuwisch kratzte sich am Kopf. »Zufällig weiß ich, dass die Busse zu fast jeder Tageszeit dort oben anhalten und Touristen ausladen. Das war das geringste Problem meiner Flucht.«

»Stimmt! Ihre richtigen Probleme kommen jetzt.«

»Werden Sie ein gutes Wort für mich einlegen?«

»Ich werde jetzt auf meiner Dienststelle anrufen und melden, dass Sie hier sind«, erklärte Anke ihren nächsten Schritt. »Vor Ihrer Vernehmung werde ich meinem Vorgesetzten von unserem Gespräch berichten. Es wird auf jeden Fall zu Ihren Gunsten ausgelegt.«

»Erzählen Sie auch, wie ich hereingekommen bin?«

»Ich bin nicht bereit, für Sie zu lügen.«

»Das wird sich wieder negativ auswirken, oder?«

Anke ersparte sich die Antwort. Sie rief auf der Dienststelle an. Von da an dauerte es nicht lange, bis die Kollegen an ihrer Tür klingelten und Kreuwisch mitnahmen.

Als sie wieder allein in ihrer Wohnung war, beschloss Anke, sich nie wieder über ihr langweiliges Leben zu beklagen. Diese Abwechslung sollte für die nächsten Jahre reichen!

Kapitel 28

Als Anke in der Frühe bei Kullmann und Martha auf der Terrasse stand, um ihre Tochter vorbeizubringen, traf sie auf erstaunte Gesichter.

»Ich denke, du hast heute Morgen frei. Das Wetter ist schön, du könntest dir mit Lisa ein paar schöne Stunden machen.«

»Das würde ich ja gern«, nickte Anke.

Sie berichtete Kullmann von ihrem nächtlichen Besucher und dem langen Gespräch.

Kullmann erschrak. Am meisten interessierte ihn, wie es möglich war, so einfach auf den Balkon von Ankes Wohnung zu gelangen.

»Dagegen müssen wir etwas tun, damit das nicht noch mal passiert«, beschloss er. »Wie konnten wir die Schwachstelle übersehen, als wir die Wohnung besichtigt haben?«

»Das war im Winter. Da haben wir uns auf dem Balkon so gut wie gar nicht umgesehen.«

»Das war leichtsinnig. Lass mir bitte deinen Schlüssel da! Ich will mir alles genau anschauen und sofort in den Baumarkt fahren, um das nötige Material zu kaufen. Diese Trennwand wird unüberwindbar, wenn ich fertig bin«, erklärte Kullmann seinen Entschluss.

Anke freute sich über seine Sorge. Seit Kullmann in Pension war, hatte er sein handwerkliches Geschick bestens unter Beweis gestellt. Deshalb hatte sie keinen Zweifel daran, dass sein Vorhaben gelingen würde. Liebend gern überließ sie ihm den Wohnungsschlüssel, allerdings schweren Herzens überließ sie Martha ihre Tochter. Lisa wirkte mürrisch, als sie von einem Arm auf den anderen wanderte. Sie verzog ihr kleines Gesicht in viele Falten und stieß einen lauten, schrillen Schrei aus. Das war eindeutig ein Protest.

Anke versprach ihr, so schnell wie möglich wiederzukommen, aber Lisa schrie weiter. Ihr Gesicht wurde dunkelrot. Martha eilte mit ihr ins Haus und Anke machte sich schnell auf den Weg. Sie fühlte sich nicht wohl, als sie das Haus und ihre Tochter verließ. Das hochrote Gesicht verfolgte sie auf dem ganzen Weg zur Dienststelle.

Erik war schon da.

»Na, du glückliche Mutter«, begrüßte er sie, womit er genau in die Wunde traf, die Lisa ihr gerade hinterlassen hatte.

Anke spürte, dass sie ihre Wut in dem Moment genau auf Erik richtete: »Sieh du nur zu, dass du glücklich bist!«

Verdutzt schaute Erik sie an. Aber Anke verschwand blitzschnell in ihrem Zimmer.

Forseti traf wenige Minuten später ein.

»Das war verdammt gute Arbeit letzte Nacht«, lobte er sie.

An diesem Morgen sah Forseti krank aus. Er hatte dunkle Ringe unter den Augen, seine Gesichtshaut war grau, seine Hände zitterten.

»Geht es Ihnen nicht gut?«, fragte Anke, bevor sie merkte, dass diese Frage ungeschickt war.

Wie zu erwarten, schaute er sie an, als habe sie etwas Unanständiges gesagt.

»Sie sehen mitgenommen aus, deshalb meine Frage«, wehrte sich Anke sofort.

»Ich fühle mich nur etwas übernächtigt. Es ist nichts Ernstes.«

Damit war das Thema erledigt. Anke schwor sich, in Zukunft den Mund zu halten, egal, wie schlecht der Chef aussah – und wenn er auf allen Vieren ins Büro kroch.

Die Sonne schien durch ihre Fensterscheibe. Wütend zog sie die Vorhänge zu, bevor sie sich an ihren Schreibtisch setzte.

»Du brauchst dich gar nicht erst häuslich niederzulassen.« Erik trat ohne anzuklopfen ein.

»Ist hier Tag der offenen Tür«, entgegnete Anke barsch, »und mein Büro für alle zur Besichtigung freigegeben? Meine Bedürfnisse gelten wohl nicht an einem Vormittag, an dem ich eigentlich frei hätte.«

»Schlecht gelaunt?«

Nun erst bemerkte Anke, dass sie ihren Frust darüber, an diesem Morgen ihre Tochter Martha überlassen zu müssen, an dem Falschen ausließ. Erik konnte nichts dafür. Aber entschuldigen wollte sie sich auch nicht. Also sagte sie gar nichts.

»Egon Kreuwisch und sein Anwalt sitzen bereits im Vernehmungsraum. Die Befragung beginnt erst, wenn du dabei bist«, erklärte Erik, als er merkte, dass Anke nicht reagierte. »Das geschieht auf deinen ausdrücklichen Wunsch.«

»Ich weiß noch, was ich gestern Abend gesagt habe. Ich leide nicht an Alzheimer.«

»Aber an tückischen Stimmungsschwankungen«, entgegnete Erik. »Hast du deine Tage?« Laut fiel die Tür ins Schloss.

Anke trank zuerst einmal ihren Kaffee. Dabei tippte sie einen Bericht über das Gespräch, das am Vorabend mit Kreuwisch in ihrer Wohnung stattgefunden hatte, in ihren Computer. Sie beendete das Protokoll und druckte es zweimal aus, eine Ausfertigung für Forseti und eine für sich selbst.

Forseti staunte, als sie ihm den detaillierten Bericht in die Hand drückte. Die Geschwindigkeit, mit der Anke an diesem Morgen arbeitete, gefiel ihm.

»Sie sind unter Zeitdruck besonders produktiv«, bemerkte er anerkennend.

»Ja! Weil ich meine Freizeit eigentlich mit meiner Tochter verbringen wollte.«

»Dann nehmen Sie als Entschädigung den Nachmittag frei.«

Kreuwisch wirkte übernächtigt. Als er Anke erblickte, hellten sich seine Augen sofort auf. »Sie haben Wort gehalten«, begrüßte er sie. »Ich hatte schon Angst.«

Wie Anke versprochen hatte, zitierte sie die Unterhaltung vom Vortag. Die Befragung konzentrierte sich daraufhin besonders auf die Bemerkung von Roswitha, sie hätte endlich das große Geld. Immer wieder wurde die Frage gestellt, von welchem Geld Roswitha Loew gesprochen hatte. Aber Kreuwisch wich nicht von seiner Antwort ab. Gleichzeitig gab die Aussage Roswithas kurz vor ihrem Tod, sie habe nach zehn Jahren Gefängnis Wichtigeres zu erledigen, als sich mit Kreuzwisch zu treffen, neue Rätsel auf.

Forseti und Staatsanwalt Foster waren mit dem Ergebnis der Befragung alles andere als zufrieden. Plötzlich klopfte es an der Tür. Selten geschah es, dass jemand eine Befragung störte. Also musste es wichtig sein.

Erik trat hinaus. Vor ihm stand Theo von der Spurensicherung: »Ich habe ein Dementi aus dem Kriminallabor, das nicht länger warten kann!«

»Was für ein Dementi?«

»Das Ergebnis unseres Entomologen war falsch!«

»Wie ist das möglich?«, fragte Erik.

»Dr. Wedick hat einen Fehler bei der Berechnung der genauen Liegezeit von Roswitha Loews Leiche gemacht. Die Tatzeit verschiebt sich auf einen früheren Zeitpunkt. Die Ursache für seine Fehleinschätzung kann nur er erklären. In seiner Haut möchte ich nicht stecken.«

Theo überreichte Erik den schriftlichen Bericht, der ihn an Forseti und Staatsanwalt Foster weitergab. Verärgert saß Forseti an seinem Platz. Er starrte wortlos auf das Papier.

Kreuwischs Anwalt erhob sich und ließ verlauten: »Ich verlange die sofortige Freilassung meines Mandanten! Sie sollten sich zuerst einmal über den genauen Todeszeitpunkt im Klaren sein, bevor Sie unschuldigen Bürgern mit vorschnellen Festnahmen das Leben schwer machen.«

Staatsanwalt Foster stand ebenfalls auf. Er stimmte der Freilassung von Egon Kreuwisch zu.

Forseti wirkte, als müsste er jeden Augenblick in die Luft gehen. Sein Gesicht war puterrot.

In seinem Büro angekommen fragte er: »Wie heißt der ›kompetente‹ Kriminalbiologe, dem wir diese Blamage zu verdanken haben?«

Anke spürte, dass dicke Luft herrschte. Schnell verabschiedete sie sich, immerhin hatte sie ihren freien Nachmittag. Wann war die Gelegenheit günstiger, sich aus dem Staub zu machen?

TEIL VI
1993

Kapitel 29

Kullmann starrte den Hörer an, als sei der für die Nachricht verantwortlich. Wie war das möglich? Inzwischen wurde Nadine seit Donnerstag vermisst. Heute war Samstag. War es üblich, dass Entführer so lange warteten, bis sie sich meldeten? Kullmann kam nicht aus dem Ressort; er spürte, dass diese Tatsache für die Arbeit nicht gerade förderlich war.

»Wann hat er sich gemeldet?«

»Gerade jetzt. Nimmsgern hat das Gespräch auf Band aufgenommen. Zurückverfolgen konnten wir den Anruf nicht, weil er zu kurz war.«

»Jürgen, lass die Verbindung bei der Telefongesellschaft nachprüfen! Vielleicht ist das Telefon registriert und wir erfahren auf diesem Weg, wer der Anrufer war«, ordnete Kullmann an. »Wie hat Isolde Jennewein darauf reagiert?« Diese Frage richtete er an Andrea Westrich.

»Anders als erwartet. Wir müssen die Polizeipsychologin hinzuziehen. Isolde Jennewein ist nach dem Telefonat zusammengebrochen. Ich bin mit der Situation überfordert.«

»Zusammengebrochen?«

»Ja! Bitte rufen Sie Frau Dr. Knappe an!«

Sofort wählte Kullmann die Privatnummer der Psychologin. Es dauerte nicht lange, da meldete sie sich am anderen Ende der Leitung.

Kullmann schilderte ihr die Situation, woraufhin sie versprach, zur Familie Jennewein zu fahren. Anschließend teilte er dem Leiter der Suchmannschaft mit, dass die Suche abgebrochen werden konnte. Die Neuigkeit über den Anruf des Entführers löste bei allen, die an dem Vermisstenfall mitgeholfen hatten, große Bestürzung aus. Die Hoffnung auf ein gutes Ende schien in weite Ferne gerückt zu sein. Damit überraschten sie Kullmann. War er der einzige, der in der neuen Entwicklung des Falles einen Hoffnungsschimmer sah?

Im Laufschritt steuerten Kullmann, Hübner und Grewe das Dienstfahrzeug an.

Kaum waren sie eingestiegen, fragte er Grewe: »Finden Sie diese Entwicklung positiv oder negativ?«

. »Auf jeden Fall positiv! So tappen wir nicht mehr völlig im Dunkeln. Jetzt wissen wir, dass Nadine entführt wurde, und können davon ausgehen, dass sie noch lebt. Wir müssen mit dem Entführer verhandeln, was bedeutet, dass nun endlich Aufgaben kommen, für die wir ausgebildet sind.«

»Das klingt alles so einfach«, murrte Kullmann. »Ist es üblich, dass Entführer so lange warten, bis sie sich bei den Angehörigen melden?«

»Nein. Das ist ungewöhnlich.«

»Also haben wir keine Gewissheit, ob Nadine noch lebt. Wer weiß, vielleicht hat sie sich gewehrt, er wurde zu grob, wodurch sie starb. Daraufhin hat er eine Zeit gebraucht, um sich zu entscheiden, was er aus seiner vermasselten Situation macht.«

»Sie können aber hervorragend schwarzsehen«, bemerkte Grewe dazu. »Es kann aber auch andere Gründe geben. Vielleicht hat er sich die Kleine geschnappt, sie in ein provisorisches Versteck gebracht, war damit aber nicht zufrieden und hat sich etwas Geeigneteres gesucht. Wie wäre diese Theorie?«

»Auf jeden Fall besser als meine.«

Die Tatsache, dass es unüblich für Entführer ist, so lange zu warten, bis sie sich melden, spukte weiterhin in Kullmanns Kopf herum. Hoffentlich lebte das Kind noch! Hoffentlich hatte der Entführer ihm keine Gewalt angetan! Er spürte, dass diese Art von Ermittlungsarbeit nichts für sein Gemüt war. Er liebte Kinder, auch wenn er nie das Glück gehabt hatte, selbst Vater zu werden.

»Könnte Tobias Warken dahinter stecken?«, fragte Hübner von seinem Platz im Fond des Wagens aus.

Kullmann überlegte eine Weile, bis er antwortete: »Wir dürfen ihn nicht aus den Augen verlieren. Unter Samanthas Einfluss halte ich ihn durchaus für eine solche Tat fähig. Mit Nadines Entführung könnte Samantha mehrere Fliegen mit einer Klappe schlagen: ihre Nebenbuhlerin loswerden, Isolde dadurch aus ihrem Leben vertreiben und außerdem Geld bekommen. Geld scheint für Samantha eine wichtige Rolle zu spielen. Die Kleider, die sie mit ihren fünfzehn Jahren trägt, sind nicht billig.«

»Viel Stoff ist aber nicht dran«, grinste Hübner bei der bloßen Erinnerung daran.

»Aber sie bekommt doch alles von ihrem Vater«, zweifelte Grewe. »Sie hat keinen Grund, Geld zu erpressen.«

»Sie muss teilen, seit Nadine als Stiefschwester in ihr Leben gekommen ist«, konterte Kullmann.

»Das genügt für einen Verdacht gegen Samantha?«

»Meine erste Begegnung mit ihr war vielsagend. Auf meine Andeutung hin, sie könne mit ihrem Verhalten nichts gegen die Existenz ihrer Stiefschwester ausrichten, sagte sie klar und deutlich: *Das werden wir noch sehen.* Das klang nach einer Drohung.«

Damit hatte er Grewes Zweifel zerstreut.

Sie trafen gleichzeitig mit der Polizeipsychologin ein. Sie war eine kleine, zierliche Frau, trug ihre Haare ganz kurz, fast jungenhaft. Ihre Bewegungen waren flink, ohne hektisch zu wirken. Nichts an ihr verriet Aufregung oder Angespanntheit. Sie begrüßte Kullmann mit einem kräftigen Handschlag. Geschäftsmäßig bemerkte sie: »Wollen wir uns mal den Angehörigen widmen!«

Andrea Westrich stand vor der Tür und rauchte. Im Gegensatz zu Ina Knappe wirkte sie angespannt und erledigt. Sie warf ihre Zigarette auf den Boden und drückte sie aus. Viele Kippen lagen dort, ein Zeichen dafür, dass die Kollegin häufiger eine Auszeit genommen hatte.

»Warum haben Sie mich nicht schon früher zu dem Fall hinzugezogen?«, stellte Ina Knappe die Frage, die Kullmann befürchtet hatte.

»Weil Frau Westrich für diese Aufgabe ausgebildet ist. Bisher gab es keine Veranlassung, weitere Hilfe anzufordern.«

Andrea Westrich fügte an: »Bis jetzt hat Frau Jennewein keine Hilfe in Anspruch genommen. Ihre Reaktion auf den Anruf des Entführers hat uns alle überrascht.«

»Inwiefern?«, fragte Knappe weiter.

»Sie fiel in Ohnmacht.«

Nun zeigte die Polizeipsychologin ihre erste Reaktion. Sie zog eine Augenbraue hoch und bemerkte leise: »Das ist in der Tat überraschend.«

Als sie das Wohnzimmer betraten, sahen sie Isolde auf dem Sofa liegen. Sie wimmerte unentwegt. Arthur Jennewein stand ratlos daneben.

Kullmann stellte ihm die Psychologin vor, was Arthur sofort dazu veranlasste, Frau Dr. Knappe anzusprechen »Hoffentlich können Sie mir helfen. Sie wirkt apathisch, seit wir diesen Anruf erhalten haben.«

»Dann schaue ich mir mal Ihre Frau an.« Dr. Knappe kniete sich neben das Sofa.

Kullmann stellte sich zu Arthur Jennewein und fragte: »Haben Sie oder Ihre Frau die Stimme des Entführers erkannt?«

»Nein.«

Nimmsgern winkte Kullmann zu sich: »Ich habe den Anruf auf Band. Wollen Sie es hören?«

»Natürlich!«

Nimmsgern reichte Kullmann Kopfhörer, die dieser sich über die Ohren stülpte. Dann ließ er das Band laufen. Eine dunkle, raue Stimme war zu hören, als habe der Sprecher seine Stimmbänder stark strapaziert, damit sie verändert klangen: »Wir haben Ihre Tochter. Wie es weitergeht, werden Sie noch erfahren.«

Dann war das Band zu Ende.

Enttäuscht und verwirrt zog Kullmann die Hörer wieder ab und fragte: »War das alles?«

»Ja.«

»Das ist aber wenig.«

»Stimmt! Er muss sich also wieder melden. Deshalb bleibe ich hier auf Bereitschaft. Hoffentlich redet er beim nächsten Mal länger, damit wir den Anruf zurückverfolgen können.«

»Wie lange müsste er denn dafür reden?«

»Zwei Minuten.«

Kullmann rümpfte die Nase: »Das ist lang. Wenn er kein Dummkopf ist, wird er wissen, dass er nicht lange reden darf.«

»Das ist ja das Problem. Diese Typen werden immer schlauer. Seit wir unser Verfahren zur Rückverfolgung verbessert haben, verkürzen die Entführer ihre Telefonate«, erklärte Nimmsgern.

Kullmanns Blick fiel auf Isolde Jennewein. Sie hatte sich aufrecht hingesetzt.

Ina Knappe saß neben ihr.

Anton Grewe flüsterte zu Kullmann: »Es ist wichtig, dass Frau Jennewein verhandlungsfähig bleibt.«

»Warum?«

»Es besteht die Möglichkeit, dass der Entführer nur mit der Mutter sprechen will.«

Diese Erkenntnis machte Kullmann nervös. Er setzte sich neben Ina Knappe, die gerade dabei war, verschiedene Utensilien für eine intravenöse Injektion in ihre Arzttasche zu räumen.

»Wie geht es ihr?«

»Ich musste ihr eine Beruhigungsspritze geben.«

»Ist sie damit in der Lage zu verhandeln, sollte der Entführer sich wieder melden?«, bohrte Kullmann weiter.

Dr. Knappe nickte.

Als sie sich vom Sofa erhob, folgte Kullmann ihr und fragte: »Wie schätzen Sie Frau Jenneweins Reaktion ein?«

»Darüber möchte ich mich mit Ihnen in Ruhe unterhalten«, wehrte die Psychologin das Gespräch ab.

Kullmann nickte und kehrte zum Sofa zurück. Isolde Jenneweins Gesicht war noch blasser, ihre Statur knochiger und ihre Haare strähniger. Ihre ganze Erscheinung rief Mitleid in ihm hervor. Was diese Frau wohl durchmachte? Warum hatte sie der Anruf des Entführers aus der Fassung gebracht? Was war schlimmer: die Tochter in den Händen eines Entführers zu wissen oder die Ungewissheit, wo sie war und ob sie überhaupt noch lebte?

»Haben Sie die Stimme des Anrufers erkannt?«

Isolde schüttelte nur den Kopf.

Kullmann fühlte sich in der Nähe dieser Frau nicht wohl. Er wusste nicht, wie er sich verhalten sollte. Ihre desolate Verfassung warnte ihn, vorsichtig zu sein. Ihre Mitwirkung war für die nächste Zeit besonders wichtig, weil ein weiterer Anruf des Entführers erwartet wurde. Also zog er es vor, auf ein anderes Thema zu kommen, und fragte: »Wo befindet sich das ehemalige Haus Ihrer Eltern?«

»Eltern?« Isolde lachte verächtlich. »Meine Mutter hatte nur Augen für Hugo. Als der Alte starb, bekam sein Sohn alles, ich ging leer aus und meine Mutter verschwand spurlos. Das nennen Sie Eltern?«

»Damit haben Sie meine Frage nicht beantwortet.«

»Das Haus steht in der Düppenweilerstraße, es ist das letzte Haus auf der rechten Seite. Es gehört heute einer Familie Adamsky.«

Kullmann betrat den Flur, wo er Hübner antraf. Als er sich ihm näherte, erkannte er, warum der junge Kollege nicht ins Wohnzimmer gekommen war. Samantha stand in aufreizender Pose vor ihm. Mit durchsichtiger Bluse bewegte sie sich gekonnt lasziv, dass selbst Kullmann bei diesem Anblick für kurze Momente seine gute Kinderstube hätte vergessen können. Ihr Rock bedeckte noch nicht einmal das Nötigste. Bei jeder ihrer Bewegungen rutschte er nach oben. Ihre Dessous schimmerten darunter hervor. Ihre hochhackigen Schuhe ließen sie größer wirken, fast Auge in Auge stand sie vor Hübner, der über eins fünfundachtzig maß. Ihre Augen hafteten an ihm. Die beiden waren so in ihr Gespräch vertieft, dass sie Kullmann nicht bemerkten. Doch Kullmann ahnte, dass es besser war, auf sich aufmerksam zu machen. Wer wusste schon, welche Fantasien die junge Frau in seinem Kollegen wachrief.

»Ich muss eure angeregte Unterhaltung beenden«, sprach er, wofür er erschrockene Gesichter zu sehen bekam. Hatten die beiden mit Abgeschiedenheit in diesem Durcheinander gerechnet? Kullmann schüttelte über die Gedankenlosigkeit den Kopf.

»Was gibt es, Chef?«, fragte Hübner sofort und wendete sich von Samantha ab.

»Warum nur dieser Aufwand für die kleine Göre?«, murrte Samantha. »Kann ich mich nicht einmal mehr in Ruhe mit Andreas unterhalten?«

»Ach, ihr seid schon beim Du angekommen?« Kullmann spürte Wut in sich hochsteigen. »Wo ist dein Freund Tobias Warken?«

Ihre Augen auf Hübner gerichtet, antwortete Samantha: »Was heißt hier Freund? Tobias hilft mir nur ab und zu, wenn ich ihn brauche.«

»Das möchte ich gern genauer wissen!«

Verdutzt schaute sie endlich zu Kullmann: »Sie sind aber neugierig. Geilt es Sie auf, wenn ich Ihnen Einzelheiten berichte?«

»Es kommt ganz auf die Einzelheiten an.« Kullmann ließ sich nicht aus dem Konzept bringen. »Ich will wissen, wo Tobias jetzt steckt und welche Gefälligkeiten er dir erweist.«

»Fragen Sie ihn doch! Er kann für sich selbst reden, Sie werden es nicht glauben.«

»Wo ist er?«

»Ich vermute, er ist zu Hause, bei Papi. Der Alte bewacht ihn wie einen Schoßhund.«

Mit diesen Worten verließ sie eilig das Haus.

»Das sieht wie eine Flucht aus«, stellte Kullmann fest. »Ich muss mit meinen Fragen ins Schwarze getroffen haben.«

»Du bleibst also bei deinem Verdacht, dass Samantha etwas mit der Entführung zu tun hat?«, sagte Hübner.

»Ja! Deinen Verstand hat sie schon durcheinander gebracht. Deshalb kann ich von dir nicht mehr allzu viel erwarten. Für die Überprüfung von Samantha und Tobias werde ich mit Grewe zusammenarbeiten müssen. Ihm kann sie die Augen nicht verdrehen.«

»Ich bin ganz klar im Kopf, das müssen Sie mir glauben! Ich kann auch …«

»Ich muss gar nichts«, gab Kullmann erbost zurück. »Wir beide fahren jetzt zu Isolde Jenneweins Elternhaus. Nach ihren Angaben wird es bewohnt. Ich will mir diese Bewohner genauer ansehen. Wie ich mit Samantha und Tobias weiter verfahren werde, kannst du getrost mir überlassen.«

Damit brachte er Hübner zum Schweigen.

Hübner drosselte das Tempo des Dienstwagens, als er durch die Düppenweilerstraße fuhr. Das letzte Haus war durch eine gelbe Mauer von der Außenwelt abgeschirmt. Ein gusseisernes Tor gewährte Einblick in einen großen Hof, wo ein Gärtner die Blumenbeete pflegte. Kullmann und Hübner brauchten den Klingelknopf nicht zu betätigen. Der alte Mann kam auf sie zu und teilte mit: »Wenn Sie die Familie Adamsky besuchen wollen, kann ich Ihnen versichern, dass Ihnen das nicht gelingen wird.«

»Wer sind Sie?«, fragte Kullmann.

Der Mann schaute auf seine grüne Kluft, seine Gartenschere und den Schubkarren und meinte: »Ich bin hier als Gärtner angestellt, das sieht man doch.«

»Lassen Sie uns hinein! Wir sind von der Kriminalpolizei.«

Murrend kramte der alte Mann einen Schlüssel aus seiner Hosentasche und öffnete das Tor. Kullmann und Hübner gingen durch den großen Vorgarten, der in einem tadellosen Zustand war. Die Fassade des Hauses schimmerte in zartem Gelb. Die Haustür bestand aus dunklem Holz, ebenso die Fenster und die Fensterläden, die alle geschlossen waren. Ein angebauter Erker aus Naturstein bildete einen harmonischen Kontrast. Ein Balkon aus dem gleichen dunklen Holz zierte die rechte Seitenwand; auch dort waren alle Fensterläden zugeklappt.

Kullmann klingelte.

Lange dauerte es, bis die Tür einen kleinen Spalt geöffnet wurde. Ein kalkweißes Gesicht schaute heraus.

Kullmann hielt seinen Ausweis in den Türspalt, bevor er fragte: »Sind Sie der Eigentümer dieses Hauses?«

Ein Nicken.

»Haben Sie das Haus von Familie Kauz gekauft?«

Wieder ein Nicken.

»Dürfen wir hereinkommen und Ihnen einige Fragen stellen?«

Die bleiche Gestalt schüttelte den Kopf und wollte die Tür schließen. Aber Kullmann war schneller. Er hielt seinen Fuß in den Türspalt.

»Was soll das?« Die Stimme klang krächzend, dass es Kullmann fröstelte.

»Ich will Ihnen ein paar Fragen stellen.«

»Dann tun Sie das hier! Aber rein kommen Sie nicht.«

»Und warum nicht? Halten Sie ein kleines Mädchen dort versteckt, das die Polizei nicht finden soll?«

Das Zögern des kreidebleichen Mannes dauerte zu lange. Hübner stieß die Tür auf und trat ein.

»Sie haben kein Recht, hier hereinzuplatzen.« Adamskys Stimme überschlug sich.

Erst jetzt sah Kullmann, wie groß er war. Seine schwarzen Haare standen zerzaust vom Kopf ab. Seine Kleidung war ebenfalls schwarz. Sogar die Augen. Kullmanns Blick versuchte zu erkunden, ob die Haarfarbe und die Augenfarbe echt waren, konnte es aber in der Düsternis, die in dem Haus herrschte, nicht erkennen.

Alles lag in ungewöhnlicher Stille.

»Sind Sie allein zu Hause?«

»Ich kenne mich aus mit Recht und Gesetz. Ich werde Sie anzeigen«, überging Adamsky Kullmanns Frage.

»Warum wollen Sie der Polizei nicht helfen, ein kleines Mädchen zu finden?« Kullmann bemühte sich um Gelassenheit.

»Weil ich nicht helfen kann.«

»Sollen wir wirklich mit einem Durchsuchungsbeschluss zurückkommen?«

»Nadine Kruchten ist nicht hier«, krächzte Adamsky. »Warum soll ich mir mit einem fremden Mädchen Ärger aufladen?«

»Erpressung, zum Beispiel! Schon mal davon gehört?« Kullmanns Geduld begann sich aufzulösen.

»Hausfriedensbruch! Schon mal davon gehört?«

Kullmann erkannte, dass er mit diesem Mann nicht weiterkam. Er verlangte den offiziellen Weg, also mussten sie ihn einhalten.

Betreten verließen die beiden Beamten das Haus.

»Na, was habe ich Ihnen gesagt?« Der Gärtner stand hämisch grinsend hinter den Polizisten.

»Was wird hier gespielt?«, fragte Hübner ungehalten. »Was haben diese Leute zu verbergen? Wir untersuchen ein Verbrechen. Da bekomme ich doch gleich den Eindruck, auf der richtigen Spur zu sein.«

»Wie Verbrecher sehen die nicht nur aus«, bemerkte der Gärtner. »Sie benehmen sich auch so. Und sie haben immer Geld, obwohl ich sie nie auf die Arbeit gehen sehe. Verdächtig ist das schon.«

»Ist das die Addams-Family aus dem Saarland?«

»Der Vergleich ist gut«, lachte der Gärtner laut los.

Kullmann ging zur Rückseite des Hauses. Dort lag ein Swimmingpool. Ein Mann stand am Rand des Beckens und fischte mit einem Netz den Schmutz aus dem Wasser.

»Wird dieses Schwimmbad jemals benutzt?«

Der Mann schaute Kullmann nur kurz an, führte dann konzentriert seine Arbeit weiter durch. Dabei sprach er: »Ich glaube nicht. Die Hausbesitzer habe ich noch nie vor der Tür gesehen.«

»Was ist mit diesen Leuten?«

»Keine Ahnung. Niemand in der Gegend will auch nur in die Nähe des Hauses. Die Familie ist allen unheimlich.«

Staatsanwalt Foster wartete bereits im Büro auf Kullmann. Er wirkte verärgert. »Ich wäre gerne auf dem Laufenden, Norbert. Deine Sekretärin Molly Meyer hat mich über den Anruf des Entführers informiert.«

»Was ich doch für eine gute Sekretärin habe«, raunte Kullmann. Das Versäumnis war ihm peinlich, aber leider nicht mehr ungeschehen zu machen. Zum Glück waren Foster und Kullmann schon über Jahre hinweg gute Kameraden, weshalb sich Foster nicht lange mit dieser Angelegenheit beschäftigte. Viel zu groß war seine Neugier.

Nachdem Kullmann ihm alles berichtet hatte, nahm er den Telefonhörer in die Hand und fragte Jürgen Schnur, ob er die geforderte Liste der Telefongesellschaft erhalten habe, in der Hoffnung, dass der Anruf des Entführers sich darunter befand.

Als er auflegte, meinte Foster: »Man merkt, dass du kein Profi in Sachen Entführung bist.«

»Woran?«

»Kein Entführer ruft über seinen Hausanschluss an. Dass man den jederzeit zurückverfolgen kann, wissen die bösen Buben schon lange.«

»Ich verlasse mich immer darauf, dass auch Verbrecher Fehler machen.«

»Deine Hartnäckigkeit ehrt dich«, sprach Foster weiter. »Was hat die Familie Adamsky damit zu tun?«

»Die Familie wohnt in Isolde Jenneweins ehemaligem Elternhaus. Es ist nicht auszuschließen, dass das Kind dort versteckt wird. Das Verhalten der Familie ist mehr als verdächtig. Sie wollten uns noch nicht einmal ins Haus lassen, um ihnen Fragen zu stellen.«

Foster ging einige Schritte auf und ab, blieb vor Kullmann stehen und bemerkte: »Das klingt sehr dürftig für einen Durchsuchungsbeschluss. Hast du dich denn schon über die Familie erkundigt? Ich würde dir gern jede Hilfestellung geben, aber gleich mit Kanonen auf Spatzen schießen, nur weil dir die Familie nicht gefällt, ist keine geeignete Taktik.«

»Hübner ist gerade dabei, Informationen zu beschaffen«, erklärte Kullmann. Sein Gesichtsausdruck hatte sich verändert, ihm war deutlich die Enttäuschung über Fosters Entschluss anzusehen.

»Ich weiß, wie dringend die Angelegenheit ist. In allen Bundesländern verschwinden Mädchen im gleichen Alter wie Nadine Kruchten. Immer wieder bekommt man die schaurigsten Geschichten zu hören, was mit diesen Kindern geschehen ist. Aber ich kann nicht schalten und walten, wie es mir gefällt. Egal, wie gerne ich es tun würde«, erklärte Foster zerknirscht. »Sobald Hübner etwas findet, was die Familie Adamsky verdächtig macht, werden wir unverzüglich eine Hausdurchsuchung durchführen. Nichts ist mir lieber, als diesen Fall zu einem glücklichen Ende zu bringen.«

Kaum hatte er ausgesprochen, betrat Hübner das Zimmer seines Vorgesetzten. In der Hand hielt er eine Akte, die er Kullmann überreichte.

»Was ist das?«

»Unterlagen über die Familie Adamsky.«

»Gibt es etwas, was uns weiterhilft?«

»Ja! Sie sind aktenkundig«, grinste Hübner. »Der Vater ist erwischt worden, als er in der Dunkelheit in einer verlassenen Straße ein kleines Mädchen verfolgt hat.«

»Das ist wirklich interessant. Warum hat er das getan?«

»Er sagte aus, dass er mit dem Mädchen nur reden wollte. Aber das Mädchen, Susanne heißt es, behauptet, er habe versucht, über sie herzufallen.«

»Worüber will ein erwachsener Mann mit einem kleinen Mädchen reden?«

»Nach seiner Aussage ist sein Sohn im gleichen Alter wie Susanne. Die Kinder hätten sich in der Schule über den Jungen lustig gemacht. Angeblich wollte er den Grund dafür erfahren.«

»In der Dunkelheit in einer verlassenen Straße? Das hört sich wirklich verdächtig an. Wie ging die Sache aus?«

»Die Akte wurde geschlossen, weil Aussage gegen Aussage stand.«

»Wie alt ist der Sohn der Adamskys?«, fragte Kullmann.

»Er ist acht und geht in die Grundschule in Nalbach.«

»Genau wie Nadine.« Kullmanns Augen blitzten auf.

»Du glaubst, dass Nadine sich ebenfalls über den Jungen lustig gemacht hat, weshalb Vater Adamsky das Mädchen spurlos verschwinden lässt?«, hakte Staatsanwalt Foster nach.

»Das ist nicht auszuschließen.« Kullmann nickte.

»Das spricht gegen alles, was wir über Nadine Kruchten erfahren haben.«

»Hörensagen«, widersprach Kullmann. »Wir kennen Nadine nicht persönlich.«

»Also traust du Nadine so etwas zu?«

»Kinder können grausam sein«, gab Kullmann noch nicht auf.

»Hörensagen«, schlug Foster Kullmann mit dessen eigenen Worten. »Wir beide haben mit Kindern keine Erfahrungen, weil wir kinderlos geblieben sind.«

»Ich sehe hier eine Spur – einen wichtigen Grund für eine Hausdurchsuchung«, beharrte Kullmann weiter.

»Aber es war nicht Nadine, mit der Adamsky sprechen wollte.«

»Was willst du damit sagen?«

»Dass das nicht für eine Hausdurchsuchung reicht.«

TEIL VII
2004

Kapitel 30

Nadine saß auf dem obersten Treppenabsatz und beobachtete, wie Samantha von der Untersuchungshaft nach Hause zurückkehrte. In ihr brodelte nicht nur eine große Enttäuschung, sondern eine noch viel größere Wut. Eine unendliche Wut über die Unzuverlässigkeit der Polizei. Erst gestern, kurz bevor sie zu Tobias aufgebrochen waren, hatte sie der Polizistin klar zu verstehen gegeben, dass nur Samantha für den Mord an ihrer Mutter in Frage kam. Warum wurde Samantha trotzdem freigelassen? Musste wieder etwas passieren, bevor die Polizei endlich begriff?

Sie zitterte vor Angst, schüttelte sich und hielt ihre Augen beharrlich auf die untere Etage gerichtet. Arthur saß im Wohnzimmer. Ob er sich über Samanthas Entlassung freute, wusste Nadine nicht. Nun wollte sie abwarten. Vielleicht hörte sie von ihrem Platz aus genug, um zu verstehen, welche Rolle sie weiterhin in dieser kaputten Familie spielte.

Samantha wirkte alt an diesem Tag. Sie trug kein Make-up, ihre Lippen waren spröde, ihre Haare mit einem Band notdürftig zurückgebunden. Einige Strähnen hatten sich trotzdem befreit und standen widerspenstig vom Kopf ab. Ihre Jeanshose wirkte bieder, was Nadine an Samantha noch nie gesehen hatte. Auch das Jeanshemd war zugeknöpft, von ihrem Dekolletee nichts zu sehen. Seltsam, dass sie so sparsam mit ihren Reizen umging. Hatte es bei der Polizei nicht die erwünschte Wirkung gehabt?

Mit großen Schritten stampfte Samantha ins Wohnzimmer.

»Da bist du ja«, hörte Nadine ihre schneidende Stimme. »Es hat dich wohl riesig gefreut, dass ich wieder entlassen bin. Konntest dich kaum noch zurückhalten, mich in Saarbrücken abzuholen!«

Von Arthur war nichts zu hören.

»Schämst du dich meinetwegen?«

»Nein! Warum redest du so ein dummes Zeug?«

»Warum hast du mich nicht abgeholt?«

»Ich hatte keine Zeit.«

»Das sehe ich. Du musstest aufpassen, dass das Sofa nicht umfällt.«

Wütend eilte Samantha aus dem Wohnzimmer.

Nun wurde es für Nadine brenzlig. Schnell verließ sie ihren Platz und verschwand in ihrem Zimmer. Hoffentlich kam Samantha nicht auf die Idee, sie dort aufzusuchen.

»Nun spiel bitte nicht die Beleidigte.« Nadine hörte Arthur hinter seiner Tochter herlaufen. »Du hast dich mit deinem Benehmen selbst in diese peinliche Situation gebracht. Wenn ich dir alles nachsehe, begreifst du es nie.«

»Ach, so ist das«, kreischte Samantha. »Ich bin zu blöd, um was zu kapieren.«

»Samantha!«, ermahnte Arthur.

Aber das hielt sie nicht auf. »Du glaubst doch nicht ernsthaft, dass ich etwas mit Isoldes Tod zu tun habe?«

Arthur schwieg, eine Reaktion, die Nadine nicht erwartet hatte.

»Ich weiß alles über Isolde. Ich habe meine Augen und Ohren überall. Deshalb weiß ich auch, dass sie sich erhängt hat – und niemand dabei nachgeholfen hat«, wurde Samantha immer wütender. »Soll ich dir sagen, was ich in der Nacht vor ihrem Tod in Erfahrung gebracht habe?«

»Schweig, Samantha! Du hast schon genug Schaden angerichtet«, wurde Arthur so laut, wie Nadine ihn noch nie hatte schreien hören.

»Was meinst du damit?«, fragte Samantha fassungslos.

»Dir haben wir es zu verdanken, dass die Polizei unsere Familie immer noch nicht in Ruhe lässt.«

»Klar! Wenn die Bullen anfangen, bei uns den Dreck aufzuwühlen, dann haben sie eine Menge zu tun. Ist es das, was dir so peinlich ist?«

»Mein Gott«, stöhnte Arthur. »Halt endlich deinen Mund!«

»Ja klar! Unter den Teppich kehren und weiter heucheln, als sei nie etwas geschehen. Das haben wir in unserer Familie schon immer so gemacht und so soll es in Zukunft auch bleiben.«

Eine Weile herrschte erdrückendes Schweigen.

»Glaub mir bitte nur eines: Ich habe Isolde nicht getötet.« Mit einem Mal klang Samantha flehentlich.

Wieder war nichts von Arthur zu hören.

Nadines Herz schlug bis zum Hals, so aufgeregt war sie. Was dachte

Arthur? Glaubte er, dass ihre Mutter sich selbst umgebracht hatte, oder glaubte er, dass seine eigene Tochter dahinter steckte?

»Du könntest mir doch wenigstens darauf antworten«, erinnerte Samantha.

»Ich habe dir nichts mehr zu sagen«, ertönte Arthurs Stimme traurig.

Seine Schritte entfernten sich.

Genau das, was Nadine befürchtet hatte, traf ein: Arthur verließ das Haus, ließ sie mit Samantha allein zurück.

Wie ein Igel rollte sie sich hinter dem Bett zusammen, um so klein wie möglich zu sein. Wenn sie Glück hatte, würde Samantha sie nicht finden. Immer wieder ließ sie sich die Unterhaltung zwischen den beiden durch den Kopf gehen. Je länger sie darüber nachdachte, desto deutlicher spürte sie, dass Samantha ihre Sonderstellung bei Arthur verloren hatte. Er glaubte seiner Tochter nicht mehr. War das gut für Nadine? Einerseits ja, sie könnte mehr auf Arthur zählen, andererseits nein, denn nun würde Samantha noch gefährlicher für sie werden. Hoffentlich hatte Arthur daraus gelernt und ab sofort ein wachsames Auge auf Samantha, damit Nadine ihr nicht auch noch zum Opfer fiel. Sie versank in diesen Gedanken, die ambivalente Gefühle in ihr auslösten. Dabei vergaß sie, weshalb sie so eingerollt in der Ecke hinter dem Bett lag. Als sie durch eine Vorahnung die Augen öffnete und aufschaute, stand Samantha vor ihr. Nadine hatte nicht bemerkt, wie sie in ihr Zimmer geschlichen war.

Hastig sprang Nadine auf. Die Zimmertür war geschlossen. Sofort bekam sie Atemnot. Mit einem Satz sprang sie über das Bett zur Tür und riss sie auf.

»Stell dich nicht so an. Willst mir wohl mit deinem albernen Verhalten etwas sagen«, lachte Samantha. »Dir glaubt sowieso keiner was. Du hast noch nie im Leben für irgendwen eine Rolle gespielt.«

»Ach, woher willst du das wissen?«, konterte Nadine, immer noch nach Luft ringend.

»Warum hat sich dein Vater aus dem Staub gemacht, als du kamst?«, provozierte Samantha. »Er wollte nichts von dir wissen.«

»Klar! Aber dafür hatte ich meine Mutter«, zahlte Nadine mit gleicher Münze heim. »Deine Mutter hat dich gesehen und abgeschoben. Da frage ich mich, was schlimmer ist.«

»Dass ich nicht lache«, spottete Samantha. »Was war denn vor elf Jahren? Was hat deine Mutter damals für dich getan?«

Nun gelangte Nadine auf fremdes Terrain. Sie wusste nicht, wovon Samantha sprach, spürte nur noch, wie ihr die Luft wegblieb. Panisch griff sie sich an den Hals und atmete ganz schwer, musste heftig gegen ihr Erstickungsgefühl ankämpfen. Ihr blieb keine Gelegenheit, über Samanthas Anschuldigungen nachzudenken. Aber Samantha sprach unbeirrt weiter, hässliche Dinge über sie und ihre Mutter, was Nadine nur noch aus weiter Ferne vernahm. Ihre Schläfen pochten, ihr wurde schwarz vor Augen, doch Samantha redete und redete und redete.

Kapitel 31

Nach einem gelungenen Wochenende, das Anke ausschließlich ihrer Tochter Lisa gewidmet hatte, fiel es ihr schwer, zur Dienststelle zu gehen. Sie war mit Lisa in den Saarbrücker Zoo gegangen, was sich als ein schönes Erlebnis für die Kleine erwies. Gerne erinnerte Anke sich an das große Interesse, das Lisa gezeigt hatte. Mit ihren Fingerchen hatte sie auf alle Tiere gezeigt, als wolle sie damit fragen, vor welcher Gattung sie gerade standen. Dabei stellte Anke fest, dass sie selbst nicht alle Tierarten kannte, die es dort gab.

Aber jetzt musste sie sich auf ihre Arbeit konzentrieren, was ihr noch nie so schwer gefallen war. Schicksalsergeben setzte sie sich an ihren Schreibtisch und versuchte, sich auf den Fall zu konzentrieren. Obwohl sie sich bemühte, ihre Gedanken schweiften ab. Da war es schon eine Hilfe für sie, als Erik ihr Zimmer betrat. Er holte sie in die Gegenwart zurück.

»Durch Dr. Wedicks falsche Berechnung herrschte am Wochenende schlechte Stimmung«, begann er. »Forseti hat sich den Kriminalbiologen vorgeknöpft. Jetzt wird der hypernervöse Wedick noch nervöser. Wie sagte Theo so schön: *Wedick lebt in ständiger Angst, einen wichtigen Termin zu verpassen.* Ich glaube, genau das ist eingetroffen. Forseti will für seine Entlassung sorgen.«

»Ist das nicht ein bisschen hart?«

»Ist es auch. Was da passiert ist, ist heikel. Nach neuen Berechnungen ist Wedick zu dem Ergebnis gekommen, dass Roswitha Loew noch eine Weile gelebt hat, als sie an dieser Stelle lag!«

»Das heißt, sie ist dort langsam gestorben?« Anke schüttelte sich. »Das ist ja entsetzlich. Warum hat sie sich nicht davongemacht?«

»Sie hatte den Schädel eingeschlagen. Vermutlich war sie bewusstlos und starb an ihren Verletzungen.«

»Das heißt, wenn sie jemand rechtzeitig entdeckt hätte, wäre sie zu retten gewesen?«

»Genau das«, nickte Erik.

»Das ist schrecklich. So einen Tod hat niemand verdient.« Anke konnte die Grausamkeit gar nicht fassen.

Erik erinnerte: »Das ist nicht unser Fall, wie du weißt.«

»Zum Glück«, stimmte Anke zu. »Unser Fall ist schon dramatisch genug.«

»Ich habe einen Plan, wie wir schnellstmöglich herausfinden, was es mit dieser Anfrage von Isolde Jennewein bei den Unikliniken auf sich hat«, verkündete Erik grinsend.

»Wie denn?«

»Ich werde Dr. Wedick bitten, es für uns herauszusuchen. Er sitzt vor Ort und ist uns einen Gefallen schuldig!«

Er griff zum Telefon und rief in Homburg an.

Dr. Wedick meldete sich. Als er Eriks Stimmte hörte, begann er sofort loszureden, ohne dass Erik eine Chance hatte, den eigentlichen Grund seines Anrufs zu nennen: »Ich habe meine Berechnungen erneut überprüft. Nicht immer entstehen Insektenfraßspuren erst nach dem Tod; Ameisen oder Schaben verursachen Hautwunden oftmals schon bei lebendem Gewebe, wenn der Betroffene lange genug unbeweglich liegt. Diese Hautveränderungen sehen wie Schürfwunden durch einen rauen Gegenstand aus. Da die Frau offensichtlich von einer hohen Aussichtsplattform herabgefallen ist, hielt ich diese Hautabschürfungen fälschlicherweise für Kratzer als Folge des Aufpralls auf grobem Felsgestein.«

»Deshalb rufe ich nicht an. Trotzdem können Sie den neuen Bericht Forseti zufaxen. Er wartet schon darauf.«

»Mache ich sofort.«

»Aber vorher habe ich eine Bitte an Sie!«

»Nur los! Was haben Sie auf dem Herzen?«, reagierte Wedick, wie Erik es erwartet hatte.

»Wir haben hier eine schon seit Jahren zurückliegende Anfrage an die Uniklinik in Homburg. Ich möchte wissen, was dort angefragt wurde. Ich faxe Ihnen das Schreiben zu.«

»Ich werde es herausfinden und mich sofort bei Ihnen melden.«

Zufrieden legte Erik den Hörer auf.

»Nichts ist so schlecht, dass nicht auch noch etwas Gutes dabei herauskäme«, grinste er. Wieder mit ernster Miene fügte er an: »Jetzt muss ich mit Forseti und Bernhard zur Hausdurchsuchung von Roswitha Loews Wohnung in Saarbrücken.«

»Forseti geht mit?«

»Erstaunlich, was? Es kommt mir so vor, als würde er uns nicht mehr trauen.«

»Kullmann ging früher auch immer mit. Er hatte bestimmt keinen Zweifel an unserer Arbeit«, schlug Anke dieses Argument in den Wind. »Erinnere dich an deine eigene philosophische Behauptung: Nichts ist so schlecht, dass nicht auch noch etwas Gutes dabei herauskäme.«

Erik zog eine Grimasse und eilte aus dem Büro.

Kaum hatte sich ihre Zimmertür geschlossen, klopfte es und Kullmann trat ein.

Erstaunt fragte sie ihren ehemaligen Vorgesetzten: »Nanu! So früh in deinen ehemaligen Diensträumen, wo du doch ausschlafen könntest?«

»Ja! Ich bin auf dem Weg zum Hausverwalter deines Appartementhauses, um mit ihm über die Sicherheit deiner Wohnung zu sprechen. Euer Schutz ist nicht einfach mit einer höheren Brüstung gewährleistet. Da muss mehr getan werden.«

»Deshalb kommst du aber nicht hierher?«

»Nein. Ich muss ständig an den Fall denken. Hast du schon mit Nadine sprechen können?«

»Nicht richtig«, gestand Anke.

»Bedeutet das, dass du bei Nadine noch nicht weitergekommen bist?«

»Genau das! Wenn ich auf das Thema Entführung zu sprechen komme, blockt sie ab. Ist dir bekannt, ob Nadine damals eine Therapie gemacht hatte?«

»Ihre Mutter hatte jegliche Therapie abgelehnt.«

Kapitel 32

Als Nadine die Augen aufschlug, lag sie im Treppenhaus. Ein Geräusch hatte sie geweckt. Sie hob ihren Kopf und sah direkt in Tobias' Gesicht, der sich zu ihr herunterbeugen wollte. Von Panik erfasst schrie Nadine, sprang auf ihre Füße und rannte zur Treppe. Der junge Mann wollte sie aufhalten, doch Nadine befreite sich so heftig aus seinem Griff, dass sie das Gleichgewicht verlor und sich mehrmals überschlagend die Treppe hinunterstürzte.

Voller Entsetzen folgte Tobias ihr. Sie bewegte einige Male ihre Gelenke, um festzustellen, ob kein Knochen gebrochen war, und stand auf. Alles war heil geblieben. Auf zittrigen Beinen ging sie die restlichen Stufen hinunter bis ins Erdgeschoss, wackelte ins Wohnzimmer und ließ sich auf das Sofa fallen.

»Was ist denn mit dir los?«, fragte Tobias.

Eine Weile schwieg Nadine, bis sie sich aufraffte und sagte: »Ich hatte einen hässlichen Streit mit Samantha.«

»Was hat das mit mir zu tun?«

»Ich weiß es nicht«, gestand Nadine.

Das war ehrlicher, als es sich anhörte. Nadine wusste es wirklich nicht. Warum reagierte sie so panisch auf Tobias' Gesicht? Warum löste er so große Angst in ihr aus? Sie musste Klarheit bekommen, musste einfach herausfinden, was damals mit ihr geschehen war. Inzwischen sprachen schon Samantha und die Polizistin davon. Also gab es etwas, was bis heute jedem in Erinnerung geblieben war – nur ihr nicht, obwohl sie die Betroffene war.

»Ich muss wissen, was vor elf Jahren mit mir passiert ist«, sagte sie, als sie merkte, dass Tobias sich nicht vom Fleck rührte.

»Du bist entführt worden«, erklärte Tobias. »Kannst du dich nicht mehr daran erinnern?«

»Nein. Ich weiß nichts mehr«, gab Nadine zu.

»Das ist erstaunlich. Ich hätte nie gedacht, dass man so etwas einfach vergessen könnte. Deine Befreiungsaktion war spektakulär, sie stand in allen Zeitungen. Ganz Deutschland hat davon erfahren. Die Medien waren wie besessen auf die Geschichte und haben sie ausgeschlachtet.«

»Die Medien«, wiederholte Nadine. »Das ist eine gute Idee.«

»Was?«

»Ich werde am Montag ins Zeitungsarchiv gehen und mir die Berichte heraussuchen lassen. Nur so kann ich erfahren, was vor elf Jahren mit mir los war.«

»Darf ich dich begleiten?«

»Nein«, wehrte Nadine brüsk ab. »Ich gehe lieber allein.«

Tobias' Gesichtsausdruck wirkte sofort gekränkt.

»Warum bist du gekommen?«, fragte Nadine.

»Samantha war bei mir.«

»Ja und!« Nadine rümpfte die Nase.

»Sie sprach mich nach all den Jahren auf das Kuvert an. Ich habe sie angelogen, aber ich habe mich beschissen dabei gefühlt.«

»Du solltest dich beschissen fühlen, weil du Samantha diesen verwerflichen Gefallen getan hast«, trumpfte Nadine böse auf. »Was ist in dich gefahren, dass du mir auf einmal jeden Schritt erzählst, den Samantha unternimmt?«

»Ich hatte Angst, dass Samantha sofort einen Zusammenhang zu dir herstellen würde, weil nur du wissen konntest, dass sie meine Wohnung als Versteck benutzt hat.«

»Oh.«

»Sie wollte das Kuvert zum Glück nicht sehen, hat sich doch tatsächlich auf mein Wort verlassen. Aber trotzdem hatte ich das Bedürfnis, dich zu warnen.«

»Aber was hilft mir das?«, klagte Nadine. »Samantha ist wieder zu Hause und ich muss es mit ihr unter einem Dach aushalten.«

»Du kannst bei mir wohnen«, schlug Tobias ganz unvermittelt vor.

»Klar! Dann lauert Samantha mir auf, weil sie glaubt, ich hätte ihr den Freund ausgespannt«, lachte Nadine abfällig.

»Ich bin nicht mehr mit Samantha zusammen.«

»Das sieht Samantha anders. Du gehörst ihr, Ende der Diskussion! Hast du noch nicht verstanden, nach welchem Prinzip Samantha lebt?«

»Okay! Mein Vorschlag war dumm. Leider kann ich keinen anderen machen. Überleg es dir trotzdem!«

Kapitel 33

Die Worte hingen bedeutungsschwer in der Luft. Nun hatte Anke eine Vorstellung, warum sich Nadine ihr gegenüber verschloss, wenn sie auf die Entführung zu sprechen kam. Ohne Therapie hatte Nadine kaum eine Chance, ein Erlebnis dieses Ausmaßes zu verarbeiten.

»Was ist aus der Polizeipsychologin Ina Knappe geworden?«, fragte Kullmann in die Stille. »Esther wollte sich darum kümmern.«

Anke griff zum Telefon und wählte Esthers Nummer. Kaum hatte sie wieder aufgelegt, betrat Esther Ankes Büro.

»Sie arbeitet jetzt als Profilerin im Bundeskriminalamt.«

»Finden Sie heraus, wo sie jetzt ist«, befahl Kullmann. »Wir brauchen Dr. Knappes Hilfe hier.«

»Ich bin am Fall Loew«, murrte Esther. »Forseti will Ergebnisse sehen.«

»Das hindert Sie nicht daran herauszufinden, wo sich Dr. Knappe aufhält! Ich brauche nur eine Telefonnummer, um sie anzurufen.«

»Klar! Alles ist ganz einfach«, schimpfte Esther. »Forseti macht Druck, weil der neu errechnete Todeszeitpunkt von Roswitha Loew unsere bisherige Arbeit zunichte gemacht hat. Jetzt muss ich Kreuwischs Alibi schon wieder überprüfen, Kreuwisch verhält sich unkooperativ.«

Sie wollte gerade das Zimmer verlassen, als Anke sie aufhielt: »Ich bin mir nicht sicher, ob Kreuwisch dahintersteckt.«

»Sag das dem Chef!«, murrte Esther.

»Ich habe das Gefühl, dass Nadine Kruchten Roswitha Loew gekannt hat«, gab Anke ihrer Kollegin den Hinweis, der sie seit ihrer letzten Begegnung mit Nadine beschäftigte. »Wer weiß, vielleicht hängt dein Fall mit meinem zusammen.«

»Das hört sich interessant an«, erkannte Esther. Mit neuem Schwung eilte sie davon.

»Ich freue mich zu sehen, wie gut ihr zusammenarbeitet«, bemerkte Kullmann. »Nur hoffe ich, dass Esther darüber nicht mein Anliegen vergisst.«

»Was versprichst du dir davon?«

»Ina Knappe hatte damals mehr erkannt, als sie zu Protokoll gegeben hat. Sie war lediglich als Polizeipsychologin eingeschaltet; jede Äußerung ihrerseits hätte ein Verfahren nach sich ziehen können, für das sich zu verantworten sie noch nicht bereit war«, erklärte Kullmann.

»Dieser Satz ist so formuliert, dass ich gar nichts verstehe«, gestand Anke.

»Sollte Ina Knappe heute bereit sein, ihre damalige Vermutung zu protokollieren, könnte uns das bei den Ermittlungen entscheidend weiterhelfen.«

»Warum sollte sie heute das tun, was sie vor elf Jahren abgelehnt hat?«

»Weil es heute keine persönlichen Konsequenzen mehr nach sich ziehen würde.«

»Wird sie sich nach all den Jahren überhaupt noch erinnern?«

»Da bin ich mir sicher«, bestätigte Kullmann. »Aber jetzt werde ich zu dem Hausverwalter fahren. Bis ich zurückkomme, wird Esther bestimmt in Erfahrung gebracht haben, wo ich Dr. Knappe erreichen kann.«

TEIL VIII
1993

Kapitel 34

Inzwischen war Sonntag.

Kullmann konnte nicht abschalten. Er saß in seinem Büro und las die Akte durch, die für den Entführungsfall zu einem dicken Ordner angewachsen war. Fred Feuerstein hatte sie mit seiner für ihn bekannten Sorgfalt angelegt. Trotzdem fühlte sich Kullmann von dem Gefühl getrieben, dass es etwas gab, was er nicht sah, nicht verstand, nicht greifen konnte. Deshalb blätterte er zum wiederholten Mal im Ordner herum. Gänzlich in seine Lektüre vertieft, bemerkte er Jürgens Eintreten erst, als der Mitarbeiter sich mit einem Räuspern meldete.

»Hallo, Jürgen! Ist für dich heute nicht Sonntag?«

»Doch! Wie für dich auch«, gab Jürgen zurück. »Ich habe das Ergebnis der Anfrage bei der Telefonzentrale.«

Er überreichte seinem Vorgesetzten seinen Bericht.

Leider konnte ihm das auch nicht weiterhelfen. Es wurde tatsächlich ein Anruf registriert, als der Entführer sich gemeldet hatte. Es war eine Telefonzelle. Das Team der Spurensicherung hatte sich die ganze Zelle vorgenommen, in der Hoffnung, einen aktenkundigen Fingerabdruck zu finden. Aber ohne Erfolg. Alle Bemühungen endeten im Nichts.

Verzweifelt rieb er sich die Schläfen. Als er bemerkte, dass Jürgen immer noch vor ihm stand, schaute er ihn fragend an.

»Ich habe mir die Akten vom Fall Walter Kruchten noch einmal angesehen«, erklärte Jürgen.

»Und?«

»Er war schon einmal verheiratet. Seine erste Frau lebt in Perl, hat inzwischen einen Winzer geheiratet. Ich habe sie aufgesucht und mit ihr über Kruchten gesprochen.« Während Jürgen berichtete, zog er sich einen Stuhl heran und setzte sich.

»Hast du etwas Relevantes für unsere Ermittlungen erfahren?«

»Ja! Seine erste Frau behauptet, dass Walter Kruchten niemals in der Lage gewesen wäre, eine Frau zu schlagen. Er war naiv, aber harmlos.«

»Und warum wurde diese Ehe geschieden?«

»Weil seine erste Frau einen anderen Mann kennengelernt hat.«

»Warum hat seine erste Frau bei der Gerichtsverhandlung nicht für Kruchten ausgesagt?«

»Zu dem Zeitpunkt befand sie sich nicht in Deutschland. Sie war mit ihrem neuen Mann auf einer langen Reise, um die Weinsorten und den Weinanbau anderer Länder zu erkunden«, antwortete Jürgen.

»Und woher kommen Isolde Jenneweins Verletzungen? Sie hatte Prellungen im Gesicht, am ganzen Körper, sogar eine Gehirnerschütterung und eine gebrochene Rippe. Ich habe die Krankenunterlagen alle gelesen. Solche Verletzungen fügt sich ein Mensch doch nicht selbst zu!«

»Da wäre ich mir nicht so sicher.«

Das Klingeln des Telefons unterbrach die Unterhaltung.

Er hörte Nimmsgerns aufgeregte Stimme aus dem Hörer: »Der Entführer hat erste Forderungen gestellt!«

»Was verlangt er?«

»Er verlangt fünfhunderttausend Mark und die Geldübergabe soll morgen Nachmittag sein.«

»Haben Sie dieses Mal den Anruf zurückverfolgen können?«

»Leider nicht. Das Telefonat war wieder zu schnell vorbei.«

Enttäuscht legte Kullmann auf.

»Er hat seine Forderungen gestellt.«

»Er verliert keine Zeit mehr«, erkannte Jürgen.

»Das dürfen wir auch nicht. Informiere die Telefongesellschaft. Sollte es sich wieder um eine Telefonzelle handeln, kann sich das Team der Spurensicherung schnellstmöglich auf den Weg dorthin machen. Vielleicht haben wir dieses Mal mehr Glück.«

Als sie an dem Bauernhaus in Dillingen-Diefflen eintrafen, standen dort zur Überraschung der Beamten mehrere Übertragungswagen von Presse und Fernsehen. Sie stellten den Dienstwagen vor dem Nachbarhaus ab. Eine ältere Dame stand mit Lockenwicklern in den Haaren vor der Tür. Kaum war Kullmann ausgestiegen, stolzierte sie mit ihren rosa Pantoffeln auf ihn zu und sagte: »Wenn Sie mich fragen: Isolde Jennewein weiß genau, was mit ihrer Tochter los ist.«

Kullmann wollte sich eigentlich nicht mit dieser schrulligen Person unterhalten, doch ihre Worte ließen ihn erstarren.

»Was macht Sie da so sicher?«

»Dieses Aufgebot an Presse«, erklärte sie, wobei sie hochnäsig ihr Kinn nach vorne schob. »Das ist doch genau das, was diese graue Maus braucht. Samantha stiehlt ihr nicht nur die Schau, sondern auch den Mann – wenn Sie wissen, was ich meine.«

»Oh ja«, ging Kullmann nun auf das Gespräch ein, weil es interessant zu werden versprach.

»Nicht, dass Sie glauben, ich würde über andere tratschen.«

»Nein, nein! Nie käme ich auf solch einen unschönen Gedanken«, bestätigte Kullmann.

»Aber was in diesem Haus vor sich geht, ist einfach nicht zu übersehen.«

»Was geht denn in diesem Haus vor?«

»Arthur wollte sich von Isolde scheiden lassen«, berichtete sie. Während sie ihre wichtigen Informationen preisgab, zog sie den Morgenmantel fester um sich, als befürchte sie, Kullmann könne ihr zu nahe treten.

»Wie haben Sie davon erfahren?«

»Ganz einfach! Sie haben sich bei offenem Fenster angeschrieen, sich gegenseitig Vorwürfe gemacht, wessen Kind an allem Schuld sei – und das so laut, dass ich es gegen meinen Willen mitanhören musste«, berichtete sie weiter. »Für Arthur war die Scheidung bereits beschlossene Sache. Und schon einen Tag später verschwindet Nadine spurlos. Das kann doch kein Zufall sein?«

»Niemals«, versicherte Kullmann.

»Ich hoffe, ich konnte Ihnen weiterhelfen.«

»Aber ganz bestimmt haben Sie uns damit geholfen. Darf ich mir Ihren Namen notieren, falls die Polizei noch einmal Ihre Hilfe benötigt?«

Bereitwillig ließ sie Kullmann alle ihre Angaben notieren.

Er kehrte zu Foster und Hübner zurück. Gemeinsam traten sie auf das Haus der Familie Jennewein zu. Dabei wurden sie von den Reportern mit Fragen überhäuft. Erst als sie im Haus angekommen waren und die Haustür hinter sich geschlossen hatten, konnten sie wieder aufatmen.

»Wo kommen die vielen Reporter her?«, fragte Kullmann.

Ina Knappe kam ihnen entgegen. Sie wirkte nicht mehr so tatenfreudig wie am Tag zuvor. Auf Kullmanns Frage erklärte sie: »Ich bin nach Hause gefahren, um mich frisch zu machen. Was sich hier in der Zwischenzeit abgespielt hat, weiß ich nicht.«

Kullmann horchte auf. Der Tonfall und die Wortwahl machten ihn stutzig.

»Was wollen Sie damit sagen?«

»Ich bin nur die betreuende Psychologin in diesem Fall. Also werde ich mir kein Urteil erlauben. Aber eines kann ich Ihnen sagen: Andrea Westrich hatte recht, als sie sagte, Isolde Jennewein lehne jede Hilfe ab. Die Frau ist auch für mich ein Rätsel.«

»Konnten Sie denn mit Isolde Jennewein sprechen?«

»Nein. Sie geht auf kein Gespräch ein. Sie liegt nur da und lässt sich von ihrem Mann bemitleiden.«

»Wie hat sie auf den zweiten Anruf des Entführers reagiert?«

»Da hat sie wieder für eine Überraschung gesorgt. Sie hat Beleidigungen in den Hörer geschrien – das Dümmste, was man in dieser Situation machen kann.«

Kullmann und Foster trauten ihren Ohren nicht.

Hübner war nirgends zu sehen. Sollte sein Interesse mehr an Samantha als an der Entführten liegen? Kullmann hatte keine Zeit, sich nun darum zu kümmern. Trotzdem rumorte der Gedanke in ihm. Samanthas Zimmer lag im ersten Stock; sobald Kullmann sich das Telefongespräch angehört hatte, würde er Hübner dort aufsuchen.

Mit schnellen Schritten betrat er das Wohnzimmer. Das Bild, das er dort vorfand, war das gleiche wie am Tag zuvor. Arthur saß gepflegt auf dem Sofa, seine Frau lag ungepflegt neben ihm, mit ihrem Kopf auf seinem Schoß.

Der erste Gang führte Kullmann zu Nimmsgern, der das Band schon bereithielt, um es ihm vorzuspielen.

Wieder ertönte die raue, verhaltene Stimme mit den Worten: »Morgen Mittag will ich fünfhunderttausend Mark oder das Kind stirbt! Den Übergabeort gebe ich noch rechtzeitig bekannt.«

Nun ertönte Isoldes Stimme: »Du Dreckskerl! Du kommst damit nicht durch! Du unterschätzt mich!«

Dann war die Leitung still.

»Was versprechen Sie sich davon, den Entführer zu beleidigen?« Mit dieser Frage ging Kullmann auf Isolde zu.

Instinktiv drückte sie sich noch fester in Arthurs Schoß, als suche sie dort Schutz.

Doch Kullmann spielte das Spiel nicht mehr mit.

»Ich habe Sie etwas gefragt. Setzen Sie sich bitte aufrecht hin! So schwach, wie Sie es hier vor meinen Augen markieren wollen, sind Sie nicht. Sonst hätten Sie den Anrufer nicht so heftig attackiert.«

Verzweifelt schaute Isolde zu ihrem Mann. Doch der gab ihr zu verstehen, sie solle auf Kullmanns Rat hören und sich hinsetzen. Enttäuscht richtete sie sich auf.

»Nach Ihrer Reaktion zu urteilen, haben Sie den Anrufer erkannt«, sprach Kullmann nun das aus, was ihn beschäftigte.

»Nein! Wie kommen Sie darauf?«, wehrte sie sich sofort. Dabei richtete sie ihren Blick hilfesuchend auf Arthur, der wie gewünscht reagierte: »Ich glaube, jetzt gehen Sie zu weit!«

»Das glaube ich nicht«, erwiderte Kullmann. »Welcher Teufel hat Ihre Frau geritten, ihr eigenes Kind zu gefährden? Wie will sie dafür sorgen, dass der Entführer damit nicht durchkommt? Wer ist derjenige, der sie unterschätzt? Haben Sie sich schon einmal Gedanken über das gemacht, was Ihre Frau am Telefon gesagt hat?«

»Meine Frau ist emotional am Ende. Da sagt man schon mal Dinge, für die man nicht verantwortlich gemacht werden kann«, versuchte Arthur weiter, Isolde zu rechtfertigen.

»Bei diesem Telefonat wirkte Ihre Frau ganz und gar nicht emotional am Ende. Das einzige, was ich erkenne, ist die Tatsache, dass Ihre Frau Ihre Fürsorge nach allen Regeln der Kunst genießt!«

»Was wollen Sie damit sagen?«

»Dass Frau Jenneweins größte Sorge ist, ihre Stellung als bedauernswerte, hilfsbedürftige Mutter zu verlieren.« Während Kullmann diese Worte aussprach, brach ihm der Schweiß aus. Er hatte in seiner Wut genau das gesagt, was ihn insgeheim beschäftigte, er bis jetzt aber nicht zu glauben bereit war. Nun war es heraus. Wie er sich dabei fühlte, wusste er noch nicht genau. Zunächst einfach nur schlecht.

Foster trat zu ihm und sprach leise: »Ich glaube, du solltest einen Gang zurückschalten!«

Isoldes Gesicht war nicht mehr kalkweiß, sondern puterrot, was Kullmann in seiner Taktik bestätigte. Aber Fosters Bitte bremste ihn. Also fragte er in einem ruhigeren Tonfall: »Haben Sie den Anrufer erkannt?«

»Nein!«

»Haben Sie eine Vorstellung, wer dahinter stecken könnte?« Diese Frage richtete Kullmann an Arthur. »Immerhin muss der Entführer sich mit Ihrer finanziellen Situation auskennen. Er weiß offensichtlich, dass Sie diese horrende Summe innerhalb kurzer Zeit beschaffen können.«

Arthur schüttelte den Kopf und meinte: »Das ist wirklich verwunderlich. Ich habe mit niemandem über meine Finanzen gesprochen.«

»Was wissen die Reporter vor der Tür?«

Arthur schaute Kullmann so konsterniert an, dass kein Zweifel an seiner Unwissenheit bestand. Isolde senkte ihren Blick. Sie tat so, als hätte sie die Frage nicht gehört.

»Frau Jennewein! Haben Sie die Reporter über die Forderungen des Entführers informiert?«

Isolde Jennewein reagierte nicht.

»Ist das Teil Ihres Plans, Ihr Versprechen dem Entführer gegenüber einzuhalten?«

Isolde schmiegte sich immer fester an Arthur.

Diese Vermutung bestätigte, was die neugierige Nachbarin ausgeplaudert hatte. Sollte die schrullige Dame die Wahrheit gesagt haben? Er ließ sich die Theorie durch den Kopf gehen und erkannte, dass sie nicht abwegig war. Im Gegenteil: Nach dem Eindruck, den er inzwischen von Isolde Jennewein gewonnen hatte, würde ein solches Vorgehen in ihr Verhaltensmuster passen.

»Ich bitte Sie, mein Haus zu verlassen!« Mit diesen Worten stand Arthur Jennewein ruckartig vom Sofa auf. »Sie verdächtigen meine Frau, ihr eigenes Kind in Gefahr zu bringen. Das geht zu weit. Sehen Sie nicht, wie meine Frau leidet?«

»Doch, das sehen wir«, antwortete Foster. »Aber wir sehen auch, dass Ihre Frau nicht auf den Entführer eingeht, nichts tut, um ihr Kind zu retten. Unser Ziel ist die Sicherheit des Kindes, die durch das Verhalten Ihrer Frau gefährdet ist.«

»Meine Frau ist durcheinander und starr vor Angst. Sie können nicht jedes Wort von ihr auf die Goldwaage legen.«

»Gut! Sie haben recht«, lenkte Foster ein. »Wir werden den Zustand Ihrer Frau ab sofort berücksichtigen.«

Damit gab sich Arthur zufrieden. Er ließ sich auf das Sofa zurücksinken und nahm seine Frau beschützend in den Arm.

»Wieder haben böse Zungen behauptet, dass Sie die Scheidung einreichen wollten«, sprach Kullmann Arthur an. »Ich werde das Gefühl nicht los, dass daran ein Fünkchen Wahrheit ist.«

Er beobachtete einen Sinneswandel in Isoldes Gesicht, der ihn erschrecken ließ. Wie von Taranteln gestochen fuhr sie hoch und schrie: »Was soll diese Unterstellung? Wir waren glücklich, bis das hier passiert ist. Der einzige, der unser Unglück verschlimmert, sind Sie mit Ihren boshaften Unterstellungen!«

»Na gut, ich beherzige den Rat Ihres Mannes und lege nicht jedes Wort von Ihnen auf die Goldwaage«, reagierte Kullmann sonderbar.

Verdutzt murmelte Isolde: »Was soll das heißen?«

»Dass ich Ihnen nicht glaube.«

Als Kullmann das Wohnzimmer verließ, folgte ihm Arthur Jennewein in den Flur.

Fragend schaute Kullmann ihn an, doch Arthur ließ ihm keine Zeit, lange darüber nachzudenken, sondern fragte: »Von wem haben Sie die Information, wir wollten uns scheiden lassen?«

»Von der Nachbarin.« Kullmann zeigte auf das Haus der schrulligen Alten.

»Woher will die das wissen?«

»Sie sagte, Sie hätten bei offenem Fenster so laut gestritten, dass sie jedes Wort verstanden hätte.«

Plötzlich lachte Arthur, eine Reaktion, mit der Kullmann nicht gerechnet hatte.

»Die Alte ist schwerhörig und trägt ein Hörgerät. Außerdem haben wir die Fenster geschlossen, weil es kalt draußen ist.« Mit diesen Informationen ließ er Kullmann allein im Flur zurück.

Wem sollte Kullmann jetzt glauben? Er selbst war Zeuge eines Gesprächs geworden, in dem die beiden über eine beabsichtigte Scheidung gesprochen hatten. Deshalb musste er die Aussage der Nachbarin ernst nehmen.

Er stieg die Treppe hinauf in den ersten Stock. Wie erwartet, hörte er Stimmen aus Samanthas Zimmer. Er klopfte an und trat ein, ohne auf eine Aufforderung zu warten.

Samantha und Hübner standen so nahe beieinander, dass Kullmann sich schon denken konnte, was gespielt wurde.

Böse sagte er: »Bist du zum Vergnügen hier?«

»Nein! Ich habe mit Samantha über den Fall gesprochen«, antwortete Hübner. Rasch entfernte er sich von der jungen Frau.

Kullmann wunderte sich, dass die beiden noch vollständig angezogen waren, bei der knisternden Erotik, die er sogar als Außenstehender spürte. Samanthas Augen hafteten an Hübners Körper, ihre Bewegungen waren geschmeidig wie die einer Katze.

»Wo ist Tobias Warken?«

»Immer die alte Leier! Fällt Ihnen nichts anderes ein?«, gab sie schnippisch zurück.

»Mir fällt gerade ein, dass ich dich festnehme wegen Behinderung der Justiz«, improvisierte Kullmann.

Das ließ Samantha vorläufig schweigen.

»Also: Wo ist er?«

»Er hilft seinem Vater in der Schule bei den Reparaturarbeiten aus.«

»Das ist doch eine Antwort. Warum nicht gleich so?«

Kullmann packte Hübner am Arm und zerrte ihn aus dem Zimmer. Vor der Tür meinte er leise: »Ich glaube es einfach nicht. Haben deine Hormone dich völlig im Griff?«

»Ich wollte mir nur einen Eindruck verschaffen, ob Samantha hinter der Entführung stecken könnte.«

»Und welchen Eindruck hast du, nachdem deine Augen in ihren Ausschnitt gefallen sind?«

»Dass ich diesem Mädchen alles zutraue.«

»Und für diese hilfreiche Erkenntnis lässt du alle Grundsätze mitsamt deiner Hose fallen?«

»Meine Hose war an«, widersprach Hübner.

»Aber nur, weil ich rechtzeitig ins Zimmer geplatzt bin.«

Hübner schwieg.

»Wir werden in der Schule vorbeifahren und versuchen, mit Tobias zu reden. Von der Schule aus hätte er Gelegenheit gehabt, diesen Anruf zu tätigen, ohne dass jemand etwas bemerkt«, lenkte Kullmann ein.

»Der erste Anruf ging von einer Telefonzelle aus«, gab Hübner zu bedenken.

»Das habe ich nicht vergessen.«

Das gelbe Gebäude der Grundschule wirkte in der Ferienzeit verlassen. Hübner ließ seinen Blick die hohe Fassade hinaufwandern, als er in einem der oberen Fenster ein Gesicht erblickte. Es war der Hausmeister, der sie bereits kommen sah.

»Ich glaube, wir haben keine Chance, den Jungen ohne seinen Vater anzutreffen«, stellte er enttäuscht fest.

»Wir werden einen Trick anwenden«, beschloss Kullmann, während sie auf den Eingang zusteuerten. »Du wirst den Vater mit Fragen ablenken, ich übernehme in der Zwischenzeit den Sohn. Dieses Spiel dürfte dir doch bekannt sein.«

»Klar, Chef! Endlich mal wieder ein Sondereinsatz«, lachte der junge Kriminalkommissar tatenfreudig.

Hübner betrat allein die große Aula.

Kaum hatten sich seine Augen an die Dunkelheit gewöhnt, stand der Hausmeister vor ihm.

»Was suchen Sie hier?«

»Antworten!«

Der Hausmeister blieb dicht vor dem Beamten stehen – so dicht, dass Hübner sich sicher war, er konnte Kullmann nicht sehen, der sich an der unbeleuchteten Seite entlang den Schulzimmern näherte.

Der Junge stand in einem leeren Klassenzimmer. Mit entrücktem Blick schaute er auf eine der kleinen Schulbänke. Kullmann stellte sich neben ihn und versuchte zu erkennen, auf welcher Sitzgruppe seine Augen hafteten.

»Ist das Nadine Kruchtens Platz?«, fragte er rasch, weil er ahnte, dass seine Zeit knapp war.

Erschrocken schaute Tobias auf. Erst jetzt bemerkte er Kullmanns Anwesenheit.

»Sie haben mich erschreckt.«

»Du warst tief in Gedanken. Hast du an Nadine gedacht?«

»Ja! Ist das verboten?«, gab er hastig zurück.

»Nein. Aber was bedrückt dich so an dieser Geschichte?«

»Das fragen Sie noch? Nadine wurde entführt! Das ist doch wohl schlimm genug.«

Kullmann spürte, dass der Junge abblockte. Er musste es mit einer anderen Taktik versuchen, sonst würde er nichts erreichen.

»Wie gut kennst du das Mädchen?«

»Gut genug.«

»Sie ist die Schwester deiner Freundin, nicht wahr?«

Tobias lief rot an. Verwirrt schaute er auf Kullmann und dann wieder auf die Schulbank. Kullmann spürte, dass er sich in einem inneren Konflikt befand. Nun musste es ihm gelingen, das Schweigen des Jungen zu brechen.

»Vielleicht kannst du Nadine helfen – ihr sogar das Leben retten –, indem du mir sagst, was dich bedrückt.«

Tobias blickte starr geradeaus.

»Du könntest mit einem guten Gefühl weiterleben, wenn du deinen Fehler wieder gutmachst.«

»Was ich getan habe, hat doch nichts mit der Entführung zu tun«, brach es aus Tobias heraus.

Doch es war zu spät. Der Hausmeister stand plötzlich in der Tür und forderte Kullmann lautstark auf, das Haus zu verlassen.

Obwohl Kullmann nicht an seinem Ziel angekommen war, gab er nicht auf. Mit gespielter Gelassenheit schaute er den wütenden Mann an und sagte: »Wir befinden uns in Ermittlungsarbeiten. Da steht es Ihnen gar nicht zu, uns ein öffentliches Haus zu verbieten!«

Mit offenem Mund starrte der Hausmeister Kullmann an.

»Wo befinden sich hier die Telefone?«

Eine Weile geschah nichts, bis sich der Hausmeister aufraffte und mit Kullmann zu den Büroräumen ging. Keines dieser Zimmer war abgeschlossen. Also konnte hier jeder unbemerkt ein Telefonat führen. Er nahm den ersten Hörer in die Hand und betätigte die Wahlwiederholung. Leider brachte dieser Versuch keinen Erfolg. Die zuletzt gewählte Nummer gehörte zu einer anderen Schule. Trotzdem beauftragte Kullmann den Kollegen Jürgen Schnur, die Anschlüsse der Schule zu überprüfen.

»Der Alte ist wie ein Luchs hinter seinem Sohn her«, gestand Hübner, als sie auf den Dienstwagen zusteuerten. »Ich hatte ihn in ein interessantes Gespräch verwickelt. Aber er war so misstrauisch, mich allein anzutreffen, dass es mir unmöglich war, ihn länger aufzuhalten.«

»Ich mache dir keinen Vorwurf. Wenn der Junge nicht freiwillig mit uns kooperieren will, wird uns nichts anderes übrig bleiben, als uns mit seinem Vater herumzuschlagen. Der Junge hat etwas auf dem Herzen. Unsere einzige Chance ist, dass er seinem Gewissen Luft machen will.«

Sie stiegen in den Dienstwagen. Kullmann übernahm das Steuer und fuhr zügig zum Haus der Familie Jennewein zurück.

»Was wollen Sie noch hier?«, wunderte sich Hübner.

»Ich will, dass du deinen Charme dienstlich einsetzt und mit Samantha über die Beziehung zu Tobias redest. Vielleicht gelingt es dir, etwas Entscheidendes von ihr zu erfahren.«

»Sie glauben, dass sie sich verrät?«, zweifelte Hübner.

»Ich traue dir so viel Geschicklichkeit zu, dass sie bei ihrem Spielchen unvorsichtig wird.«

Hübner war über den Auftrag so überrascht, dass er nichts erwidern konnte.

Foster ließ sie eintreten.

Im Wohnzimmer fanden sie Arthur Jennewein allein vor. Er stand am Fenster. Auf das Eintreten der Beamten reagierte er nicht. Aus der Küche hörten sie Geräusche. Geschirr klapperte, Schranktüren wurden geöffnet und wieder geschlossen. Plötzlich ein lautes Klirren und ein Schrei. Kullmann und Dr. Jennewein rannten in die Küche. Isolde stand vor einem Scherbenhaufen. Mehrere Teller und Tassen waren ihr aus den Händen gefallen. Zwischen den Scherben lagen die Brote, die sie zum Abendessen hatte servieren wollen.

Weinend stand sie da, wie ein hilfloses Kind, und machte nicht die geringsten Anstalten, das Chaos zu beseitigen. Stattdessen bückte sich ihr Mann, sammelte alles auf und entsorgte es im Mülleimer. Anschließend nahm er seine Frau in die Arme, führte sie mit den Worten »Das ist halb so schlimm. Ich mache uns etwas zu essen« ins Wohnzimmer zurück.

Samantha stand in der Tür zur Küche. Sie hatte alles mit angesehen. Wortlos drehte sie sich um und ging nach oben. Hübner folgte ihr.

Kullmann gesellte sich zu Foster und Dr. Knappe auf die Terrasse. Die wenigen Sonnenstrahlen, die sich durch die dicke Wolkenschicht ihren Weg bahnten, spendeten Wärme. Die Pfützen auf dem mit Platten ausgelegten Boden wurden immer kleiner und trockneten. Die grüne Wiese glitzerte, der Trampelpfad war mit den tiefen Furchen von Autoreifen durchzogen.

»Ist das der Weg, der zum Pferdestall führt?«, fragte Kullmann.

»Ja«, antwortete Dr. Knappe. »Waren Sie schon mal dort?«

»Nein.«

»Dann sollten Sie es sich mal ansehen. Es sind schöne Tiere. Zwei große Sportpferde und ein Schimmelpony stehen in dem Stall, der ganz abgelegen liegt – ringsum nur Felder und Wiesen.«

»Was wollen Sie mir damit sagen?«

»Dass das ein Ort zum Abschalten ist.«

»Abschalten werde ich, wenn der Fall abgeschlossen ist«, brummte Kullmann. »Da ich Angst vor Pferden habe, weiß ich nicht, ob ich in deren Nähe wirklich abschalten kann.«

Dr. Knappe lachte und fügte an: »Keine Sorge, Pferde fressen rein vegetarisch. Kriminalkommissare stehen nicht auf ihrem Speiseplan.«

»Damit bringen Sie mich auf die nächste Frage: Wer versorgt die Pferde?«

»Tobias Warken«, antwortete Dr. Knappe.

»Ich bin mir über seine Rolle in dieser Geschichte nicht ganz im Klaren«, gestand Kullmann. »Samantha hasst ihre Stiefschwester und hat Tobias voll im Griff. Ich schließe nicht aus, dass die beiden gemeinsame Sache gemacht haben.«

Ina Knappe zündete sich eine Zigarette an, blies genüsslich einige Rauchringe in die Luft, bevor sie sagte: »Ich gebe zu, Ihre Theorie ist nicht von der Hand zu weisen. Aber ich habe mir auch meine Gedanken gemacht.«

»Und?«, fragten Foster und Kullmann wie aus einem Mund.

»Ich bin nur eine Polizeipsychologin. Deshalb bin ich nicht befugt, ein Profil zu erstellen, und werde mir hier auch nicht die Finger verbrennen.«

»Warum spannen Sie uns auf die Folter?«, murrte Kullmann.

Dr. Knappe zuckte mit den Schultern, bevor sie sagte: »Mir gefällt es nicht, wie Frau Jennewein mit der Situation umgeht.«

»Sie meinen ihre Mitleidstour?«

»Nicht nur das«, gab sie geheimnisvoll zurück.

»Sie denken auch an das Aufgebot von Reportern?« Als daraufhin ein Nicken zur Antwort kam, fiel ihm noch etwas ein: »Ich habe den Anruf des Schuldirektors bei Frau Jennewein vergessen. Wenn er tatsächlich bei ihr angerufen und um die Erlaubnis zur Herausgabe von Nadines Foto gebeten hat, was sie abstreitet – was dann?«

Dr. Knappe grinste Kullmann an: »Sie sind hartnäckig. Bei mir beißen Sie jedoch auf Granit.«

»Ich verstehe«, brummte Kullmann. »Ich habe immer noch die Aussage der Nachbarin. Sie hat den Verdacht bestätigt, dass Isolde mit der Presse kooperiert. Deshalb werde ich mich sofort mit Jürgen in Verbindung setzen und fragen, ob er den Anschluss vom Apparat Jennewein überprüft hat.«

Prüfend schaute er auf die Polizeipsychologin, die ihm ein zustimmendes Nicken andeutete. Mehr brauchte Kullmann nicht. Eilig steuerte er das Telefon an.

Hübner trat ihm entgegen. Sein Gesicht war hochrot, seine Haare zerzaust und sein Hemd zerknittert.

»Du zeigst vollen Körpereinsatz.«

»Das war nicht beabsichtigt«, wehrte Hübner ab. »Samantha ist eine Xanthippe.«

»Und weiter?«

»Sie lässt durchsickern, dass Tobias alles für sie tut. Er ist ihre Marionette, behauptet sie. Details konnte ich ihr keine entlocken, ohne mit ihr im Bett zu landen. Ich war mir nicht sicher, ob das Bestandteil meines Auftrages war.«

»Deine Enthaltsamkeit zeichnet dich aus. Leider sind wir damit so weit, wie wir schon waren.«

Hübner blickte zerknirscht auf seinen Vorgesetzten.

Kullmann wurde genau in dem Moment abgelenkt, als sich Jürgen am anderen Ende der Leitung meldete, um ihm die Bestätigung dafür zu geben, dass eine Telefonverbindung zwischen dem Anschluss der Grundschule und dem Anschluss von Isolde Jenneweins Apparat aufgezeichnet war. Er legte auf und ging direkt auf Isolde zu.

»Sie haben mit dem Direktor telefoniert.«

Isolde setzte sich auf und lehnte sich Schutz suchend an ihren Mann.

»Sie haben auch heute Morgen mit der Presse telefoniert«, war Kullmann mit seinen Vorwürfen noch nicht fertig.

»Das ist alles nicht wahr«, wehrte sich Isolde. »Fragen Sie doch Samantha! Sie wäre dazu fähig.«

»Warum sollte Samantha das getan haben? Sie hat kein Interesse daran, Nadines Entführung zu einem Medienspektakel auszuschlachten.«

»Ich auch nicht«, gab Isolde zurück.

»Da bin ich mir nicht so sicher.«

»Was soll diese Unterstellung?«, schaltete sich Arthur sein.

»Das Verhalten Ihrer Frau lässt keine andere Schlussfolgerung zu«, erklärte Kullmann nun etwas freundlicher. An Hübner gewandt fügte er an: »Du wirst Samantha zu den Telefonaten befragen! Sie können wir nicht ganz ausschließen.«

Kullmann trat wieder hinaus auf die Terrasse. Dr. Knappe rauchte inzwischen ihre dritte Zigarette. Ihr Gesicht war grau und angespannt. Foster lehnte sich an das hölzerne Geländer. Ihr Schweigen wirkte bedrückend.

Kullmann stellte sich dazu und schwieg mit. Die Situation war zu verwirrend – was hätte er sagen können?

Es dauerte nicht lange, da stand Hübner vor ihnen.

»Samantha ist nicht mehr im Haus.«

»Wir kommen also mal wieder keinen Schritt weiter«, stöhnte Kullmann.

»Auf ihrem Schreibtisch lag das hier.« Hübner zeigte seinem Vorgesetzten eine Fotografie des ehemaligen Hauses der Familie Kauz.

»Was haben wir denn hier?«, fragte Kullmann. »Was hat Samantha mit diesem Haus zu tun?«

»Ich werde herausfinden, ob sie Verbindung zur Familie Adamsky aufgenommen hat. Würde das für eine Hausdurchsuchung genügen?«

»Auf jeden Fall«, stimmte Foster zu.

TEIL IX
2004

Kapitel 35

»Die Hausdurchsuchung von Roswitha Loews Wohnung hat nichts ergeben, was uns weiterhilft.«

Anke schaute auf. Sie hatte Forseti nicht kommen gehört. Er sah abgekämpft aus, als er fortfuhr: »Kommen Sie bitte in mein Zimmer! Wir besprechen dort alles Weitere.«

Sie folgte ihm durch den Flur. Jürgen und Erik standen hinter der Couchgarnitur. Bernhard lümmelte sich auf dem bequemen Sessel, als erwarte er ein gemütliches Plauderstündchen.

Als Forseti sich hinter seinem Schreibtisch niedergelassen hatte, schaute er sich um und fragte: »Wo ist Kollegin Esther Weis?«

Als ihm niemand Antwort gab, sprach er weiter: »Nach Dr. Wedicks neuen Berechnungen verletzte sich Roswitha Loew am Donnerstag, den ersten April, am Felsen unterhalb des Litermont-Kreuzes und starb später an ihren Verletzungen. Das bedeutet, dass wir die ganze Zeit von einer falschen Tatzeit ausgegangen sind.« Er schaute in die Runde und fügte an: »Esther Weis sollte Kreuwischs Alibi für diese Zeit überprüfen.«

»Das hat sie getan«, meldete sich Jürgen zu Wort. »Er konnte ein Alibi nachweisen.«

»Ach ja?«

»Er hat jeden ersten Donnerstag im Monat Skatabend mit ehemaligen Arbeitskollegen.«

Forseti nickte, rieb sich über die Augen und wollte weiter sprechen, als er durch ein heftiges Klopfen an der Tür abgelenkt wurde.

Esther Weis und Anton Grewe polterten herein.

»Hier habe ich die Telefonliste des Anschlusses der Familie Jennewein«, sprach Esther.

»Welche Liste?«, fragte Forseti.

»Ich habe überprüft, ob ein Anruf zwischen Roswitha Loew und dem Haus Jennewein stattgefunden hat.« Alle im Zimmer spürten, dass die Luft dick wurde, denn Forseti war über diesen Schritt nicht informiert worden. Esthers Gesicht wurde plötzlich blass.

»Wie kommen Sie dazu, diesen Anschluss zu überprüfen? Ist es im Saarland üblich, den Vorgesetzten einfach zu übergehen und eigenmächtig zu handeln?«

»Nein.« Esthers Stimme klang kleinlaut. »Sie waren nicht mehr im Haus. Aber ich hielt es für das Beste, gleich zu handeln.«

»Wann war das?«, gab Forseti seine strenge Haltung immer noch nicht auf.

»Als Sie zusammen mit Bernhard und Erik zur Hausdurchsuchung von Roswitha Loews Wohnung gefahren sind.«

Eine Weile herrschte Stille.

Grewe hatte die Zeit genutzt, um sich neben Bernhard auf das Sofa zu setzen. Dabei maß sein Blick den Kollegen von oben bis unten. Anke beobachtete die kleine Szene mit Belustigung. Bernhard fühlte sich schlagartig nicht mehr wohl auf seinem Platz, wagte es aber nicht, sich bei der geladenen Stimmung zu erheben.

Forseti atmete tief durch, bevor er einen versöhnlicheren Tonfall anschlug: »Hat die Telefonliste etwas ergeben, was uns weiterhilft?«

Esthers Gesichtsfarbe kehrte zurück. Sie strahlte vor Erleichterung, als sie antwortete: »Ja! Es gibt eine Verbindung zwischen Loews Anschluss und dem Haus Jennewein am Mittwochabend.«

»Nach Nadines Aussage nahm Isolde am Mittwochabend einen Anruf entgegen, der sie in große Aufregung versetzte«, fügte Anke an. »Daraufhin verließ sie das Haus.«

»Das klingt gut«, bestätigte Forseti, während er sein Telefon bediente.

Theo Barthels trat hinzu.

Nachdem Forseti die Änderung der Situation geschildert hatte, fragte er: »Hat die Auswertung der Spuren am Litermont-Kreuz etwas ergeben?«

»Am Kreuz ist leider nichts zu finden«, antwortete Theo. »Aber dafür haben wir nach akribischer Suche an der Leiche Fasern gefunden, die nicht zu Roswitha Loews Kleidung gehören. Mit welchen Proben soll ich die Fasern vergleichen?«

»Mit Fasern von Isolde Jenneweins Kleidung.«

»Halten Sie es für möglich, dass Isolde Jennewein Roswitha Loew vom Felsen gestoßen hat?«, fragte Jürgen.

Forseti dachte eine Weile nach. Er wirkte angespannt und unkonzentriert. Er brauchte länger, als seine Mitarbeiter es von ihm gewohnt waren. Erst nach einer Weile brachte er heraus: »Wenn wir alle Aussagen und Fakten kombinieren, sind beide Varianten möglich. Nadine Kruchten erzählte, dass ihre Mutter das Haus nach einem Telefonat verlassen habe. Dieses Telefonat haben wir zurückverfolgen können, und zwar zu Roswitha Loew. In dieser Nacht verunglücken gleich beide Frauen, die miteinander telefoniert haben. War die Begegnung der Frauen verhängnisvoll oder ist ihnen jemand gefolgt?«

»Wir dürfen Arthur Jennewein nicht vergessen«, mischte sich Anton Grewe ein. »Vor elf Jahren hieß es, er wolle sich scheiden lassen. Wer weiß, wer der Grund dafür war.« Er schlug seine Beine übereinander und musterte Erik, der neben ihm stand und in seinen Notizen blätterte.

»Kreuwisch beschrieb Roswitha Loew als eine außergewöhnliche Frau … unverheiratet, ohne Arbeit, machte sich mit Vorliebe an verheiratete Männer heran. Also könnte es sein, dass Roswitha Loew der Scheidungsgrund war.«

»Dann hat ihr Auftauchen nach elf Jahren für große Aufregung in der Familie Jennewein gesorgt«, erkannte Esther an Ankes Worten.

Forseti zog seine Stirn in Falten. Eine Weile herrschte Schweigen im Zimmer, bis er endlich zugab: »Über Arthur Jennewein wissen wir zu wenig. Wir haben ihn in keinem der beiden Fälle eingehend überprüft. Sein Alibi, er habe geschlafen, ist fadenscheinig.«

Wieder fiel Anke ein Detail aus dem Gespräch mit Kreuwisch ein: »Roswitha Loew sprach damals von dem großen Geld. Könnte das bedeuten, dass sie ein Verhältnis mit Arthur Jennewein hatte? Dr. Jennewein ist wohlhabend. Dann wäre kein Platz mehr für Egon Kreuwisch gewesen.«

»Vergleichen Sie auch Fasern von Arthur Jenneweins Kleidung!«, wandte sich Forseti an Theo.

Theo wartete das Ergebnis der Besprechung nicht ab, sondern verließ vorzeitig das Büro.

»Arthur Jennewein soll Roswitha Loew über die Felsen gestoßen haben?«, fragte Bernhard.

»Isolde hat das Haus nach dem Gespräch verlassen. Sie war es doch, die um ihren Platz an der Seite des reichen Mannes fürchten musste. Also bestand eine Rivalität zwischen den beiden Frauen«, spekulierte Esther.

Der Fall nahm eine völlig neue Richtung.

Nur Bernhard blieb skeptisch: »Zehn Jahre Gefängnis und davor ein Jahr Untersuchungshaft haben nichts an diesen Gefühlen geändert? Nach so langer Zeit ist die Luft raus, oder nicht?«

»Deshalb behalten wir auch die Möglichkeit im Auge, dass Arthur Jennewein Roswitha Loew getötet hat«, konterte Forseti.

»Warum sollte ein Arzt, dessen Berufung es ist, Leben zu retten, eine Frau nach elf Jahren Knast ermorden und sich damit sein eigenes Leben zerstören? Das ergibt alles keinen Sinn!«

»Da ich nicht beabsichtige, Ihre voreilige Meinung zu dulden, beauftrage ich Sie herauszufinden, wo Roswitha Loew damals gewohnt hat und wer ihre Nachbarn waren. Sollte es ein Verhältnis zwischen ihr und Arthur Jennewein gegeben haben, wurden die beiden sicher zusammen gesehen. Sobald Sie Namen und Adressen haben, fahren Sie dorthin und stellen Fragen!«

Frustriert fragte Bernhard: »Sonst noch etwas?«

»Nehmen Sie Esther Weis mit! Weibliche Intuition kann nicht schaden.«

Esther und Bernhard verließen das Büro.

»Was für ein aufmüpfiger Bursche«, entschlüpfte es Grewe.

»Sie können Ihre Beobachtungsgabe einsetzen, wenn ich Sie dazu auffordere!«

Geziert hielt sich Grewe den Mund zu. Anke musste über diese Geste lachen.

»Sie finden heraus, ob Roswitha Loew Patientin bei Dr. Jennewein war«, wandte sich Forseti an Jürgen Schnur, der daraufhin auch das Büro verließ.

»Und Sie erstellen den Bericht über die Hausdurchsuchung«, lautete die Anweisung an Erik.

Als Erik davoneilte, schaute Grewe ihm interessiert nach.

»Sie können wieder zurückkehren. Sobald wir Ihre Hilfe brauchen, rufen wir Sie«, richtete sich Forseti an Grewe.

Forseti wartete, bis er mit Anke allein war. Kaum hatte sich die Tür hinter Grewe geschlossen, sagte er: »Ich habe das Gefühl, dass Ihre Bemühungen, mit Nadine Kruchten über die Entführung zu sprechen, gescheitert sind.«

»Leider«, gestand Anke. »Sie ist nicht bereit, darüber zu sprechen. Deshalb versucht Kullmann, mit der Polizeipsychologin von damals Kontakt aufzunehmen. Vielleicht kann sie uns weiterhelfen.«

»Ich kenne Frau Dr. Ina Knappe.« Forseti ging zu seinem Schreibtisch und durchsuchte einige Schubladen, bis er das Gesuchte in der Hand hielt. »Hier sind verschiedene Telefonnummern, unter denen man sie erreichen kann. Aber Sie dürfen nicht die Geduld verlieren. Dr. Knappe ist schwer erreichbar.«

Wieder kam in Anke die Frage auf, warum ein Kriminalbeamter wie Forseti seinen Platz im Bundeskriminalamt freiwillig gegen eine Stelle in der Landespolizeidirektion in Saarbrücken tauschte. Hatte sich seine Position durch den Wechsel nicht verschlechtert? Diese Frage würde unbeantwortet bleiben, dachte sie, weil sie sie niemals aussprechen würde.

Sie wollte gerade sein Zimmer verlassen, da sagte er: »Ich sehe Ihnen an, wie brennend es Sie interessiert, warum ich nach Saarbrücken gekommen bin.«

Das überraschte Anke derart, dass sie fast über ihre Füße gestolpert wäre. Sah man ihr so deutlich an, was sie dachte?

»Ich hatte familiäre Gründe«, sprach Forseti weiter, als Anke nichts erwiderte. »Gründe, die mir peinlich sind.«

Anke starrte ihn nur an.

Es klopfte an der Tür.

Esther trat ein. »Hier ist die einzige Nachbarin, die immer noch im gleichen Haus wohnt wie damals vor elf Jahren. Alle anderen sind entweder verstorben, weggezogen oder haben ihre Namen geändert.«

»Und warum sind Sie noch hier?«

Als sie die Tür hinter sich schließen wollte, gab sie Jürgen die Klinke in die Hand.

»Roswitha Loew war Patientin bei Dr. Jennewein.«

Forseti nickte. Jürgen eilte hinaus.

Als sie wieder allein waren, knüpfte Forseti an seine Rede an: »Meine Frau hat mich verlassen.«

Anke nickte, verstand aber immer noch nicht, warum das ein Grund für eine Versetzung war.

»Der Grund, warum sie mich verlassen hat, ist innerhalb meiner ehemaligen Dienststelle im BKA allen bekannt«, sprach er weiter. »Das hat mir die Situation unerträglich gemacht.«

Anke überlegte, ob sie sich wagen konnte, ihm eine Frage zu stellen. Sie entschied sich dagegen. Es grenzte ohnehin schon an ein Wunder, dass er etwas über sich selbst erzählte.

Wieder ließ er Zeit vergehen, bis er anfügte: »Um es genauer zu sagen, der Grund arbeitet in der gleichen Dienststelle.«

Anke nickte. Damit hatte er ihr die Frage beantwortet, die sie sich im Stillen gestellt hatte. Aber an seiner Wortwahl erkannte sie, dass er nicht alles gesagt hatte.

»Wie sieht Ihr weiteres Vorgehen aus?«

Diese Antwort fiel Anke schwer, weil sie befürchtete, damit das gerade erst gewonnene Vertrauen aufs Spiel zu setzen. »Ich warte auf Kullmann. Wir haben beschlossen, zum Haus der Familie Jennewein zu fahren. Ich will mit Nadine sprechen. Seit Samanthas Entlassung halte ich den Zustand in diesem Haus für bedenklich.«

Kapitel 36

Als Kullmann in ihrem Zimmer stand, überreichte Anke ihm Dr. Knappes Telefonnummern. Nachdem sie mehrmals erfolglos versucht hatten, sie zu erreichen, fragte Kullmann: »Was ist aus Tobias Warken geworden?«

»Er geht immer noch im Haus der Familie Jennewein ein und aus.«

»Das ist ja interessant. Er wirkte damals labil, stand unter Samanthas Einfluss. Bei ihr war kein Gewissen zu erkennen, bei ihm dagegen schon. Leider kamen wir nicht an ihn heran, um ihn zu befragen; der Vater hatte ihn abgesichert.«

»Das könnte sein heutiges Verhalten erklären«, überlegte Anke. »Tobias benimmt sich Nadine gegenüber fürsorglich – als hätte er ein schlechtes Gewissen.«

»Das passt zu dem Jungen, den ich in Erinnerung habe.« Kullmann nickte nachdenklich. »Da wir ohnehin beschlossen haben, nach Nalbach zu fahren, können wir das auch mit einem Gespräch mit Tobias Warken verbinden. Anschließend besuchen wir Nadine.«

Anke übernahm das Steuer des Wagens. Während der Fahrt durch die Stadt schwiegen sie, bis sie auf die Autobahn gelangten. Kullmann ließ seinen Blick über das Gebäude des Staatstheaters wandern, als er fragte: »Leidest du manchmal darunter, dass du alleinerziehende Mutter bist?«

Vor Schreck wäre Anke fast gegen die Leitplanken gefahren. Kullmann hielt sich ängstlich am Armaturenbrett fest, bis Anke den Wagen ruhig weitersteuerte.

»Was ist denn mit dir los?«, fragte sie entrüstet zurück.

»Entschuldige, ich wollte dir nicht zu nahe treten«, lenkte Kullmann schnell ein.

Stille kehrte ein. Sie ließen die Stadt hinter sich und passierten das Bergwerk in Klarenthal, wo Fördertürme in die Luft ragten. Weiter führte die Autobahn am Weltkulturerbe der Völklinger Hütte vorbei. Es folgten die langen Produktionshallen der Alten Röchlingschen Drahtwalzstraße, die hohen, gelben Sandberge der Baustelle bei Lisdorf, das Wallerfanger Hochhaus, dann die Stadt Dillingen, vom Stahlwerk der Dillinger Hütte und deren ständig aufsteigenden Dampfsäulen geprägt. Dort verließen sie die Autobahn und wurden vom unangenehmen Geruch der Hütte eingehüllt.

»Hier möchte ich nicht leben«, hustete Kullmann.

»Am Rand von Dillingen bemerkt man den Geruch nicht mehr«, meinte Anke. »Dort ist die Welt wieder in Ordnung.«

»Dir scheint es hier zu gefallen?«, wunderte sich Kullmann.

»Ja! Ich könnte mir vorstellen, mit Lisa in einer ländlichen Gegend wie dieser zu leben. Dort ist es für Kinder schöner als in der Großstadt.«

»Ich glaube nicht, dass Lisa in ihrem Leben etwas entbehren wird.«

»Warum hast du mir eben diese Frage gestellt?«

Sie standen an einer roten Ampel direkt vor der Dillinger Hütte und beobachteten den Schichtwechsel. Viele Arbeiter verließen das Hüttengelände, andere steuerten es an.

»Weil ich glaube, dass Isolde Jennewein darunter litt, eine alleinerziehende Mutter zu sein«, antwortete Kullmann.

»Wie kommst du darauf?«

»Sie führte mehrere Ehen, die die Funktion hatten, ihr Leben nach außen hin als perfekt darzustellen. Wie es hinter den Kulissen aussah, steht auf einem anderen Blatt: Die Ehe mit Walter Kruchten endete tödlich. Die Ehe mit Arthur Jennewein war von Anfang an ein Chaos, weil Samantha Isolde schon vor der Hochzeit damit drohte, ihr das Zusammenleben zu vermiesen. Also wusste Isolde, was auf sie zukam. Warum hat sie ihn trotzdem geheiratet, nachdem sie gerade erst einen Reinfall mit Walter Kruchten erlebt hatte? Sagt man nicht, gebranntes Kind scheut das Feuer?«

»Diese Frage hätte dir nur Isolde beantworten können.«

Die Ampel schaltete auf Grün. Sie fuhren weiter.

»Oder Dr. Knappe. Ich muss sie unbedingt sprechen. Ihre Beurteilung ist wichtig.«

»Das hört sich so an, als wolltest du dir ein Profil vom Opfer erstellen lassen«, zweifelte Anke immer noch. »Wie kann uns das weiterhelfen? Isolde ist tot und wir sollen herausfinden, wer dafür verantwortlich ist.«

»Ich habe nicht vergessen, wer das Opfer ist. Ich bin pensioniert, aber nicht verkalkt«, gab Kullmann zurück.

Anke spürte, dass sie nichts erreichte, wenn sie Kullmann drängte. Also setzte sie den Weg bis zu den Ford-Werken schweigend zurück.

Tobias Warken staunte, als er wieder vor dem Hauptkommissar stand, der vor elf Jahren im Entführungsfall von Nadine Kruchten ermittelt hatte.

»Arbeiten Sie wieder an einem Fall der Familie Jennewein?«

»Nein. Ich bin nur noch beratend tätig. Wie ich feststelle, haben Sie mich sofort wiedererkannt«, bemerkte Kullmann schmunzelnd.

Aus dem schmalen Jungen war ein stattlicher Mann geworden. Sein Haar schimmerte immer noch tiefschwarz, sein Gesicht bekam Charakter durch kleine Fältchen um Augen und Mundwinkel, seine Figur war sportlich, seine Kleidung Respekt einflößend. Ein dunkler Nadelstreifenanzug, Weste, Hemd und Krawatte. Nichts an seiner äußeren Erscheinung ließ einen Zweifel an seiner Karriere zurück.

»Wie ich sehe, haben Sie sich etabliert«, bemerkte Kullmann anerkennend.

»Deshalb sind Sie aber nicht zu mir gekommen«, stellte Tobias fest.

»Nein! Ich hoffe, heute mehr von Ihnen zu erfahren als damals.«

Tobias reagierte nur mit hochgezogener Augenbraue, was ihm einen arroganten Ausdruck verlieh.

»Ich erinnere mich, dass Sie damals mit Samantha Jennewein liiert waren. Außerdem erinnere ich mich, dass Ihr Vater der Hausmeister der Grundschule war. Samantha wurde durch Sie über alles informiert, was Nadine während der Schulstunden tat. Meine Frage war und ist, warum haben Sie das damals gemacht?«

»Was hat das mit Isoldes Tod zu tun?«

»Eine ganze Menge.«

»Ich hatte Samantha einige kleine Gefälligkeiten erwiesen«, gestand er nach einer Weile. »Ich schämte mich dafür, als Nadine plötzlich verschwunden war. Aber nicht nur damals, auch heute schäme ich mich noch dafür. Was ich getan habe, war falsch.«

»Was haben Sie denn getan?«, horchte Kullmann auf. Sollte er heute die Antwort bekommen, die ihm damals durch die Hartnäckigkeit von Tobias' Vater verwehrt geblieben war?

»Samantha hatte von mir verlangt, dass ich Zettel, die sie geschrieben hatte, an verschiedenen Plätzen in der Schule austeile. Das machte ich, ohne hinzusehen, was darauf stand. Erst später erkannte ich, dass ich an einer hässlichen Hetzkampagne teilgenommen hatte.«

»Hetzkampagne?«

»Ja! Auf diesen Zetteln wurde Nadine unter anderem verleumdet, das Kind eines Freiers zu sein. Später enthielten die Nachrichten Anschuldigungen, Nadine sei eine Diebin. Als ich dann auch noch erfuhr, dass die angeblich gestohlenen Sachen in Nadines Tasche gefunden worden waren, beschloss ich, mit diesen Gefälligkeiten aufzuhören. Aber da war es schon passiert.«

Das war es also, das den Jungen von damals gequält hatte.

»Stimmt! An dem Tag, als die verleumderische Anschuldigung aufkam, verschwand das sechsjährige Mädchen«, sprach Kullmann unfreundlich. Es war ihm ein Bedürfnis, Tobias noch nach so vielen Jahren für diese Dummheit zu tadeln.

»Solange niemand wusste, was mit Nadine passiert war, dachte ich, Schuld an ihrem Verschwinden zu sein. Sie sei wegen dieser Verdächtigungen weggelaufen und es sei ihr etwas zugestoßen. Der Schreck saß so tief, dass ich es niemals vergessen werde.« Tobias wirkte traurig, während er sprach. »Und das hilft Ihnen bei den Ermittlungen im Fall von Nadines Mutter weiter?«

»Ja, das tut es. Hat Samantha nach der Entführungsgeschichte weitere Versuche unternommen, Nadine in Misskredit zu bringen?«

»Sie hat keine Gelegenheit ausgelassen, sie vor ihrem Vater schlecht zu machen. Aber auf meine Hilfe konnte sie nicht mehr zählen.«

»Was hat sie getan?«

»Sie hat alles über Isolde Jenneweins Vergangenheit herausgekramt, in der Hoffnung, dass etwas dabei war, was sie ihrem Vater als Beweis dafür vorlegen konnte, dass Isolde nicht die richtige Frau für ihn war. Ob sie etwas Nützliches gefunden hat, weiß ich nicht. Ich habe mich nicht mehr zu solchen fiesen Spielchen überreden lassen«, erklärte Tobias mit Bestimmtheit.

»Aber Sie waren bereit, Unterlagen, die Samantha über Isolde Jenneweins Vergangenheit zusammengestellt hatte, in Ihrer Wohnung zu deponieren, damit die Polizei sie nicht findet«, präzisierte Anke.

Tobias wurde rot: »Ich wusste nicht, was sich in dem Umschlag befand.«

»Sie tun viele Dinge, ohne zu wissen, was Sie tun?«, bemerkte Kullmann spitz.

Tobias wirkte schuldbewusst.

»Sie sind intelligent, haben aus Ihrem Leben etwas gemacht. Wie ist es möglich, dass Sie so gedankenlos handeln, sobald Samantha Jennewein ins Spiel kommt?«

»Ich weiß es nicht«, murmelte Tobias. »Ich kann nur sagen, dass es mir leidtut.«

»Das ist keine Entschuldigung. Samantha hat Sie schon wieder benutzt. Hätten wir die Unterlagen früher gefunden, wären wir mit unseren Ermittlungen schon weiter«, stellte Anke klar.

»Hat Samantha Ihnen gegenüber geäußert, was sie noch alles unternehmen wollte, um die Ehe zu zerstören?«, fragte Kullmann.

»Sie glauben, dass Samantha Isolde Jennewein getötet hat?«, fragte Tobias skeptisch zurück.

»Ich frage Sie, nicht umgekehrt!«

»Warum hätte sie so etwas Grausames tun sollen?«

»Sie haben es immer noch nicht kapiert«, wurde Kullmann böse. Die Verblendung des jungen Mannes brachte seine Geduld an ihre Grenzen.

Tobias überlegte eine Weile, bevor er sagte: »Ich erinnere mich, dass sie vor kurzem zu mir sagte, sie hätte endlich eine Lösung gefunden.«

»Wann hat sie das gesagt?«

»Das war am Mittwochabend.«

»Und das kam Ihnen nicht verdächtig vor, als Isolde am nächsten Morgen erhängt im Speicher aufgefunden wurde?«

»Ehrlich gesagt, nein! Samantha redete so viel davon, dass ich ihr schon lange nicht mehr zuhörte«, gestand Tobias. »Aber jetzt, wo Sie mich danach fragen, merke ich selbst, wie makaber das ist. Sie sprach tatsächlich am Abend, bevor Isolde starb, von Veränderungen. Dabei klang sie nicht mehr genervt oder frustriert. Nein! Sie klang siegessicher.«

»Hat es Sie überhaupt nicht interessiert, was in dem Haus geschieht?«

Damit brachte Kullmann Tobias aus dem Konzept. Eine Weile hielt er die Luft an, bis er zugab: »Doch, schon! Ich hatte aber nicht die gleichen Interessen wie Samantha. Das müssen Sie mir glauben!«

Kapitel 37

Als Nadine das futuristische Gebäude sah, geriet ihr Entschluss ins Wanken. Zur Bestätigung schaute sie auf die angegebene Adresse der Saarbrücker Zeitung. Sie war richtig an diesem Bauwerk, das fast nur aus Glas, glänzendem Stahl und grauem Beton bestand. Ehrfürchtig trat sie ein. Im Inneren spürte sie nichts mehr von dem ersten Eindruck, den das Haus von außen auf sie gemacht hatte. Einige Schalter standen in einer Reihe. Dahinter saßen Mitarbeiter mit gelangweilten Gesichtern. Ihr Blick wanderte an ihnen vorbei, bis sie einen Hinweis auf das Archiv fand. An der großen Theke saß ein älterer Herr, der zu ihr aufblickte. Sein Gesicht wirkte gutmütig. Aufmunternd lächelte er sie an.

Nachdem sie ihr Anliegen vorgetragen hatte, verschwand er durch eine Tür. Nach langem Suchen legte er ihr die ersten Zeitungsberichte vor. Nadine las sich alles durch, was mehrere Stunden Zeit in Anspruch nahm. Dabei war sie sich nicht sicher, was dabei länger dauerte, das Lesen oder das Warten auf den nächsten Bericht. Aber der Mann war so freundlich, dass sie sich eine Bemerkung verkniff.

Sie las die abenteuerlichsten Dinge über sich selbst. Aber erinnern konnte sie sich nicht. Nun konnte sie sich nicht mehr vorwerfen, sie wolle der Wahrheit nicht ins Auge sehen. Sie hatte sich so viel davon versprochen, Nachforschungen über ihre eigene Vergangenheit anzustellen. Aber alles, was in diesen Berichten stand, erschien ihr, als handle es nicht von ihr selbst, sondern von einer Fremden. Trotzdem las sie weiter.

Die nun folgenden Berichte handelten von der Entführung eines Mädchens. Ihre Entführung! Sie war in diesem Jahr gerade sechs Jahre alt gewesen. Wieder fand sie nichts, das ihr weiterhalf, und wollte den Bericht zurückgeben. Doch sie hielt inne. Plötzlich überkam sie eine seltsame Stimmung. Es war das Gefühl, dass diese Ereignisse, die in den Zeitungsberichten so genau geschildert wurden, den Weg zu den eigentlichen Erinnerungen, die irgendwo in ihrem Gedächtnis verschüttet lagen, nur versperrten. Aber nun hatte sie begonnen, nun wollte sie nicht mehr aufhören. Es war wie ein Sog, der sie nicht mehr losließ. Sie wollte sich unbedingt Gewissheit verschaffen, musste sich eine stabile Rüstung zulegen, damit Samantha mit ihren verbalen Attacken keine Chance mehr hatte.

So schutzlos, wie sie ihr vor wenigen Tagen ausgesetzt war, wollte sie sich nicht mehr fühlen. Deshalb musste sie unbedingt wissen, was damals mit ihr geschehen war. Die Frustration wuchs jedoch mit jedem Bericht. Jede Spur, die die Hoffnung in ihr weckte, ihrem Ziel näher zu kommen, stellte sich als Fehlschlag heraus.

Das Archiv wurde geschlossen, Nadine aufgefordert zu gehen.

Der Heimweg mit Bus und Bahn war anstrengend. Sie sehnte sich danach, sich auf ihr Bett zu werfen und ihren Gedanken freien Lauf zu lassen. Vielleicht kam sie hinter das Geheimnis, wenn sie in aller Ruhe darüber nachdachte.

Doch als sie um die letzte Ecke bog, die zu ihrem Haus führte, erkannte sie den Dienstwagen der Polizei. Das hatte nichts Gutes zu bedeuten. Ihre Hoffnung auf Ruhe war dahin.

Kurz entschlossen kehrte sie um und machte sich auf den Weg zu ihrem Großvater. Sie verspürte nicht die geringste Lust auf die Gesellschaft der Polizistin. Sie hatte sie bitter enttäuscht, hatte zugelassen, dass Samantha aus der Untersuchungshaft entlassen wurde.

Wie konnte sie dieser Polizistin noch vertrauen?

Kapitel 38

Anke parkte den Wagen direkt vor dem Bauernhaus. Nach dem ersten Klingeln öffnete Samantha Jennewein. Kullmann erkannte, dass auch an ihr die Jahre nicht spurlos vorübergegangen waren. Sie hatten sie hübscher gemacht, verliehen ihrem Gesicht mehr Ausdruck. Ihre Garderobe hatte sich in keiner Weise geändert. Ihre Haare waren immer noch leuchtend blond, ihre Frisur der neuesten Mode angepasst. Ihr Make-up trug sie nicht mehr grell auf, sondern dezent. Damit wirkte sie reifer, büßte aber von ihrer erotischen Ausstrahlung nicht das Geringste ein.

Still stand sie da, kaute Kaugummi und ließ ihren Blick über Kullmann wandern, als wolle sie ihn verführen.

»Vor elf Jahren wollte ich Samantha Jennewein besser kennenlernen«, sagte Kullmann zur Begrüßung. »Leider kam es nicht dazu. Vielleicht habe ich heute mehr Glück.«

Samantha schwieg immer noch.

Kullmann konnte es fast nicht glauben, dass dieselbe Samantha von damals so wortkarg geworden war. Als er bemerkte, dass die junge Frau keinerlei Anstalten machte, sie ins Haus zu bitten, lud er sich kurzerhand selbst ein. Zusammen mit Anke trat er ein.

Ankes erster Gang führte ins obere Stockwerk zu Nadines Zimmer. Es war leer. Besorgt kam sie die Treppe herunter. Über ihr Handy rief sie bei Nadines Großvater an, in der Hoffnung, dass sie dort war. Aber leider konnte der alte Mann Anke nicht die gewünschte Antwort geben. Er versprach ihr, sich bei ihr zu melden, sollte Nadine bei ihm auftauchen.

In der Zwischenzeit war Samantha, gefolgt von Kullmann, ins Wohnzimmer gegangen. Die Einrichtung hatte sich verändert. Anstelle des Sofas, auf dem Isolde Jennewein damals ständig gelegen hatte, als ihre Tochter entführt worden war, stand dort eine komplette Garnitur aus Leder. Diese Einrichtung wirkte feudaler.

Anke blieb im Rundbogen stehen, um Kullmann und die junge Frau vorerst nur zu beobachten.

Samantha stellte sich vor dem großen Panoramafenster in eine aufregende Pose und fragte: »Wie hätten Sie es denn gern? Mit Zuschauerin?«

Verdutzt schaute Kullmann auf Anke, die amüsiert erklärte: »Du wolltest Samantha besser kennenlernen.«

»Stimmt ja«, erinnerte sich Kullmann. Diese Frivolität hatte ihn aus dem Konzept gebracht.

»Ich arbeite an dem Fall Isolde Jennewein«, erklärte er.

»Immer noch? Dann haben Sie es aber weit gebracht. Elf Jahre lang immer dieselbe Arbeit? Haben Sie sich keine Rente verdient?«

Kullmann musste unwillkürlich über die Dreistigkeit der jungen Frau grinsen: »Doch! Ich arbeite nur noch beratend für die Polizei.«

»Das heißt, Sie können es nicht lassen.« Samantha lachte kehlig.

»Und wie hat sich Ihr Leben in den letzten Jahren verändert?«

»Ich studiere jetzt an der Uni in Saarbrücken«, schnurrte sie. »Na, was sagen Sie jetzt?«

»Ich komme aus dem Staunen nicht mehr heraus.« Kullmann tat beeindruckt. »So ein großes Mädchen wie Sie kann mir dann auch bestimmt besser weiterhelfen als das dumme Ding von damals.«

»Ich glaube, ich weiß genau, was ein Rentner braucht«, grinste Samantha kokett.

»Ich weiß auch, was ich brauche«, klang Kullmann förmlich. »Offenheit!«

»Oh ja! Wie originell. Wir werden uns füreinander öffnen!«

Während sie ihre Bluse langsam aufknöpfte, ließ sie Kullmann keine Sekunde aus den Augen.

»Was soll das?« Für Kullmann hörte der Spaß auf. »Was studierst du auf der Uni? Schlechte Manieren?«

»Seien Sie doch kein Spielverderber«, hauchte sie und spielte ihr frivoles Spiel weiter.

Anke schaute im Hintergrund fasziniert zu.

»Sie wollen mir doch nicht sagen, dass ich keine Versuchung wert bin!«

Kullmann griff nach Samanthas Hand, die weiter an den Blusenknöpfen nestelte. »Es reicht jetzt!« Sein Tonfall wurde autoritär. »Benimm dich wie ein erwachsener Mensch. Ich dachte, du seiest in den Jahren reifer geworden. Aber ich habe mich getäuscht.«

Mit einem Schmollmund verschränkte Samantha beide Arme vor der Brust und stellte sich wieder vor das große Fenster.

»Jetzt möchte ich, dass du mir einige Fragen beantwortest«, befahl Kullmann streng. »Am Abend vor Isoldes Ermordung hast du Tobias mitgeteilt, dass du endlich die Lösung für dein Problem gefunden hast. Dein Problem war – wie wir alle wissen – Isolde und ihre Tochter mit dir und deinem Vater im gleichen Haus. Und am nächsten Tag ist Isolde tot. Also rechne ich zwei und zwei zusammen und komme zu dem Ergebnis, dass du bei Isoldes Tod nachgeholfen hast.«

»Dann haben Sie sich eben verrechnet«, konterte Samantha giftig.

»Aha! Du hast also Mathematik als Studienfach«, gab Kullmann zurück.

Mit offenem Mund starrte Samantha Kullmann an, bis sie sich wieder besann und korrigierte: »Nein. Sprachen.«

»Interessant! Dann setz deine Sprache ein und antworte: Wo warst du in der Zeit von Mitternacht bis zwei Uhr, in der Nacht von Mittwoch auf Donnerstag?«

»Das habe ich doch schon gesagt«, wurde Samantha unfreundlich.

»Nein – hast du nicht! Alle deine Angaben enden vor Mitternacht. Du hast kein Alibi!«

»Sie haben überhaupt nichts zu melden, alter Mann. Sie sind pensioniert, also gehen Sie nach Hause und jäten Sie Unkraut in Ihrem Garten!«

»Ich würde es an deiner Stelle nicht darauf ankommen lassen«, gab Kullmann drohend zurück.

Eine Weile verhielt sich Samantha ganz still.

In die Stille hinein ertönte die Melodie »Riders on the Storm« von The Doors. Das war Ankes Handy. Großvater Jakob meldete sich, wie er versprochen hatte, und teilte ihr mit, dass Nadine bei ihm eingetroffen sei. Anke seufzte erleichtert. Sie wollte das Handy gerade in ihre Jackentasche stecken, als es erneut losdudelte.

Diesmal war es Esther: »Ich habe eine Bitte an dich. Da ich den Fundort von Roswitha Loews Leiche nicht gesehen habe, wollte ich gerne den Aussichtspunkt aufsuchen. Bernhard will mich nicht begleiten. Würdest du mit mir fahren?«

»Was versprichst du dir davon?«, fragte Anke. »Die Spurensicherung hat dort nichts gefunden. Glaubst du, sie haben etwas übersehen?«

»Nein. Trotzdem würde ich mir gern einen Eindruck von dem Fall schaffen, an dem ich arbeite.«

Das Argument überzeugte Anke.

Kullmann trat aus dem Wohnzimmer. Er wirkte erschöpft.

»Ich frage mich, ob ich dich mit Samantha Jennewein allein lassen kann«, überlegte Anke schmunzelnd.

»Du willst mich dieser Verführungskünstlerin gnadenlos aussetzen?«, gab er zurück. »Das wäre unverantwortlich von dir. Samantha ist zu viel für mein schwaches Herz.«

»Es wäre aber ein schöner Tod, oder?«

»Man nennt ihn den ›süßen‹ Tod«, belehrte Kullmann schmunzelnd. »Aber das brauche ich nicht. Ich werde zurückfahren und Forseti mitteilen, dass Samantha angeblich zur Tatzeit im Schlafzimmer ihres Vaters war.«

»Sag nur, sie hat geredet?«, staunte Anke.

»Ja! Ich glaube, sie hält mich für ungefährlich, weil ich pensioniert bin. Jedenfalls spielt sie immer wieder darauf an«, grinste Kullmann. »Leider steckt hinter der schönen Fassade nicht viel Intelligenz, sodass ich Samantha schneller in die Falle locken konnte, als ich selbst geahnt habe.«

»Und sie hat zugegeben, dass sie zur fraglichen Zeit im Schlafzimmer ihres Vaters war? Dort, wo Isolde sein sollte?«

»Ja! So sagt sie aus. Nähere Angaben soll sie bei Forseti machen.«

»War das die angekündigte Lösung für ihr Problem? Sie vertrieb Isolde aus dem Ehebett?« Diese Vorstellung war so makaber, dass Anke es nicht glauben wollte.

»Das wäre bei diesem raffinierten Luder doch denkbar.«

»Dann könnten sich Arthur Jennewein und seine Tochter gegenseitig ein Alibi geben«, überlegte Anke weiter.

»Das ist ja das Merkwürdige: Beide tun es nicht«, gab Kullmann zu bedenken.

»Was auch verdächtig ist«, entgegnete Anke. Sie begann zu frösteln.

»Dem Aspekt müssen wir auf den Grund gehen!« Kullmann wurde ebenfalls unbehaglich zumute.

»Oder will Samantha nicht verraten, dass Arthur gar nicht zu Hause war, weil sie ihn damit in den Mittelpunkt der Ermittlungen rückt?« Anke spürte, wie die neue Situation ihre Spekulationen zur Höchstform auflaufen ließ.

Kapitel 39

»Lass mich raten«, meinte Anke zur Begrüßung, als sie zu Esther in den Dienstwagen stieg. »Bernhard hat Zweifel, dass es sinnvoll ist, sich den Tatort noch einmal anzuschauen?«

»Du kennst ihn wirklich gut.«

»Leider nicht mehr«, gestand Anke. »Seit er bei uns ist, hat er sich zu seinem Nachteil verändert.«

»Kanntest du ihn schon, als er noch bei der Schutzpolizei war?«

Anke nickte.

»Steigt ihm die Ernennung zum Kriminaldienst zu Kopfe?« Esther schaute Anke von der Seite an.

Sollte Anke ihr sagen, was sie wirklich dachte? Sie entschloss sich, ehrlich zu sein, und antwortete: »Genau das! Und wenn er so weitermacht, wird Forseti ihn versetzen lassen.«

»Das Gefühl habe ich auch. Aber sagen kann ich ihm das nicht. Da stoße ich auf taube Ohren.«

Sie fuhren auf den Parkplatz am Grauen Stein. Den Rest des Weges legten sie zu Fuß zurück.

Wolken hatten sich vor die Sonne geschoben, was den späten Nachmittag in ein bleiernes Grau tauchte. Wind frischte auf, die Temperaturen kühlten ab. Fröstelnd zog Anke ihre Jacke enger um sich. Sie bogen um die Ecke, hinter der sich das letzte Stück des Weges schnurgerade vor ihren Augen erstreckte. Es führte steil bergauf. Mit zügigen Schritten erklommen sie den Berg, bis das große Kreuz vor ihnen auftauchte.

Kalter Wind pfiff ihnen heftig um die Ohren. Wohl der Grund dafür, warum sie ganz allein auf dem berühmten Premium-Wanderweg unterwegs waren.

»Meine Güte, liegt das hoch«, sagte Esther.

»Vierhundertdreizehn Meter«, gab Anke zurück.

Verdorrte Blütenblätter lagen auf der Erde. Nichts war mehr von dem angenehmen Duft der Ulmen zu riechen, als sie sich dem Litermont-Kreuz näherten. Zurück blieb nur der Geruch von feuchtem Waldboden. Kleine Windstöße wirbelten die Blätter auf, ein Anblick, der an den Herbst erinnerte.

Gegen diesen Eindruck sprach der Weidendom, dessen Laub in voller Pracht glänzte.

Sie stellten sich auf die Aussichtsplattform, konnten jedoch keine Aussicht genießen. Alles war in grauen Dunst gehüllt. Da sie von ihrer Position aus den Fundort der Leiche nicht sehen konnten, kletterten sie den Hang hinunter.

Es wurde immer unwegsamer. Die Pflanzen waren in der Zwischenzeit gewachsen und verdeckten den Trampelpfad. Nur stolpernd kamen sie vorwärts. Esther besah sich den Platz unter dem Baum nur kurz, denn plötzlich wurde ihre Aufmerksamkeit auf etwas anderes gelenkt.

»Dort oben ist jemand und beobachtet uns.«

Anke sah nur das Kreuz. Die Felsen, auf denen das Monument stand, waren von Bäumen und Hecken fast völlig zugedeckt.

»Dort ist er wieder«, schrie Esther auf.

Anke schaute wieder nach oben. Dieses Mal erkannte auch sie eine Gestalt, die davonrannte.

»So ein Mist«, fluchte sie. »Von hier aus können wir gar nichts machen.«

Sie kletterten den Hang weiter hinunter, bis sie auf den breiten Waldweg gelangten, der im weiten Bogen auf den Platz vor dem Kreuz zurückführte. So schnell sie konnten, liefen sie diesen Pfad entlang. Durch die dichten Bäume des Buchenwaldes fühlten sie sich geschützt; ungesehen konnten sie sich der großen Wiese nähern. Hinter der kleinen Baustelle erblickte Anke einen Mann. Obwohl er weit weg stand, erkannte sie, dass er etwas über seiner Schulter trug. Seine Kopfbedeckung erinnerte sie an einen Jäger.

Esther drängte sich an Anke vorbei, weil sie ihn ebenfalls sehen wollte. Diese Bewegung registrierte er. Wie von Furien gehetzt rannte er los.

»Halt, stehenbleiben! Polizei!«, schrie Esther und lief mit vorgehaltener Waffe hinter dem Flüchtenden her. Anke folgte ihrer Kollegin, die mit einem erstaunlichen Tempo über unwegsamen Boden, durch Dickicht und Hecken die Verfolgung aufnahm. Sein Weg führte in das Tal zum Erlengrund, was Anke bekannt vorkam. Den gleichen Weg hatte Kreuwisch eingeschlagen, als er vor der Polizei geflohen war. Der Flüchtende kannte sich in dieser Gegend gut aus, denn er war viel zu schnell. Schon fast im Tal angekommen, gab Esther auf und kehrte zu Anke zurück.

»Wer war das?«, fragte Esther aufgebracht.

Anke zuckte nur mit den Schultern. Sie hatte Mühe, wieder zu Atem zu kommen. Esther atmete ruhiger, ihre Kondition war eindeutig besser. Wie gelang es Esther, so schnell zu laufen, dass Anke keine Chance hatte, mit ihr Schritt zu halten? Dabei war Esther fast einen Kopf kleiner als sie. Diese Erkenntnis brachte Anke zu dem Entschluss, wieder Sport zu treiben. So eine Blamage wollte sie nicht noch mal erleben.

»Bestimmt war das der Täter«, begann Esther sogleich zu spekulieren. Sie bemerkte Ankes schlechte Verfassung nicht.

»Wie kommst du darauf?«, fragte Anke immer noch schnaufend.

»Sagt man nicht, dass der Täter an den Tatort zurückkehrt?«

Nun musste Anke lachen, was sich in ihrem Zustand wie ein Krächzen anhörte. »Daran glaube ich jetzt wirklich nicht.«

»Warum läuft er davon, sobald er uns sieht?«

»Sein Verhalten ist wirklich merkwürdig. Wir sehen nicht bedrohlich aus.«

Was nun auf sie zukam, war auch nicht erfreulich. Den steilen Berg, den sie gerade hinuntergelaufen waren, mussten sie wieder hochsteigen. Anke schaute sich den Weg an und stöhnte leise.

Mühsam legten sie den Weg zurück, der direkt an dem Parkplatz endete, auf dem das Dienstfahrzeug stand.

»Du warst doch gerade im Haus der Jenneweins«, überlegte Esther.

Anke nickte.

»War Arthur Jennewein zu Hause?«

»Nein.« Anke schüttelte den Kopf, bevor sie Esthers Frage richtig deutete: »Arthur Jennewein war das nicht. Ich habe nicht viel gesehen, aber so viel schon.«

»Es war jemand, der etwas zu verbergen hat. Warum sonst ist er vor uns davongerannt?«, spekulierte Esther wütend weiter.

»Vielleicht der Wilderer, den Förster Morgett sucht.« Diese Erklärung erschien Anke logisch.

»Ich würde keinen Wilderer erkennen – und wenn er sich mir als solcher vorstellt«, gab Esther zu.

»Ich vermute es nur, weil er etwas schulterte, das wie ein Gewehr aussah, und einen Hut auf dem Kopf trug, der an einen Jägerhut erinnerte. Aber ein Jäger würde nicht vor uns davonrennen.«

»Also gut, Sherlock Holmes. Ihre Kombinationsgabe überzeugt mich.«

Wieder auf der Dienststelle angekommen, begegnete ihnen Forseti auf dem Flur. Sein Gesichtsausdruck wirkte griesgrämig, als er sagte: »Kullmann ist gerade gegangen. Sie haben sich nur um Sekunden verpasst.«

Anke konnte sich denken, was in Forseti vorging. Kullmann hatte eine Antwort auf die Frage nach Samanthas Alibi bekommen, was Forseti nicht gelungen war.

»Nun wissen wir, dass Arthur Jennewein kein Alibi hat. Wir haben ihn für morgen früh vorgeladen. Den Grund seiner Befragung wird er erst erfahren, wenn er hier ist«, bestimmte Forseti. »Ich gehe jetzt in den Feierabend.«

Mit hastigen Schritten steuerte er den Ausgang an. Doch bevor er hinauseilte, drehte er sich um und fügte an: »Das sollten Sie auch tun. Auf Sie wartet nämlich jemand.«

Anke war so verblüfft, dass sie nur nicken konnte.

Kaum war er gegangen, tauchte Erik vor ihr auf. In seiner Hand hielt er ein Blatt Papier, das er vor ihren Augen hin und her wedelte.

»Ihr glaubt nicht, was ich hier in meinen Händen halte«, begann er geheimnisvoll.

Anke und Esther schauten ihn fragend an.

»Was denn?«

»Das ist die Antwort auf Isolde Jenneweins Anfrage im Labor der Unikliniken in Homburg!«

TEIL X
1993

Kapitel 40

Kullmann spürte nichts von seiner üblichen Trägheit, die ihn regelmäßig montagmorgens überfiel. Obwohl es regnete, betrat er sein Büro mit einem Schwung, der ihn selbst überraschte. An diesem Tag sollte die Geldübergabe stattfinden. An diesem Tag sollte der tragische Entführungsfall endlich abgeschlossen werden. An diesem Tag sollte das kleine Mädchen Nadine wieder in die Arme seiner Mutter zurückgebracht werden. Diese Aussichten beflügelten ihn.

Kaum hatte er hinter seinem Schreibtisch Platz genommen, trat Jürgen ein. »Der Anruf des Entführers konnte zurückverfolgt werden. Er wurde wieder einmal von einer Telefonzelle aus getätigt.«

»Wo ist Hübner?«, fragte Kullmann. »Er sollte herausfinden, ob Samantha Jennewein mit der Familie Adamsky in Verbindung steht.«

»Er hat seinen Dienst sozusagen in Nalbach angetreten«, erklärte Jürgen. »Er wird bald hier eintreffen.«

»Das will ich hoffen«, brummte Kullmann. »Von Alleingängen war keine Rede.«

Auf seinem Schreibtisch lagen Akten, die Kullmann noch nicht gelesen hatte. Es waren Krankenakten über die Familie Adamsky.

»Sind wir jetzt für die Krankenversicherung tätig?«, fragte er.

Jürgen spürte Kullmanns schlechte Laune. Eilig verließ er das Zimmer.

Nach seinem ersten Kaffee, der Kullmanns Laune deutlich anhob, traf Hübner ein.

»Was treibt dich ohne mein Wissen in die Arme von Samantha Jennewein?«

»Die Frage, ob sie mit der Familie Adamsky in Verbindung steht.« Hübner war nicht die geringste Unsicherheit anzumerken.

»Und? Hoffentlich erweist sich dein Alleingang als nützlich.«

»Samantha kennt den Vater Adamsky.« Hübner grinste. »Und rate mal, wie gut?«

Kullmann kratzte sich am Kopf. Deutlich erinnerte er sich an den Schatten, der hinter Samantha in der Dunkelheit verschwunden war. Als Kullmann hatte herausfinden wollen, wer dort flüchtete, war es Samantha gelungen, ihn an der Nase herumzuführen. Sollte diese kleine Begegnung große Bedeutung haben? »Wenn Samantha ihn verführt hat, hat Adamsky ihr vielleicht den Gefallen getan, die unliebsame Stiefschwester verschwinden zu lassen.«

Hübner konnte nicht zustimmen, was Kullmann fragend aufblicken ließ.

»Ich habe eine weitere Verbindung zwischen Jennewein und Adamsky gefunden.«

»Ändert das etwas an der Theorie, die ich gerade aufgestellt habe?«

»Ja, leider! Arthur Jennewein ist der behandelnde Arzt dieser Familie. Sie leidet an Kutaner Porphyrie.«

»Deshalb die vielen Krankenunterlagen auf meinem Schreibtisch.«

»Genau«, stimmte Hübner zu. »Hätten Sie die Krankenunterlagen gelesen, wüssten Sie, dass das eine erbliche Stoffwechselerkrankung ist. Die Produktion des Hämoglobins ist zu gering. Das charakteristische Merkmal für diese Erkrankung ist Lichtunverträglichkeit. Ihre Haut reagiert äußerst empfindlich auf UV-Strahlen, weshalb sie bei Tageslicht das Haus nicht verlassen können.«

»Aber bei Nacht?«, hakte Kullmann nach.

»Nur bei Nacht.«

»Aus wie vielen Mitgliedern besteht diese Familie?«

»Ehepaar und ein Kind.«

»Stimmt! Er hat einen Sohn. Ich erinnere mich, dass der Vater festgenommen wurde, weil er sich Kindern aus der Klasse seines Sohnes genähert hat.«

»Inzwischen geht der Junge nicht mehr in die öffentliche Schule. Die Vorfälle standen mit seiner Krankheit in Verbindung. Die Kinder haben ihn als Vampir bezeichnet und sich über ihn lustig gemacht«, berichtete Hübner weiter.

»Deshalb geht er nicht mehr in die Schule?«

»Deshalb, und weil seine Lichtallergie immer stärker wurde. Er bekommt jetzt Privatunterricht zu Hause.«

»Dann muss die Familie aber wohlhabend sein«, bemerkte Kullmann. »Woher haben sie so viel Geld?«

»Das haben sie aus Schmerzensgeldprozessen«, lachte Hübner.

»Wie bitte?«

»Gesundheitliche Schäden, die sie durch notwendige Aufenthalte bei Tageslicht erlitten haben, konnten sie immer einklagen. Sie haben bis jetzt jeden Prozess gewonnen«, las Hübner aus der Akte vor. »Schließt das die Familie als Täter aus oder ein?«

»Aus«, erkannte Kullmann enttäuscht. »Das Mädchen ist am helllichten Tag verschwunden. Also können sie es kaum gewesen sein.«

»Ich ahnte es«, schimpfte Hübner. »Außerdem habe ich in Erfahrung gebracht, dass Nadine und der Sohn der Adamskys sich nicht kannten. Aber das ist jetzt nicht mehr wichtig.«

Das Telefon läutete. Kullmann lauschte kurze Zeit in den Hörer und legte mit den Worten »Wir sind sofort da« auf.

Neugierig standen alle Kollegen in Kullmanns Bürotür.

»Der Entführer hat seine Bedingungen gestellt! Die Übergabe findet um sechzehn Uhr im Dillinger Hüttenwald in der Beckinger Straße zwischen dem Tennisplatz und dem Wasserturm statt.«

»Das ist die Pachtener Heide«, erklärte Grewe. »Ein großes Gebiet für einen Übergabeort.«

»An einem kleinen Parkplatz am Waldrand soll die Übergabe stattfinden«, präzisierte Kullmann die Ortsangaben.

Der nächste Schritt war die Benachrichtigung des Sondereinsatzkommandos. Anschließend rief Kullmann Staatsanwalt Foster an, der sich kurze Zeit später im Büro einfand.

Die neue Situation brachte Schwung. Die Verzweiflung und der Pessimismus waren mit einem Schlag verschwunden.

Gemeinsam mit dem Leiter des SEK besprachen Kullmann und Foster die Strategie, wie die Geldübergabe überwacht und wann eingegriffen werden sollte. Danach fuhren sie in verschiedenen Zeitabständen los in Richtung Dillingen-Diefflen, damit nicht auffiel, wie viele Wagen der Polizei den kleinen Ort ansteuerten.

Kullmann saß mit Foster in einem Wagen. Ihre Fahrt verlief schweigend. Vor dem Haus der Familie Jennewein stand Andrea Westrich und rauchte, ein Bild, das Kullmann und Foster schon vertraut war.

»Wie geht es der Mutter?«

»Sie ist total hysterisch. Schreit herum, dass dieses Schwein damit nicht durchkommt«, erklärte Andrea Westrich.

Sie betraten das Haus.

Arthur stand zusammen mit einigen Beamten des Sondereinsatzkommandos in der Küche. Sie sortierten die Scheine in einen Metallkoffer, der mit einem Mikrofon ausgestattet wurde. Als sie Kullmann und den Staatsanwalt sahen, hielten sie inne.

»Wir bereiten alles für die Übergabe vor«, erklärte der Leiter der Spezialeinheit. »Isolde Jennewein wird mit Sendern ausgestattet, damit wir jedes Wort verstehen, das der Entführer sagt.«

»Warum?«, fragte Kullmann.

»Es wäre möglich, dass er eine Art Schnitzeljagd mit ihr spielt. Das heißt, er gibt ihr einen Hinweis nach dem anderen, dem sie folgen muss, um an das Versteck ihres Kindes zu gelangen.«

»Was tun Sie in diesem Fall?«

»Wir verfolgen jeden Schritt, den die Mutter unternimmt.«

»Aber helfen können Sie nicht, sonst würde Ihre Tarnung auffliegen?«

»Richtig! Trotzdem können wir jederzeit eingreifen, sollte die Situation eskalieren.«

»Was tun Sie, wenn er das Kind mitbringt?«

»Dann warten wir, bis Mutter und Kind in Sicherheit sind, und greifen zu.«

Kullmann atmete tief durch. Sein Unbehagen stand ihm ins Gesicht geschrieben.

»Wir sind für solche Fälle ausgebildet«, versicherte der Leiter. »Der Entführer kann nicht entkommen, weil meine Leute im ganzen Wald verteilt sind.«

»Sollte er bemerken, dass er nicht allein im Wald ist, setzen wir das Kind noch größerer Gefahr aus«, ließ Kullmann nicht locker.

»Machen Sie sich keine Sorgen! Mutter und Kind werden gesund aus dieser Sache herauskommen.«

»Ich hoffe, Sie behalten recht.«

»Ich werde Sie ebenfalls mit unseren Abhörgeräten ausstatten, dann können Sie die ganze Aktion mitverfolgen«, schlug der Leiter vor. »Was halten Sie davon?«

»Der Vorschlag gefällt mir.«

Laute Stimmen ertönten vom ersten Stock. Isolde stampfte die Treppe hinunter zu ihrem Mann und fragte: »Muss das sein, dass die Polizeibeamtin mich sogar bis auf die Toilette begleitet? Pinkeln wollte ich gern ohne Zuschauer.«

Entgeistert schauten alle zu Isolde, die mit frisch gewaschenen Haaren und einem dunkelblauen Kostüm vor ihnen stand. Die veränderte Situation hatte auch sie verändert.

Eine schwarz gekleidete Beamtin des Sondereinsatzkommandos folgte Isolde die Treppe hinunter. Hilflos schaute sie auf ihren Chef, der daraufhin antwortete: »Sie können Frau Jennewein allein auf die Toilette gehen lassen.« An Isolde gerichtet meinte er: »Verzeihen Sie meiner Mitarbeiterin, aber sie macht nur, was ich ihr auftrage.«

Die Fahrt zum Übergabeort ging los.

Kullmann und Foster fuhren wie vereinbart bis zum Wasserturm am Ende der Berliner Straße, der Grenze zwischen dem Dillinger Hüttenwald und dem Beckinger Wald. Sie stiegen aus und gingen zu Fuß über einen kleinen Trampelpfad zwischen den letzten Häusern der Straße hindurch in den Wald hinein. Aus sicherer Entfernung konnten sie den Übergabeort beobachten.

Am Tennisplatz auf der gegenüberliegenden Seite stellte der Leiter des Sondereinsatzkommandos sein Einsatzfahrzeug ab, um von dort die gesamte Operation zu überwachen. Krankenwagen, Sanitäter und Notärzte hielten sich bereit.

Isolde Jennewein parkte genau zum vereinbarten Zeitpunkt ihren Wagen auf der kleinen Wiese vor der angegebenen Schneise. Ein orangefarbener Pfosten, ein Hinweispunkt für eine Gasleitung, zeigte ihr den Weg, den sie einschlagen musste. Von allen Seiten beobachtet, stand sie unschlüssig vor ihrem Auto. Die Stille war erdrückend.

Ein Knacken! Isolde schaute sich erschrocken um. Warum tat sie nicht, was vereinbart war?

Mit Staatsanwalt Foster stand Kullmann an einer geschützten Stelle im Wald und beobachtete Isolde durch ein Fernglas.

Immer noch stand sie wie angewurzelt da.

Wieder ein Knacken. Das musste der Entführer sein, der darauf wartete, dass Isolde mit dem Koffer in den Wald hineinging.

Endlich marschierte sie los.

Alle Posten auf Bereitschaft, aber nichts war zu sehen. Wer hatte das Knacken verursacht?

Isolde ging immer tiefer in den Wald hinein. Plötzlich blieb sie stehen.

»Was geht da vor?«, murmelte Kullmann angespannt.

»Pst!«

Wieder herrschte Stille. Keine Bewegung, nichts. Isolde verharrte regungslos, den Koffer in einer Hand, die andere in der Jackentasche, eine Haltung, die betont lässig wirkte.

Das Warten wurde immer unerträglicher. Die Wolken hatten sich verzogen, die Sonne schien am azurblauen Himmel, ein schwaches Lüftchen wehte und unterstrich die malerische Natur. Nichts wies darauf hin, dass sie vor einer Herausforderung auf Leben und Tod standen. Nichts geschah.

»Hoffentlich hat er uns nicht bemerkt«, flüsterte Kullmann.

»Wenn du nicht gleich ruhig bist, wird er uns bemerken«, murrte Foster.

Weiter warten.

Eichhörnchen flitzten an Baumstämmen hoch, als wollten sie das Geschehen von oben beobachten. Ein Feldhase brachte sich hoppelnd in Sicherheit. Das Auf und Ab seines Stummelschwänzchens entzog sich im Dickicht den neugierigen Blicken. Die Sonne ließ die frühlingshaften Farben der Laubbäume schillern. Zwischen dem Panorama aus weiß blühenden Birken, hellgrünen Buchen und saftig grünen Eichen bis hin zu den fast schwarzen Waldkiefern zeigte sich ein grauer Steinbau, der wie ein Obelisk in die Höhe ragte. Neben dem Wasserturm zeugte das gelegentliche Aufblitzen des metallischen Maschendrahtzauns in der Sonne von Zivilisation inmitten der endlos scheinenden Natur.

»Schön hier«, murmelte Kullmann.

»Ruhe!«, zischte Foster.

Plötzlich kam Bewegung in die Sache. Isolde riss ruckartig den Kopf hoch. Eine Gestalt trat aus dem Dickicht – ganz in Schwarz gekleidet und mit schwarzer Skimaske.

Das Abhörgerät, das Kullmann und Foster mit sich trugen, machte die ersten Geräusche. Dann hörten sie ganz deutlich die Stimmen der beiden.

»Schön, schön! Immer her mit dem Geld! Wo das Kind ist ...« Da begann Isolde zu schreien: »Du Schwein, du elendes Schwein! Hier hast du, was du verdienst!«

Dann fiel ein Schuss.

Entsetzt rannten Kullmann und Foster durch das Gestrüpp. Von der anderen Seite sahen sie den Leiter des Einsatzkommandos die Übergabestelle ansteuern. Von überall her erhoben sich die Sondereinsatzleute aus ihren Tarnungen. Im Wald wimmelte es nur so von Polizisten.

Isoldes Schreien war immer noch zu hören.

Kullmann erblickte sie, wie sie tiefer in den Wald hineinlief. Schnell rannte er hinter ihr her. Der Leiter des Einsatzkommandos folgte ihr, ebenso die Kollegen Hübner, Grewe und Dr. Knappe, die zur Betreuung des Kindes mitgekommen war. Dann verschwand Isolde. Sie war wie vom Erdboden verschluckt!

»Das verstehe ich nicht«, gestand Kullmann.

»Ich habe viele Übergabeaktionen miterlebt, aber diese hier übertrifft alles«, bemerkte Grewe.

»Isolde Jennewein hat eine Waffe, die höchstwahrscheinlich geladen ist«, gab der Leiter des Einsatzkommandos zu bedenken. »Wir müssen die Frau finden und ihr die Waffe abnehmen.«

Wie auf Kommando begannen alle gleichzeitig, die Gegend abzusuchen. Schon nach kurzer Zeit kam der Ausruf, auf den alle gewartet hatten: »Hier ist etwas!« Es war Grewe, dessen Stimme sich überschlug vor Aufregung.

Alle rannten auf ihn zu. Erst als sie genau davor standen, erkannten sie eine steinerne Treppe, die in die Tiefe führte. Fassungslos bestaunten alle das Loch, bis Kullmann den ersten Schritt wagte und die Treppe hinunter stieg. Sie war verwittert, von Hecken und Sträuchern so zugewachsen, dass er genau hinsehen musste, um die Stufen nicht zu verfehlen. Eine alte, rostige Stahltür war einen Spalt aufgeschoben. An der Seite hing ein funkelnagelneues Vorhängeschloss mit eiserner Kette. Das Schloss war aufgesperrt, der Schlüssel steckte. Vorsichtig schob Kullmann die Stahltür weiter auf, um mit seiner Körperfülle hindurchzupassen.

Was er dort vorfand, versetzte ihn in Erstaunen und Entsetzen zugleich. Vor ihm lag ein kleiner Bunker, mit Beton ausgekleidet, die Decke mit Stahlstreben gestützt. Der Raum war viereckig, grau und kahl. Eine Fensterluke befand sich neben dem steinernen Treppenaufgang – mit Brettern vernagelt. Er musste seine Taschenlampe herausnehmen, um etwas sehen zu können. Was er im Lichtkegel erkannte, erschütterte ihn noch mehr. Dort lag eine nackte Matratze auf dem Boden, auf der ein kleines Mädchen saß – Nadine. Ihre Haare klebten am Kopf, ihr Gesicht war eingefallen und grau, die Haut aufgesprungen, ihre Augen wirkten wie leere Höhlen.

Neben der Matratze lagen eine Taschenlampe, die nicht eingeschaltet war, Essensreste aus Dosen und einige Wasserflaschen. Aus der Ecke strömte unangenehmer Geruch. Kullmann erkannte dort Exkremente. In ihrer Not hatte sie diesen Winkel als Abort benutzt.

Kullmann fröstelte bei dem Anblick dieses trostlosen Raumes, der für Nadine fünf Tage lang ein Gefängnis gewesen war – kalt, feucht und finster.

Isolde saß neben ihrer Tochter auf der Matratze und hielt sie in ihren Armen. Aber Nadine schaute nicht auf ihre Mutter, sie schaute ins Nichts.

»Geben Sie mir Ihre Waffe«, war das erste, was Kullmann zu Isolde Jennewein sagte.

Widerstandslos öffnete sie ihre Handtasche und reichte ihm eine kleine Walther PPK, ein Model, das schon seit Jahren nicht mehr hergestellt wurde. Kullmann nahm sie, ging zum Ausgang, wo der Leiter bereits wartete.

Als er sich umdrehte, saßen Mutter und Tochter unverändert auf der Matratze. Kullmann kniete sich vor das zarte, dünne Geschöpf, damit sie ihn ansehen konnte. Ihre Augen bewegten sich nicht, obwohl er so nah vor ihr hockte. Unwillkürlich drückte Isolde ihre Tochter noch fester an sich, als befürchte sie, Kullmann könne sie ihr entreißen.

»Du bist in Sicherheit«, sprach er leise.

Keine Reaktion.

»Deine Mutter nimmt dich jetzt mit in die Freiheit.«

Immer noch keine Reaktion.

Hinter sich hörte Kullmann Geräusche. Er drehte sich um und sah, wie Grewe über die steinerne Treppe hinunter kam. Plötzlich bewegte sich Nadine. Sie wand sich in den Armen der Mutter, als wolle sie sich befreien, aber Isolde ließ sie nicht los.

»Wir gehen am besten hinaus und lassen unsere Psychologin die Arbeit hier machen«, bestimmte Kullmann.

Grewe schaute sich mit einer Taschenlampe in dem Bunker um, bevor er Kullmann hinaus folgte.

»Was ist das für ein Erdloch?«, fragte er draußen im Sonnenlicht.

»Das ist ein Bunker der Westwall-Linie aus dem Zweiten Weltkrieg«, erklärte Kullmann.

»So versteckt?« Grewe zweifelte.

»Nach der Bauweise zu urteilen, handelt es sich entweder um einen

Gruppenunterstand Regelbau 10 ›Limes‹ aus dem Jahr 1939 oder einen Unterstand für Grabenstellung aus dem Jahr 1940.«

»Sehr praktisch, um dort ein Kind zu verstecken«, murmelte Grewe. »Wer weiß heute noch, wo solche Bunker sind?«

»Wer weiß heute noch, dass es solche Bunker gibt?«, präzisierte Kullmann die Frage. »Nur wenige dieser Bunker sind erhalten geblieben. Nach dem Krieg haben die Deutschen die stummen Zeugen des Krieges selbst zerstört. Die Bunker im Saarland fielen der sinnlosen Zerstörung nicht zum Opfer, weil wir nach dem Krieg zu Frankreich gehörten.«

Ina Knappe stieg, begleitet von zwei Sanitätern, die baufällige Steintreppe hinunter.

Kullmann näherte sich dem Leiter des Sondereinsatzkommandos. Er stand umgeben von seinen Leuten an dem Platz, an dem die Übergabe hätte stattfinden sollen. Vor ihnen lag die Leiche des Entführers.

»Wir haben ihm die Maske ausgezogen«, erklärte er, als Kullmann sich neben ihn stellte.

Der Mann vor ihnen auf dem Boden war groß und schlank mit welligem schwarzem Haar. Das Einschussloch lag genau zwischen seinen weit aufgerissenen Augen.

»Das ist Oskar Kauz«, erkannte Hübner den Mann sofort.

»Wie bitte?«, horchte Kullmann auf.

»Isolde Jenneweins Stiefbruder.«

»Du hattest diesen Mann als Verdächtigen ausgeschlossen«, ermahnte Kullmann. »Ich hatte mich auf dein Urteilsvermögen verlassen. Wie konnte dir so ein Fehler unterlaufen?«

Hübner wurde blass. Nervös nestelte er an seinen Hosentaschen, als er sagte: »Sein Erstaunen klang so echt, als ich ihm von Nadines Verschwinden erzählte, dass ich es einfach nicht in Zweifel ziehen konnte.«

»Ich habe den Eindruck, dass hier einiges nicht nach Plan gelaufen ist«, sprach Kullmann den Leiter des Einsatzkommandos an. »Ich dachte, Sie seien für solche Fälle ausgebildet. Wie kommt es, dass Isolde ohne Ihr Wissen eine Waffe mit sich trug?«

»Sie muss die Waffe eingesteckt haben, als sie noch einmal auf die Toilette ging«, antwortete der Leiter.

Kullmann erinnerte sich. »Wenn es sich so verhält, dann hat Isolde vielleicht gewusst, wem sie gegenüberstehen wird.«

»Dazu kann ich nichts sagen – aber es ist anzunehmen, dass sie die Stimme ihres eigenen Stiefbruders am Telefon erkannt hat.« Der Leiter des Sondereinsatzkommandos zuckte mit den Schultern.

»Aber wie wollen wir das herausfinden? Sollte es sich so verhalten, wird Isolde es niemals zugeben. Denn dann würde sie sich der Mittäterschaft an der Entführung ihres eigenen Kindes schuldig machen«, erkannte Kullmann unzufrieden.

»Wir haben noch eine Zeugin«, bemerkte Hübner. »Sie wird uns bestimmt nichts vormachen.«

»An wen denkst du?«

»An Nadine! Sie weiß am besten, was mit ihr geschehen ist.«

»Ob wir von ihr etwas erfahren, werden wir noch sehen.« Kullmann schüttelte zweifelnd den Kopf. »Zuerst müssen wir dem Kind Zeit lassen. Sie hat einen schweren Schock erlitten. Sie wird psychologische Betreuung benötigen, bevor wir mit unseren Fragen zu ihr dürfen.«

Er ging über den Trampelpfad zu der geteerten Straße, wo Foster auf ihn wartete.

»Wie kommt Isolde an eine Waffe? Habt ihr nicht überprüft, ob auf die betroffenen Familienmitglieder Waffen eingetragen sind?«, fragte der Staatsanwalt.

»Natürlich haben wir diesen Tatbestand überprüft. Die Waffe ist illegal in Isolde Jenneweins Besitz«, verteidigte sich Kullmann sofort.

Foster schimpfte: »Es ist besser, du bleibst bei den Tötungsdelikten. Deine Fähigkeiten sind auf dem Gebiet besser.«

»Danke für die Blumen! Ich habe diesen Fall nicht an mich gerissen. Aber eines möchte ich noch gerne tun, bevor ich den Fall zu den Akten lege«, äußerte Kullmann.

»Und zwar?«

»Mit dem Kind sprechen, sobald es dazu in der Lage ist.«

»Das kannst du gern tun. Meinen Segen hast du.«

Sie sahen zu, wie das Kind auf einer Trage durch den Wald zum Krankenwagen transportiert wurde. Isolde hielt die Hand ihrer Tochter, redete unablässig auf sie ein. Doch das Gesicht des Mädchens war abgewandt. Als die Sanitäter mit der Trage dicht an Kullmann und Foster vorbeigingen, drehte Nadine den Kopf und schaute Kullmann direkt in die Augen. Dieser Blick löste in Kullmann ein undefinierbares Gefühl aus.

War es ein Ausdruck der Dankbarkeit oder ein Hilferuf?

TEIL XI
2004

Kapitel 41

Die Mitteilung der Uniklinik in Homburg ließ Ankes Atem stocken. 1996 war der Brief Isolde Jennewein zugesandt worden. Samantha hatte ihn abgefangen, weil sie das Schlimmste befürchtete. Und genau das war eingetroffen. Isolde hatte einen Vaterschaftstest durchführen lassen mit dem Ergebnis, dass Nadine das biologische Kind von Arthur Jennewein war!

Bedauerlicherweise hatten weder Arthur noch Isolde davon erfahren, weil Samantha es zu verhindern wusste. Nur warum hatte Isolde nicht noch einmal nachgefragt? Was war in dieser Familie geschehen, dass Isolde aufgegeben hatte?

Bedrückt raffte sich Anke auf, nahm ihre Handtasche und machte sich auf den Heimweg. Sie stellte ihren Wagen ab, ging an Kullmanns Haus vorbei direkt auf die Terrasse zu. Dort saßen sie wie eine kleine Familie. Anke stoppte. Dieser Anblick versetzte ihr einen Stich.

Kullmann und Martha schauten auf.

»Stehst du schon lange da?«

»Nein«, schwindelte Anke. »Gerade gekommen.«

Lisa saß in ihrem Buggy und streckte beide Arme nach ihrer Mutter aus. Liebevoll nahm Anke ihr Kind in den Arm. Eine Weile setzte sie sich zu den beiden, die ihre Rolle als Ersatzgroßeltern so gut beherrschten, dass Lisa sie schon mit Opa und Oma anredete.

Martha stellte Anke ein Glas Bier vor die Nase. Nach diesem anstrengenden Tag tat es so gut, dass sie es in einem Zug leer trank.

»Soll ich dir noch eins holen?«

»Nein, danke«, wehrte Anke ab. »Sonst bekomme ich einen Schwips und Lisa nimmt mich nicht mehr ernst.«

Kullmann saß still in seinem Gartenstuhl.

»Und wo bist du gerade mit deinen Gedanken?«, fragte Anke den geistesabwesenden Mann.

»Ich befinde mich wieder in der Zeit vor elf Jahren, als wir das Kind befreit haben.«

»Diese Familie hat eine fesselnde Aura«, nickte Anke.

»Ich hatte damals versucht, mit Isolde über die missglückte Befreiungsaktion zu sprechen. Aber ich kam nicht an diese Frau heran. Sie spielte ihr Spiel der vom Schicksal benachteiligten Mutter unvermindert weiter.«

»Hast du herausgefunden, woher sie die Waffe hatte?«

»Ja. Leider zu spät«, gestand Kullmann. »Als sie im leichten Gewerbe tätig war, hatte sie einen Deal mit der Polizei, um nicht verhaftet zu werden. Ein Kollege der Schutzpolizei war sogar Kunde bei ihr. Ihm hatte sie die Waffe gestohlen. Aus Angst vor einer Disziplinarmaßnahme hatte der Kollege falsche Angaben darüber gemacht, wo er die Waffe verloren hatte.«

»Glück für Isolde.«

Eine Weile beobachteten sie Lisa, die mit ihren kleinen Händchen versuchte, eine Strähne von Ankes Haar zu greifen und daran zu ziehen.

»Wir haben neue Erkenntnisse, dass Isoldes Tod in Zusammenhang mit der damaligen Entführung ihres Kindes steht«, sprach Anke, als Lisas Aufmerksamkeit nachließ. »Arthur Jennewein ist vermutlich das Verbindungsglied zwischen den toten Frauen.«

»Es gibt noch eine andere Verbindung.«

Erstaunt horchte Anke auf: »Und zwar?«

»Isolde Jennewein, damals Kruchten, wurde jedes Mal in die St. Elisabeth-Klinik in Saarlouis eingewiesen, wenn sie angeblich von ihrem Mann verprügelt worden war. Roswitha Loew hatte zu dieser Zeit als Krankenschwester dort gearbeitet.«

»Das muss aber nichts bedeuten.«

Kullmann widersprach: »Sie war genau auf der Station, in die Isolde jedes Mal eingeliefert wurde.«

»Ja und?«

»Roswitha Loew hatte dadurch die Gelegenheit, Details über Isoldes Leben zu erfahren. Hinzu kommt, dass beide Frauen kurze Zeit später im selben Dorf lebten.«

»Hilft uns das weiter?«

»Roswitha Loew hat sich direkt nach ihrer Entlassung aus dem Gefängnis bei Isolde Jennewein gemeldet. Warum?«

»Weil sie etwas wusste?«

»Genau! Dieses Wissen kann sich nur auf die Entführung beziehen.«

»Du glaubst, dass Roswitha Loew etwas wusste, womit sie Isolde Jennewein erpressen konnte?«

Kullmann nickte.

»Aber womit hat sich Isolde erpressbar gemacht?«

Kullmann druckste herum, bis er mit der Sprache herausrückte: »Es gibt nur eine Methode, das sicher festzustellen.«

»Und die wäre?«

»Die Überprüfung des Bandes, das damals bei der Übergabe mitgeschnitten wurde.«

»Du sprichst in Rätseln.« Anke stöhnte, weil ihr Kind in den Armen immer schwerer wurde.

»Bei der Übergabe des Geldes sagte Oskar Kauz: *Immer her mit dem Geld! Wo das Kind ist …* Weiter kam er nicht mehr, da fing Isolde an zu schreien. Das gesamte Team war damals der Überzeugung, dass der Entführer das Versteck des Kindes preisgegeben hatte, weil Isolde zielstrebig auf den Bunker zuging.«

»Nur du nicht!«

»Heute ist die Technik ausgereifter als damals. Man könnte die anderen Geräusche wegfiltern, um zu hören, was Oskar Kauz wirklich zu Isolde gesagt hat.«

Anke begann zu verstehen.

»Sollte sich herausstellen, dass Oskar Kauz nicht gesagt hatte, wo das Kind war, ist das der Beweis, dass Isolde es bereits wusste.«

»Morgen früh kümmere ich mich darum«, versprach Anke. »Trotzdem verstehe ich nicht, was das mit unseren beiden Fällen von heute zu tun hat.«

»Das wäre ein Tatbestand, mit dem sich Isolde erpressbar gemacht hat.«

»Zehn Jahre später?«

»Für Roswitha Loew ist die Zeit stehengeblieben.«

»Das große Geld, von dem Roswitha Loew gesprochen hat«, schaltete Anke endlich.

Kullmann nickte.

»Aber wenn sie damals mit Arthur Jennewein liiert war, warum sollte sie heute Isolde erpressen?«

Kullmann schaute Anke eine Weile an, bevor er andeutete: »Jetzt stell dich nicht dümmer, als du bist!«

Anke erschrak.

»Nach der Reaktion auf das Telefonat zu schließen, hatte Roswitha Loew einen Trumpf im Ärmel. Sie wusste, welche Rolle Isolde bei der Entführung gespielt hatte. Was sagt uns das? Roswitha Loew war an der Entführung beteiligt!«

»Dein Talent, mich in Staunen zu versetzen, ist dir trotz Ruhestands erhalten geblieben«, gab Anke zu. »Wenn es sich so verhält, dann war Roswitha Loew nicht mit Arthur Jennewein liiert, sondern mit Oskar Kauz.«

Kullmann fügte an: »Leider sind alle Beteiligten tot. Es ist also schwer, das nachzuweisen.«

»Stimmt! Aber jetzt kümmere ich mich um die Lebenden.«

Kapitel 42

Der nächste Tag begann mit schlechten Nachrichten. Jürgen begegnete Anke im Flur und murrte: »Forseti ist schlechter Laune. Sieh zu, dass du dich in deinem Zimmer verschanzt!«

Anke befolgte seinen Rat, weil sie ebenfalls schlecht drauf war. Das Gespräch mit Kullmann am Vorabend stellte ihre Theorie, die sie sich mühsam erarbeitet hatte, in Frage.

Sie rief im Labor an und bat um die Analyse des Bandes, das bei der Geldübergabe vor elf Jahren mitgeschnitten worden war. Der Kollege, der für diese Aufgaben ausgebildet war, freute sich über den kniffligen Auftrag. Er versprach, sich umgehend darum zu kümmern.

Kaum legte Anke den Telefonhörer auf, stand Forseti vor ihr.

»Arthur Jennewein ist nicht zur Vernehmung gekommen.«

Daher die schlechte Laune, dachte Anke.

»Die Kollegen werden jetzt in seine Praxis fahren und ihn festnehmen. Sein Verhalten macht ihn verdächtig.«

»Haben wir schon den Faservergleich?«

»Nein. Theo ruft mich an, sobald er das Ergebnis hat.«

»Kullmann hat auch eine Theorie, die in Frage käme«, begann Anke vorsichtig. Sie ahnte, dass Forsetis schlechte Laune mit Kullmann zu tun hatte. Kullmanns Erfolg, aus Samantha eine klare Aussage über ihren Aufenthalt zur Tatzeit herauszuquetschen, hatte Forseti gefuchst. Deshalb befürchtete sie, dass Forseti von der Idee, das Band analysieren zu lassen, nicht viel halten würde.

Er ließ sich alles von ihr erklären. Nachdem Anke gestanden hatte, den Mitarbeiter des Labors bereits mit dieser Aufgabe betraut zu haben, dauerte es nicht lange, da begann Forseti in einem Tonfall zu sprechen, der Eis noch kälter werden ließ: »Ist nun Kullmann Ihr Vorgesetzter oder bin ich es?«

»Sie natürlich!«

»Schön, dass Sie sich daran erinnern. Denn diese neue Ermittlungsrichtung ist nicht mit einer Silbe mit mir besprochen worden und schon ergreifen Sie ohne Absprache irgendwelche Maßnahmen.«

Anke schluckte.

»Ihnen ist wohl entfallen, dass solche Anordnungen nicht von Ihnen, sondern von mir getroffen werden. Außerdem ist es immer noch Ihre Pflicht, jede neue Erkenntnis oder Spur oder Vermutung zuerst mit mir zu besprechen. Was Sie mit Kullmann privat diskutieren, hat nichts mit dem Dienst und den dazugehörigen Pflichten zu tun.«

Anke wusste, dass sie ihre Kompetenzen überschritten hatte, womit sie sich jede Hoffnung auf einen Sonderstatus bei Forseti verscherzt hatte.

»Wenn Sie sich noch einmal so weit aus dem Fenster lehnen, wird das seine Folgen haben!« Er trat einige Schritte auf die Tür zu, bevor er sich umdrehte und weiter sprach: »Ich habe mehr Einfluss, als Ihnen bewusst ist. Verwechseln Sie mich also nicht mit Ihrem ehemaligen Chef!«

Anke fröstelte. Zitternd ging sie zur Kaffeemaschine, brühte sich etwas von dem Zeug auf. Während sie wartete, war sie zu nichts imstande. Sie saß einfach nur da und überlegte, wie sie die letzten Worte von Forseti verstehen sollte. Hatte seine Versetzung von Wiesbaden nach Saarbrücken doch eine karrierebedingte Bedeutung? Gelangte er hier in Saarbrücken an Dienstgrade, die ihm im Bundeskriminalamt verwehrt geblieben waren?

Es klopfte an die Tür.

Anke verhielt sich ganz still, weil sie niemanden sehen wollte. Am liebsten wäre sie nach Hause gegangen und hätte sich unter der Bettdecke verkrochen. Doch leider hatte sie keine andere Wahl, als auf ihrer Dienststelle zu bleiben und mit ihrer Niederlage fertig zu werden.

Erik trat ohne Aufforderung ein.

»Was hast du dem Alten angetan?«, fragte er. »Er ist wie ein Pulverfass. Ein falsches Wort und er geht in die Luft.«

Anke hatte nicht das Bedürfnis, mit Erik über ihren Verstoß zu sprechen. Auf seinen Kommentar konnte sie verzichten.

Je länger er ihr ins Gesicht schaute, desto deutlicher konnte er auch ohne ihre Antwort erkennen, dass sie sich in einem inneren Konflikt befand.

»Was hast du angestellt? Mir kannst du es ruhig sagen. Ich war bisher auch immer offen zu dir.«

Anke stand auf und schenkte sich Kaffee ein. Erik verfolgte sie mit seinen Augen. Erst als sie sich wieder setzen wollte, fragte er enttäuscht: »Und ich?«

»Hol ihn dir selbst!«

»Danke! Dein Entgegenkommen verdient eine Auszeichnung.«

Erik setzte sich mit seiner dampfenden Tasse ihr gegenüber und wartete.

Anke wartete ebenfalls. Nun wurde es zu einer Nervenprobe, wer diesen Zustand länger aushalten würde. Anke gewann.

»Warum bist du so stur?«, gab Erik nach. »Ist es so schlimm?«

»Ich will nicht darüber reden«, schimpfte Anke. »Warum sollte ich dir ausgerechnet jetzt von meinem Missgeschick berichten? Als ich jemanden zum Reden gebraucht hätte, weil ich einsam war, warst du kein einziges Mal für mich da. Jetzt bist du da und willst dich an meinem Unglück weiden. Tut mir leid, aber darauf habe ich keine Lust.«

»Wann hast du jemanden zum Reden gebraucht?« Erik war verblüfft.

»Da sieht es man wieder«, blaffte Anke. »Du hörst noch nicht einmal zu, wenn ich dir etwas sage.«

Erik bekam große Augen.

»Schon oft habe ich jemanden zum Reden gebraucht«, sprach Anke weiter. »Ich liebe meine Tochter, aber leider sitze ich Abend für Abend vor einem schlafenden Kind und sehne mich nach einem Gespräch. Mehrere Male hatte ich dich gefragt, ob du Zeit für mich hast. Jedes Mal hattest du Wichtigeres vor. Nun kannst du zurückgehen zu deinen wichtigen Angelegenheiten. Jetzt will ich nicht mehr mit dir reden.«

»Das tut mir leid«, stammelte Erik. »Vielleicht war ich nicht aufmerksam genug. Aber Wichtigeres – wie du es nennst – gab es nicht bei mir.«

»Soll das heißen, du warst nicht mit einer Frau zusammen?«, wollte Anke es nun genau wissen.

Erik zögerte, was Anke als Antwort schon reichte. Nach einer Weile brummte er: »Nichts ist so wichtig, dass ich dafür unsere Freundschaft riskieren würde.«

Seine Ehrlichkeit traf Anke unerwartet heftig. Sie hatte die Grenze überschritten, hatte ihn zu einer Enthüllung provoziert, die nicht rechtens war. Und nun entschuldigte er sich für etwas, was sie nichts anging. Sie spürte, dass sie mit ihrer Schimpftirade zu weit gegangen war. Sie hatte sich in sein Leben eingemischt. Wäre es umgekehrt geschehen, hätte sie anders reagiert.

»Willst du immer noch wissen, welchen Mist ich gebaut habe?«, fragte sie zur Versöhnung. Etwas anderes fiel ihr nicht ein, um ihren Fehler wieder gutzumachen.

»Klar! Erzähl!«

Als sie ihm ihre neue Theorie geschildert hatte, nickte Erik anerkennend:

»Das ist wirklich eine verdammt gute Erklärung. Du musst es Forseti mitteilen, damit wir mit unseren Ermittlungen zu einem Ergebnis kommen!«

Anke schüttelte den Kopf: »Nein! Forseti sage ich das nicht. Nach seiner Anspielung auf seine Macht hier im Haus riskiere ich damit nur, versetzt zu werden.«

»Vielleicht kommst du zu den Politessen und darfst Strafzettel verteilen«, grinste Erik. »Mit Röckchen und Hut siehst du bestimmt sexy aus.«

Wütend entgegnete Anke: »Du hast eine schmutzige Fantasie! Wenn einer dem Chef diese Theorie erzählt, dann du! Dann stehst du mit Uniform am Straßenrand und verteilst Strafzettel.«

»Auch nicht schlecht! Ich habe gehört, dass Frauen auf Uniform stehen.«

Die Tür ging auf, Forseti trat ein.

»Arthur Jennewein ist hier. Er bestreitet, Roswitha Loew gekannt zu haben«, berichtete er. »Hat sich Theo Barthels von der Spurensuche schon gemeldet?«

»Nein«, kam es wie aus einem Mund.

»Rufen Sie ihn sofort an!«

Anke tat wie geheißen.

Theo meldete sich: »Forseti soll mit der Festnahme noch warten, denn wir haben keine Fasern von Arthur Jennewein an der Leiche gefunden.«

Anke hatte den Telefonapparat auf Mithören geschaltet. Die Stimme von Theo schallte laut und deutlich durch das Zimmer.

»Das ist ärgerlich und bedeutet für uns nur überflüssigen Mehraufwand«, schimpfte Forseti.

Anke beobachtete Forseti, wie er vor den Aktenschränken auf und ab ging, dabei ein Gesicht zog, das seine Frustration verriet. Zu gerne hätte sie ihm von ihrer neuen Theorie erzählt, aber seine Warnung klang ihr zu deutlich in den Ohren.

»Ich werde Dr. Jennewein entlassen müssen«, meinte er nach einer Weile.

»Weiß er schon, dass er Nadines leiblicher Vater ist?«, fragte Erik.

»Nein. Ich denke, diese Neuigkeit ist eine gute Entschädigung dafür, dass wir ihn auf unwürdige Weise aus seiner Praxis transportiert haben«, überlegte Forseti.

Mit dem Untersuchungsergebnis der Uniklinik betrat er den Vernehmungsraum. Anke und Erik begleiteten ihn.

Arthur Jennewein wartete mit mürrischem Gesichtsausdruck darauf, dass endlich etwas geschah. »Ich hoffe, Sie lassen mich jetzt gehen«, sprach er unfreundlich. »Sie kommen mit Ihren Ermittlungen nicht weiter. Deshalb möchte ich nicht gern als Sündenbock herhalten.«

»Wir haben inzwischen das Untersuchungsergebnis aus dem Labor erhalten.« Forseti ging nicht auf Jenneweins Worte ein. »Nach diesem Ergebnis sind Sie entlastet und können gehen.«

»Das wurde auch Zeit!«

»Aber bevor Sie gehen, möchte ich Ihnen noch etwas mit auf den Weg geben.«

Erstaunt schaute Arthur Jennewein Forseti an. Die beiden Männer standen sich Auge in Auge gegenüber. Beide waren von gleicher Körpergröße und Statur. Im Gegensatz zu Forsetis tadellosem Aussehen wirkte Arthur mit seinem hochroten, aufgedunsenen Gesicht krank. Seine Augen waren glasig. Sein Atem roch schlecht, leichter Schweißgeruch ging von ihm aus.

»Ihre Frau hatte vor acht Jahren einen Vaterschaftstest in der Uniklinik in Homburg machen lassen.«

»Was soll das jetzt?«, fragte Arthur böse. »Weil Sie mich nicht als Mörder festhalten können, wollen Sie mich nun auf andere Weise quälen?«

»Im Gegenteil«, blieb Forseti ganz ruhig. »Es wurde festgestellt, dass Sie Nadines leiblicher Vater sind.«

Diese Nachricht verfehlte ihre Wirkung nicht. Arthur Jennewein verlor die Farbe aus dem Gesicht, war plötzlich so weiß, wie die Polizeibeamten ihn noch nicht gesehen hatten. Schlagartig begann er zu zittern. Langsam ließ er sich auf den Stuhl sinken.

»Nadine ist meine Tochter?«, flüsterte er. »Warum hat Isolde mir das nicht gesagt?«

»Weil sie es selbst nicht wusste«, erklärte Forseti. »Die Unterlagen fielen in Samanthas Hände.«

»Samantha hat das Ergebnis gekannt und mir niemals davon erzählt?«

Forseti nickte.

»Warum hat Samantha diese wichtige Nachricht für sich behalten?«

»Das werden wir Samantha fragen müssen – und noch viel mehr!«

»Das werde ich tun!« Mit diesen Worten erhob Arthur Jennewein sich. Dabei wirkte er nicht mehr so energiegeladen wie zu dem Zeitpunkt, als die Polizeibeamten in das Vernehmungszimmer eingetreten waren. Mit unsicheren Schritten bewegte er sich auf die Tür zu und sprach immer wieder die gleichen Worte: »Nadine ist meine Tochter. Als hätte ich es immer schon gespürt. Nadine ist mein Kind.«

Im Türrahmen angekommen, drehte er sich um und fragte: »Wie komme ich wieder nach Hause? Sie haben mich in meiner Praxis abgeholt. Ich habe kein Auto dabei.«

»Ein Kollege wird Sie zurückfahren«, bot Forseti sofort an.

Im Flur trat ihnen Kullmann entgegen. Er sah Anke in ihrem Zimmer verschwinden und folgte ihr.

Forseti ebenfalls. Kaum hatte er die Tür geschlossen, erklärte er: »Meines Wissens befinde ich mich in der Leitungsfunktion dieses Kommissariats. Sie, Herr Hauptkommissar a. D. Kullmann, sind als Berater hinzugezogen worden, was nicht heißt, dass Sie eigenmächtig handeln dürfen. Sollten Sie neue Ergebnisse haben, möchte ich darüber informiert werden.«

»Ich habe lediglich mit Dr. Ina Knappe gesprochen«, erklärte Kullmann. »Sie hatte damals über den Entführungsfall Unterlagen zusammengestellt, die sie uns heute zukommen lassen will.«

Kaum hatte Kullmann ausgesprochen, klingelte sein Handy in der Jackentasche. Die Melodie ließ Anke immer wieder schmunzeln, er hatte sich »Die Liebe ist ein seltsames Spiel« von Conny Francis ausgesucht.

Er telefonierte eine Weile, bis er den Vorschlag machte: »Am besten ist es, wir sprechen über den Festnetzanschluss meiner Kollegin Anke Deister. Dann können die Anwesenden das Gespräch mithören.«

Das machte Anke neugierig. Kullmann gab ihre Nummer durch, schon klingelte der Apparat. Anke schaltete auf Lautsprecher.

»Ich habe Ihnen meine Akte zugeschickt«, schallte Dr. Knappes Stimme durch das Zimmer. »In dieser Akte sind vorrangig die Persönlichkeitsmerkmale von Isolde Jennewein festgehalten, was Ihnen in Ihrer jetzigen Situation nicht unbedingt weiterhilft.«

Während des Telefonats betrat ein Bote das Zimmer und schaute sich um. Als er Forseti erblickte, reichte er ihm die besagte Akte.

»Gibt es denn einen Grund zur Sorge, weil Sie mich anrufen?«, fragte Kullmann, ohne auf den Mann zu achten, der sich auf leisen Sohlen davon stahl.

»Den gibt es! Ich habe die Akten gelesen und bin dabei auf Samantha Jennewein, die Stiefschwester der Entführten, aufmerksam geworden. Inzwischen ist sie sechsundzwanzig Jahre alt, also eine junge Frau, deren Zielstrebigkeit nicht mehr durch ihre pubertäre Unreife beeinflusst wird.«

»Das heißt?«

»Dass Samantha für Nadine zur Gefahr werden kann«, erklärte Dr. Knappe. »Nachdem Sie mir die Situation in dieser Familie geschildert haben, damit meine ich den Vaterschaftstest, rate ich Ihnen, ein Auge auf Nadine zu werfen. Samantha leidet an einer narzisstischen Persönlichkeitsstörung mit schweren paranoiden Tendenzen. Schon vor elf Jahren hatte sie große Angst, den Sonderstatus bei ihrem Vater zu verlieren. Sollte sie erfahren, dass Dr. Jennewein das Ergebnis des Vaterschaftstests kennt, besteht die Möglichkeit, dass sie aktiv wird!«

»Das hört sich nicht gut an.«

»Samantha wird sich nicht mehr mit infantilen Verleumdungskampagnen zufriedengeben wie damals, als sie noch Zettel in der Schule verteilte. Mit ihrer Entwicklung von einer Pubertierenden zur jungen Frau hat sich ihre Anfälligkeit für aggressive Reaktionen gesteigert«, wurde Dr. Knappes Stimme immer drängender. »Zu welchen Maßnahmen sie heute greifen wird, kann niemand voraussagen.«

»Sie fahren umgehend zum Haus der Familie Jennewein«, wies Forseti Anke an, nachdem das Gespräch beendet war.

»Ich möchte Anke begleiten«, teilte Kullmann mit. Damit wollte er verhindern, dass er durch seine weitere Einmischung Anke in Schwierigkeiten brachte.

»In Ordnung! Bringen Sie Samantha Jennewein zur Kriminalpolizeiinspektion! Ich informiere Staatsanwalt Foster.«

Die Fahrt nach Dillingen-Diefflen kam ihnen an diesem Tag besonders lang vor. Anke übernahm das Steuer, damit Kullmann während der Fahrt in der Akte lesen konnte. Mit ihrem Handy versuchte sie mehrere Male, Nadine zu Hause zu erreichen, aber niemand meldete sich. Also entschied sie sich, bei Großvater Jakob Jennewein anzurufen. Leider wusste auch er nicht, wo Nadine steckte. Ihre Nervosität wuchs mit jedem Kilometer, den sie sich Diefflen näherten.

Das Bauernhaus lag im Sonnenschein. Die beiden abgebildeten Kutschpferde über der Eingangstür, die braun eingefassten Fenster auf der weißen Fassade, der Laternenmast mit seinen drei nostalgischen Leuchtern, alles wirkte friedlich und schön. Doch was erwartete sie dort?

Sie klingelten. Nichts tat sich. Nachdem sie es mehrere Male versucht hatten, gingen sie um das Haus herum zur Terrasse. Anke warf einen Blick durch das Fenster.

»Dort ist niemand.«

»Du fährst zu Dr. Jennewein in die Praxis und lässt dir den Haustürschlüssel geben«, bestimmte Kullmann. »Ich lese in der Zwischenzeit weiter in der Akte. Sollte Nadine nach Hause kommen, bin ich vor Ort.«

Kapitel 43

Kullmann stand in der Sonne vor dem Haus und las in der Akte. Er bemerkte Ankes Rückkehr erst, als sie ihn ansprach: »Dr. Jennewein hat mit Samantha gesprochen.«

»Das ist schlecht«, erkannte Kullmann. »Hoffentlich kommen wir noch rechtzeitig.«

Sie betraten das Haus. Sofort spürten sie, dass es leer war. Mit schnellen Schritten ging Kullmann im Erdgeschoss durch alle Zimmer.

Anke stieg die Treppe hinauf und steuerte Nadines Zimmer an. Sie setzte sich auf das Bett und schaute sich um. Was sie sich davon versprach, wusste sie nicht. Sie stand auf und ging auf den Schreibtisch zu. Die Schubladen waren nicht abgeschlossen. Darin entdeckte sie nichts, was ihr weitergeholfen hätte. Verdrossen sah sie sich um. Eine Schranktür war nur angelehnt. Sie öffnete sie und sah auf eine Reihe von Jacken, Hosen und gestapelten Pullovern. Auf dem Boden bemerkte sie eine graue Kiste. Neugierig geworden, zog sie das hölzerne Kästchen heraus und klappte den Deckel hoch. Kinderzeichnungen stapelten sich darin. Warum hob Nadine solche Dinge auf? Sie erkannte nur Kritzeleien aus einer Zeit, als Nadine noch jung war. Ein Motiv zeigte ein Mädchen mit Zöpfen, eine Sonne und ein helles, vierbeiniges Gebilde, das wohl ihr Pony Falada darstellen sollte. Andere Bilder zeigten sie mit undefinierbaren Tieren. Auf keinem der Bilder war das klassische Familienbild von Vater, Mutter und Kind zu sehen; auch nicht Mutter und Kind. Stattdessen hielt Anke plötzlich etwas in den Händen, was sich ganz und gar von den anderen naiven Zeichnungen unterschied. Sie erschrak bei diesem Anblick.

Sie eilte die Treppe hinunter, um Kullmann ihren Fund zu zeigen. Dort kam die nächste Überraschung.

»Nadine und Samantha müssen sich hier begegnet sein«, empfing Kullmann Anke. »Ich habe einige Papierfetzen gefunden, die im Kamin verbrannt werden sollten, den Flammen aber nicht ganz zum Opfer gefallen sind.«

Er zeigte ihr das Stück Papier, auf dem noch wenige Zeilen aus einem Gedicht zu erkennen waren.

Anke las die Zeilen laut vor:

»Weib, wo ist mein Vater? Lallte
Seiner Unschuld stumme Donnersprach'
Weib, wo ist Dein Gatte? Hallte
Jeder Winkel meines Herzens nach –
Weh! Umsonst wirst, Waise, Du ihn suchen,
Der vielleicht schon andre Kinder herzt,
Wirst der Stunde unsres Glückes fluchen,
Wenn Dich einst der Name Bastard schwärzt.«

Kullmann zitierte weiter: »Deine Mutter – o im Busen Hölle!
Einsam sitzt sie in dem All der Welt;
Durstet ewig an der Freudenquelle
Die dein Anblick fürchterlich vergällt.
Ach, mit jedem Laut von dir erklingen
Schmerzgefühle des vergangnen Glücks,
Und des Todes bittre Pfeile dringen
Aus dem Lächeln Deines Kinderblicks.
Hölle, Hölle, wo ich Dich vermisse,
Hölle, wo mein Auge Dich erblickt!
Eumenidenruten Deine Küsse,
Die von seinen Lippen mich entzückt!
Seine Eide donnern aus dem Grabe wieder,
Ewig, ewig würgt sein Meineid fort,
Ewig – hier umstrickte mich die Hyder –
Und vollendet war der Mord.«

»Woher stammt das?«

»Das ist das Gedicht *Die Kindesmörderin* von Friedrich Schiller.«

»Das kann nur ein Schachzug von Samantha sein«, spekulierte Anke. »Schon immer wollte sie, dass Nadine aus dem Haus verschwindet. Das Wissen um die Vaterschaft hat sie angespornt.«

Sie reichte ihm die Zeichnung, die sie in Nadines Zimmer gefunden hatte.

Fast das gesamte Blatt war geschwärzt, nur in der Mitte befand sich ein helles Quadrat. In diesem Fleck war eine Frau von hinten abgebildet worden.

»Was sagt uns das?«, fragte Anke atemlos.

»Ich sehe dir an, was du denkst«, erkannte Kullmann. »Ich vermute dasselbe: Das Bild stellt dar, wie Isolde das dunkle Gefängnis ihrer Tochter verlässt.«

»Gibt es so etwas wirklich? Ich dachte, das kommt nur in schlechten Krimis vor?«

»Leider gibt es immer wieder Mütter, die ihre Kinder töten.« Kullmanns Blick haftete auf dem Stück Papier. »Das deckt sich mit dem Bericht, den Dr. Knappe geschrieben hat. Sie hat sich eingehend mit Isolde Jennewein befasst. Die Verletzungen, die sie durch die Prügel von Walter Kruchten erlitten haben soll, waren fingiert. Dr. Knappe hat mit dem Krankenhauspersonal gesprochen. Dort herrschte der Verdacht, dass die Patientin sich selbst verletzte, um immer wieder in die Fürsorge des Krankenhauses zu gelangen. Das ist das sogenannte Münchhausen-Syndrom.«

»Was hatte sie davon?«

»Aufmerksamkeit«, antwortete Kullmann. »Isolde hat uns erzählt, Walter Kruchten hätte sie und das Kind geschlagen. Nadine hat diese Version der Geschichte nicht bestätigt. Sagte sie nicht zu dir, er hätte sie niemals angerührt?«

Anke nickte.

»Das ist ein zusätzlicher Hinweis auf das Münchhausen-Syndrom. Diese Menschen lügen.«

»Was hat die Erkrankung mit Nadines Entführung zu tun?«

»Vermutlich hat sie ihr eigenes Kind als Mittel eingesetzt, um ihre Leidensgeschichte für ihre Zwecke fortzusetzen«, antwortete Kullmann. »Die Entführung ihres eigenen Kindes hat ihre Hilflosigkeit auf eine adäquate Art und Weise sichtbar gemacht wie vor Jahren die Blutergüsse und gebrochenen Rippen. Dieses Mal gelangte sie sogar medienwirksam in den Mittelpunkt des Interesses und konnte sich Arthurs Mitgefühl sicher sein. Ihr schlimmster Albtraum – nämlich seine angekündigte Scheidung – wurde hinfällig.«

»Welche Rolle spielte Oskar Kauz in dieser Sache?«

»Das ist die Frage, auf die ich immer noch keine Antwort gefunden habe. Mit ihrem Stiefbruder verband sie nichts. Daher ist es kaum anzunehmen, dass sie mit ihm gemeinsame Sache gemacht hat. Alles spricht dafür, dass sie allein gehandelt hat, als sie Nadine in dieses Loch sperrte.«

Es dauerte eine Weile, bis Anke wieder etwas sagen konnte: »Und Samantha ist dahintergekommen.«

»Sieht so aus.«

»Warum tötet sie Isolde elf Jahre später?«

»Weil sie das alles erst durch Roswitha Loew erfahren hat«, spekulierte Kullmann.

»Und wie? Es gibt nur einen einzigen Hinweis, dass Roswitha Loew mit der Familie Jennewein Kontakt hatte – nämlich die Telefonverbindung«, zweifelte Anke.

»Du hast doch die Durchsuchung von Samanthas Zimmer durchgeführt«, wandte Kullmann ein.

Anke nickte.

»Stand dort kein Zweitanschluss?«

»Natürlich!« Anke fasste sich an den Kopf. »Sie hat das Gespräch Wort für Wort mitgehört!«

»Eben! Das könnte eine Erklärung dafür sein, dass Samantha so lange gewartet hat.«

»Der einzige Ort, an dem ich Samantha vermute, ist Tobias Warkens Wohnung«, überlegte Anke.

»Worauf warten wir noch?«

Mit ihren beiden Beweisstücken in den Händen verließen sie das Bauernhaus und fuhren zu Tobias' Wohnung. Auf ihr Klingeln ertönte der Summer.

Tobias stand schon in der Tür. Er wirkte aufgeregt, fahrig, ja sogar ungepflegt. Seine dunklen Haare standen zu Berge, schwarze Bartstoppeln verunzierten sein Gesicht. Das Hemd war schief zugeknöpft und die Hose zerknittert.

»Ich wollte gerade zu Ihnen kommen«, begrüßte er die beiden Beamten.

»Was ist passiert?«

»Samantha war hier. Sie wollte das Kuvert, das ich Ihnen gegeben habe. Als sie bemerkte, dass es weg war, konnte sie sich denken, was ich damit gemacht habe. Sie wurde zu einer Furie, führte sich unmöglich auf und rannte davon.«

»Wann war das?«

»Vor einer Stunde oder so.«

Anke rief Forseti auf seinem Handy an, um einen genauen Bericht über die neue Situation zu geben. Doch bevor sie zum Sprechen kam, informierte dieser: »Der Kriminaltechniker ist soeben bei mir vorbeigekommen und hat mir die Analyse des Bandes vorgespielt. Das Ergebnis ist, dass

Oskar Kauz nach seinen Worten ›*Wo das Kind ist …*‹ nicht mehr weiter gesprochen hat. Isolde wusste also, wo das Kind war.«

»Samantha hat erfahren, dass Isolde ihre Tochter damals selbst entführt hat«, erklärte Anke. »Und jetzt können wir Nadine nirgends finden.«

»Ich bin schon auf dem Weg nach Diefflen«, verkündete Forseti. »Über Funk habe ich gerade das Sondereinsatzkommando verständigt.«

Kullmann fragte Tobias: »Was glauben Sie, wo Samantha hingegangen ist?«

»In den alten Stall«, meinte der junge Mann nach kurzem Zögern. »Dort ist immer noch die kleine Reiterstube.«

»Ich gebe den Standort an die Sondereinheit weiter«, ertönte Forsetis Stimme durch Ankes Handy.

»Ich hoffe, Sie führen uns nicht in die Irre.« Kullmann stand dicht vor Tobias, der den Alten um einen Kopf überragte.

»Das tue ich nicht. Früher waren Samantha und Nadine oft dort.«

»Früher?«

Tobias nickte schwach.

»Warum sollte sie dann ausgerechnet heute dort sein?«

»Weil Nadine immer noch gern dorthin geht.«

Die Erklärung leuchtete ein. Hastig steuerten sie den Wagen an und kehrten zurück nach Diefflen in die Augrät.

Sie gingen um das Bauernhaus herum auf die Wiese, die zum Stall führte. Dort überraschte sie Forseti. Er winkte Anke und Kullmann herbei.

»Die Beamten des Sondereinsatzkommandos sind schon vor Ort.«

Plötzlich tauchte eine alte Dame bei ihnen auf. Von der Neugier getrieben, stellte sie sich neben die Wartenden, als gehöre sie zum Team dazu. Mit ihrer krächzenden Stimme verkündete sie: »Endlich hat jemand das Luder durchschaut.«

»Wir befinden uns im Einsatz. Da kann ich nicht mit Schaulustigen plaudern«, erklärte Forseti frostig.

»Ich rede nicht mit Ihnen, sondern mit dem netten Herrn dort drüben.« Dabei zeigte sie auf Kullmann.

Als dieser sie sich näher ansah, erkannte er sie wieder. Vor ihm stand die Nachbarin, die ihm damals in ihren rosa Pantoffeln und mit Lockenwicklern auf dem Kopf Auskunft erteilt hatte.

»Sie haben sich ja gar nicht verändert in all den Jahren«, schmeichelte

Kullmann der alten Dame, wofür er erstaunte Blicke der Polizeibeamten erntete.

»Sie auch nicht«, gab sie kokett zurück und fuhr sich mit den Fingern durch die lichten, grauen Haare, als könne sie dort noch etwas verbessern. »Werden Sie endlich dieses Flittchen hinter Gitter bringen?«

»Welch unerfreuliche Wortwahl von einer so charmanten Dame«, tadelte Kullmann. »Warum sind Sie sich so sicher, wen wir mitnehmen wollen?«

»Weil ich Ihnen schon damals gesagt habe, wie gefährlich Samantha ist. Aber nein, es musste erst etwas Schreckliches passieren, bevor Sie auf mich hören. Musste die arme Isolde wirklich sterben?«

Die Heuchelei ekelte Kullmann an. Damals hatte sie Isolde aufs Schlimmste beschimpft, weil sie im Mittelpunkt des Interesses gestanden hatte. Heute beleidigte sie Samantha. Kullmann musste sich beherrschen, den netten Tonfall beizubehalten.

»Wir tun unser Bestes, gute Frau.«

»Ich auch«, gab sie hochnäsig zurück.

Sofort schaltete Kullmann und fragte: »Haben Sie heute Morgen etwas in diesem Haus beobachtet?«

Die Alte schob das Kinn vor, ein deutliches Zeichen, dass dem so war und sie sich mit ihrem Wissen wichtig fühlte.

»Sagen Sie es mir bitte«, flötete Kullmann. »Damit leisten Sie einen immensen Beitrag zu einer wichtigen Polizeiaktion.«

Damit hatte er die Frau überzeugt. »Ich habe Samantha mit ihrer Schwester das Haus verlassen sehen.«

»Aber das war nicht alles«, hakte Kullmann nach.

»Nein. Es sah so aus, als ginge Nadine gegen ihren Willen mit.«

»Vielen Dank, werte Frau. Sie glauben ja gar nicht, wie wichtig Ihre Beobachtung für unsere Arbeit ist. Nun muss ich Sie aber bitten, sich in Sicherheit zu bringen. Unser Einsatz ist sehr gefährlich.«

Damit gelang es ihm, die neugierige Dame abzuwimmeln. Mit langsamen Schritten wackelte sie davon.

»Dank Ihres grenzenlosen Charmes haben wir jetzt die Gewissheit, dass niemand im Haus ist«, bemerkte Forseti.

»Dank meines grenzenlosen Charmes wird aus unserem Verdacht, Samantha habe Nadine entführt, Gewissheit«, gab Kullmann genauso unfreundlich zurück.

Das Sprechgerät in Forsetis Hand lenkte die beiden ab. Eine Stimme ertönte: »Wir nähern uns dem Stall. Wir sichern uns ab, dass niemand in akuter Lebensgefahr ist, dann greifen wir zu.«

»Hoffentlich kommen wir noch rechtzeitig«, bangte Anke.

Sonst wurde kein Wort gesprochen. Sie standen regungslos im Garten und warteten.

Wieder ertönte ein Knacken durch das Sprechgerät: »Wir sind in die Stube eingedrungen.«

»Und?«

»Hier war jemand. Aber schwer zu sagen, wann.«

Diese Nachricht brachte blitzartig Bewegung in die Gruppe der Polizeibeamten. So schnell sie konnten, eilten sie über den Feldweg zu den Stallruinen. Der Eingang lag versteckt hinter zurückgestutzten Hecken. Einige Stützbalken waren abgebrochen. Die Decke aus Wellblech hing in der Mitte durch. Ein Baumstamm stand davor und diente als natürliche Stütze, sodass sie nicht ganz durchbrach. Direkt daran angebaut befand sich die kleine Stube. Dort gammelten alte Möbelstücke, Zeitungen aus dem Jahr 1993 verteilten sich auf dem Boden, Wagenräder schmückten die Wände, ein verschimmeltes Kummet zierte als Rahmen eines Spiegels die Rückwand. Die Glasscheibe war aus dem Fenster, das auf einen Holzzaun und Ahornbäume zeigte, herausgebrochen. Hinter dem Zaun führte ein schmaler Trampelpfad hinunter auf einen breiten Sandweg, der wiederum durch einen Zaun vom dahinterliegenden Privatgrundstück abgetrennt wurde. Reste von Jagdhindernissen lagen auf diesem Pfad.

»Über diesen Weg könnte sie geflohen sein«, überlegte Grewe.

»Mit Nadine im Schlepptau?«, zweifelte Bernhard. »Das wäre viel zu auffällig.«

»Immer ein Widerwort auf den Lippen.« Grewe rümpfte die Nase. »Wer hätte sie hier schon sehen können?«

Ratlos standen sie vor der Ruine. Die Spezialeinheit versammelte sich auf dem angrenzenden Feld.

»Was tun wir jetzt?«, fragte Forseti in die Runde.

Plötzlich ging Kullmann ein Licht auf.

»Warum bin ich da nicht gleich drauf gekommen?«, rief er. Alle schauten ihn neugierig an. »Ich weiß es nicht sicher, ich vermute nur, dass sie mit Nadine in den Bunker gegangen ist, in dem sie damals gefangen gehalten wurde.«

»Woher weiß Samantha, wo der Bunker ist?«, stutzte Bernhard.

»Wir vermuten, dass Samantha das Telefonat zwischen Roswitha Loew und Isolde Jennewein mitgehört hat. Da könnte die Information gefallen sein.«

Während sie über die holprigen Feldwege zurückstolperten, fragte Forseti: »Finden Sie dieses Erdloch wieder?«

»Ich hoffe es! Es ist lange her. Damals hatten wir schon große Schwierigkeiten, es zu finden«, gestand Kullmann. »Vielleicht erinnert sich Anton Grewe, wie wir zu dem Bunker gelangt sind.«

An den Autos angelangt, musste Kullmann zunächst verschnaufen. Diesen körperlichen Aktivitäten hatte er eigentlich abgeschworen. Deshalb überstieg der Einsatz seine konditionellen Grenzen.

»Wir müssen langsam machen«, erkannte Anke. »Ohne Kullmann geht gar nichts.«

Forseti nutzte die Zeit, um erneut bei Staatsanwalt Foster anzurufen. Er informierte ihn über den Stand der Ermittlungen. Foster kündigte an, dass er sofort zur Pachtener Heide kommen wolle.

Kullmann stieg als erster in einen der Dienstwagen. Anke setzte sich neben ihn. Erst als alle saßen und Bernhard losfuhr, fragte Anke: »Hast du damals versucht, mit Nadine über die Entführung zu sprechen?«

»Versucht habe ich es«, antwortete Kullmann. »Aber sie hat nichts mehr gesagt – hat einfach aufgehört zu sprechen.«

»Wie das?«, staunten alle Insassen.

»Nadines Mutter lehnte jegliche psychologische Betreuung für das Kind ab. Alle meine Versuche, mit ihr über das Erlebnis zu sprechen, schlugen fehl.«

»Und Dr. Knappe?«

»Sie durfte nicht mehr in die Nähe des Kindes.«

»Wie ist es möglich, dass ein Kind nicht mehr spricht?«, zweifelte Bernhard. »Irgendetwas muss es doch gesagt haben.«

»Nein! Nadine litt an elektivem Mutismus. So etwas kann nach einem schweren posttraumatischen Belastungssyndrom auftreten. Es ist die Bezeichnung für ihre Weigerung zu sprechen. Üblicherweise dauert dieser Zustand mehrere Wochen an – wenn das Kind betreut wird. In Nadines Fall dauerte es viel länger, weil ihre Mutter keine Therapie zuließ.«

»Das Verhalten der Mutter war ein deutlicher Hinweis darauf, dass sie selbst hinter der Entführung steckte«, stellte Bernhard fest. Auf Kullmanns fragenden Blick fügte er an: »Warum hätte sie dem Kind eine Therapie ermöglichen sollen? Das Schweigen ihrer Tochter kam ihr gerade recht!«

»Hätten wir Sie damals schon in unserem Team gehabt ...«, brummte Kullmann.

Sie kamen am Ziel an.

Alles lag still und friedlich da. Die Sonne schien, die Wiese leuchtete in saftigem Grün, das Laub der Bäume blühte in voller Pracht. Ein Lüftchen wehte, die Blätter raschelten leise. Die Beckinger Straße, ein schmaler, geteerter Weg, der als Verbindungsweg zwischen Dillingen-Pachten und Dillingen-Diefflen diente, wurde von Polizeiwagen für den Durchgangsverkehr gesperrt.

»Findest du den Eingang wieder?«, fragte Anke.

»Ich muss mich umschauen«, wich Kullmann aus. »Vielleicht hat Grewe ein besseres Gedächtnis als ich. Er war damals auch dabei. Und Staatsanwalt Foster. Gemeinsam werden wir das Versteck finden.«

Die Wagen parkten am Rand der großen Wiese. Als sie ausgestiegen waren, begannen Kullmann und Grewe, ihre Blicke schweifen zu lassen.

In die Stille hinein meinte Grewe: »Als wäre die Zeit stehengeblieben. Hier hat sich nichts verändert.«

Ein Auto fuhr vor, Foster stieg aus.

»Meine Güte, das ist ja wieder wie vor elf Jahren«, begrüßte Foster die Gruppe der Wartenden.

»Weißt du noch, wo wir in den Wald gegangen sind?«, fragte Kullmann.

»Nein«, schüttelte Foster den Kopf. »Wir sind nämlich von der anderen Seite in den Wald hineingegangen und hier wieder herausgekommen.«

»Ich habe damals bei dem Leiter des Einsatzkommandos gestanden«, teilte Grewe mit, während er sich weiter umsah. Plötzlich hob er die Hand, zeigte auf einen orangefarbenen Mast und rief ganz laut vor Aufregung: »Genau hier!«

Kullmann folgte mit den Augen Grewes Zeigefinger. An der Markierung für die Gasleitung befand sich ein kleiner Trampelpfad. Diesen Weg schlug er ein. Er ging voraus, Foster, Forseti und die Kollegen folgten ihm. Die Mitarbeiter des Sondereinsatzkommandos hatten sich bereits weiträumig im Wald versteckt; sie waren nicht mehr zu sehen.

Kullmann ging einige Schritte geradeaus, dann bog er rechts ab und kraxelte durch Gestrüpp, das im Laufe der Jahre dichter geworden war.

Mit Stöcken suchten sie den Waldboden nach dem Erdloch ab.

»Hoffentlich haben wir noch Zeit«, stöhnte Kullmann nach einer Weile.

»Das wissen wir leider nicht«, meinte Forseti. »Wenn sie Nadine getötet und dann in dem Bunker ablegt hat, ist ohnehin alles zu spät.«

»Wir können nur hoffen, dass das Miststück die Grausamkeit besitzt und die arme Nadine dasselbe wie vor elf Jahren durchmachen lassen will«, bemerkte Grewe.

Auf die fragenden Blicke der Kollegen fügte er an: »Dann hätte sie Nadine lebend eingesperrt.«

Kullmann suchte weiter, bis er plötzlich auf etwas stieß.

»Hier ist es!«

Eilig rannten alle herbei, doch bis zur Treppe kamen sie nicht, dort stieß der Einsatzleiter des Sondereinsatzkommandos alle zurück.

»Geht in Sicherheit! Ab jetzt übernehmen wir.«

Rasch entfernten sie sich von der Fundstelle, suchten sich einen Platz, von dem aus sie die Aktivitäten am Eingang des Bunkers genau beobachten konnten.

Das SEK ging wie immer gut organisiert vor, sicherte alles ab und versicherte sich, dass für Nadine keine Gefahr bestand, wenn die Tür geöffnet wurde. Schon nach kurzer Zeit kam der Ruf des Leiters: »Es besteht keine Gefahr! Das Mädchen ist allein.«

Der einzige, der den Bunker betrat, war Kullmann.

Nadine lag direkt hinter der Tür, die gewaltsam geöffnet worden war.

Zitternd suchte er am Hals nach ihrem Puls. Nichts. Er versuchte es an ihren Handgelenken: auch nichts. Sein letzter Hoffnungsschimmer, ihre Schläfen. Schon wieder nichts. Er war kein Arzt, außerdem war es dunkel, sicherlich hatte er an den falschen Stellen gefühlt. Sein Zittern wurde heftiger, als er nichts außer kalter Haut an seinen Fingern spürte. Da lag sie vor ihm, regungslos, die Augen geschlossen, das Gesicht voller Schürfwunden und Blutergüsse. Ihre Fingernägel waren blutig gekratzt an der schweren Tür, die sie zu öffnen versucht hatte. Einige herausgerissene Haarbüschel lagen neben ihr auf dem kalten Boden. Eine heftige Welle des Mitleids überkam Kullmann. Sollte sie wirklich so ein trauriges Ende gefunden haben? Sollte sie wirklich genau an der Stelle gestorben sein, an der es ihr vor elf Jahren gelungen war, dem Tod von der Schippe zu springen? Sollte sie wirklich keine zweite Chance auf ein normales Leben bekommen?

Plötzlich überkam ihn ein Gefühl von Lebendigkeit, wie er es noch nie empfunden hatte. Er hatte ihren schwachen Pulsschlag gefunden. Mit lauter Stimme, die nicht nur seine Angst, sondern auch seine Anspannung herausließ, rief er: »Sie lebt!«

Ein Krankenwagen kam vorgefahren. Die Sanitäter und eine Notärztin kletterten mühsam durch den Wald bis zum Eingang des Bunkers. Als Kullmann hinaus in die Sonne trat, fühlte er sich erleichtert. Eine zentnerschwere Last fiel von ihm ab. Mit der Gewissheit, Nadine geholfen zu haben, stellte er sich an die schmale Straße und beobachtete, was nun geschah. Es kam ihm wie ein Déjà-vu vor. Er sah, wie die Sanitäter Nadine auf die Trage legten und sie dann, begleitet von der jungen Notärztin, zum Krankenwagen trugen.

»Meine Güte, ich bekomme eine Gänsehaut«, erschauerte Grewe und rieb sich fröstelnd die Arme. »Das ist genau so wie damals. So etwas habe ich noch nicht erlebt, dass sich eine Befreiungsaktion bis aufs Detail wiederholt.«

Kullmann richtete seinen Blick auf Nadine. Sie war immer noch nicht bei Bewusstsein. Die Ärztin versicherte ihm, dass sie nicht in Lebensgefahr sei.

Als der Krankenwagen mit Blaulicht davonfuhr, atmeten alle erleichtert auf.

Von allen Seiten des Waldes tauchten die Beamten des SEK wieder auf. Alle gaben ihrem Leiter denselben Bericht: Es wurde keine verdächtige Person in der Umgebung des Bunkers gesichtet.

Forseti stöhnte: »Hoffentlich wird Nadine reden, damit wir Samantha überführen können.«

»Ich ordne an, das Haus der Familie Jennewein rund um die Uhr zu überwachen«, bestimmte Foster. »Sobald Samantha Jennewein dort auftaucht, festnehmen!«

Kapitel 44

Kaum hatten sie das Büro betreten, verkündete Jürgen: »Förster Morgett ist hier und will Ihnen einen Zeugen abliefern.«

Forseti funkelte Jürgen böse an: »Warum haben Sie das nicht selbst übernommen?«

»Ich hatte keine Befugnis von Ihnen.«

»Sollte durch Ihr Verhalten ein entscheidendes Versäumnis entstanden sein, können Sie sich auf eine Versetzung vorbereiten.«

»Sind Sie Hauptkommissar oder der liebe Gott?«, spottete Jürgen verärgert.

Forseti ignorierte diesen Kommentar. Mit eiligen Schritten steuerte er sein Büro an. Foster folgte ihm im gleichen Tempo.

Morgett und ein ungepflegter, dünner Mann saßen auf den Stühlen direkt davor.

»Welche Aussage wollen Sie machen?«, fragte Forseti.

»Dieser Mann hier hat etwas zu sagen. Es betrifft Ihren Fall Roswitha Loew«, erklärte Morgett in seiner unerschütterlichen Ruhe.

Anke und Erik beobachteten die Situation. Erik flüsterte: »Hier lebt zurzeit jeder gefährlich.«

Anke musste ein Lachen unterdrücken, weil Forseti gerade mit den beiden Männern dicht an ihr vorbeiging. Er winkte ihnen zu, sich dazuzugesellen. Als alle Platz genommen hatten, fragte er: »Wer sind Sie und was wollen Sie uns sagen?«

Ein Aufnahmegerät stand mitten auf dem Tisch. Sein leises Summen wurde von der nuschelnden Stimme des Befragten übertönt.

»Ich bin in der Nacht von Mittwoch auf Donnerstag auf dem Litermont gewesen.«

»Was haben sie dort gemacht?«

»Mich umgesehen.«

Ungläubig schaute Forseti den Zeugen an.

»Und was haben Sie gesehen?«

»Ich habe oben am Kreuz beobachtet, wie zwei Frauen sich stritten. Sie bemerkten mich nicht. Es kam zum Handgemenge, sie prügelten sich wie die Waschweiber. Plötzlich stieß die kleinere Frau von beiden die größere über die Mauer in die Tiefe. Ich höre immer noch ihren Schrei.«

Forseti nahm Fotos von Roswitha Loew und Isolde Jennewein aus seiner Schublade und legte sie auf den Schreibtisch.

»Das sind sie.« Der Mann zeigte auf Isolde und erklärte: »Diese Frau war es, die die andere vom Felsen gestoßen hat.«

»Warum kommen Sie erst jetzt mit Ihrer Aussage zu uns?«

Der Mann druckste herum, bis Morgett für ihn antwortete: »Weil er ein Wilderer ist. Ich habe ihn endlich auf frischer Tat ertappt.«

»Und wie kamen Sie darauf, dass er Zeuge dieses Verbrechens geworden ist?«

»Er ist zwar die meiste Zeit besoffen, aber in letzter Zeit hat er Dinge gesagt, die haben mich hellhörig gemacht.«

»Kommen Sie bitte auf den Punkt!«, drängte Forseti.

»Er sprach davon, dass sie wiedergekommen seien. Jetzt seien sie hinter ihm her!«

»Wer sei wiedergekommen?« Forseti begriff nicht, was Georg Morgett erzählte.

»Die beiden Frauen. Eine groß, die andere klein ...«

Forseti glaubte zu wissen, von wem Morgett sprach. Roswitha Loew war groß gewesen, Isolde Jennewein klein. »Aber was sollte sein Gerede, sie seien wiedergekommen?«

Georg Morgett lächelte unbeeindruckt, als er schilderte: »Er war wieder auf dem Litermont, um seinen illegalen Geschäften nachzugehen. Da begegneten ihm an der gleichen Stelle zwei Frauen: eine groß und dunkelhaarig, die andere klein und hellhaarig. Die Ähnlichkeit erschreckte ihn. Und als die Frauen ihn verfolgten, bekam er es richtig mit der Angst zu tun. Im Gasthaus Schmitt sprach er über nichts anderes mehr.«

»Haben Sie verstanden, weswegen die beiden Frauen in der Nacht von Mittwoch auf Donnerstag, den ersten April, gestritten haben?« Mit der Frage richtete sich Forseti an den Wilderer.

Der Mann schüttelte den Kopf.

Forseti rief die Kollegen in sein Büro. Dort ließ er das Band ablaufen.

»Also hat Isolde Jennewein Roswitha Loew umgebracht.« Diese Neuigkeit schlug ein wie eine Bombe.

Alle verharrten in Schweigen, bis Esther die Stille unterbrach: »Dieser

Fall wäre so leicht zu lösen gewesen, hätte der Wilderer sich sofort bei uns gemeldet.«

»Na ja, jetzt muss er sich wegen seiner Wilderei verantworten. Deshalb wollte er die Klappe gehalten.«

Das Telefon klingelte.

Forseti hörte eine Weile zu, legte auf und erklärte: »Nadine Kruchten ist aufgewacht. Sie will reden.«

Sie alle spürten, wie sich der Knoten zu lösen begann.

»Sie will nur mit Kullmann reden.«

Dieser Satz traf Anke heftig. Sie hatte versucht, Nadines Vertrauen zu gewinnen, und dabei versagt. Am liebsten würde sie davonlaufen, so blamiert fühlte sie sich. Hatte sie sich selbst überschätzt? Alle hatten auf ihre Fähigkeiten gesetzt, dass es ihr gelingen würde, zu Nadine durchzudringen. Sie hatte alle enttäuscht.

Kapitel 45

Kullmann schritt durch den langen Flur des Krankenhauses auf Nadines Zimmer zu. Seine Gefühle konnte er nicht zuordnen. Sollte er sich über das Vertrauen der jungen Frau freuen? Er war nur als Berater in den Fall involviert, da kam ihm die Rolle als Vertrauensperson fehl am Platze vor. Aber er konnte nichts dagegen tun. Nadine hatte ausdrücklich verlangt, mit ihm zu sprechen. Ihrem Wunsch musste er folgen, wenn sie endlich Klarheit bekommen wollten.

Er klopfte an. Eine feste Männerstimme ertönte: »Herein!«

Kullmann trat ein. Er sah Arthur Jennewein am Bett seiner Tochter sitzen. Sie hielten sich die Hände. Ein Bild des Vertrauens, das ihm warm ums Herz werden ließ. Obwohl ihrem Glück viele Jahre geraubt worden waren, war es noch lange nicht zu spät. Sie beide wirkten auf Kullmann, als seien sie im Begriff, ihr Glück nachzuholen.

»Ich werde vor der Tür warten«, beschloss Arthur ohne Aufforderung.

Kullmann setzte sich auf den Platz, den Arthur gerade frei gemacht hatte. Nadine schaute ihn mit großen Augen an. Ihr Gesicht war geschunden, kahle Stellen schimmerten durch die verbliebenen Haare, ihre Hände steckten in dicken Mullverbänden.

»Wie geht es dir?«

»Besser, als ich aussehe.«

»Das höre ich gern. Stört es dich, wenn ich ein Aufnahmegerät mitlaufen lasse?«

Nadine schüttelte den Kopf. Sie zögerte nicht lange, dann begann sie zu sprechen.

»Es ist erstaunlich, aber der Schock, wieder in dieses Loch eingesperrt zu werden, hat alle meine Blockaden, mit denen ich elf Jahre lang leben musste, aufgelöst. Plötzlich erinnere ich mich an alles – an jedes Detail!« Eine Weile wirkte sie in sich gekehrt, dann sprach sie weiter: »Ich glaube nicht, dass Samantha das beabsichtigt hat, als sie mich dorthin brachte, wo ich damals schon so lange eingesperrt war.«

»Wohl kaum«, bestätigte Kullmann.

»Ich wurde damals auf der Schule beschuldigt, gestohlen zu haben. Aber das stimmte nicht. Trotzdem wollte mir der Direktor nicht glauben. Er drohte, mich von der Schule zu werfen. Das traf mich so hart, dass ich nicht wagte, nach der Schule nach Hause zu gehen. Also lief ich durch den Regen zu meinem Lieblingsplatz am Litermont-Kreuz. Dort stand ich und heulte. Irgendwann tauchte meine Mutter auf. Sie trug ein schwarzes Regencape mit Kapuze – ich erkannte sie erst, als sie anfing zu sprechen.«

Kullmann erinnerte sich wieder an die Zeugen, die das Kind mit einem kleinen, zierlichen Mann mit Kapuze gesehen hatten. Nun erkannte er den Fehler: Unter der Kapuze steckte kein Mann, sondern eine Frau!

»Wir gingen zusammen den Berg hinunter. Meine Mutter sprach mit mir und beruhigte mich, alles sei gar nicht so schlimm. Dabei gingen wir immer weiter, schlenderten an unserer Koppel vorbei, gingen über Wiesen, überquerten zwei Straßen, gingen an fremden Pferdekoppeln vorbei, bis wir vor dieser Treppe standen. Sie ging mit mir in die Dunkelheit, machte eine Taschenlampe an. Da erst sah ich eine Matratze, Lebensmittel und eine Decke. Dort ließ sie mich allein zurück und sperrte die grässliche Tür ab.«

Nadine begann zu zittern.

Kullmann nahm ihre Hände. Mit beruhigender Stimme erklärte er: »Wenn du nicht mehr weiterkannst, hören wir auf.«

»Nein! Ich will es zu Ende bringen«, bestimmte sie. Sie entzog Kullmann ihre Hände, richtete sich im Bett auf und sprach weiter: »Ich weiß nicht, wie lange ich allein in diesem feuchten, finsteren Keller saß. Plötzlich ging die Tür auf und ein großer Mann mit schwarzen Haaren und dunklen Augen trat herein. Ich dachte, es ist der Sensenmann. Bis dahin hatte ich nicht gewusst, dass man sich so fürchten kann. Ich sah schon dem Unvermeidlichen entgegen. Aber es kam anders. Er gab sich als mein Onkel Oskar zu erkennen. Meine Mutter hatte immer schlecht über ihn gesprochen. Gesehen hatte ich ihn bis zu diesem Zeitpunkt noch nie.« Nadine schüttelte sich bei der Erinnerung. Mit einem schwachen Lächeln meinte sie: »Jetzt glaube ich auch zu verstehen, warum ich mich vor Tobias immer gefürchtet habe.«

Kullmann stutzte – verstand den Gedankensprung nicht.

»Tobias wollte mir schon immer helfen, aber ich bin panisch vor ihm davongerannt«, erklärte Nadine. »Er sieht Oskar mit seinen schwarzen Haaren und dunklen Augen so ähnlich.«

Kullmann nickte. Nadine versetzte nicht nur seine Erinnerungen in die Vergangenheit, sondern auch alle seine Empfindungen, Erwartungen und

Ängste. Er sah sich das erste Mal in den Bunker steigen, das Mädchen in den Armen der Mutter auf der Matratze sitzen – Nadines verwahrloster Zustand, ihre Teilnahmslosigkeit und dann plötzlich die panische Angst in ihren Augen. Das war genau in dem Augenblick geschehen, als Grewe den Bunker betreten hatte. Kullmann glaubte damals, die Vielzahl an Menschen sei der Auslöser für ihre Reaktion gewesen. Aber jetzt erkannte er, dass es mehr war – die Ähnlichkeit zwischen dem Täter und dem Ermittler. Ein Hinweis, den er damals nicht wahrgenommen hatte. Ärgerlich über sich selbst schüttelte er den Kopf und sprach zu Nadine:

»Was hat Oskar in dem Bunker getan?«

»Er lachte hämisch und gab in einem widerlichen Singsang von sich: ›*Wusste ich doch, dass ich dich hier finden würde!*‹ Ich war viel zu verschüchtert, sagte kein Wort zu ihm. Aber das machte ihm nichts aus, er redete einfach weiter: ›*Weißt du, deine ehrenwerte Mutter und ich haben hier früher interessante Spielchen gespielt. Von denen durfte niemand etwas wissen. Dieses Versteck war unser kleines Geheimnis. Deshalb war ich mir sicher, dich hier zu finden.*‹ Als ich aufstehen und durch die geöffnete Tür ins Freie wollte, hielt er mich fest und meinte grinsend: ›*Zuerst erledige ich noch etwas Geschäftliches. Dann kommt deine Mutter dich selbst abholen. Es dauert nicht mehr lange!*‹ Ich fing an zu weinen, doch darauf meinte er: ›*Sei froh, dass dein lieber Onkel Oskar gekommen ist. Ich bin nämlich dein rettender Engel!*‹ Dann verschwand er und ließ mich tatsächlich wieder allein. Einige Tage später kam meine Mutter und den Rest wissen Sie.«

Kullmann hatte alles aufgenommen. Er fühlte sich ganz benommen. Eine Weile blieb er vor dem Bett sitzen, bis er sich besser fühlte. Die Geschichte fügte sich zu einem Ganzen – einem Ganzen, das so schrecklich war, dass Kullmann in diesem Fall die Wahrheit am liebsten nicht erfahren hätte.

Wortlos verstaute er das Tonbandgerät in seiner Tasche. Dabei fiel sein Blick immer wieder auf Nadine, deren Gesicht blass war, deren Haut durchsichtig wirkte, aber deren Augen trotz aller Schicksalsschläge immer noch lebendig leuchteten. Was für eine Kraft in dieser zarten Person steckte. Hoffentlich würde ihr die Gewissheit, einen Vater zu haben, helfen, ihr weiteres Leben zu meistern. Mit diesem tröstenden Gedanken ging er hinaus in den Flur.

Dort stand Arthur.

Das erste, was er zu ihm sagen konnte, war: »Bitte seien Sie ein guter Vater zu Nadine! Sie hat es verdient.«

Arthur nickte, seine Augen glänzten feucht.

»Ich kann gar nicht beschreiben, wie schön das Gefühl ist, Nadines leiblicher Vater zu sein. Es ist, wie es schon immer hätte sein sollen.«

Kullmann erinnerte sich, dass Arthur Jennewein schon damals besorgter um Nadines Wohl gewesen war als die Mutter selbst. Das ließ ihn fragen: »Hatten Sie keine Ahnung, dass Sie Nadines Vater sein könnten?«

Arthur schaute ihn überrascht an, bevor er antwortete: »Nein! Nicht die geringste.«

»Aber einen wichtigen Beitrag zur Vaterschaft müssen Sie geleistet haben.«

Verschämt blickte Arthur zu Boden: »Ich bin in meinem Leben ein einziges Mal zu einer Prostituierten gegangen. Das war Isolde.«

»Und das haben Sie einfach so vergessen?«

»Nein! Aber das musste doch nicht automatisch heißen, dass ich Nadines Vater bin.«

Als Kullmann nichts darauf erwiderte, fuhr er fort: »Samantha hatte so viel Platz in meinem Leben eingenommen, dass mir keine Zeit blieb, darüber nachzudenken. Sie hat mir das Vatergefühl für Nadine regelrecht ausgetrieben. Wie hätte ich da die Möglichkeit, Nadines leiblicher Vater zu sein, auch nur in Betracht ziehen können?«

»Das hört sich an, als hätten Sie Angst vor Ihrer eigenen Tochter gehabt?«

Arthur gab zu: »So traurig das klingt, ich hatte Angst, Samantha zu verletzen. Ihre Mutter hatte sie geboren und verlassen. Das machte Samantha zu dem, was sie heute ist. Sie klammerte sich umso mehr an mich. Die Situation nutzte sie ständig aus, um mir Schuldgefühle einzuflößen. Deshalb ließ ich mich von ihr beeinflussen. Dabei wollte ich doch nur alles richtig machen. Was war ich für ein Idiot?«

»Nein, Sie waren kein Idiot«, besänftigte Kullmann. »Ihre Situation war nicht leicht. Weder für Sie noch für Samantha.«

Eine Weile schwiegen sich die beiden Männer an, bis Kullmann sich aufraffte und aussprach, was ihn beschäftigte: »Ich habe herausgefunden, warum Sie in der Nacht, als Isolde starb, so sorglos mit ihrem Fernbleiben umgegangen sind.«

Arthur wand sich unter Kullmanns Blick.

»Ich gehe davon aus, dass es nicht das ist, wonach es aussieht.«

»Sie sprechen von Samanthas Einfall, nachts in mein Bett zu kriechen?«

Kullmann nickte.

»Früher, als sie kleiner war – und als Isolde noch nicht in unserer Familie war –, hatte sie das öfter getan. Deshalb maß ich dieser Geste keine große Bedeutung bei.«

»Und warum haben Sie es vor uns allen verschwiegen?«

»Es war mir peinlich.«

Kullmann beließ es dabei.

»Warum hat Samantha alles daran gesetzt, unsere Familie zu zerstören?« Diese Frage musste Arthur loswerden.

»Sie hatte Angst, ihren Vater auch noch zu verlieren.«

»Aber andere Väter haben doch auch zwei Töchter?«

»Durch den Weggang ihrer Mutter litt Samantha an großen Verlustängsten, die nicht rational zu erklären sind.«

»Sie wird jetzt im Gefängnis landen, nicht wahr?«

Kullmann nickte. Er fühlte sich müde. Schon damals hatten ihn diese Familienverhältnisse bewegt. Nun hatte er das alles aufs Neue miterleben müssen.

»Ich glaube, es ist das Beste so«, sprach Arthur mehr zu sich selbst als zu Kullmann. »Sie wird die Zeit im Gefängnis nutzen, um einzusehen, dass ein weiteres Kind nicht automatisch den Vater wegnimmt. Und für Nadine und mich ist es eine zweite Chance, ein normales Familienleben zu führen.«

Kapitel 46

Als Kullmann im Büro eintraf, erfuhr er dort die nächste Neuigkeit. Samantha war festgenommen worden und saß im Vernehmungsraum.

»Wie ist das Gespräch mit Nadine verlaufen?«, fragte Anke gleich zur Begrüßung.

»Ich habe alles auf Band. Es klärt allerdings immer noch nicht den Mord an Isolde Jennewein auf.«

»Der Fall ist auch geklärt.«

Gespannt versammelten sich die Kollegen in Forsetis Büro.

Als auch Anton Grewe eintrat, traf er auf überraschte Gesichter. Lächelnd ließ er sich auf dem Sofa nieder und erklärte: »Ich habe beschlossen, mich in das Kommissariat für Tötungs- und Sexualdelikte versetzen zu lassen. Forseti ist mit meinem Versetzungsgesuch einverstanden.«

»Gefällt es Ihnen so gut bei uns?«, fragte Anke amüsiert.

»Oh ja! Bei uns herrscht immer ein Wettlauf gegen die Zeit. Viele der Angehörigen reagieren höchst undankbar, obwohl wir unsere Arbeit nach bestem Wissen und Gewissen machen. Das verdirbt jedem die Laune. Hier kommen wir erst zum Einsatz, wenn die Angehörigen keine großen Erwartungen mehr an uns stellen. Das erleichtert so manches.«

»Nimmsgern hatte sich aus dem gleichen Grund zu einer Versetzung in unsere Dienststelle entschlossen«, sprach Anke leise.

»Ich weiß«, nickte Anton Grewe. »Das darf kein Maßstab sein.«

»Stimmt! Was mit unserem Kollegen Nimmsgern passiert ist, ist wirklich schlimm. Aber dafür dürfen wir nicht den Kopf in den Sand stecken«, mischte sich Kullmann in das Gespräch ein. »Nun möchte ich gern das Band abspielen, das ich im Krankenhaus aufgenommen habe.«

Gespenstisch hallte Nadines zarte Stimme wider.

Anschließend zitierte Forseti Samanthas Befragung: »Sie gibt zu, das Telefonat von Roswitha Loew und Isolde Jennewein mitgehört zu haben. So erfuhr sie, wie es zu der Entführung kam und wo Nadine versteckt gehalten wurde.«

»Wie konnte Samantha den Bunker finden, wenn wir mit einer Mannschaft danach gesucht haben?«, fragte Kullmann.

»Sie vergessen, dass Samantha hier groß geworden ist. Sie gab zu, schon als Kind von dem Bunker gewusst zu haben«, erklärte Forseti und setzte seinen Vortrag fort: »Samantha konnte schnell erraten, wer am anderen Ende der Leitung war: Roswitha Loew. In dem Gespräch kam zum Ausdruck, dass Roswitha Loew die Lebensgefährtin von Oskar Kauz war und von der Entführung mitprofitieren wollte. Sie blieb allerdings im Hintergrund, weshalb ihre Teilnahme nicht festgestellt werden konnte.«

»Kauz kam erst auf die Idee, die Entführung durchzuführen, als er die Zeitungsartikel gelesen hatte«, fügte Kullmann an. »Nur er konnte wissen, wo Isolde das Kind versteckt hielt, weil es ein Geheimversteck aus ihrer gemeinsamen Jugendzeit war. Er machte aus Isoldes Plan, das Kind verschwinden zu lassen, eine Entführung. Deshalb dauerte es so lange, bis sich der Entführer mit seinen Forderungen meldete. Es erklärt auch Isoldes rätselhafte Reaktion, als sie bei dem Anruf in Ohnmacht fiel. Ihr Stiefbruder hatte ihren Plan durchkreuzt.«

»Hatte Isolde Jennewein vor, ihre Tochter in diesem Bunker sterben zu lassen?«

Kullmanns Schweigen war Antwort genug.

»Ich kann nicht glauben, dass eine Mutter ihrem Kind so etwas antut.« Anke war blass vor Schreck.

»Kann es sein, dass du weder Nachrichten hörst noch Zeitungen liest?«, wandte Anton Grewe ein. »Das geschieht häufig – so traurig es auch klingen mag.«

Alle fielen in Schweigen. Sie hatten bei ihren Ermittlungen Nadine Kruchten kennengelernt und spürten nicht nur Mitleid, sondern auch große Sympathie für eine junge Frau, die den Lebensmut niemals aufgegeben hatte.

Es dauerte eine Weile, bis Forseti sich mit einem Räuspern dazu entschloss, weiterzusprechen: »Als Roswitha Loew aus dem Gefängnis entlassen wurde, sah sie nur eine Möglichkeit, nämlich Isolde Jennewein mit ihrem Wissen zu erpressen. Sie traf sich mit ihr am Litermont-Kreuz, um ihre Forderungen zu stellen, es kam zum Streit, den Rest wissen wir durch den Wilderer.«

»Und Isolde Jenneweins Tod?«, lautete nun die Frage aller Fragen.

Forseti rümpfte die Nase und antwortete: »Samantha hat sie nicht umgebracht. Sie sah, wie Isolde mit Blutergüssen nach Hause kam, und konfrontierte sie sofort mit dem, was sie durch das Mithören des Telefonats wusste. Danach hörte sie, wie Isolde auf den Speicher ging.«

»Verspätete Reue einer Mutter, die zu allem bereit war«, bemerkte Bernhard bissig. »Ein bisschen zu spät, nicht wahr?«

»Samantha hat nichts dagegen unternommen, obwohl sie genau wusste, dass Isolde sich erhängen wollte?«, überging Anke Bernhards Reaktion.

»Richtig!«

»Das ist strafbar – Totschlag durch Unterlassen«, meldete sich der Staatsanwalt zu Wort. »Außerdem wird sie wegen versuchten Mordes an Nadine Kruchten und wegen kleinerer Delikte wie illegale Prostitution und Unterschlagung von Beweismaterial angeklagt. Sie wird sich auf einen langen Aufenthalt auf Staatskosten vorbereiten müssen.«

Keiner konnte sich über den Erfolg ihrer Ermittlungsarbeit freuen. Still saßen sie da, als fiele es ihnen schwer, das Ergebnis zu akzeptieren.

Diesmal brach Foster das Schweigen. Er sagte: »Den nächsten Fall werden Sie mit einer neuen Staatsanwältin bearbeiten müssen.«

»Sie verlassen uns?«, fragten die Kollegen entsetzt.

»Nicht direkt! Ich werde befördert, zum Oberstaatsanwalt. Das heißt, dass meine Aufgaben administrativer Natur sein werden. Aber ich kann Sie beruhigen, meine Nachfolgerin ist eine fähige Person. Sie werden gut miteinander auskommen.«

Die Kollegen wirkten konsterniert über die Enthüllung. Sie hatten viele Jahre gut zusammengearbeitet.

»Wenn wir schon bei den Veränderungen sind, kann ich auch noch etwas anfügen.« Es war Forseti, der das betretene Schweigen nutzte, um seine Neuigkeit loszuwerden.

Anke ahnte etwas. Als er sie mit seiner Schimpftirade belegt hatte, war ihm bereits eine Andeutung herausgerutscht. Nun würde sie das ganze Ausmaß seines Einflusses erfahren.

»Ich bin vom Kriminalhauptkommissar zum Ersten Kriminalhauptkommissar ernannt worden.«

Es dauerte nur eine kleine Schrecksekunde, bis sich die Kollegen pflichtschuldig erhoben und Forseti zu seiner Beförderung gratulierten.

Kapitel 47

Anke räumte ihren Schreibtisch auf.

Es klopfte an der Tür, Kullmann trat ein. »Das Wetter ist schön«, begann er. »Was hältst du davon, nach getaner Arbeit zu grillen? Ich habe einen großen Schwenker gekauft, der einen besonderen Platz in meinem Garten verdient.«

»Das hört sich toll an.«

»Lisa kann die neue Schaukel ausprobieren.«

»Das hört sich immer besser an.«

Die Sonne tauchte den Abend in ein romantisches Abendrot, die Temperaturen blieben warm.

Sie saßen unter freiem Himmel. Lisa amüsierte sich in der Sackschaukel. Ihr blonder Wuschelkopf lugte heraus. Ihre Augen blitzten vor Freude, ihre Stimme sorgte für strapazierte Trommelfelle.

Auf dem Gartentisch standen verschiedene Salate; das gewürzte Fleisch wartete nur darauf, auf den über dem Feuer schaukelnden Grill gelegt zu werden. Dazu tranken sie kühles Bier. Der Abend war so schön, wie Anke es schon lange nicht mehr erlebt hatte.

Es klingelte an der Tür.

»Das wird doch nicht wieder Arbeit bedeuten«, grummelte Kullmann, als er ins Haus ging, um zu öffnen.

Als er zurückkam, folgte ihm Erik. Anke staunte, ihren Kollegen dort anzutreffen. In seiner Hand hielt er ein verpacktes Stück Fleisch und fragte: »Dürfte ich mich der kleinen Runde anschließen?«

Diese Bitte wollte ihm niemand abschlagen. Martha ging sofort auf ihn zu, nahm ihm das Fleisch ab und forderte ihn auf, sich einen Platz am Feuer zu suchen.

Erik setzte sich neben Anke und meinte: »Du hast jemanden zum Reden gebraucht und ich war nicht da. Unser Fall hat mich auch zum Grübeln gebracht. Dabei habe ich erkannt, wie wichtig es für uns ist, offen zueinander zu sein. Den ersten Schritt will ich jetzt gerne tun.«

Anke war ganz gerührt, wusste gar nicht, was sie dazu sagen sollte. Aber das übernahm Lisa für sie. Laut protestierte sie in dem Sack, der sich nur noch träge hin und her drehte – sie wollte zum Schaukeln angeschoben werden.

Erik tat ihr den Gefallen. Lisas Lachen war so ansteckend, dass am Schluss alle Beteiligten herzhaft mit ihr lachten, bis ihnen die Tränen kamen.

ENDE

Elke Schwab im Conte Verlag

Elke Schwab
Kullmanns letzter Fall
Ein Saarlandkrimi

270 Seiten
ISBN 978-3-936950-71-7
11,90 €

Der unaufgeklärte Fenstersturz Luise Spenglers sollte eigentlich Kullmanns letzter Fall vor dem Ruhestand sein. Doch ein Polizistenmörder macht seiner Regie einen Strich durch die Rechnung. Der Polizist Nimmsgern wird am Schwarzenberg erschossen. Darauf ein weiterer Kollege. Auf der Dienststelle geht die Angst um. Die schlechte Stimmung belastet die Arbeit. Kullmann scheint die Fäden der Ermittlung aus den Händen zu verlieren. Sogar seine engste Mitarbeiterin, die Pferdeliebhaberin Anke Deister verliert das Vertrauen. Erkennt er die Gefahr noch rechtzeitig, in der seine Mitarbeiter und er schweben?

Wegen der authentisch geschilderten Tatorte fühlt der Leser sich direkt heimisch, ohne durch aufdringliches Lokalkolorit genervt zu werden. Und nicht-saarländische Krimi-Fans dürfen sich über die sorgfältigen Charakterstudien und die gründlich ausgeleuchtete Motivation freuen. Elke Schwab ist auf dem besten Weg, ihren Ruf als saarländische Jacqueline Berndorff zu festigen.
Saarbrücker Zeitung

Weitere Krimis im Conte Verlag

Lilo Beil ***Gottes Mühlen***
Kommissar Gontards erster Fall
184 Seiten, ISBN 978-3-936950-49-6, 9,90 €

Lilo Beil ***Das Licht unterm Scheffel***
Kommissar Gontards zweiter Fall
178 Seiten, ISBN 978-3-936950-72-4, 9,90 €

Lilo Beil ***Die schlafenden Hunde***
Kommissar Gontards dritter Fall
188 Seiten, ISBN 978-3-936950-87-8, 9,90 €

JuttaStina Strauss ***Koks und Kosakenkaffee***
Guzzos erster Fall
286 Seiten, ISBN 978-3-936950-54-0, 13,90 €

JuttaStina Strauss ***Mis en Vosges***
Guzzo in Lothringen
290 Seiten, ISBN 978-3-936950-80-9, 13,90 €

Dieter Paul Rudolph ***Arme Leute***
210 Seiten, ISBN 978-3-941657-06-9, 12,90 €

Barbara Mansion ***Mörderische Wallfahrt***
Mittelalterkrimi von der Saar
204 Seiten, ISBN 978-3-936950-59-5, 9,90 €

Markus Walther (Hrsg.) ***Letzte Grüße von der Saar***
Krimi-Anthologie
244 Seiten, ISBN 978-3-936950-68-7, 12,90 €

Weitere Krimis im Conte Verlag

Lisa Huth, Karin Mayer (Hrsg.) ***Mord vor Ort***

Das Krimibuch zum Treffpunkt Ü-Wagen

230 Seiten, ISBN 978-3-941657-02-1, 12,90 €

Stefan Hüfner ***Der Tote von Dresden***

184 Seiten, ISBN 978-3-936950-13-7, 9,90 €

Kerstin Rech ***Schenselo***

188 Seiten, ISBN 978-3-936950-60-1, 9,90 €

Kerstin Rech ***Hotel Excelsior***

232 Seiten, ISBN 978-3-936950-77-9, 11,90 €

Jean Amila ***Mond über Omaha***

Reihe Amila 1

214 Seiten, ISBN 978-3-936950-33-5, 10,00 €

Jean Amila ***Mitleid mit den Ratten***

Reihe Amila 2

212 Seiten, ISBN 978-3-936950-43-4, 10,00 €

Jean Amila ***Bis nichts mehr geht***

Reihe Amila 3

220 Seiten, ISBN 978-3-936950-53-3, 10,00 €

Jean Amila ***Motus!***

Reihe Amila 4

180 Seiten, ISBN 978-3-936950-79-3, 10,00 €

Jean Amila ***Die Abreibung***

Reihe Amila 5

190 Seiten, ISBN 978-3-936950-96-0, 10,00 €